내가 싸우는 이유 2

내가 싸우는 이유 2

발행일	2021년 5월 7일		
지은이	박대한		
펴낸이	손형국		
펴낸곳	(주)북랩		
편집인	선일영	편집	정두철, 윤성아, 배진용, 김현아, 박준
디자인	이현수, 한수희, 김윤주, 허지혜	제작	박기성, 황동현, 구성우, 권태련
마케팅	김회란, 박진관		
출판등록	2004. 12. 1(제2012-000051호)		
주소	서울특별시 금천구 가산디지털 1로 168, 우림라이온스밸리 B동 B113~114호, C동 B101호		
홈페이지	www.book.co.kr		
전화번호	(02)2026-5777	팩스	(02)2026-5747
ISBN	979-11-6539-745-6 04810 (종이책)		979-11-6539-746-3 05810 (전자책)
	979-11-6539-743-2 04810 (세트)		

(주)북랩 성공출판의 파트너

북랩 홈페이지와 패밀리 사이트에서 다양한 출판 솔루션을 만나 보세요!

홈페이지 book.co.kr   •   **블로그** blog.naver.com/essaybook   •   **출판문의** book@book.co.kr

---

작가 연락처 문의 ▶ ask.book.co.kr

작가 연락처는 개인정보이므로 북랩에서 알려드릴 수 없습니다.

박대한 장편실화소설

내가 싸우는 이유 ②

강한 힘을 가졌지만 약한 자를 지키며,
정의와 의리를 위해 어둠의 길로 들어서다!

북랩 book Lab

작가의 말

우리는 누구나 타고난 저마다의 쓰임을 가지고 살아갑니다. 하지만 삶의 길에서 만나는 인연과 상황은 무시로 우리의 쓰임과 가치(價値)를 잊고 살게 강요하기도 합니다. 제5공화국이 출범했던 1981년의 한국사회는 혼돈과 격랑의 세대였습니다. 2년여의 계엄령과 군사정권의 출범은 민주화(民主化)의 대한 열망(熱望)을 조금씩 잉태하고 있었고 그해 11월에는 86아시안게임과 88서울올림픽의 열망을 안고 올림픽조직위원회가 출범하기도 하였습니다. 어둠과 희망, 강권과 열망이 혼재하는 혼돈의 시기, 충남 논산에서 2남 1녀의 장남으로 태어난 저는 시대만큼이나 굴곡진 삶을 온몸으로 견뎌내며 살아야 했습니다.

조부모와 부모 세대를 이으며 급격히 가세가 기울어 어린 시절을 궁핍함 속에 살아야 했고 전형적인 가부장적 엄친의 훈육은 방황 속에 청소년기를 보내야 하는 이유가 되었습니다. 하지만 이런 어려움 속에서도 나를 지켜준 것은 정의(正義)에 대한 믿음이었습니다. 엄친의 지엄함이 더러는 번민(煩悶)의 원인이 되기도 하였지만 꼿꼿한 모습으로 격랑의 시대를 살아가는 엄친의 모습은 보는 것만으로도 인의예지(仁義禮智)와 정의(正義)의 가르침을 어린 가슴에 깊이 각인시켜 주었습니다.

인의예지(仁義禮智)는 내가 세상을 살아가는 인간 된 도리(道理)였으며, 정의(正義)는 내가 세상과 맞서 싸우는 명분이었습니다. 사람이 해야 할 도리를 알고 하늘의 명을 실천하며 어떠한 상황에도 불의와 타협하지 않는 것. 이것이 곧 제가 살아가는 저 나름의 원칙이었으며 지금까지도 저를 지켜주고 있는 힘의 원천입니다.

정의(正義)는 누구에게나 공정(公正)하고 올바르며 사람 사는 세상의 도리(道理)와도 합치해야 합니다. 만일 누군가의 정의가 다른 누군가에게는 공정하지도, 올바르지도, 세상의 도리에도 부합하지 않는다면 그 정의는 폭압이 될 수 있습니다.

서른 즈음의 저는 정의의 훼손과 세상의 불공정에 몸부림치기 시작하였습니다. 주먹 하나로 세상과 맞서며, 조직의 일원으로 거친 삶을 살아가던 저는 무너져가는 세상의 정의에 맞서고자 정치인의 삶을 살기로 결심했고 거침없이 정치계에 첫발을 내디뎠습니다. 비록 낙선이라는 결과에 고개를 숙여야 했지만 정의와 공정의 가치를 세우고자 하는 저의 여정은 아직도 끝나지 않았습니다.

오늘 세상 밖으로 나서는 저의 소설 〈내가 싸우는 이유〉는 제가 살았고 지금도 살고 있으며 앞으로도 살아가야 할 제 삶에 정의(正義)의 진정한 가치(價値)가 무엇인지를 묻고자 합니다. 그뿐만 아니라, 우리와 함께 같은 시대를 살아가고 있는 모든 사람들에게 그들의 정의(正義)는 무엇이며, 이 시대의 정의(正義)는 무엇이어야 하는지를 생각하게 하고자 합니다.

〈내가 싸우는 이유〉는 저의 지난날과 나만의 정의를 다시금 돌아보게 하는 계기가 되었습니다. 저의 진솔한 마음을 담은 이야기와 함께 독자 여러분의 정의(正義)의 의미(意味)를 되새겨보는 계기가 되기를 희망합니다.

박대한 드림

목
차

작가의 말 • 5

하진(용기 있는 자만이 미인을 얻는다!) • 11

옥살이(값비싼 교훈) • 69

한양파 새 식구 도끼(나보다는 조직을 위해) • 127

첫사랑 장미 • 158

체육대회(10년 만의 종합우승) • 207

장미와의 인연 • 253

도끼(성효)의 짝사랑(義理 前過) • 286

대한의 고등학교 졸업(斗酒不辭 의형제) • 319

하진
(용기 있는 자만이 미인을 얻는다!)

깍깍깍! 깍깍! 까까! 깍깍! 아침부터 요란하게 울어대는 까치 소리에 잠이 깬 대한이 창밖을 내다본다. 집 앞 나뭇가지에 까치 한 쌍이 요란하게 울어대고 있다. '좋은 소식이 있으려나?' 기지개를 활짝 펴는 대한의 얼굴이 환하다. 대한이 자리를 박차고 일어나 현관문을 활짝 열어젖힌다. 대한의 집 앞 기찻길로 굉음을 내며 기차가 지난다. 전화벨이 울린다. 대한의 어머니다.

대한의 어머니 - 대한아! 일어났으면 양식장으로 아침밥 먹으러 오너라!

대한이 집에서 300여 미터쯤 떨어진 양식장으로 발걸음을 옮긴다. 양식장에는 대한의 부모님과 할머니, 동생들이 함께 지내고 대한의 집에서는 대한이 거의 혼자 지내다시피 한다. 대한의 가족이 식탁을 두고 빙 둘러앉는다. 대한의 아버지가 무표정한 얼굴로 식탁에 앉아 수저를 집어 든다. 그제야 가족들이 숟가락을 들고 아침밥을 먹기 시작한다.

무뚝뚝한 성격의 대한의 아버지는 평소에도 별로 말이 없다. 그래서 그런지는 몰라도 대한의 집은 다소 가부장석 분위기나. 식사 시간 내내 식탁에는 침묵이 흐른다. 대한은 이런 가부장적 분위기가 영 마땅치 않다. 더러 가족들과 눈이 마주치는 일이 있어도 그저 말없이 서로 눈빛을 교환하기만 할 뿐 대한의 아버지와 함께 하는 식사자리에는 항상 숨이 막힐 것 같은 침묵이 흐른다. 대한도 식사 시간 내내 아무런 말도 하지 않는다.

식사를 마친 대한의 아버지가 수저를 놓고 일어나 먼저 밖으로 나간다. 대한의 아버지가 차량에 시동을 걸고 대한과 동생들이 나오기를 기다린다. 대한이 할머니와 어머니에게 인사를 드리고 대한의 아버지가 기다리고 있는 차에 오른다. 차량 안은 대한 아버지가 미리 히터를 틀어 놓은 덕에 훈기가 가득하다. 하지만 여전히 대한의 아버지와 대한 삼 남매의 사이에는 냉랭한 침묵만이 흐른다. 대한이 아버지 차에서 내려 학교를 향해 걸어오는 모습을 본 오현이 대한에게 다가오며 말을 건넨다.

오현 - 역시 대한이 니네 아버지도 포스가 장난이 아니셔!

대한 - 그래? 헤헤! 그런데 난 우리 아버지하고는 성격이 잘 안 맞아!

오현 - 다들 그렇지 뭐… 나도 그랬었어. 근데 아버지가 일찍 돌아가시는 바람에….

돌아가신 아버지 생각이 났는지 오현이 잠시 생각에 잠기는 것 같더니 대한을 부른다.

오현 - 저기… 대한아!

대한 - 응? 왜?

오현 - 어… 지난번에 대한이 네가 이쁘다고 말했던 내 친구 하진이라고 있었잖아? 기억나냐?

대한 - 하진이? 아! 그… 글래머? 눈 크고 예쁘던 애! 걔 말이지?

오현 - 어~ 맞아! 조만간 다시 서라로 전학 온다고 그러던데….

대한 - 그래? 그래서 뭐? 빨리 말해 봐! 뜸 들이지 말고… 임마!

오현 - 하진이가 전에 나한테 너하고 소개팅하고 싶다고 그러더라고… 넌 어떠냐?

대한 - 야이 새끼야! 그걸 말이라고 물어보냐? 당연히 해야지! 하진이 연락처 찍어줘 봐! 빨랑!

오현 - 뭐가 그렇게 급해~ 일단은 하진이한테 먼저 얘기하고 그리고 나서 알려줄게! 좀 기다려 봐~ 대한아!

대한 - 아… 이 새끼! 존나 답답하네! 내가 알아서 할 테니까 그냥 번호만 알려 달라고.

오현 - 안 된다니깐! 하진이는 낯가림도 심하고 되게 까칠해! 근데… 얼굴은 존나 이쁘지~ 워우~ 히히히!

대한 - 얌마! 약 올리냐? 됐으니까 꺼져!

오현 - 알았어~ 승질 참 급하네! 내가 가슴은 아프지만 너한테 큰맘 먹고 양보한다. 옛날 우리 중학교에서 하진이랑 사귀어 보는 것이 남학생들 소원이었는데… 결국 대한이 네가 침 바르게 생겼구나. 아~ 괴롭고 슬프다!

대한 - 너~ 참 징하다! 시간 좀 그만 끌고… 번호부터 줘 봐 응? 그리고 이쯤 되면 하진이랑 나하고는 운명적인 인연인거야. 다 잘 될 거니까! 번호 찍으라고….

오현이 번호를 줄 듯 말 듯 머뭇거리자 대한이 짜증스러워 인상을 찌푸린다. 오현이 대한의 얼굴이 짜증스럽게 변하자 더는 안 되겠다고 생각했는지 대한의 휴대폰에 하진의 삐삐 번호를 입력한다.

오현 - 인연? 뭐~ 어떻게 보면 그럴 수도 있겠네. 걔가 워낙 눈이 높아서 웬만한 남자는 눈에 차지도 않을 텐데 어쩐 일로 너하고 소개팅을 하겠다고 하는 걸 보면 인연일 수도 있겠다는 생각은 들어. 그래도 하진이가 우리 중학교 동창들 사이에서는 퀸카였는데 속상하네!

대한 - 퀸카? 퀸카는 개뿔! 걔가 니들한테는 그렇게 존재감 있는 애였어?

오현 - 그럼~ 우리 중학교 동창생 중에서는 제일 예쁘고 인기도 많았어! 근데 너한테 소개 시켜주려고 하니까 내 맘이 왜 이렇게 아쉬운지 모르겠다. 헤헤!

대한 - 그러니까 네가 좆밥인 거여! 못 올라갈 나무는 쳐다보지도 말라는 말 있지? 네 말 뜻은 잘 알았고… 우리 하진이는 내가 이뻐해 줄 테니까 넌 이제 신경 꺼! 캬캬캬!

하진의 삐삐 번호를 받은 대한이 일 초의 망설임도 없이 곧바로 하진의 삐삐에 음성메시지를 남긴다.

'하진아! 반갑다! 난 오현이 친구 대한이라고 해! 네가 나하고 소개팅하고 싶어 한다는 얘길 들었어. 내가 오현이 말을 신뢰하긴 하지만 하진이 너가 무척이나 이쁘다는 말만 듣고 공연히 헛된 꿈을 꾸고 싶지는 않으니까 널 하루라도 빨리 만나서 검증해보고 싶다. 내 휴대폰 번호를 남겨 놓을 테니까 음성메시지 들으면 전화해라. 네 목소리라도 먼저 듣고 싶다. 그럼 연락 기다릴게! 빠이빠이~'

오현은 대한이 일면식도 없는 하진에게 당당한 목소리로 음성메시지를 남기는 모습을 그저 멍하니 바라만 본다.

오현 - 하여튼 너는 불도저 같은 놈이야. 어떻게 그렇게 거침이 없냐? 그나저나 하진이 성격이 많이 까칠한데… 어쩌지? 내가 괜한 짓을 한 건 아닌지 걱정되네… 하진이가 화라도 내면 어쩌지?

대한 - 야! 좆밥! 뭔 그런 걱정을 하나? 그래서 넌 아직 멀었다는 거야. 임마! 하진이랑 나랑 안 되면 어쩔 수 없는 거지. 그걸 뭘 고민까지 하나? 그나저나 하진이가 내 음성메시지를 듣고 화를 내야 성공할 수 있는데….

오현 - 뭐? 하진이가 화를 내야 성공할 수 있다고? 난 네 말뜻을 도무지 이해가 안 되는디?

오현이 알 수 없다는 표정으로 고개를 갸우뚱거리며 대한을 바라본다.

대한 - 하진이처럼 예쁜 애들은 기본적으로 건방지거든. 그러니까 내가 더 건방지게 굴어줘야 한다는 거지. 이 엉아가 이쁜 꽃을 어떻게 꺾는 것인지 보여줄 테니까 넌 지켜만 보고 있어~ 임마!

오현 - 난 네 말을 듣고 있으면 뭔가에 자꾸 홀리는 기분이여! 아무튼 난 모른다. 나까지 엮이게 하지는 마라! 응?

대한 - 전광석화처럼 속전속결로 마무리할 테니까… 딱 보름 정도만 꾹 참고 지켜봐라. 헤헤! 오늘 아침에 까치 한 쌍이 날 깨우더니만… 역시 까치가 운다는 건 좋은 징조였어! 이건 좋은 징조가 분명해!

오현 - 야! 그런 건 다 미신이여~

대한은 어려서부터 할머니 밑에서 자라 할머니의 영향을 받은 탓인지 동양철학에도 제법 관심이 많았다. 대한은 소위 촉이 좋아서 대한이 무언가 느낌이 왔다고 생각하면 현실에서도 그대로 이루어지는 일이 종종 있었다. 그래서 대한의 친구들은 대한을 보며 '신기'가 있다고 부러워하기도 했다.

오전 수업이 끝나고 점심시간이 되자 대한이 학교 후문 근처에 있는 먹거리 분식집으로 향한다. 친구들과 테이블에 둘러앉은 대한이 주문한 라면과 떡볶이가 나오자 한 젓가락을 들어 입으로 막 가져가려고 하는데 때맞춰 대한의 휴대폰이 경쾌하게 울린다. 순간 대한과 오현의 눈이 마주친다. 오현이 눈을 크게 뜨며 호들갑을 떨기 시작한다.

오현 - 아이고~ 드디어 올 것이 왔네! 이건 백프로 하진이한테 걸려 온 전화여! 씨발! 난 좆됐네. 아~

용길 - 누군데 그래? 오현아! 응?

대한 - 야! 시끄러! 쉿!

대한은 직감적으로 상대가 하진이라는 것을 알아챈다. 대한이 목소리를 가다듬고 하진과의 전화통화를 시작한다.

대한 - 여보세요?

하진이 대한의 휴대폰으로 전화를 했으면서도 까칠한 목소리로 대뜸 오현부터 찾는다. 대한의 예상대로 대한이 남긴 음성메시지를 듣고 화가 난 것이 분명하다.

하진 - 하진이라고 하는데요. 혹시 오현이와 같이 있으면 잠시 바꿔주세요!

대한 - 나한테 용건이 있어서 전화한 것이 아니고?

하진 - 네! 오현이 하고 통화 좀 해야겠어요!

하진은 단호했다. 대한의 말은 들으려고도 하지 않고 오현을 찾는다. 대한이 알 수 없는 미소를 지으며 오현에게 자신의 휴대폰을 건네준다. 전화기 너머로 하진의 성난 목소리가 까랑까랑하게 들려온다.

오현 - 어~ 하진아! 나야! 오현이여!

하진 - 조오현! 너 이 새끼야! 누가 내 삐삐 번호를 함부로 알려주라고 그랬어? 응? 너 나한테 사전에 허락받았어?

오현 - 아니! 그게 아니고 하진아~ 미안해! 난 네가 대한이하고 소개팅하고 싶다고 그러길래 그래도 되는 줄 알고 그랬어. 정말 미안하다! 하진아! 그렇게 화만 내지 말고… 응?

하진 - 그건 그렇다 치고… 네가 날 뭐라고 소개했기에 걔가 그러는지는 모르겠지만… 대한이 걔가 내 음성사서함에 얼마나 건방지게 음성메시지를 남긴 줄 알아? 무슨 내 인물을 검증한다느니 하면서 얼마나 싸가지없이 굴던지… 난 그런 사람은 소개받기도 싫고 알고 싶지도 않아! 그리고 걔가 널 얼마나 우습게 생각하고 무시했으면 그딴 식으로 음성을 남기겠냐? 너 같은 친구 필요 없으니까 두 번 다시 연락하지 마! 알겠어?

하진이 오현에게 일방적으로 쏘아붙이고는 전화를 끊어버리자 오현의 표정이 벌겋게 상기되어 대한의 휴대폰을 돌려준다. 전화기 너머로 들려오는 하진의 성난 목소리를 들으며 대한은 하진이 어떤 아이인지 은근히 호기심이 생기는 것을 느낀다. 전화하는 새에 퉁퉁 불어터진 라면을 꾸역꾸역 먹으며 상기된 표정의 오현이 대한에게 툴툴거린다.

오현 - 하~아~ 거 봐라! 내가 뭐랬냐? 대한아! 하진이가 지금 존나 열 받은 거 같아! 나보고 다시는 연락도 하지 말래.

대한은 이런 오현을 바라보며 그럴 줄 알았다는 듯이 씽긋 웃는다.

대한 - 오현아! 하진이가 화내는 건 지극히 정상인 거야. 걔가 열 받은 이유 중 하나는 지한테 허락도 안 받고 연락처를 준 거고… 또 하나는 일면식도 없는 내가 싸가지없게 음성메시지를 남겼다는 거야. 이 두 가지 이유가 하진이 성질을 자극한 거지. 그러니까 그 두 가지 명분이 하진이가 나에게 전화할 명분이 된 거야. 여자들은 관심이 없으면 그냥 쌩 까는 것이 보통이야. 그게 여자들의 심리지. 근데 하진이는 내 음성메시지를 듣고 화가 나서 전화를 했잖아! 그것도 내 전화로 전화해서 내가 아니라 너를 찾으면서… 아직도 모르겠냐?

오현 - 대한아! 난 네가 무슨 말을 하는지 하나도 모르겠다!

성엽 - 아! 좆밥! 씨발! 꺼지라고 해버려! 그냥 안 보면 되지… 뭘 그렇게 신경 쓰냐? 네가 데리구 살 것도 아니잖어!

오현 - 넌 모르면 가만히 있기나 혀! 어떻게 한동네 사는 동창을 안 볼 수 있나?

대한 - 분명히 하진이한테서 다시 연락이 올 거니까 아무 걱정 말어! 오현아! 날 믿어 봐! 내가 다 알아서 네가 곤란하지 않게 할 테니까….

오현 - 넌 또 뭔 일을 꾸미려고 그러는 거여~ 불안하게… 걔네 친오빠가 서라파에서 잘나가는 조직원이여~

대한 - 겁먹지 마! 이 새끼야! 넌 그러니까 좆밥 소리를 듣는 거야.

오현 - 괜히 일 크게 만들지 말고 여기서 멈추자. 대한아! 제발! 응?

대한 - 넌 남자 새끼가 무슨 겁이 그렇게 많냐? 걔 오빠가 서라파든 뭔 파든 간에 그따위 거 때문에 내가 무서워하기라도 해야 되냐? 난 그냥 하진이만 이뻐해 주면 되잖아? 엉아를 믿어 봐라. 이놈아! 떨지 말고… 헤헤!

오현 - 그려~ 알었어! 내가 널 믿어야지 별수 있겠냐? 어차피 넌 네 고집대로 할 꺼 뻔한데… 암튼 조심해야 돼!

대한 - 지금까지 내가 뭐든 실수한 적 없잖아? 그런 적 있었어? 그니까 믿어! 믿으면 돼!

오현 - 그래! 알겠어. 대한아! 너만 믿을게!

대한이 '피식' 웃으며 근심스러운 표정을 하고 있는 오현의 어깨를 토닥거린다.

그 일이 있은 후로 이틀이 지나고 토요일 오후 1시. 친구 수홍의

자취방에서 TV 드라마를 보고 있던 대한에게 한통의 전화가 걸려 온다.

대한 - 여보세요? 누구시죠?

하진 - 저… 미안한데요… 혹시 오현이하고 같이 있나요?

하진이다. 누워서 TV를 보고 있던 대한이 벌떡 일어나며 목을 가다듬는다. 그리고는 차분하게 말을 잇는다.

대한 - 너 혹시 하진이니? 하진이 맞지?

하진 - 네? 어… 어떻게… 그… 그런데요.

대한 - 그래~ 우리 서로 친구니까 말 편하게 하자. 엊그제 내가 음성메시지로 무례하게 굴었다면 사과할게! 내 음성메시지를 듣고 뭔가 오해를 한 것 같은데… 내가 널 무시해서 그런 것이 아니야. 난 단지 널 빨리 보고 싶다는 욕심에서 그렇게 된 거야! 생각해 보니 그 일은 내가 조금 과했던 것 같아. 작은 실수라고 생각하고 너그럽게 이해해 줬으면 좋겠어!

하진 - 글쎄… 그래도 난 화가 쉽게 풀리지 않네요! 이런 일은 처음 겪는 일이라서 그런지… 어쨌든 오현이랑 통화하고 싶은데… 그러려면 어떻게 해야 하죠?

대한 - 글쎄… 오현이는 지금 시내에 있을 텐데… 내가 오현이한테 연락 왔었다고 전해줄게! 그리고 하진아!

하진 - 네? 왜요?

대한 - 사실 오현이가 하진이 너한테 크게 실수한 건 없는 거 같은데… 그 부분은 네가 사과했으면 좋겠어! 니들은 오랜 친구라고 들었거든… 부탁할게!

하진 - 알겠어요! 이 문제는 나하고 오현이 문제니까 사과는 할게요. 그럼 이만 끊겠….

대한이 전화를 끊으려고 하는 하진의 말을 급히 자르며 말을 이어간다.

대한 - 저기… 하진아! 우리 지금 만나자! 어때?

대한의 갑작스러운 만나자는 제의에 하진이 당황한 듯 잠시 말이 없다. 하진이 대한의 휴대폰으로 전화를 걸어 오현을 찾는 것은 어쩌면 핑곗거리를 만들기 위한 것일지도 모른다. 하진도 대한에게 어느 정도는 관심이 있기 때문에 오현이 아니라 굳이 대한의 전화로 연락을 한 것이 분명하다. 대한이 자신과 만나자는 제의에 하진이가 당황했을 거라고 속으로 생각하고 있는데 그녀의 목소리가 들린다. 대한은 왠지 그녀의 목소리가 가늘게 떨리는 것 같이 느껴진다.

하진 - 글쎄요… 제가 그쪽을 만날 이유는 없는 것 같은데… 저는 사전에 약속 없이 즉흥적으로 만나는 걸 싫어하는 성격이라서요… 미안해요!

하진은 대한과의 만남에 별 관심이 없다는 투로 대답했지만 대한이 차분하고 당당한 어조로 당장 만나자며 집요하게 그녀를 설득한다.

대한 - 내가 성격상 빙빙 돌려서는 말을 못 하거든. 그니까 단도직입적으로 솔직하게 말할게.

하진 - 으응… 네? 무슨 말을 하려고요?

대한 - 너가 지금 나한테 전화해서 오현을 찾는 의도가 무엇인지 난 알아!

그 핑계로 나하고 통화하려고 했던 것이 진짜 목적 아니야? 내 말이 틀렸어?

하진 - 무… 무슨 소리야? 난 그저 오현이한테 할 얘기가 있어서 전화한 것뿐인데…

대한이 하진의 속을 빤히 들여다보기라도 한 것처럼, 하진이 대한의 휴대폰으로 전화한 이유를 직설적으로 캐묻자 그녀가 당황하며 말을 더듬는다. 대한은 자신의 생각이 맞았다고 확신하며 당황하고 있는 그녀의 빈틈을 파고든다.

대한 - 우리 조금 더 솔직하게 말해보자! 하진아! 너 지금 대전 터미널에 있지?

하진 - 지금 뭐라는 거야? 이만 전화 끊을래.

까칠하다던 하진이 침착함을 잃고 당황한 것처럼 횡설수설한다. 어떤 때는 반말로 어떤 때는 존대로 자신의 생각을 들키지 않기 위해 애를 쓰고 있는 것이 역력하다.

대한 - 한 시간 뒤에 진산터미널에서 만나자! 하진아! 난 네가 너무 궁금하고 보고 싶어! 얼마나 이쁜지 내 눈으로 직접 확인해보고 싶다. 난 궁금하면 못 참아. 꼭 확인을 해야 직성이 풀리는 성격이거든. 만나자. 당장!

하진 - 됐어! 내가 널 만나러 왜 거기까지 가야 하는데? 싫어! 안 갈거야.

대한 - 서로 자존심 세우지 말고 하진아! 네가 올 때까지 터미널 앞에서 기다리고 있을 테니까 지금 내려와!

하진 - 아! 니까짓게 뭔데 날 오라 가라 하는 거야? 됐으니까 전화 끊어!

화가 많이 난 듯 하진의 목소리가 커진다. 상대가 화난 것처럼 목소리를 높이면 기가 죽을 만도 한데 대한은 입가에 알 수 없는 미소를 지으며 차분하게 말을 이어간다.

대한 - 네가 날 소개시켜 달라고 했다면서! 나도 이미 그런 걸 다 알고 있는데… 뭘 그렇게 센 척해?

하진 - 누가 그러는데? 아~ 조오현! 입 싼 건 알아줘야 된다니까… 짜증나! 정말!

대한 - 짜증 낼 일은 아니지. 그냥 서로 솔직하면 통하는 거니까 자신을 감추지는 말자. 우리 서로 친구니까 말 편하게 하고 그러자. 너 지금 터미널 맞지?

하진 - 너! 정체가 뭐야? 내가 터미널인 건 어떻게 알았어?

대한 - 너 지금 매표소 앞 공중전화에 있잖아? 그치? 네 옆에서 사람들이 표 끊으라고 말하는 소리가 들렸어. 그래서 알았지. 헤헤!

하진 - 와아~ 너! 참 연구 대상이다! 진짜 소름 끼친다!

대한 - 하진아! 일단 만나서 얘기하자. 빨리 진산으로 와! 기다리고 있을게! 응?

하진 - 어머? 얘 봐! 완전 막무가내야. 그래 까짓것 보자. 보는 거야 뭐 어렵니? 암튼 너한테는 내가 졌다! 에구~ 가만 보면 은근 날 이겨 먹네. 나한테 하나도 안 져.

대한 - 나랑 싸우고 싶다고? 하하하! 빨리 와! 보고 싶다. 하진아!

하진 - 어유~ 대한이! 너! 말발이 보통은 아니야. 암튼 알았어. 끊어!

전화를 끊는 하진은 막무가내로 밀어붙이는 대한에게 화가 나기

보다는 궁금증이 생긴다. 마치 자신의 생각을 읽고 있는 것 같은 느낌도 그렇고, 자신이 언성을 높이며 쏘아붙이는 데도 아무렇지도 않게 받아치는 것도 그렇고, 하진은 대한이 어떤 사람인지 궁금해지기 시작한다. 갑자기 하진의 가슴 속이 방망이질 치기 시작한다. 하진이 설레는 마음으로 진산행 시외버스에 오른다.

대한이 하진을 만나기 위해 진산터미널로 향한다. 터미널에 하진보다 한참 먼저 도착한 대한이 건너편 꽃집으로 들어가 코르사주(corsage)처럼 가슴에 꽂을 수 있는 장미꽃 한 송이를 산다. 대한은 하진이 분명 간편복 차림으로는 오지 않을 것이라고 짐작했다. 대한의 생각으로는 어쩌면 오늘 하진이 행여 대한과 만날 수도 있다는 생각을 하고 정장 스타일의 옷을 차려입고 있을지 모른다고 생각했다. 대한이 꽃집을 나서며 싱글벙글, 자신의 재킷 가슴에 꽂혀 있는 장미꽃 한 송이를 흐뭇하게 내려다본다.

대한과의 전화통화를 끝내고 바로 시외버스를 탔다면 곧 터미널에 도착할 시간이다. 대한은 하진을 기다리며 '첫인사를 어떻게 해야 할까?' 궁리한다. 대한이 잠시 터미널 화장실로 들어가 거울을 보며 옷매무새를 가다듬는다. 오늘 대한은 검정 톤의 투 버튼 정장 차림에 흰색 목 티를 입고 있다. 왼쪽 가슴에 꽂은 붉은 장미 한 송이가 검정색 정장과 제법 잘 어울려 보인다.

잠시 후 '끼이익~' 대전발 진산행 시외버스가 터미널에 도착하고
버스의 앞문이 스르륵 열린다. 대한의 가슴이 콩닥거리기 시작한
다. 오랜만에 느껴보는 기분 좋은 설렘이다. 대한이 버스에서 내리
는 사람들을 한 사람 한 사람 찬찬히 살피며 한 호흡을 내쉰다.
'아! 저 아이다!' 새초롬한 얼굴로 눈을 내리깔고 버스에서 내리는
소녀가 하진이라는 것을 한눈에 알아본다. 하진의 미색에 순간 넋
을 잃은 대한이 버스에서 내리는 그녀를 정신없이 바라보며 그녀에
게서 눈을 떼지 못한다. 그녀는 깊게 패인 쌍꺼풀에 짙은 눈썹, 오
뚝한 코를 가진 이목구비가 뚜렷한 서구미인형의 얼굴이다. 마치
'로미오와 줄리엣'의 여주인공 역을 맡았던 여배우 '올리비아 핫세'
를 연상시키는 매혹적이고 이국적인 외모를 가지고 있었다. 키는
165cm 정도나 될까? 그리 작은 키는 아니었지만 늘씬한 몸매에 풍
만한 가슴을 가진 베이글녀. 대한의 가슴이 요동친다. 대한은 저
아래에서부터 뜨거운 것이 솟아오르는 것을 느낀다.

　버스에서 내려 주변을 두리번거리던 하진이 검정색 투톤의 재킷
을 입고 가슴에는 붉은 장미꽃을 꽂고 있는 대한과 눈이 마주친
다. 순간 하진도 그 남자가 대한임을 한눈에 알아본다. 두 사람이
마치 의상코드를 사전에 맞추기라도 한 것처럼, 하진은 블랙톤의
재킷에 흰 블라우스를 받쳐 입고 검정색 반바지와 무릎까지 올라
오는 검정색 롱부츠를 신고 있었다. 두 사람이 서로를 마주 보며
빙긋이 웃는다. 하진의 어깨가 들썩거린다. 하진도 대한처럼 둘의

의상이 깔맞춤을 했다는 생각을 하며 웃고 있을 것이었다. 대한이 자신의 재킷 가슴에 꽂아 둔 붉은 장미꽃 한 송이를 꺼내 하진의 재킷 상의에 꽂아주며 호탕하게 웃는다.

대한 - 역시 내가 예상했던 대로구나! 아니… 내 기대 이상이다. 하진아! 검증 완료다! 사랑한다! 사랑해! 하하하!

처음 보는 자신에게 대한이 갑작스럽게 사랑한다고 하는데도 하진의 표정은 그다지 싫지 않은 기색이다. 하진이 대한을 째려보며 톡 하고 말을 내뱉는다.

하진 - 대한이! 너 뭐니? 완전 바람둥이 아니야?

대한 - 난 널 보자마자 네가 하진이라는 걸 한눈에 알아봤어!

하진 - 오~ 그랬어? 호호호! 설마 너 다른 여자들한테도 작업멘트 날리고 이렇게 장미꽃 꽂아주면서 수작 부리는 거 아냐? 상당히 의심스러워! 여자 마음을 들었다 놨다 하는 게….

대한 - 내가 그 정도로 매력이 있어 보여? 헤헤~

하진 - 야! 매력 같은 소리 하고 있네. 너 완전 바람둥이 같아! 옷 입은 것 하며… 이빨까는 거 보면 보통은 아니야.

대한 - 말 좀 살살해라. 하진아! 네가 모르든 난 그냥 기분 좋게 칭찬으로 받아들일게! 넌 그렇게 예쁜 얼굴을 하고서 어쩜 그렇게 말을 교양 없고 무식하게 하나?

하진 - 어쭈? 얘 재밌네! 호호호!

대한 - 난 솔직한 스타일이야! 앞으로 겪어 보면 알겠지만….

하진 - 너! 지금까지 내가 너한테 솔직하지 못했다고 눈치 주는 거니? 그래.

나도 너처럼 이제부터 솔직해지지 모… 호호호!

대한 - 그냥 솔직하게 대화하면 오해 같은 것도 안 생기고 좋잖아! 안 그러냐?

하진 - 그래. 네 말이 맞다! 근데… 우리 처음 보는데도 마치 오래전부터 알고 지낸 사람처럼 편하지 않니?

대한 - 누가 우릴 처음 만난 사이라고 생각하겠냐? 다른 사람들은 우리 의상만 보고도 커플인 줄 알겠다. 안 그래?

하진 - 호호호! 어쩜 너하고 옷 입는 취향도 비슷하니? 웃긴다. 진짜!

처음 만난 사이지만 둘의 대화에서 어색함이라고는 찾아볼 수가 없다. 두 사람은 많은 사람들이 오가는 터미널 한가운데에 서서 지나는 사람들의 시선은 안중에도 없다는 듯 서로의 공통점을 탐색하며 기분 좋은 대화를 이어간다. 문득 잊고 있었다는 듯이 대한이 하진을 보며 말을 건넨다.

대한 - 너 밥 안 먹었지? 뭐 먹을래? 내가 잘 아는 레스토랑 있는데… 같이 돈가스나 먹으러 갈래?

하진 - 응~ 그래 좋아! 배가 고프긴 하다.

대한은 하진과 어깨를 나란히 하고 근처 레스토랑으로 향한다.

레스토랑 창가에 자리를 잡은 대한과 하진이 테이블을 사이에 두고 서로 마주 보고 앉는다. 주문을 마친 하진이 대한을 궁금한 눈으로 바라보며 입을 연다. 앵두처럼 매끄러운 하진의 입술을 바라보는 대한의 눈이 반짝거린다.

하진 - 대한아! 나 너한테 궁금한 게 있는데… 물어봐도 되는 거지?

대한 - 그럼~ 뭐든지 물어봐. 다 얘기해줄게!

하진 - 넌 어떻게 나를 알지도 못하면서 그런 음성메시지를 남길 생각을 한 거야? 내가 네 음성메시지를 듣고서 얼마나 황당하던지… 그 날 이후로 내 머릿속에는 네가 했던 검증과 확인이라는 단어가 짜증 나서 계속 맴돌더라고….

대한 - 와아~ 진짜? 에이~ 그 정도 가지고 황당해하면 어떻게 하나? 이제 시작인데… 일단 검증과 확인은 했으니까 밥부터 먹자! 하진아!

대한이 능청스럽게 말을 받으며 하진의 앞에 놓인 접시를 가져와 그녀가 먹음직한 크기로 돈가스를 썰어 다시 건넨다. 오래된 연인처럼 어색함은 없었지만 처음 보는 대한의 앞에서 입을 벌리고 음식을 먹는 것이 불편했던지 하진이 조심스럽게 식사를 하며 대한에게 궁금한 것들을 쏟아낸다.

하진 - 너 정말로 정체가 뭐냐? 어쩜 그렇게 내 속마음을 훤히 들여다보는 것처럼 행동하니? 네가 너무 내 속을 다 알고 있는 것 같아서 짜증 나더라. 정말!

하진 - 글쎄… 그건 나도 잘 몰라! 그냥 난 감각적으로 사람들의 심리를 잘 이해하는 것 같아. 내가 '이렇다!' 하고 생각하면 내 느낌이 이상하게 잘 맞아떨어지거든. '당신 지금 이러이러하지요?' 그렇게 내 느낌이나 생각을 말하면 상대방이 깜짝 놀라더라고….

하진 - 진짜야? 너 무슨 작두 타고 그러는 건 아니지?

대한 - 하하하! 이상한 소리 하지 마라! 난 그런 거 싫어해!

하진 - 그러면 난 어때 보여? 솔직히 말해 줘 봐! 네 느낌을….

궁금해 못 참겠다는 듯 하진의 질문이 계속 이어진다.

대한 - 겉은 강해 보이지만 내면은 연약한 여자라고 말해주면 되나? 특히, 하진이 너는 고집이 세고 단순한 성격을 가지고 있어서 상대방에게 속마음을 쉽게 들키는 편일 거야. 네 내면에 있는 것들을 많이 감추다 보니까 친구는 그리 많지 않을 것이고… 요 정도… 어때?

하진 - 맞아! 맞아! 어쩜 그렇게 딱 맞추니? 너 진짜 신기하다! 대한아! 너 진짜 대박이야.

대한 - 넌 결혼을 늦게 해야 돼! 20대에는 절대 하지 마!

하진 - 무섭게 왜 그래? 왜 그런 말을 하는데? 말해 봐!

대한 - 내 촉으로는 넌 20대에 결혼하면 이별하는 장면이 보이고 30대가 되어서야 운명적인 남자를 만나 결혼하게 될 것 같아. 이건 그냥 참고만 해. 그냥 내 느낌… 촉일 뿐이니까.

하진 - 우리 어머니도 점 보고 오셔서 너하고 비슷한 말을 해주셨는데! 괜히 신경 쓰이네!

이때 대한의 휴대폰으로 하진의 동창생 오현의 전화가 걸려온다. 대한이 하진에게 눈을 찡긋하며 전화기를 건네 마이크를 막고 하진에게 속삭인다. 하진도 대한의 의도를 알아차린 눈치다.

대한 - 하진아! 아까 내가 부탁했던 거 알지?

하진 - 어~ 알아! 여보세요? 오현이니? 나야! 하진이~

오현 - 누구라고? 하진이? 네가 어떻게 대한이하고 있는 거여?

대한의 휴대폰에서 하진의 목소리가 흘러나오자 오현이 깜짝 놀란다.

하진 - 그렇게 됐어. 오현아! 엊그제 내가 너한테 많이 심했지? 미안해! 진심이야! 지금 오거리 레스토랑에 있는데… 이리 와! 같이 차 한잔하자. 응?

오현 - 아니… 난 괜찮아! 오늘은 그렇고 그냥 다음에 보자. 하진아!

하진 - 야! 조오현! 너 진짜 쫌생이처럼 이럴 거야? 빨리 안 와? 열 받게… 진짜!

오현 - 아… 알았어. 하진아! 갈게! 왜 소리는 지르고 그러냐? 사람 말을 끝까지 들어야지. 지금 출발하면 20분에서 30분 정도 걸리니까 이따 보자구.

대한의 생각대로 오현을 다그치는 하진을 보며 싱긋 웃고 있던 대한이 휴대폰을 낚아챈다.

대한 - 야~ 오현아! 언능 와! 교신 끝!

하진의 큰 소리에 주눅이 들어 있던 오현은 그녀의 말을 거절하지 못하고 전화를 끊는다.

대한 - 오현이가 하진이 널 되게 어려워하던데… 네가 얼마나 드세게 했으면 그놈이 말도 제대로 못 하냐? 앞으로는 그러지 말아. 알겠지?

하진 - 나 안 그래. 대한아! 정말 오해야! 내가 동창들한테 얼마나 잘했는데. 정말이야! 오현이 오거든 물어봐!

하진은 어떻게든 자신에 대한 좋지 않은 인식을 불식시켜 보려고 대한에게 애써 변명을 한다. 대한은 이런 하진의 애쓰는 모습마저도 사랑스럽다. 식사가 끝나자 후식을 주문하면서 대한이 카프리 맥주 한 병을 따로 주문한다. 그러자 하진이 눈을 껌뻑거리며 대한을 쳐다본다.

하진 - 카프리 맥주? 지금 오후 3시인데 낮술을 마시겠다는 거야? 미쳤나 봐!

대한 - 이게 무슨 낮술이야? 난 원래 커피숍에서도 커피 안 마셔! 카프리 맥주 딱 한 병만 마시거든. 그럼 소화가 잘 되더라고.

하진 - 난 맥주를 마시면 소화가 잘 된다는 말을 태어나서 너한테 처음 들어본다. 너 정말 캐릭터 참 독특해! 호호호!

대한 - 그런데 하진아! 네가 나하고 소개팅하고 싶다고 했다던데… 넌 나의 어떤 점이 좋아서 소개팅 하려고 한 거야? 날 어떻게 알고?

하진 - 아~ 사실은 네가 예전에 서라에서 오현이랑 같이 지나가는 걸 몇 번 본 적이 있었어. 그런데 네가 내 친오빠하고 이미지가 많이 닮았더라. 키 크고 남자답고… 외모도 준수하고… 난 우리 친오빠가 내 이상형이거든. 네가 오현이하고 있는 걸 몇 번 보면서 너한테 조금 호감이 생겼던 거야. 그래서 오현이한테 네가 누구냐고 물어봤지. 그렇게 해서 널 알게 된 거야.

대한 - 솔직해서 좋네! 이렇게 터놓고 얘기하니까 속 시원하지 않나?

이때 오현이 레스토랑으로 들어서며 대한과 하진을 찾으려고 주변을 두리번거린다. 하진이 자리에서 일어나 오현을 보며 손을 흔든다. 오현이 쭈뼛쭈뼛 이들을 향해 걸어온다.

하진 - 오현이! 너 오랜만이다! 넌 어떻게 하나도 안 변했냐! 키도 그대로구….

오현 - 존심 상하게 왜 또 키 얘길 하고 그려? 내 컴플렉슨데~

대한 - 푸하하! 역시 하진이가 오현이를 다룰 줄 아네.

하진 - 야~ 장난이야. 장난! 엊그제는 나 때문에 기분 많이 상했지? 그날은 내가 좀 흥분해서 그랬어. 미안해! 이해해 줄 수 있지?

오현 - 아이구~ 그럼! 당연한 걸 갖고 그려. 친구끼리! 그날 일은 벌써 잊었어! 괜찮아!

대한 - 어라? 얘 봐라! 어제는 좆밥 이 새끼가 나한테 얼마나 짜증을 내던지… 하진이 너한테 실수하지 말라고 아주 생지랄을 하더니만… 네가 앞에 있다고 별거 아닌 것처럼 이러네. 이 자식! 하진이 앞에서는 완전히 고양이 앞의 생쥐구만? 하하하! 어쨌든 야! 좆밥! 내 말대로 됐지? 응?

오현 - 그려! 지난번 교생에 이어서 하진이까지… 네 능력 인정한다! 정말로 존경스럽다! 대한아!

하진 - 교생? 그건 또 무슨 소리야?

대한이 순간 속으로 뜨끔해서 눈을 하얗게 치켜뜨고 오현을 째려본다. 오현이 얼른 얼버무린다.

오현 - 아… 아니야! 그 얘기는 내가 자세히 잘 모르니까 나중에 대한이한테 직접 듣는 게 좋겠다.

하진 - 뭐야~ 싱겁기는… 됐어! 야!

하진 앞에서 긴장하는 기색이 역력했던 오현도 하진이 웃으며 대화를 이어가자 조금씩 편안해지는 것 같았다. 이때 우석(배꼽)이 대한에게 전화를 한다. 대한이 우석의 전화라는 것을 짐작하고는 장난스럽게 전화를 받는다. 그러자 이를 보고 있던 하진과 오현이 깔깔거린다.

대한 - 여보… 세요?

우석 - 뭐여? 뭐가 웃겨서 웃는 겨? 너 지금 드림에 있지?

대한이 혹시나 하며 목을 길게 빼고 창 너머 1층 현관 쪽을 내려다본다.

대한 - 그래! 너도 이 앞이구나! 올라와!

우석이 고개를 들어 2층에 있는 대한을 보고 손을 흔든다. 잠시 후 우석이 레스토랑 문을 열고 들어선다. 우석이 바지를 추키며 다가와 의자를 당겨 옆에 앉는다.

오현 - 우석이! 너 여기서 또 보네!

우석 - 어~ 오현아! 동네가 작으니께 또 보네? 여기유~ 카프리 한 병 줘유!

대한 - 어이! 의형제! 인사해! 오늘부터 내 애인이야!

우석 - 오! 그려? 미인이시네여~ 제수씨! 저는 대한이 하고는 의형제 문우석이라고 해유.

하진 - 무슨 제수씨예요? 아직은 아니에요. 근데 사투리가 상당히 구수하네여! 하하하!

오현 - 와아~ 근데 네들 정말 빠르다! 진짜여? 축하해!

하진의 말을 듣고 있던 대한이 눈을 크게 뜨고 하진을 바라보며 목소리에 힘을 주어 으르렁거린다.

대한 - 야! 이하진! 아직 아니라니…? 그 말 무슨 의미야?

대한이 화가 난 것처럼 목소리를 높이자 하진이 마치 자기가 무슨 잘못이라도 했다는 양 기어들어 가는 목소리로 우물쭈물 대답한다.

하진 - 아니… 내 말은 대한아! 아직 애인이라고 하기엔 너무 성급하지 않은가 싶어서… 오늘 우리 처음 만난 거잖아.

대한 - 처음 만난 사이면 뭐가 어째서? 남녀 사이에 무슨 절차가 필요하냐! 오늘 처음 만났더라도 느낌이 통하면 되는 거지. 오늘부터 사귀는 거야. 하진아! 알았지?

하진 - 뭐? 갑자기? 왜 그래? 너….

대한 - 그럼… 하진이 넌 내가 싫다는 거야? 말해 봐!

하진 - 아니 그런 건 아니고… 난 네가 좋아. 하지만 대한아… 옆에 친구들도 있고 쪽팔리잖아~

오현은 이런 하진의 모습이 의외라는 표정이다. 한 번도 이런 하진의 모습을 본 적이 없었던 오현은 대한의 앞에서 왠지 쩔쩔매듯 조심스럽게 행동하는 하진의 모습이 몹시 낯설게 느껴진다.

오현 - 대한아! 말 좀 살살해라. 그래도 하진이는 내 절친인데….

대한 - 그래? 내 말이 조금 셌냐? 그랬다면 미안하다! 오현아! 어쨌든 난 오늘부터 하진이를 내 애인이라고 생각할 거야. 그럼 오늘부터 우리 1일 시작이야 그렇지? 하하하!

하진 - 대한이 네가 인상 쓰니까 겁나잖아! 순간 쫄았다구… 이 나쁜 놈아! 그래. 네 말대로 우리 1일 하자! 해!

우석 - 우리 의형제 대한이가 한 승질 하기는 하지. 암만~

이런 대한과 하진의 모습을 번갈아 바라보며 오현이 이해되지 않는다는 듯 고개를 젓는다.

오현 - 와아~ 방금 이 장면은 뭐지? 하진이가 쩔쩔매는 모습이 난 적응 안 된다. 정말!

하진 - 오현아! 왜? 나 재수 없어 보이냐?

오현 - 뭐… 그런 건 아니고… 대한이랑 잘 어울려서… 그래서 조금 질투가 나기도 하고…

우석 - 대한이랑 제수씨랑은 오늘 커플로 옷을 맞춰 입었나벼? 잘 어울리는구만!

오현 - 난 대한이랑 하진이도 그렇지만 왠지 모르게 대한이 하고 우석이 니들이 닮은 구석이 정말 많은 거 같아. 커피숍에서 카프리 맥주 마시는 것이나 옷 입는 스타일, 포스나 말투까지도 둘이 정말 많이 닮았어.

하진 - 둘이 체형이나 얼굴은 완전 다른데 모랄까? 느낌은 비슷한 거 같아. 그런데 우석 씨도 카프리 맥주가 소화제 역할을 한다고 생각해요?

우석 - 제수씨는 아직도 그걸 몰랐어요? 소화제 맞아유~ 그래서 밥 먹고 나서 갈증 나면 습관적으로 카프리 맥주 한 병씩 마시게 되쥬~

대한 - 카프리가 뭐 어때서? 커피숍에서 카프리 맥주를 마시면 안 되는 거야? 이게 뭐가 이상해?

오현 - 아니… 이상한 건 아니고… 그냥 신기해서 그런 겨. 하하하! 근데 저기… 나는 먼저 일어날게! 약속이 있어서… 그럼 재밌게 놀다가. 하진아!

정말로 약속이 있는 것인지, 아니면 대한과 하진이 함께 있는 자리에 같이 있다는 것이 불편한 것인지 오현이 먼저 자리에서 일어난다.

오현이 떠나고 세 사람만 남아 한참이나 수다를 떨고 있는데 하진의 삐삐가 울린다. 눈치 빠르게 대한이 하진에게 자신의 휴대폰을 건넨다. 자신의 생각을 미리 알아챈 것처럼 행동하는 대한을 바라보는 하진의 얼굴이 의외라는 표정이다.

하진 - 고마워! 대한아!

대한이 별거 아니라는 듯 빙그레 웃는다.

대한 - 고맙기는… 뭘 이 정도 가지고….

하진이 대한의 휴대폰을 들고 삐삐에 찍힌 번호로 전화를 한다.

하진 - 호출하신 분이요… 누구? 성주? 서라에 온 거야? 난 지금 진산에 있는데. 응응!

성주는 하진의 단짝 친구다. 성주와 통화하는 하진의 얼굴이 환하다. 하진의 통화 상대가 하진의 친구라는 것을 알고 우석이 하진을 향해 음흉하게 웃음을 짓는다.

우석 - 친구분도 진산으로 오시라고 해요. 같이 술이나 한잔 마시게요.

하진이 우석에게 고개를 끄덕인다.

하진 - 저기… 성주야! 너 혹시 지금 진산으로 올 수 있어?

하진이 성주와의 통화를 끝내며 성주에게 대한의 휴대폰 번호를 알려준다. 성주도 진산으로 오겠다고 하는 것 같았다. 입이 귀에 걸릴 듯 우석의 얼굴이 금방 환해진다.

우석 - 저기… 제수씨! 성주 씨는 남자친구 있어유?

하진 - 아니요! 아직 없어요! 우석 씨는요? 여친 없어요?

우석 - 아직 없으니께 물어봤쥬. 근디? 성주 씨 이뻐요?

하진 - 키도 저보다 더 크고 몸매도 예뻐요! 약간 섹시하다고 표현해야 하나?

우석 - 섹시하다고요? 진짜유? 완전 내 스타일인디요. 딱이다! 딱이여! 대한아! 하하하!

대한 - 그래. 우석아! 성주 씨 오면 네 애교와 능력을 보여줘 봐! 알겠지?

하진 - 근데… 성주가 오면 뭐 할 거야?

우석 - 같이 술이나 한잔 해야지. 뭐… 다른 거 할 게 있나유?

대한 - 술 좋지! 그러면 이 건물 바로 위층에 있는 호프집으로 가자!

대한과 일행은 하진의 친구 성주가 오기 전에 건물 3층에 있는 호프집으로 자리를 옮긴다. 호프집 문을 열자 대한의 동창생의 이모인 호프집 주인이 대한을 반긴다. 대한은 호프집 이모에게 요구해서 호프집 안쪽 모퉁이에 마련된 비밀룸을 빌린다. 아직 성주가 오려면 조금 기다려야 했다. 대한과 일행은 성주가 오기를 기다리며 성주에 대한 이야기로 시간을 보낸다.

대한 - 여기가 터미널 바로 앞이라서 성주 씨가 찾아오기는 쉬울 거야.

하진 - 그렇겠네! 그런 것까지 내 친구를 위해 신경 써줘서 고마워! 대한아!

대한 - 고맙긴… 오히려 내가 더 고마워해야지. 헤헤헤!

하진 - 우리 셋 중에 우석 씨가 제일 신나 보여요. 싱글벙글하시네요.

우석 - 내가 너무 티를 냈나요? 하하하! 하지만 조금 떨리네요!

호프집 이모가 들어와 주문을 받는다. 잠시 후 테이블에는 술과 안주가 가득 채워진다. 우석이 익숙한 솜씨로 3,000cc 생맥주 통에 소주 한 병을 섞으며 말한다.

우석 - 일단 성주 씨 오기 전에 긴장도 풀 겸 한 잔씩 마시자!

하진 - 맥주에 그렇게 소주를 섞은 건 안 마셔 봤는데….

대한 - 그래? 오히려 쓴맛이 없어져서 목 넘김이 편해! 마셔 봐!

하진 - 그래? 어디… 어? 정말 그러네!

우석 - 자! 잔 좀 들어 봐! 나의 형제 대한이와 제수씨의 불타는 사랑을 위하여! 건배!

단숨에 술잔을 비운 이들이 잔을 테이블에 내려놓으려고 하는데 때마침 대한의 휴대폰이 울린다. 대한이 전화를 받아 하진에게 건넨다. 하진은 대한에게 성주가 도착했음을 알려준다. 한 10분쯤 지났을까? 비밀룸 커튼 사이로 하진의 친구 성주가 고개를 들이민다. 성주가 하진에게 눈웃음을 지으며 인사한다. 성주는 검정색의 하진과는 달리 하얀색 정장을 입고 있었지만 어쩐지 두 사람이 단짝 친구라는 것을 쉽게 알 수 있을 정도로 둘의 의상 스타일이나 분위기가 비슷하다. 하진이 성주를 보자마자 반갑게 성주의 손을 잡는다. 하진이 성주에게 자신의 남자친구라며 대한을 소개한다.

하진 - 저기… 성주야! 내 옆에는 내 남친 대한이야! 인사해!

성주 - 뭐라고? 남친? 너 오늘 대한 씨 처음으로 만나러 간다고 하지 않았어? 그러니까 오늘이 첫 만남인 거잖아?

하진 - 어~ 어떻게 하다보니깐 그렇게 됐어! 성주야!

성주 - 어쭈? 요년 봐라! 얌전한 고양이가 먼저 일냈구만? 그 전부터 대한 씨가 맘에 든다고 하더니 결국엔 오늘부터 1일 된 거네?

하진 - 야! 말 좀 가려서 해. 성주야! 제발 좀! 아~유~ 증말!

성주의 말에 하진이 안절부절하며 어쩔 줄을 모른다.

대한 - 우리 하진이가 그랬었구나! 하하하! 암튼 성주 씨 반가워요! 하진이 남친 대한이라고 합니다!

성주 - 아~ 네! 그렇지 않아도 하진이 때문에 대한 씨를 몰래 숨어서 몇 번 본 적이 있어요. 그런데 드디어 이렇게 직접 보게 되네요. 근데… 우리 다들 동갑 아닌가요? 친구들끼리 말 편하게 하는 건 어때?

대한 - 좋지! 성주야! 하하하!

하진 - 그리고 네 옆에는 대한이 하고 의형제… 친구 우석이야! 인사해!

우석 - 우석이라고 햐! 성주야! 근데 이렇게 섹시하게 생겼는디 싱글이라는 게 사실이여?

성주 - 어메? 말투가 왜 이리 컨츄리하댜? 호호호! 미치겠다! 그래. 우석아! 나 싱글 된 지 오래됐어. 푸하하!

성주는 우석의 촌스러운 충청도 사투리가 우스웠는지 한참을 깔깔거리고 웃는다. 대한과 하진도 따라 웃는다. 그러자 우석이 머쓱한 표정으로 웃고 있는 성주와 하진을 번갈아 쳐다보며 당혹 감에 한마디 한다.

우석 - 아니… 왜 나만 보면 다들 웃는 거여? 잉?

성주 - 네가 웃기고 있잖아! 푸하하하!

대한 - 성주는 성격이 솔직하고 좋네. 우석이랑 잘 어울릴 것 같아!

세 사람 사이에서 머쓱하고 있던 우석이 기회다 싶었는지 성주를 바라본다.

우석 - 그러면 성주야! 우리도 쟤네처럼 1일 하는 건 어때?

성주 - 내가 왜? 난 너처럼 아저씨 같은 스타일 싫어!

성주의 직설적인 대답에 우석의 얼굴이 일그러진다. 이 모습을 보는 대한과 하진이 배를 잡고 웃는다. 성주가 하진의 가슴에 꽂힌 붉은 장미꽃을 부럽다는 듯 바라본다.

대한 - 성주야! 네가 몰라서 그러는데… 우석이 정말 괜찮은 친구야. 음식도 엄청 잘하고… 겉보기와 다르게 정도 많은 친구야. 우리 다 같이 오늘부터 1일 해보자! 응?

성주 - 글쎄… 난 조금 더 생각해 보고 결정할래! 난 이렇게 초고속으로 사람을 사귄 적이 없거든.

대한 - 그래? 그럼 술 한 잔 마시면서 천천히 생각해보자!

성주의 말을 들으며 하진이 우석의 귀에 대고 몰래 속삭인다.

하진 - 우석아! 조금 전에 성주가 내 재킷에 꽂혀 있는 장미꽃을 슬쩍 보는 것 같더라. 아마도 부러운 모양이야. 참고해!

우석 - 아 그려? 고마워! 제수씨!

갑자기 우석이 대한을 바라보며 화장실을 같이 가자고 조른다. 대한이 우석을 따라 일어선다. 우석은 대한을 잠시 화장실로 불러 하진의 재킷에 꽂아 준 붉은 장미꽃을 어디서 어떻게 구했는지 묻는다. 대한이 이차저차 설명을 하고 있는데 설명이 채 끝나기도 전에 우석이 후다닥 밖으로 튀어나간다.

잠시 후 우석이 꽃다발과 재킷용 붉은 장미꽃 한 송이를 들고 룸으로 돌아온다. 우석이 들고 있는 꽃다발과 장미꽃이 성주에게 주려는 것이라는 것을 다들 알 수 있었다. 우석이 갑자기 성주 앞에 한쪽 무릎을 꿇는다. 우석의 표정이 사뭇 진지해진다.

우석 - 성주야! 난 배운 것이 없어서 멋있는 말은 할 줄 몰라! 근디 널 처음 보자마자 너한티 푹 빠진 거 같어! 그니께 우리 사귀자! 응? 어떠?

성주 - 푸하하! 뭐야~ 너! 정말 귀여운 구석이 있구나! 갑자기 그러니까 내 얼굴이 화끈거린다! 하지만 뭐… 알겠어. 그러자. 우리도 오늘부터 1일 하자!

성주는 우석의 입장이 난처해지는 것을 원치 않는다는 듯 우석이 건넨 장미꽃을 받아 자신의 재킷에 꽂는다. 하지만 우석의 솔직하고 순수한 마음이 싫지는 않다. 결국 우석의 애정 공세에 성주도 마음을 열고 우석과 사귀기로 한다. 우석은 마치 세상을 다 가진 것처럼 금세 얼굴이 환해진다. 이럴 때면 우석이 생긴 것과는 달리 아주 귀엽고 해맑은 모습이 된다. 대한은 이런 우석이 귀엽다는 생각을 하며 빙그레 웃는다. 이렇게 대한과 하진, 우석과 성주가 커플이 된 것을 자축하는 의미의 쌍쌍파티를 시작한다.

대한 - 야! 니들 술 더 마실 수 있겠어?

성주 - 응! 아직은 괜찮은데?

하진 - 나도 아직….

우석 - 그러면 여기 말고 다른 데로 자리 옮기자! 대한아!

대한 - 어디로?

성주 - 아까 오다 보니께 여기 앞에 노래방 있던디….

하진 - 노래방? 그래. 그럼 노래방으로 가자!

호프집 앞 노래방은 대한도 몇 번 들렀던 장소다. 대한과 일행이 호프집에서 나와 2차 장소인 노래방으로 장소를 옮긴다. 대한이 노래방 문을 열고 들어서며 평소 알고 지내던 알바 누나에게 윙크한다. 알바 누나도 눈을 찡긋하며 웃는다.

알바 누나 - 대한이 왔구나! 대형룸으로? 술은 몇 병이나 넣어 줄까?

대한 - 캔 맥주 10개하고 사우나 오징어 1개 넣어줘! 누나~

알바 누나 - 사우나 오징어는 없는 거 알잖아? 그냥 마른오징어 줄게! 옆에는 여친인가 봐? 이쁘게 생겼네~

대한 - 응! 내 맞아! 내가 눈이 높잖아. 누나도 알면서… 서비스나 많이 넣어줘!

알바 누나 - 그래 알았어! 계속 줄 테니까 실컷 놀아.

대한이 계산을 마치고 대형룸으로 들어간다. 알바 누나가 대한에게 눈을 '찡긋' 한다.

하진 - 우리 네 명밖에 없는데 방이 너무 큰 거 아냐?

우석 - 대한이는 항상 노래방에서 제일 큰 방만 들어가더라구. 방값이 오천 원이나 더 비싼디~

대한 - 난 큰방이 좋아! 작은 방은 답답해서 싫더라고!

성주 - 역시 대한이가 스케일이 좀 크구나?

대한 - 그럼 당연하지! 남자는 배짱! 여자는 절개! 아니냐?

우석 - 와~ 그 말 멋진데! 대한아!

대한 - 그래. 우석아! 이런 중요한 말은 적어라! 새끼야~ 적어! 남자든 여자든 가슴에 깊이 새겨두고 살아가야 할 지침이지. 하하하!

성주 - 오~ 대한이! 뭔가 있어 보이는데… 남자는 배짱 여자는 절개라고?

이때 우석이 노래방 리모컨을 들고 자신이 유일하게 잘 부를 수 있다고 생각하는 '존재의 이유'를 선곡한다. 전주가 흘러나오자 우석이 마이크를 들어 하나를 성주에게 건넨다. 우석은 원래 음치지만 성주는 노래를 썩 잘했다. 성주는 제법 성량도 풍부해서 음치인 우석의 노래를 풍부한 성량을 가진 성주의 노래가 감싸는 듯했다. 대한과 하진이 우석과 성주가 다정하게 눈을 맞추고 노래하는 것을 바라보며 맥주를 마신다.

한참의 시간이 흐르고 대한과 하진의 얼굴이 점점 빨갛게 달아오른다. 슬슬 취기가 오르는 모양이다. 대한이 옆에 앉은 하진의 어깨에 손을 얹으며 자연스럽게 스킨십을 시도한다. 그러자 하진이 미소를 지으며 대한의 얼굴을 살며시 바라본다. 대한이 하진의 입술에 키스한다. 기다렸다는 듯이 하진도 대한의 품에 안기며 서로의 눈을 그윽하게 바라본다. 대한을 바라보는 그녀의 눈이 어느새 욕망으로 이글거리기 시작한다. 대한의 품에 안긴 하진의 손이 대한의 허벅지를 거쳐 사타구니에 이르자 그의 가슴에도 욕망의 불꽃이 타오르기 시작한다. 순간 대한은 하진을 가지고 싶다는 생각에 뜨거운 불꽃이 솟아올랐지만 우석과 성주가 곁에 있음을 보

며 대한이 옷매무새를 가다듬는다. 성주가 못 봐주겠다는 듯이 깐
족거리기 시작한다.

성주 - 워메~ 하진이! 저년 좀 봐! 아주 그냥 대한이 가슴에 폭 안겨서는 흐
느적흐느적… 눈꼴 시려서 그냥은 못 봐 주겠다. 야!

하진 - 야! 내가 뭘 어쨌다고 그래 이년아! 넌 니 남자나 신경 써!

우석 - 성주야! 이리 와! 저 짝은 신경 쓰지 말어. 내가 뽀뽀해줄 테니께.
잉? 어여 와 봐!

성주 - 싫어! 남들이 보는 앞에서 이러는 건 싫단 말이야. 이 미친놈아!

대한 - 성주! 너! 진짜 너무 웃긴다! 하하하! 야! 근데 네들 배 안 고프냐?
야식집으로 밥 먹으러 가자. 어때?

성주 - 야식? 그러면 돼지두루치기에 소주 한잔 더 어때? 우석아?

우석 - 어이구~ 우리 색시가 뭘 좀 아는구먼? 그려 가자! 3차 야식집으
로….

하진 - 성주야~ 너 술 더 마셔도 괜찮아?

성주 - 그까짓 거 더 먹지 뭐! 남친도 옆에 있겠다. 뭐가 걱정이냐?

하진 - 미친년! 뭐래? 술 좀 적당히 좀 마시라고!

대한 일행이 노래방에서 나와 시내 야식집으로 향한다. 야식집
에 들어서자 주인이 이들을 내실로 안내한다. 온돌방 식탁에 마주
앉은 대한과 일행은 주문한 음식이 나오기도 전에 밑반찬을 안주
삼아 소주를 마시기 시작한다.

우석 - 대한아! 우리 건배하자!

대한 - 우리끼리? 하하하! 그래!

우석 - 자~ 우리 의형제 사이가 영원하기를 바라면서… 건배!

하진 - 으이구~ 의형제 같은 소리 하고 있네. 말로만?

우석 - 하진이! 너 왜 그래? 나랑 대한이랑은 도원결의한 사이여. 진짜라니께.

하진 - 오구~ 오구! 그랬쩌요? 앞으로 내가 잘 지켜볼 거야. 호호호!

잠시 후 방문이 열리고 식당 주인이 맛깔스럽게 생긴 돼지두루치기를 들고 들어온다. 우석이 신이나 입맛을 다시며 허겁스럽게 말을 꺼낸다.

우석 - 여기가 우리 동네 야식집 중에서는 젤루 소문난 맛집이여! 먹을 만할겨~

성주 - 와아~ 돼지고기 두루치기다. 정말 맛나겠다!

하진 - 그러게… 이 계란말이 좀 봐! 엄청 푸짐하다 야~ 어서 먹자!

대한 - 그래. 자기 전에 뱃속이 든든해야 아침에 속 쓰림이 덜하지. 안 그러냐?

우석 - 그렇지! 술 먹을 땐 안주를 든든하게 먹어줘야 돼!

대한과 우석 일행이 기분 좋게 야식을 먹고 있는 사이 갑자기 밖이 소란스러워진다. 어디서 많이 들어 본 낯익은 목소리다. 대한이 방문을 열자 식당 홀에 영동파 1년 선배인 일석, 시정, 두영과 진산여상에 재학 중인 선배 누나들이 대한과 눈이 마주친다. 대한이 얼른 방문을 열고 나가 선배들에게 고개를 숙여 인사한다.

일석 - 어? 대한이! 오랜만이네! 술 한잔했냐?

대한 - 예! 형님! 오랜만이네요. 누나들하고 식사하러 오신 거예요?

일석 - 그려~ 술 한잔하고 2차로 야식 먹으러 왔지. 아 참! 형도 조만간 진산공고 전기과에 복학할 거니까 대한이 네가 자리 잘 잡고 있어!

대한 - 그러세요? 진산공고는 걱정 마세요! 형님! 제 손안에 있습니다.

시정 - 일석이 넌 아직 모르나 본데… 대한이가 진산공고부터 인근 학교까지 싹 접수했잖아. 말 그대로 대한이가 이 지역 일빠따여!

두영 - 그려~ 대한이 때문에 우리 기계과 후배들이 쪽도 못 쓴다고 하더라. 하하하!

일석 - 니들은 대한이 실력을 겨우 이제야 알았냐? 난 처음부터 대한이가 비범하다는 걸 알고 있었지 임마! 하하하~ 대한아! 술이나 한 잔 받아라! 우석이도 이리 와서 한 잔 받고….

일석은 대한과 우석을 만난 것이 기분 좋다는 듯 대한과 우석을 불러 소주를 한껏 따라준다. 술잔을 비운 일석이 식당 이모를 불러 말한다.

일석 - 이모! 여기 대한이네 테이블은 내가 계산할 테니까 돈 받지 말아요.

야식집 주인 - 응… 그려~ 알았어!

이때 안에 있던 하진과 성주가 방문을 열고 나온다. 대한의 선배들은 하진과 성주의 미모에 놀랐다는 듯이 눈이 휘둥그레져 넋을 잃고 바라본다. 대한이 하진과 성주를 선배들에게 인사시킨다. 옆에 있던 대한의 선배 누나들이 부럽다는 듯 대한을 보며 한마디한다.

선배 누나 - 와우~ 대한이 여친 정말 이쁜데? 대한아! 즐~

대한 - 그래. 누나들도 즐~ 하하하!

대한과 누나들이 친근하게 대화를 주고받는 것을 지켜보던 하진이 갑자기 식당 문을 열고 밖으로 나가버린다. 하진은 대한이 다른 여자들과도 스스럼없이 대화를 나누는 것이 싫었다. 대한의 선배들이라고는 하지만 그들도 여자이긴 마찬가지다. 하진은 대한의 주변 여자들에게 질투심을 느낄 정도로 이미 대한에게 깊이 빠져들고 있었던 것이다. 선배들에게 급하게 인사를 하고 대한이 하진의 뒤를 따라 식당 밖으로 나간다. 식당에서 허겁지겁 나오는 대한을 하진이 표독스럽게 째려본다.

하진 - 너! 조금 전에 저 안에 언니들이랑 무슨 암호를 주고받은 거야? 즐? 그게 무슨 신호야? 어? 말해 봐!

대한 - 아~ 그거! 그냥 즐거운 시간 보내라는 뜻이지. 그게 무슨 암호라고 이렇게까지 쏘아붙이냐? 무섭게….

성주 - 대한아! 내가 미리 경고하는데… 괜히 다른 여자 쳐다보다 봉변당하지 말고 잘해라! 내가 볼 땐 지금 하진이가 많이 참고 있는 거야. 너 아까 그 언니랑 되게 친해 보이던데?

대한 - 아니야! 그냥 친한 누나들인데 뭘… 아는 척도 못하나?

우석 - 그라~ 대한아! 아까는 제수씨 눈빛이 상당히 안 좋아 보이더라. 지금은 그냥 네가 꼬랑지 말어라. 잉?

하진 - 됐어! 시끄러워! 짜증 나니까… 그만해!

성주 - 하하하! 하진이가 드디어 시작됐구만! 대한이! 너 이제 각오해라!

대한 - 각오? 각오는 무슨 각오야? 잘못한 것도 없는데….

우석 - 야! 서로 술도 취하고 그랬으니까 네가 좀 져주는 척이라도 해! 그러면 이제 밤도 늦고 그랬으니께 여기 앞 경성장으로 들어가서 좀 쉬자!

야식집에서 나온 이들은 건너편에 위치한 경성장 모텔로 들어간다. 대한과 하진 사이에는 냉랭한 기운이 감돌지만 걱정과는 달리 하진과 성주가 경성장에 들어가는 것에 대해서는 별말을 하지 않는다. 대한이 객실 두 개의 숙박료를 지불하고 두 커플이 각자의 방으로 들어간다. 대한이 하진의 뒤를 따라 방으로 들어서며 방문을 잠근다. 여전히 하진은 뾰로통하여 말을 하지 않는다. 대한이 하진을 꼭 끌어안으려고 하자 하진이 눈을 흘기며 대한의 손을 뿌리친다.

하진 - 됐어! 나 건들지 마! 짜증 나니까!

대한 - 왜 그래? 하진아! 아무것도 아닌 거 가지고….

하진 - 그래, 나 혼자 미친년이지! 나 혼자서 괜히 질투하는 거야. 그치?

대한 - 아니야. 하진아! 앞으로는 니 앞에서 다른 여자들하고는 눈도 안 마주치고 말도 안 할게! 약속할게! 그럼 됐지?

하진 - 진짜지? 그렇다면 생각 좀 해 볼게.

당당하기만 했던 대한의 저 자세에 하진의 마음이 조금은 풀린 눈치다.

대한 - 아이고~ 우리 하진이는 삐지는 것도 예쁘네! 하하하!

대한이 은근슬쩍 하진을 안으려고 하자 하진이 눈에 힘을 주며 대한을 쏘아본다.

하진 - 분명 손대지 말라고 했다! 우선 나 먼저 씻을게!

대한 - 하진아! 모텔까지 와서 너무 수비를 강하게 하는 거 아니야?

대한이 슬그머니 다가서며 토라진 듯 새초롬한 하진의 블라우스 단추를 갑자기 풀어버린다. 순간 손을 대면 금방이라도 터질 듯 탄력 있는 그녀의 젖가슴을 감싸고 있는 하얀 브래지어가 도드라진다. 하진이 풀어진 옷깃을 여미고는 대한의 손을 '탁!' 하고 매섭게 뿌리치며 일어선다. 하진이 옷을 벗고 속옷 차림으로 욕실로 들어선다. 하진의 뒷모습을 바라보던 대한의 눈이 이글거린다. 고요한 방안에 대한의 침을 삼키는 소리가 '꿀꺽' 하고 울린다.

하진의 뒷모습은 신비로운 여인의 아름다움 그 자체였다. 탱글탱글 탄력 있는 엉덩이와 잘록한 허리, 매끈한 피부의 목선은 젊음이 충만한 대한의 욕정을 불러일으키기에 충분했다. 대한이 담배 한 대를 물고 깊은숨을 쉬어보지만 대한의 심장이 터질 듯 쿵쾅거린다. 대한이 욕실로 뛰어들고 싶은 충동을 애써 가라앉히며 하진이 욕실에서 나오기만을 기다린다.

잠시 후 샤워기 물소리가 그치고 욕실 문이 열리자 하진이 속옷도 걸치지 않은 채 욕실 밖으로 나온다. 하진의 고운 피부와 섹시하고 자극적인 몸매가 대한의 눈에 가득 찬다. 대한은 침대 모퉁이에 앉아 할 말을 잃고 탱글거리는 하진의 풍만한 가슴을 뚫어져라 처다본다. 대한의 이글거리는 시선은 안중에도 없다는 듯, 화장대 앞에 앉아 그녀의 머리를 감싸고 있던 수건을 풀어헤치고 헤어드라이기로 머리를 말리며 대한을 돌아본다.

하진 - 뭐 해? 계속 그러고 있을 거야?

대한 - 어? 어… 어! 씻어야지!

하진의 벗은 몸을 넋을 잃고 바라보던 대한이 허둥지둥 욕실 안으로 향한다. 대한은 좀처럼 당황하는 법이 없을 정도로 침착하고 냉정한 성격을 가지고 있었지만 오늘 대한의 모습은 평소의 그와는 달랐다. 샤워기 꼭지를 돌려 찬물을 맞으며 거울을 바라보던 대한이 잠시 멍하고 그녀의 벗은 몸을 떠올려본다. 대한의 몸에서 열기가 오른다. 대한이 한참을 차가운 물로 몸의 열을 식히려고 애써 보지만 방금 본 하진의 눈부신 나신이 머리에서 떠나지 않는다. 찬물로 샤워를 하며 두근거리는 마음을 애써 가다듬은 대한이 욕실 문을 나선다. 대한은 하진의 기에 눌리지 않기라도 하려는 듯 실오라기 하나 걸치지 않고 하진이 등을 지고 돌아누워 있는 침대로 다가선다. 하진이 고개를 돌려 대한을 바라본다. 하진이 대한의 벌거벗은 몸을 바라보자 그의 남성이 잔뜩 화가 나 불뚝 일어선다. 이를 본 하진이 얼굴을 붉히며 이내 고개를 돌려버린다.

대한이 이불을 젖히고 하진의 곁에 누우며 침대 옆 전등 스위치를 모두 꺼 버리고 붉은색 무드등을 밝힌다. 여전히 하진은 등을 지고 돌아누워 있다. 대한이 하진의 어깨를 감싸며 그녀의 몸을 돌려 안는다. 하진이 대한의 가슴에 고개를 파묻는다. 대한이 하진의 얼굴을 들어 그녀의 이마에 가볍게 키스를 한다. 대한과 마주친 하진의 눈빛이 대한을 갈구하고 있다. 대한의 입술이 조금씩 아래로 향한다. 하진의 눈가를 자극하던 대한의 입술이 그녀의 귓불을 애무하다 목 주변을 스치자 하진의 숨결이 조금씩 거칠어지기 시작한다. 대한이 그녀의 살포시 벌어진 입술을 헤치고 자신의 혀를 그녀의 입안으로 밀어 넣는다. 하진이 대한의 혀를 받아들이며 둘의 혀가 뜨겁게 뒤엉킨다.

애무에 흥분한 듯 하진이 대한의 뜨거운 몸을 감싸며 몸서리치기 시작한다. 대한이 하진의 가슴을 마사지하듯 탱탱한 그녀의 가슴을 한 손으로 살포시 감싸 쥔다. 하지만 커다란 대한의 손으로도 하진의 가슴을 모두 감싸지 못할 만큼 그녀의 젖가슴은 매끄럽고 풍만했다. 하진의 입술을 어지럽히던 대한의 입술이 그녀의 목선을 따라 천천히 아래로 향한다. 대한이 풍만한 하진의 가슴에 봉긋한 앵두를 혀끝으로 현란하게 스치듯 애무하자 그녀의 숨소리가 더욱 거칠어지며 몸을 뒤튼다. 대한이 손을 움직여 마치 연주라도 하듯 그녀의 부드러운 살결을 애무하기 시작하자 그녀가 서서히 절정으로 향하는 듯 흥분하며 신음을 토해낸다.

대한이 갑자기 연주를 멈추고 천정의 붉은 무드 등을 바라보며 누운 채로 숨을 고른다. 하진이 그런 대한의 벗은 몸을 보며 옆으로 돌아눕는다. 그녀의 눈빛에는 그를 갈구하는 욕망이 무드등의 붉은빛을 받아 뜨겁게 타오르고 있다. 그를 바라보는 그녀의 눈빛이 사랑에 목이 마른 듯 흔들린다. 대한은 욕정으로 몸이 뜨거워질 대로 뜨거워진 이 순간에도 자신에게 까칠했던 하진을 길들여야겠다는 오기를 느낀다. 대한이 짐짓 그녀의 이글거리는 눈빛을 보지 못한 것처럼 천정에 시선을 고정한 채로 행동을 멈추고 호흡을 가다듬는다. 서서히 애가 타는 그녀가 결국 먼저 말문을 연다.

하진 - 갑자기 왜 그래? 혹시 내가 무슨 잘못이라도 한 거야?

대한 - 아니… 그런 거 없어. 그냥….

하진 - 근데… 왜? 응? 나한테 화났어?

하진이 모깃소리만 한 목소리로 대한의 눈치를 살핀다. 대한이 하진 쪽으로 돌아누우며, 그녀의 볼을 잡고 키스하려는 듯 입술을 가까이 대며 나직하게 말을 꺼낸다.

대한 - 항상 지금처럼 날 조신하게 대할 수는 없는 거냐?

하진 - 응? 그래. 알았어! 이제부터는 너가 원하는 대로 조신하게 처신할게! 맹세해! 진심이야! 그러니까 화내지 마! 응? 화 풀어 대한아~

기세당당했던 하진이 풀이 푹 죽은 것 같다. 대한은 이런 하진을 보며 다소곳해진 그녀가 오히려 귀엽고 섹시하다는 생각을 한다. 애써 누르고 있던 대한의 아랫도리에 힘이 불끈 솟는다. 대한이 다시 뜨거운 숨을 토해내며 하진의 몸을 탐닉하기 시작한다. 대한의 손끝이 하진의 매끄러운 엉덩이를 살며시 스치듯 간지럽히자 그녀의 몸에서 진한 애액이 흘러 그의 욕정을 자극한다. 하진이 대한의 귓불에 뜨거운 입김을 불어 넣으며 속삭인다.

하진 - 사랑해! 대한아~ 진심이야!

그녀의 감미로운 속삭임에 그의 불기둥이 더욱 뜨겁게 달아올라 꿈틀거리기 시작한다. 하진이 몸을 일으켜 대한의 아래로 향하며 두 손으로 그의 물건을 감싸 쥐고 애무했다. 뜨거워진 대한이 흥분을 참지 못하고 그녀의 몸을 밀쳐 눕힌다. 그는 뜨거워진 그녀의 몸 위로 올라 용광로처럼 훨훨 타오르는 자신의 불기둥을 그녀의 은밀한 곳 깊이 '쑤욱~' 하고 밀어 넣는다. 대한이 욕정으로 뜨거워진 하진의 나신을 감싸며 조금씩 허리를 움직이기 시작한다. 그의 몸에서 땀이 비처럼 흘러내린다. 그의 땀으로 그녀의 몸도 흥건하게 젖는다. 그는 온 신경을 그녀의 은밀한 곳에 집중하여 조금씩 힘을 가하기 시작하자 그녀가 욕정을 주체하지 못하고 '하악~' 하며 거친 신음 소리를 토하고 격정적으로 온몸을 꿈틀거리기 시작한다. 대한이 하진의 은밀한 곳에서 애액이 분출되는 것을 느끼며 그녀가 절정에 이르고 있음을 느낀다. 대한도 절정에 이른다. 화산이 폭발하듯 그의 불기둥이 그녀의 몸 안에서 격렬한 불꽃을 토하고 또 토해낸다. 대한의 허리를 감싸고 있던 하진의 다리가 진저리를 치듯 부르르 떨더니 이내 힘이 풀려 바닥으로 떨어져 내린다. 대한이 만족한 듯 하진을 내려다보다 그녀의 열린 입술에 감미롭게 키스한다. 기진맥진한 그녀도 눈을 들어 가쁜 숨을 몰아쉬며 대한을 올려다본다. 두 사람이 체액으로 온몸이 흠뻑 젖은 채로 흥분이 가시지 않는 듯 서로의 몸을 부둥켜안으며 격정적인 키스로 마지막 사랑의 여운을 나눈다.

 얼마나 흘렀을까? 대한이 숨을 고르고 하진을 가슴에 안은 채 손을 뻗어 담배를 가져와 입에 문다. 하진이 일어나 대한의 담배에 얼른 불을 붙여주고는 재떨이와 냉장고에 있던 시원한 음료를 꺼내 들고 온다. 대한이 흐뭇한 미소를 지으며 넌지시 말을 건넨다.

 대한 - 우리 하진이! 이렇게 다소곳하니까 얼마나 이뻐 보이는 줄 알아? 진작 그러지. 헤헤!

 하진 - 나 원래 이래~ 내가 얼마나 여성스러운데… 그러니까 나만 예뻐해 줄 거지?

 대한 - 그럼~ 당연하지! 버릇없이 굴지만 않으면 말이야. 하하하!

 하진 - 아앙~ 알았어! 내가 더 잘할게! 사랑해~ 박대한!

 하진이 교태를 떨며 또다시 대한의 품에 안긴다. 하진은 대한과의 하룻밤 사랑으로 그에게 깊이 빠져버린다.

 다음 날 잠에서 깨어난 대한이 옆방에서 자고 있을 우석을 인터폰으로 깨운다. 인터폰 수화기를 내려놓자 옆에서 자고 있던 하진이 대한의 입술에 살며시 키스하고는 이불 속에 잠들어 있는 그의 은밀한 곳으로 손이 향한다. 잠들어 있던 그의 불기둥이 또다시 꿈틀거리기 시작한다. 그녀의 손이 그의 사타구니를 더듬어 꿈틀거리는 불기둥을 보듬고 감싸 돌자 잠들어 있던 그의 물건이 '불끈' 일어선다. 하진이 대한의 일어선 불기둥을 애무하기 시작한다. 대한이 하진의 짜릿한 애무에 몸을 맡긴 채 눈을 감고 어젯밤에 보았던 그녀의 눈부신 몸을 기분 좋게 상상한다. 서로의 은밀한 곳을 탐닉하는 두 사람의 손길이 차츰 뜨거워진다. 대한이 하진의 몸이 욕망으로 뜨겁게 끓어오르고 있음을 느끼며 그녀의 애무로 뜨겁게 솟아오른 욕망을 주체하지 못한다. 대한이 와락 하진의 팽팽한 젖가슴을 움켜쥔다. 그녀의 거칠어진 숨소리가 그의 귓전을 섹시하게 자극한다. 하진이 그의 위로 오른다. 하진이 대한의 뜨겁게 달궈진 불기둥을 깊숙이 밀어 넣으며 온몸으로 노래하기 시작한다. 그녀의 은밀한 곳에서 짙은 애액이 그의 배로 뿜어져 나온다. 그녀의 격정적인 꿈틀거림에 맞춰 그도 몸부림치기 시작하자 그녀가 숨 가쁘게 오열하며 절정으로 향한다. 그들은 뜨겁게 달구어진 화산의 용암이 폭발하듯이 분수처럼 흘러내린다. 어젯밤의 절정과는 또 다른 쾌감에 그와 그녀의 몸이 흥건하게 젖어 녹아내린다.

대한의 방문 앞에서 우석이 대한의 방문을 노크하고 있다. 하지만 절정에 이른 대한과 하진은 노크 소리도 듣지 못할 정도로 서로에게 열중하고 있다. 모든 것을 서로의 몸 안에 남김없이 쏟아낸 대한과 하진이 서로의 뜨거워진 몸을 끌어안은 채 침대로 무너져 내리며 가쁜 숨을 몰아쉰다. 그제야 우석이 밖에서 문을 두드리는 소리가 들린다. 깜짝 놀란 하진이 황급하게 욕실로 들어가 버린다. 대한이 문밖의 우석에게 큰 소리로 말한다.

대한 - 어~ 우석아! 미안! 먼저 내려가 있어. 바로 내려갈게!

우석 - 뭐 하는디~ 끙끙거리는 소리가 문밖에까지 들리는 거여!

성주 - 야! 대한이 너! 우리 하진이를 아주 잡는구나. 잡어! 이 나쁜 놈아! 적당히 좀 해라! 질투 나잖아!

대한 - 야! 시끄러워! 창피하게 왜들 그러냐?

성주 - 니들 방금 뭐 했는데 창피해?

하진 - 미친년! 빨리 내려가 있으라구! 곧바로 내려간다구!

우석과 성주는 허둥지둥하는 대한과 하진을 짓궂게 놀려대며 낄낄거린다. 대한과 하진이 급히 샤워를 마치고 밖으로 내려간다. 손을 꼭 잡은 두 커플은 서로를 마주 보며 한참이나 웃는다.

성주 - 오구~ 오구! 우리 하진이! 고생 많았지? 너 때문에 내 심장이 아직까지 벌렁벌렁 거린다~ 이년아! 어땠어?

하진 - 뭐래? 미쳤나 봐! 시끄러워! 이년아~ 그만해!

대한 - 어라? 성주 너도 하룻밤 사이에 뭔가 좀 달라졌는데?

성주 - 야! 전혀 그런 거 없고… 그대로거든? 하진이 저년이 많이 핼쑥해졌지. 호호호!

대한 - 말 돌리지 말고… 성주야~ 어라? 눈 밑에 저 다크서클 생긴 것 좀 봐! 어? 우석이 너도 그렇고… 니들 어제 잠 안 잤냐?

우석 - 야~ 말도 마라! 한 시간이나 겨우 잤나? 성주가 잠을 못 자게 하는디… 얼마나 죽겠던지… 코피까지 흘렸어!

대한 - 진짜? 코피까지 흘렸단 말이야? 푸하하하! 대박이다. 니들….

성주 - 야! 문우석! 너 진짜 쪽팔리게 이럴 거야? 그런 소릴 여기서 왜 하는데!

하진 - 까르르륵! 야~ 김성주 네가 더 웃겨. 이년아! 화장이나 좀 해! 빨리! 너 눈 밑에 다크서클 진짜 심해! 거울 좀 봐. 우석이 너도 그렇구….

대한 - 잘했어! 친구야! 우리 우석이가 옹녀를 상대로 잘 버텨냈구나. 하하하!

성주 - 야! 내가 무슨 옹녀야? 너 증말 왜 그래~ 짜증 나!

우석 - 너 옹녀 맞어! 그런 옹녀를 내가 절단냈으니께… 나도 대단하지. 안 그려 대한아?

대한 - 암만! 친구가 코피 터졌을 정도면 옹녀는 기절했겠지. 안 그래?

하진 - 어유~ 얘들은 자꾸 이상한 말만 하고 그래. 저질이야!

우석과 성주의 너스레로 인해 한바탕 웃음바다가 된다.

해장국집으로 간 그들이 해장 삼아 선지와 뼈 해장국을 주문한다. 네 사람의 분위기는 어제와는 확연히 다른 느낌이다. 두 커플은 선지와 뼈를 서로에게 발라주며, 지난밤의 일로 서로의 관계가 더욱 깊어졌다는 것을 확인시켜 주는 것 같았다. 식사를 끝내고 나서 담배를 피우고 있는 대한과 우석에게 하진이 말을 건넨다.

하진 - 저… 대한아! 나 이제 서라로 가야 돼!

대한 - 아 그래? 그러면 내가 택시 불러줄게! 기다려 봐!

성주 - 왜? 벌써 가게? 조금만 더 있다가 가면 안 돼?

하진 - 넌 우석이하고 좀 더 놀다 와! 난 전학문제 때문에 어머니하고 상의해야 해서….

우석 - 근디~ 하진이가 어제와는 다르게 기운이 없어 보이는디?

하진 - 응? 내가? 왜? 아닌데….

성주 - 그러고 보니… 어쭈? 이년 봐라? 대한이한테 말도 조곤조곤하게 하고… 목소리에 힘도 많이 빠졌는데. 설마 너 대한이한테 벌써부터 꽉 잡힌 거니?

하진 - 뭔 소리야? 이년아! 그런 거 아니야!

성주 - 얘가 안 하던 짓을 다 하고… 너 낯설다! 하진이 너! 진짜 웃겨!

우석 - 그러고 보니 어제 볼 때만 해도 야생마 같던 하진이가 하룻밤 사이에 어떻게 이렇게 싹 달라질 수가 있지? 대한아! 나도 비법 좀 알려 줘 봐! 난 괴롭다. 친구야!

성주 - 야! 문우석! 넌 그만 좀 징징거려라. 응?

대한 - 재밌다! 니들… 하하하! 누군가를 길들이고 길들여진다는 것, 이 모두가 사랑의 힘이지. 안 그래?

대한이 은근슬쩍 옆에 앉은 하진의 표정을 살핀다.

성주 - 사랑 같은 소리 하고 있네. 하진아! 너 정말 대한이한테 벌써 길들여진 거야? 응? 말해 봐! 이년아~

하진 - 야! 시끄러워! 창피하게… 옆에 아저씨들이 우리만 쳐다보고 있잖아. 입 좀 다 물자. 응!

하진이 창피하다는 듯 고개를 숙인다. 이런 하진의 생경한 모습을 처음 본 성주가 고개를 갸우뚱하며 대한과 하진의 얼굴을 번갈아 바라본다.

성주 - 이상하네! 하진이가 갑자기 온순해졌어. 정말이지 낯설어! 대한이 너! 혹시 하진이 때렸냐?

우석 - 얘는 또 뭔 소리를 하는 거여! 대한이는 절대로 여자는 안 때려! 말 같은 소릴 해라.

하진 - 그래. 성주야! 너 입 좀 다 물어. 정말! 제발! 쯤!!

성주 - 으이구~ 알았어. 이년아!

그 후로 한 달이 지난 어느 날, 대한과 우석이 시내 오락실 앞으로 지나가던 친구들을 만나 담배를 피우며 노닥거리고 있다. 윤식이 지나가던 여학생들을 향해 큰 소리로 '어홍~' 하며 장난질을 한다. 윤식은 개그맨 못지않게 유쾌한 친구다. 방송인 '유통'을 닮아서 그런지 마치 유통의 도플갱어처럼 보인다. 윤식이 있는 곳에서는 언제나 웃음이 끊이질 않는다.

이때 유쾌하게 웃고 떠들던 대한의 시선이 먼 곳을 향한다. 대한의 시선이 향한 곳에는 이들 일행이 있는 곳으로 걸어오고 있는 한 여인의 모습이 보인다. 그녀가 이들에게로 점점 가까워지고 있는 모습을 대한이 뚫어져라 바라본다. 문득 그녀와 대한의 눈이 마주친다. 순간 담배 연기가 목에 걸린 대한이 '콜록콜록' 하며 기침을 한다. 그녀가 그런 대한을 곁눈질로 바라보며 지나친다. 알 수 없는 은근한 미소가 그녀의 입가에 잔잔히 퍼진다. 대한의 시선을 한눈에 빼앗아버린 그녀는 새하얀 피부와 쌍꺼풀이 없는 동양적인 청순한 이미지를 가지고 있었다. 대한을 바라보던 용식이 대한의 모습이 우습다는 듯 키득거리며 말을 꺼낸다.

용식 - 임마! 정신 좀 차려라! 저 누나 남친 있어.

대한 - 근데? 그게 뭐? 내가 뭘 했다고 그러냐? 제발 오버 좀 하지 마! 새 끼야!

대한은 용식을 통해 그녀의 이름을 알게 된다. 그녀의 이름은 백장미. 하지만 백장미가 대한보다는 한 살이 많고 그녀의 남자친구는 대한보다 선배라는 것 외에 그녀에 대한 세세한 정보를 알 수는 없었다. 잠시 스쳐 지났지만 아마 그녀도 대한을 보았을 것이다. 멀어지는 그녀의 뒷모습을 물끄러미 바라보고 있는 대한의 얼굴에 아쉬움이 가득 번진다. 이때 건너편 2층 UFO커피숍 창가에서 이런 대한의 모습을 주시하고 있던 하진이 대한에게 전화를 한다. 대한이 휴대폰을 꺼내 든다. '어? 하진이다.' 한눈을 팔고 있던 대한이 화들짝 놀라 전화기를 열지만 전화기에서는 아무런 소리도 들리지 않는다. 대한이 당황한 듯 말을 더듬거린다.

대한 - 여보세요? 여보세요? 하진아! 하… 하진아!

잠깐의 침묵이 흐르고 하진이 특유의 톡 쏘는 목소리로 대답한다.

하진 - 나야! 하진이!

대한 - 어… 하… 하진아! 그래. 알아! 근데… 무… 무슨 일이야?

하진 - 뭐 하고 있었어? 뭐하다 전화를 받았기에 그렇게 놀래? 설마 딴 년한테 한눈팔고 있었던 건 아니지?

대한 - 얘… 얘는! 뭔 소리야? 갑자기… 지금 어딘데?

하진 - 2층이야. 돌아봐! 니 등 뒤 커피숍 2층….

대한이 2층 커피숍을 올려다본다. 하진이 전화기를 귀에 댄 채 자신을 내려다보고 있다. 대한의 가슴이 순간 철렁 내려앉는다.

하진 - 모해? 올라오지 않고?

하진과 전화통화를 끝낸 대한이 놀란 가슴을 쓸어내리며 커피숍으로 급히 발걸음을 옮긴다. 어쩌면 자신이 하고 있던 행동을 그녀가 모두 지켜보고 있었을지도 모른다는 생각을 하며 대한이 하진이 있는 커피숍으로 쏜살같이 향한다. 대한이 아무 일 없었다는 듯 시침을 뚝 떼고 커피숍 창가에 홀로 앉아 있는 하진의 곁에 자리를 잡고 앉는다.

대한 - 너는 말도 없이 갑자기 오면 어떻게 하니? 놀랐잖아!

하진 - 왜? 내가 어디 못 올 곳에라도 온 거야? 넌 내가 여기 오는 게 싫어?

대한 - 너는 왜 말을 그렇게 하니? 네가 미리 전화라도 했으면 내가 마중이라도 나갔을 거 아니야? 안 그래?

하진 - 어이구~ 그랬쩌요? 난 네가 너무너무 보고 싶어서 이렇게 왔지!

대한 - 방금 도착 했나 보네?

하진 - 그래! 여기 앉자마자 네가 보이더라. 그래서 널 보고 있었는데 네가 어떤 년을 멍하니 바라보고 있더라고… 다 봤어! 그래서 바로 전화했지!

대한 - 너는 내가 그렇게도 신경 쓰이냐? 아주 그냥 합숙을 해야지… 그래야 우리 하진이가 안심하겠어. 안 그러나?

하진 - 그래? 그럴 줄 알고 나 짐 싸서 나왔어. 잘했지?

갑작스런 하진의 말에 대한이 아무 말도 하지 못한다. 하진의 행색을 이리저리 살펴보던 대한이 무언가 불안하다는 듯이 말을 꺼낸다.

대한 - 하진아! 그런 거 가지고 장난치면 안 되는 거야. 응?

하진 - 장난 아냐! 진짜야! 옆에 짐 가방 안 보이냐? 내 거잖아!

하진이 옆에 앉은 대한의 팔짱을 끼며 대한의 품에 살포시 안긴다. 사랑스럽다는 듯 하진이 대한에게 찐한 애정을 표현하며 말을 이어간다.

하진 - 난 네가 매일매일 보고 싶어서 며칠 동안 잠을 한숨도 못 잤어! 너하고 단 하루도 떨어져서 지내고 싶지 않아. 이제부터는 나 너하고 살 거야.

애교스러운 하진의 말에 기분이 좋기는 했지만 갑자기 대한의 머릿속이 복잡해진다. 대한이 하진을 바라보며 차분하게 말을 꺼낸다.

대한 - 그래. 하진아! 잘했어! 근데 너희 부모님께서 이 사실을 알게 된다면 많이 걱정하시지 않을까?

하진 - 그래서 우리 어머니한테 허락받았어. 그래서 괜찮아.

대한 - 정말이야? 나하고 같이 살 거라고 솔직하게 말했는데도 허락을 했다는 거야? 우린 아직 학생인데?

하진 - 너 노땅처럼 왜 그래? 사실대로 말했으면 우리 어머니가 여길 보냈겠냐? 바보야!

대한 - 나하고 같이 지내다 보면 학교도 그만두고 그래야 하는데… 나중에 후회하지 않을 자신 있어? 몇 년만 참으면 성인이 돼서 얼마든지 같이 지낼 수 있잖아! 그런데 학교까지 포기하면서 이래야 돼?

하진 - 모? 싫으면 싫다고 확실하게 말하면 되잖아! 왜 너는 꼭 우리 부모님처럼 그런 잔소리를 늘어놓은 거니? 짜증 나! 정말!

대한과 하진의 언성이 높아진다. 커피숍으로 올라 온 우석이 대한 커플의 사랑싸움이 재미있다는 듯 담배를 물고 이들을 바라보며 히죽거린다.

우석 - 하진이는 언제 온 거여? 오자마자 사랑싸움하는 거여? 내가 자리 피해 줄까?

하진 - 아니 괜찮아! 우석아! 별일 아니야.

대한 - 그래. 별일 아니야. 저기 알바야! 여기 카프리 두 병 가져와라!

우석 - 야 너! 왜 그러는디? 대한이 표정이 왜 저러는 겨? 말해 봐! 응?

하진이 우석에게 자초지종을 털어놓자 우석이 껄껄거리며 웃는다.

우석 - 잘 됐구먼! 그려 이참에… 대한아! 그냥 장가나 가라!

대한 - 미친놈! 우리는 아직 학생이야! 임마! 헛소리 좀 그만해!

우석 - 내가 가끔 니네 집에 가서 음식도 만들어 주고 그럴 테니께 걱정은 하덜 말어! 잘해 봐! 난 네가 부럽기만 하다! 우렁각시도 생기고… 난 언제 그렇게 할 수 있으려나?

깊은 한숨만 내쉬고 있던 대한이 모든 것을 포기한 듯이 말을 한다.

대한 - 에라! 나도 모르겠다! 일단 합숙부터 하자. 하진아! 너 잘할 수 있지?

하진 - 응! 대한아! 나 정말 잘할게! 믿어줘!

하진이 대한의 어깨에 살포시 고개를 기댄다.

우석 - 으이구~ 참! 니들 애정 표현이 너무 찐해서 못 봐 주겠다. 엥간히 좀 해라! 잉?

잠시 후 대한의 집에 도착한 하진이 잔뜩 긴장한 것처럼 주위를 두리번거린다. 불이 꺼진 현관문을 열어 거실 등을 켜고 대한이 하진의 짐을 받아 거실 한편에 내려놓는다.

대한 - 하진아! 배고프지? 짐 풀기 전에 밥부터 먹자!

하진 - 그래! 주방이 어디야?

대한 - 그쪽 문 열면 거기가 주방이야. 내가 불 켜줄게!

하진 - 어? 여기 김치찌개하고 돼지고기 두루치기가 있는데?

대한 - 아! 맞다! 그냥 그거 데워서 먹자. 하진아!

하진이 옷을 갈아입고 쌀을 깨끗이 씻어 밥을 안친다. 잠시 후 누군가 현관문을 두드린다. 대한의 친구(희준, 중근, 우석, 오현, 영진)들이 술과 음료를 잔뜩 들고 현관문 앞에 서 있다. 대한과 하진이 이들을 반갑게 맞이한다.

오현 - 하진아! 나 왔어. 헤헤헤! 우석이한테 니들 소식 듣고 같이 왔어~

하진 - 어머! 오현아! 잘 왔어! 조금만 기다려! 밥 안 먹었지?

대한 - 다들 잘 왔다! 온 김에 파티나 하자! 친구들아!

우석 - 야! 그럴 줄 알고 술이랑 잔뜩 챙겨왔어!

중근 - 축하해요! 제수씨! 대한이 넌 이렇게 이쁜 제수씨를 지금까지 소개도 안 해주고… 너무한 거 아니냐?

대한 - 그랬나? 인사는 천천히 하고 술상 준비부터 하자!

하진이 주방에서 음식을 준비하고 있는 동안에 대한과 친구들은 옆방에서 큰상을 가져와 안방에 상을 펴고 술상을 준비한다. 술상이 준비되자 대한이 친구들을 돌아보며 말을 꺼낸다.

대한 - 술부터 채워 봐! 만났으니까 시작해야지!

오현 - 하진아! 그만하고 빨리 들어와 앉아! 같이 먹게… 응?

영진 - 제수씨! 빨랑 와요. 나머지 필요한 건 셀프로 각자 알아서 챙기라고 할 테니까요. 네?

하진 - 네! 알았어요~ 밥만 뜨면 되니까 먼저 드시고 계세요!

대한의 집에서 가끔 신세를 져서 대한의 집 구조를 잘 알고 있는 희준이 밥과 물을 쟁반에 받쳐 들고 하진과 함께 안방으로 들어온다. 대한의 옆에 앉은 하진이 수줍은 듯 미소를 지으며 술잔을 받는다.

대한 - 원래 우리 집 주방장은 희준이였는데… 하진이가 왔으니 이제 자리를 내줘야겠네. 하하하!

희준 - 그래. 이제 난 대한이 식모에서 벗어나 자유인이 된 거야. 하하하!

대한 - 맞다. 희준아! 헤헤! 잔 모두 채웠으면 나와 하진이가 인연을 맺도록 도와준 좃밥(오현)! 네가 일어나 건배 좀 해 봐라! 첫 잔은 너에게 넘긴다.

대한의 말이 끝나자 기다렸다는 듯이 오현이 자리에서 일어선다.

오현 - 그래… 대한이가 건배사를 나한테 넘겼으니 해야지!

영진 - 야! 좆밥! 넌 키가 하도 작아서 일어나도 앉은 건지 일어난 건지 구분이 안 되니까 오버하지 말고… 그냥 앉아서 건배사 하면 안 되냐?

오현 - 에이… 씨발 거! 나 안해! 저 새끼 돼지똥(영진) 땜에….

영진 - 캬캬캬! 미안! 친구야! 네가 하도 쥐 좆만 해서 말이 헛나왔나 보다.

영진의 말에 모두 낄낄거리며 웃는다. 이때 우석이 대단히 기분이 좋다는 듯이 싱글벙글하며 말을 꺼낸다.

우석 - 오현아! 남자가 그까짓 거 가지고 뭘 또 속 좁게 삐지고 그러냐? 난 네가 맘에 들어! 어디 한 번 멋지게 건배사 해 봐!

오현 - 그려~ 고맙다! 사실 대한이랑 하진이가 이렇게까지 발전하게 될 줄은 난 상상도 못했는데… 대한이의 불도저 같은 추진력과 남자다움이 결국 미인을 얻게 된다는 것을 깨닫게 해줬어. 내 친구지만 난 대한이를 진심으로 존경한다! 그리고 내 동창인 하진이와의 합숙을 축하한다. 내가 '사랑!'이라고 선창을 하면 니들은 '해줘!'라고 답해! 알겠지? 잔 높이 들고… 자~ 사랑!

일동 - 해줘!

건배를 끝낸 친구들이 대한과 하진의 새 출발을 축하하며 잔을 들어 건배하고 힘껏 박수를 친다. 우석이 오현의 건배사에 감탄이라도 했다는 듯이 친구들을 바라보며 너스레를 떤다.

우석 - 앞으로는 오현이를 좆밥이라고 부르면 안 되겠는디?

중근 - 원래 키 작은 사람들이 근성도 있고 멋진 구석도 많다니까… 안 그러냐? 오현아!

오현 - 암만~ 그렇지! 가오(중근) 너도 멋져! 헤헤헤!

대한 - 그래! 가오 말이 맞어! 좆밥이 키만 조금 더 컸으면 좋았는데… 아쉬움이 크다!

하진과 친구들이 모두 깔깔거리며 웃는다.

오현 - 대한이 넌 꼭 잘나가다 막판에 한 방 먹이더라!

우석 - 오현아! 그런 말은 신경 쓰지 말고… 너 진짜 멋졌어!

오현 - 아이구~ 자꾸 부끄럽게 왜 그랴?

영진 - 좆밥 저 새끼! 순진하기는… 그냥 예의상 칭찬하는 걸 갖고… 넌 그 말을 곧이 곧대로 믿냐? 그래서 네가 좆밥(오현)이라는 거. 이 병신아! 하하하!

오현 - 아! 돼지똥(영진)! 너는 주둥이에 땀나겠어. 아가리 그만 좀 털고 닫아라! 응?

중근 - 좆밥이랑 돼지똥 니들은 서라에서 무슨 지역감정이라도 있었냐? 만나기만 하면 서로 못 잡아먹어서 안달이냐? 쟤들 둘이 서열정리 좀 시키자. 대한아!

하진 - 하긴… 옛날부터 둘이 싸우기는 정말 많이 싸우더라. 호호호!

대한 - 그래! 중근이 생각이 일리가 있는 것 같은데?

영진 - 중근아! 서열정리는 하나 마나여. 좆밥(오현)은 나한테 쪽도 못써! 푸하하! 오현아! 오늘부터는 우리도 그만 싸우자!

오현 - 으이그~ 이 비곗덩어리 새끼! 넌 한주먹 거리도 안 되는 놈이 너무 건방져. 헤헤! 오늘은 이쯤하고 서열정리는 담에 좀 따져보자. 새끼야!

친구들은 하진이 대한과 함께 하기로 한 첫날, 둘의 새 출발을 축하하며 밤이 새도록 술을 마시며 즐거운 시간을 보낸다. 이제 대한에게도 책임을 져야 할 새 가족이 생긴 것인가? 대한은 친구들과 웃고 즐기면서도 내심 무거운 책임감 같은 것을 느낀다. 대한도 하진도 앞으로의 서로의 인생에 있어서 둘의 관계가 어떤 의미를 갖게 될 것인지 아직은 알지 못한다. 하지만 자신보다는 늘 친구들을 먼저 배려했던 대한이였기에 자신의 그늘 아래로 찾아 든 하진을 바라보며 이제부터는 그녀를 위해서도 무언가 해야 할 일이 생길 것이라는 막연한 생각을 하며 대한의 마음이 무거워진다.

옥살이
(값비싼 교훈)

흰 눈이 소복소복 내리는 겨울 어느 날. 하얗게 변해가는 눈 세상을 대한이 창밖으로 물끄러미 바라보고 있다. 어둠은 어느새 하늘을 덮고 어둠이 내린 하늘 속에서 하얀 눈이 소복소복 세상으로 내려앉는다. 대한은 우석(배꼽)의 집 TV 앞에 누워 '가요톱텐'을 시청하고 있었다. 진행을 맡은 '손범수' 아나운서가 1위 후보를 소개하자 혼성 그룹 '코요테'가 '순정'이라는 노래를 부르기 시작한다. 대한이 '코요테'의 노래를 흥얼거리며 따라 부른다. 대한의 얼굴이 하얗게 변한 눈 세상만큼이나 평온하다. 우석의 집은 낡기도 했지만 비좁아서 그리 아늑한 편이 되지 못한다. 하지만 대한은 자신이 형제처럼 믿고 지내는 우석의 집이라는 것에서 알 수 없는 평안함을 느낀다. 이때 갑자기 우석의 휴대폰이 울린다.

우석 - 여보세요? 예! 형님! 알겠습니다!

우석의 얼굴에 왠지 모를 긴장감이 흐른다. 이를 보는 대한의 얼굴에도 일순간 긴장이 스친다.

대한 - 누군데 전화 통화가 그리 간단하냐?

우석 - 응! 종태 형님인디~ 너랑 같이 집으로 빨리 오라! 일단 옷 입고 나가보자!

대한 - 아~ 가요톱텐 보고 있는데! 아직 1위가 누군지 발표도 안 했어~

대한이 아쉽다는 듯 '코요테'가 노래를 부르고 있는 TV 화면에서 쉽사리 눈을 떼지 못한다. 하지만 선배 하종태가 눈 내리는 날 저녁 늦은 시간에 대한과 우석을 함께 찾는 것을 보면 급히 처리해야 할 일이 생겼다는 뜻일지도 모른다. 그들은 급히 옷을 걸치고 우석의 집을 나선다.

잠시 후 하종태의 집 안으로 들어서자 종태의 여자친구 영순이 이들을 맞는다. 이미 그들이 올 것이라는 것을 알고 있었는지 식탁에는 저녁 식사가 미리 준비되어 있었다. 종태가 샤워를 마치고 욕실에서 나오며 대한과 우석을 반긴다.

종태 - 그래 왔냐! 니들 아직 저녁 안 먹었지? 일단 밥부터 먹자!

종태가 식탁 의자를 끌어당겨 앉으며 영순을 부른다.

종태 - 영순아! 얘들은 밥을 이빠이 퍼줘야 돼! 밥 존나 많이 먹으니까… 응?

영순(종태 여친) - 알지 오빠~ 그래서 밥 많이 해놨어. 걱정 말고 많이 드세요!

영순이 밥을 한껏 퍼 대한과 우석의 앞에 가져다 놓는다.

대한, 우석 - 잘 먹을게요! 형수님!

대한은 종태가 무슨 말이라도 할까 싶은 생각에 식사를 하면서도 내심 긴장을 늦추지 않고 있었지만 식사가 다 끝나도록 종태는 아무런 말이 없다. 저녁 식사 자리는 내내 화기애애하기만 했다. 대한이 속으로 '별일 아닌데 공연히 긴장했나?' 하는 생각을 하며 '피시식' 웃는다. 식사가 끝나자 종태가 자리에서 일어서며 대한과 우석을 집 밖으로 데리고 나간다. 집에서는 할 수 없는 말이라도 있는 눈치다. 그들은 집 근처의 다방으로 향한다. 다방에 들어선 종태가 익숙한 듯 자리를 잡고 앉으며 대한과 우석을 맞은편 자리에 앉힌다. 다방 여종업원이 종태를 보고 반색을 하고 안기며 옆자리에 찰싹 달라붙어 앉는다. 색기가 줄줄 흐르는 여종업원은 짧은 미니스커트를 입고 대한과 우석의 맞은편에 아무렇게나 다리를 벌리고 앉는다. 여종업원의 짧은 치마 밑으로 속옷이 훤히 드러나 보인다. 대한이 못 볼 것을 보았다는 듯이 눈살을 찌푸린다. 종태가 여종업원에게 커피를 주문한다.

종태 - 야! 커피나 세 잔 가져와!

다방에 와서도 종태는 여전히 아무런 말을 하지 않는다. '무슨 일이지?' 대한과 우석이 궁금해하는 사이에 종태의 매형이라는 사람이 이들 일행의 좌석으로 다가와 앉는다. 매형과 긴히 할 이야기가 있는지 종태가 대한과 우석에게 잠시 나가 있으라고 고개를 끄덕인다. 대한과 우석이 인사를 하고 다방 밖으로 나온다. 대한이 담배에 불을 붙이며 창문을 통해 종태가 있는 자리를 돌아본다. 언뜻 보기에도 두 사람의 표정이 심각하다. 무언가 진지한 대화라도 나누고 있는 것처럼 보인다. 대한이 담배 연기를 하늘로 내뿜으며 우석을 바라본다.

대한 - 우석아! 종태 형님은 대체 뭘 해서 돈을 벌겠다는 거냐? 우리를 불러놓고 아무런 말도 하지 않고 있으니… 난 종태 형님이 도대체 무슨 생각을 하고 있는지 모르겠어! 너 혹시 뭐 얘기라도 들은 거 있어?

우석 - 글쎄 나도 특별한 얘기는 듣지 못 했는디… 저기 보이는 매형인가 하는 그분 걸 수금해서 그 돈으로 장사나 해야겠다고 하던디… 넌 전혀 못 들었냐?

대한 - 난 전혀 못 들었어! 근데… 수금을 한다고? 수금이라는 게 절대로 쉬운 건 아닌데….

우석 - 나두 잘 몰러! 종태 형님이 어떻게든 알아서 하겠지.

얘기가 끝났는지 종태는 매형과 함께 다방 밖으로 나온다. 종태의 매형이 자리를 뜨자 종태가 대한과 우석을 차에 태우고 가덕읍으로 차를 몬다. 가는 내내 종태는 여전히 특별한 설명이나 언급도 하지 않는다.

잠시 후 이들 일행이 탄 차량이 가덕읍에 있는 행복다방 앞에 멈춰 선다. 대한이 우석과 함께 종태를 따라 다방 안으로 들어서자 종태의 친구인 영구(영동파)와 종열(영동파)이 보인다. 종태가 이들에게 손 인사를 하며 대한과 우석을 그들이 앉은 자리로 데리고 간다. 영구와 종열이 대한과 우석을 보고 반가운 표정을 짓는다.

영구 - 이야~ 대한이랑 우석이! 왔구나! 오랜만이다.

대한 - 잘 지내셨죠? 형님!

종열 - 그래~ 잘들 지냈나?

우석 - 예! 형님! 잘 지내고 있습니다.

영구 - 일단 차부터 마셔라. 니들!

종태와 종태의 친구들 셋이 같은 테이블에 앉고 대한과 우석은 건너편 테이블에 따로 앉았다. 세 사람이 무언가 이야기를 시작한다. 대한과 우석이 종태와 친구들이 무슨 얘기를 하고 있을까 궁금해하며 차를 마시고 있자니 다방 문이 열린다. 종태의 친구 성배(영동파)가 뒤늦게 도착해 대한과 우석을 힐끗 보며 종태 일행이 앉아있는 좌석에 합류한다. 네 사람의 표정이 심각하다. 틀림없이 무언가 일을 꾸미고 있는 것처럼 보인다. 대한과 우석이 그들의 이야기에 귀를 쫑긋한다.

성배 - 종태가 네가 여기 촌구석까지 뭐 주워 먹을 게 있다고 온 거냐? 응? 또 뭔 일을 꾸미는 거여?

종태 - 우리 친구는 같은 동네에 살면서 얼굴 한 번 보기가 이렇게 힘들어서야 되겠냐?

성배 - 야! 됐고… 뭔 일 때문에 부른 거여? 어디 얘기나 한번 들어보게~

잠시 뜸을 들이더니 종태가 천천히 입을 연다.

종태 - 우리 매형 수금 건인데… 같이 움직여서 돈이나 좀 벌어보자!

성배 - 수금? 야이씨! 돈 받는 것이 어디 쉽냐? 난 관심 없어. 하려면 니들끼리 해! 종태야~ 너! 그러다 괜히 징역 간다. 잘 생각해!

종태 - 얌마! 받을 돈 수금하는 건디 어떠냐? 응? 야! 뭔 잘못인데 징역을 간다는 거여? 싫으면 말어. 임마!

영구 - 성배 말이 틀린 것도 아녀. 종태야! 잘 생각하고 해라!

종열 - 법적인 거 잘 알아보고~ 괜히 대한이하고 우석이 징역 보내지 말고… 수금은 함부로 손대는 거 아니다.

종태 - 씨발놈들! 겁은 존나게 많네. 됐어. 임마! 나 혼자 할 거여.

갑자기 종태의 목소리가 커진다. 종태와 친구들이 나누는 이야기가 앞 테이블에 앉은 대한과 우석에게도 들린다. '대체 이게 무슨 소리야?' 대한과 우석이 고개를 갸우뚱하며 서로의 얼굴을 쳐다본다.

대한 - 우석아! 저건 또 뭔 소리냐?

우석 - 글쎄… 뭐… '법적으로 끝났다. 어쨌다.' 그러는 거 같은디? 너하고 나하고 징역 어쩌고 하는 것도 같고….

대한 - 수금이 그렇게 간단한 게 절대 아닌데… 왜 그 어려운 걸 하려고 하지?

우석 - 종태 형님이 무슨 생각이 있겠지. 뭐….

종태는 친구들과 이야기가 잘되지 않는지 '버럭' 하고 화를 내며 밖으로 나가버린다. 그날은 이렇게 아무런 이야기도 없이 뿔뿔이 헤어진다.

얼마간의 시간이 흐르고 어느 날 진산 재래시장 건강원에서 만나자는 종태의 전화를 받은 대한이 급하게 약속 장소로 향한다. 건강원에 들어서자 종태가 대한에게 불쑥 정장 한 벌을 들이민다.

종태 - 대한아! 일단 이걸로 갈아입어. 갈 곳이 있으니까.

대한 - 예? 어디를 가는데 정장까지 차려입어요?

종태 - 형 친구 호남파 건우 알지? 오늘 일일찻집 하는 날이라고 하니까 가서 술이나 한잔 팔아주고 오자!

대한 - 예! 알겠습니다! 형님!

정장 차림의 대한이 종태와 함께 마트 앞에 차를 세우고 우석을 기다리고 있다. 우석이 택시에서 내려 어슬렁거리며 굼뜨게 차에 오르자 종태가 우석을 꼬나보며 짜증이 잔뜩 난 목소리로 질책한다.

종태 - 얌마! 문우석! 넌 시간 개념이 왜 그렇게 없냐? 너는 꼭 형한테 욕을 먹어야 좋지? 어? 이 새끼는 항상 늦어! 한 번만 더 그러면 뒤진다 진짜!

순간 우석의 얼굴 미간이 찌푸려진다.

우석 - 형님~ 옷이 다림질이 안 돼서 다림질 좀 하느라 늦었어요.

종태 - 야이 새끼야! 그냥 죄송합니다 하면 될 걸 가지고 어? 너는 핑계가 없는 날이 없어! 너 경고여~ 형이 앞으로 지켜볼 거여!

건우가 한다는 일일찻집 장소는 호남 부근에 있는 호프집이었다. 그들이 일일찻집 장소인 호프집 문을 열고 들어서자 입구에서 이들을 반겨주던 종태의 친구 건우(호남파)와 선호(호남파)가 다가와 반갑게 인사하며 자리를 내어준다. 호프집 안은 이미 선후배들로 가득하다. 종태와 대한, 우석이 일일찻집 행사에 참석한 선후배들과 인사를 나누고 테이블에 앉아 술과 안주를 주문한다. 이때 건너편 테이블에 앉아있던 대한의 1년 선배 혁수(호남파)과 철우(호남파)가 대한과 우석에게 손을 흔들며 인사한다. 대한과 우석이 그들의 테이블로 가 인사하고 잠시 이들의 자리에 함께 앉는다.

대한 - 한동안 진산 시내에서 형님들 보습이 안 보이더니 호남을 오니까 이렇게 뵙게 되네요. 잘 지내시죠?

혁수 - 형들은 항시 잘 지내고 있지. 뭐~ 니들 휴대폰 번호는 그대로지?

대한 - 예! 저는 그대롭니다!

철우 - 얌마! 문우석! 너는 바지 좀 내려 입어라 새끼야~ 볼 때마다 상당히 부담스럽다. 진짜! 응?

그들은 우석의 바짝 올려 입은 배 바지를 쳐다보며 깔깔거리며 웃는다. 어디를 가나 우석의 배 바지 패션이 화제다. 우석이 뭘 모른다는 표정으로 대꾸한다.

우석 - 철우 형님은 요즘 패션도 모르시고… 너무하십니다!

철우 - 형이 임마! 또 뭘 너무 했다고 그러냐? 응?

우석 - 이게 밀레니엄 건달 패션이에요. 형님은 패션도 모르시면서….

철우 - 야! 씨발! 말 같지도 않은 소리 하지 말어! 주딩이만 살아가지고… 하여튼… 건달 패션 같은 소리 하고 있네. 주위를 봐라. 어떤 건달이 너처럼 바지를 올려 입나!

대한 - 그만하셔요. 형님! 우석이 삐지면 오래 갑니다! 헤헤헤!

철우 - 그려! 알았다. 근디~ 니들은 왜 종태 형님하고 같이 다니냐? 위험하게….

혁수 - 그니까… 괜히 니들 잘못 엮이면 징역 가니까 눈치껏 피하고 그래라.

형 말 명심해! 성향이 많이 안 좋아~

대한 - 예~ 형님! 그래도 아우들 생각해 주는 형님들이 계셔서 든든합니다! 헤헤!

혁수 - 대한이! 니들은 형 휴대폰 번호 알잖어~ 전화 좀 자주 하고 그래라. 응?

우석 - 알겠습니다! 형님! 전화할게요. 그럼 천천히 놀다 가세요. 저희는 종태 형님이 불러서 먼저 일어날게요.

종태가 부른다는 소리에 자리에서 일어서는 대한과 우석에게 혁수와 철우가 아쉽다는 듯 눈인사를 건넨다. 대한과 우석이 종태의 테이블로 돌아와 자리에 앉으려 하자 종태의 여자친구 영순이 이들을 반긴다.

영순 - 어머~ 대한 씨! 우석 씨! 어디 갔었어요~ 보고 싶었는데….

대한 - 저희는 좀 전부터 형님하고 같이 왔었는데요? 잠깐 저쪽 앞 테이**블에** 있는 선배 좀 보고 왔어요. 그래두 시간 잘 맞춰서 오셨네요?

영순 - 안 그래도 오빠가 전화를 얼마나 많이 하던지… 일을 할 수가 없어서 다 포기하고 여기로 달려왔어요.

우석 - 아니… 형수님은 왜 이렇게 바쁘세요? 제가 얼마나 보고 싶어 했는디요~

종태 - 얌마! 문우석! 넌 주둥이에 침이나 바르고 이빨 까라. 새끼야! 입만 열면 거짓말이네. 새끼 요거!

어쩐지 종태는 우석을 별로 신뢰하지 않는 눈치다. 우석이 무언가 말하기만 하면 하는 말마다 사사건건 꼬투리를 잡는다.

영순 - 오빠! 자꾸 동생들한테 함부로 그럴 거야? 우석 씨! 신경 쓰지 말고 어서 술이나 한잔해요. 네?

우석 - 감사해유! 형님! 세가 형님한테 구박받아도 제 마음을 형수님이 잘 알아주시니까 위로가 되네요.

종태 - 뭐라고 새끼야? 미친 새끼 너 술 취했냐?

영순이 종태를 쏘아본다.

영순 - 또 그런다. 오빠! 아 씨발! 나 그냥 갈게! 응?

종태 - 영순아! 아… 알았어! 얼른… 앉아! 미안~ 다신 안 할게 화내지 마!

영순 - 오빠는 편하게 술 마시는 자리에서 왜 인상을 쓰고 그러는 거야! 같이 있는 사람 불편하게! 이번이 진짜 마지막이야. 오빠! 다신 그러지 마!

종태 - 그래! 알았다! 야! 문우석! 형이 욕해서 미안하다! 편하게 술 마시 자! 응?

우석 - 예! 형님! 헤헤헤!

우석은 참 속도 좋은 놈이다. 저렇게 아무런 이유 없이 종태가 면박을 주는데도 얼굴 표정 한번 일그러뜨리지 않고 연신 히죽거린다. 대한이 이런 우석을 애처로운 듯 슬그머니 바라본다. 종태는 여자친구인 영순에게 쩔쩔매듯 하면서 후배들 앞에서도 대놓고 영순에 대한 애정을 표현한다. 오늘은 이렇게 아무 일도 없이 무사하게 지나갈 것 같다.

며칠 뒤 저녁 무렵. 대한과 우석이 선배 종태와 함께 오락실에서 시간을 보내고 있다. 갑자기 종태에게서 급하게 보이는 전화 한 통이 걸려온다.

종태 - 여보세요? 뭐? 맞았어? 어딘데? 그래! 바로 갈게! 일석(영동파)아! 조금만 더 버티고 있어라! 바로 갈 테니까….

무언가 상황이 다급한 것 같았다. 전화를 받은 종태가 차에 시동을 걸고 대한과 우석을 태워 황급히 오거리에 위치한 술집을 향해 달린다. 차 안에서 대한이 종태에게 묻는다.

대한 - 형님! 혹시 일석(영동파)이 형님 무슨 일 있는 건가요?

종태 - 응! 일석인데… 술집에서 20대 선배들한테 시정이하고 두영이가 다구리 맞았나 봐! 상대방 인원이 꽤 많은가 본데… 일단 어떤 새끼들인지 가봐야 알겠다.

우석 - 근디? 시정(영동파) 형님이나 두영(영동파) 형님이 누구한테 그렇게 쉽게 맞을 각은 아닌디?

그들이 오거리 술집 입구에 도착하자마자 도로에 차를 아무렇게나 세우고 비상등을 켜둔 채로 3층에 있는 싸움 현장을 향해 뛰어 들어간다. 1층 건물 입구에 들어서자 20대로 보이는 키 큰 사람과 체격이 건장한 사내가 3층에서 헐레벌떡 뛰어 내려온다. 대한이 황급히 계단에서 뛰어 내려오는 두 사내가 상대방 쪽 사내들이라는 것을 한눈에 알아본다. 대한이 두 사내의 다리를 대뜸 걸어차 버리자 두 사람이 바닥에 고꾸라진다. 바닥에 고꾸라진 사내들의 얼굴을 우석이 축구공 차듯 냅다 발로 걸어 차버리자 사내들이 '악!' 하는 비명 소리와 함께 바닥에 데구루루 구른다. 대한이 우석과 함께 두 사내를 잡아 무릎을 꿇리고 있으려니 3층에서 종태가 다급하게 대한을 부른다.

종태 - 대한아! 넌 이쪽으로 빨리 올라오고… 우석이 넌 그 새끼들 못 도망 치게 꼭 붙잡고 있어!

대한이 번개처럼 계단을 뛰어오른다. 술집 문을 열어젖히자 영 동파 일석과 시정, 두영이 20대로 보이는 10여 명의 사내들과 피범 벅이 되어 뒤엉켜 싸우고 있다. 종태와 대한이 이들을 향해 쏜살 같이 내달려 차례대로 때려눕히기 시작한다. 사내들이 맥주병을 던지며 저항해 보지만 날아오는 맥주병을 피해 대한의 현란한 이 단 앞차기와 내려 차기, 라이트 훅이 여지없이 사내들의 몸통에 꽂 힌다. 순식간이었다. 10여 명의 사내들이 종태와 대한의 공세에 추 풍낙엽처럼 바닥에 나동그라진다. 종태가 시정과 두영을 일으켜 세우며 '괜찮냐?'고 묻는다. 대한이 얼른 물수건을 가져와 피를 흘 리고 있는 시정의 상처 부위를 지혈한다. 이때 널브러져 있던 상대 방 사내들이 일어나 일제히 도망치기 시작한다. 대한이 우르르 계 단을 따라 꽁지가 빠지게 달아나는 사내들을 가리키며 밑에 있는 우석에게 소리친다.

대한 - 아! 우석아! 그 새끼들 잡아야 돼!

우석 - 뭐? 이잉~ 알았어 걱정 마! 거기 서 씨발놈들아!

계단 입구를 틀어막고 우르르 몰려 내려오는 사내들을 막아서며 우석이 사내들에게 소리를 지른다.

우석 - 이런 개새끼들이! 어딜 도망치려고 그랴? 거기 서!

다급해진 사내들이 한꺼번에 우석에게 달려들어 우석을 밀쳐내자 우석이 뒤로 '벌러덩' 하고 나자빠진다. 다급해진 우석이 얼른 일어나 가장 키가 큰 사내를 붙잡아 넘어뜨리고 발로 밟아 버린다. 대한과 종태가 이들을 따라 뛰어 내려와 도망치는 사내들을 한 사람씩 쫓기 시작한다. 터미널 앞까지 도망쳐 온 건장한 체격의 사내를 뒤쫓던 대한이 공중으로 '부웅' 몸을 날려 도망치는 사내의 등을 날아 차기로 가격하자 건장한 사내가 앞으로 곤두박질치며 나뒹굴더니 이내 벌떡 일어나 주먹을 불끈 쥐고 대한을 노려본다. 사내가 맹렬한 기세로 마구잡이로 주먹을 날리며 대한에게 달려든다. 하지만 대한은 다가오는 건장한 사내의 안면을 뒤돌려차기로 가격하고 고개를 숙이는 사내의 등판을 내려 차기로 찍어버린 후 사내의 목이 맥없이 앞으로 꺾이자 앞차기로 안면을 가격하여 바닥에 눕혀버린다. 대한이 현란한 단 세 번의 발차기로 건장한 사내를 완전히 뻗게 만들어버린 것이다. 대한이 뻗어버린 사내의 머리채를 붙잡아 질질 끌어 우석이 있는 곳으로 데려가 무릎을 꿇린다.

10여 명의 사내들 중 나머지는 모두 달아나고 대한이 무릎을 꿇린 건장한 사내를 포함한 세 명의 사내만이 종태 앞에 무릎을 꿇고 있다. 머리가 터져 피를 흘리는 시정(영동파)과 두영(영동파)은 화장실에서 대충 흐르는 피를 닦고 내려와 병원 응급실로 향한다. 일석(영동파)이 분이 풀리지 않는지 씩씩대며 무릎을 꿇고 있는 세 사내의 뺨을 후려갈기고 발로 밟는다. 사내들이 바닥에 쓰러져 피를 철철 흘린다. 이대로 두어서는 안 되겠던지 종태가 흥분해 있는 일석을 말린다.

종태 - 일석아! 이 새끼들은 형이 많이 혼냈으니까… 그만하고 시정(영동파) 이한테나 가 봐라! 두영(영동파)이가 병원으로 데리고 갔으니까 지금쯤 아마 응급실에 있을 거여.

일석 - 이런 씹새끼들! 니들 일행 다 불러! 이 개새끼야!

대한 - 일석 형님! 그만하셔요! 빨리 병원부터 가보세요.

일석 - 그래. 알았어~ 대한아! 니들 덕분에 든든하구나! 고맙다! 형이 담에 전화할 테니까 그때 만나서 술 한잔하자! 종태 형님! 감사합니다! 그럼 전 먼저 가볼게요.

일석(영동파)이 종태와 대한, 우석에게 고맙다는 인사를 하고 택시를 잡아 시정(영동파)이 있는 병원 응급실로 급히 향한다. 종태는 무릎을 꿇고 있는 사내들의 연락처와 이름을 알아낸 뒤 돌려보낸다.

자리를 정리하고 종태가 대한과 우석을 태우고 종태의 집으로 향한다. 그의 집으로 돌아가는 도중에 우석은 어머니의 전화를 받고 우석의 집 근처에서 먼저 내리고 종태와 대한만 남는다. 종태가 집에 들어서자 영순이 부랴부랴 저녁 식사를 준비하기 시작한다.

영순(종태여친) - 어머? 벌써 온 거야? 조금만 기다려 오빠! 식사준비 금방 하니까.

영순이 저녁 식사를 준비하고 있는 동안 대한이 집에서 홀로 자신을 기다리고 있을 여자친구 하진에게 전화를 걸기 위해 잠시 밖으로 나간다.

대한 - 하진아! 나야! 밥은 먹었어?

하진 - 너 오면 같이 먹으려고 안 먹었지! 언제 와?

대한 - 나 조금 늦을 거 같은데… 너 먼저 밥 먹어! 미안….

하진 - 난 괜찮아! 근데 많이 늦어? 성주 온다고 했는데….

대한 - 많이 늦지는 않을 거야. 선배랑 같이 밥만 먹고 바로 들어갈게! 하진아! 성주가 오면 먼저 술 한잔하고 있어. 알겠지?

하진 - 알았어! 내 신경 쓰지 말구… 일 잘 보고 와! 사랑해! 대한아! 그럼 끊는다….

하진과의 통화를 마친 대한이 종태와 함께 늦은 저녁 식사를 하고 있다. 이때 갑자기 종태의 매형에게서 전화 한 통이 걸려온다. 종태의 표정이 사뭇 심각해진다.

종태 - 매형! 걱정 말아요! 내가 다 알아서 한다니까요. 예! 알았어요! 이따가 그 새끼 집에 쳐들어가 볼게요. 예!

매형과 통화를 끝낸 종태가 대한을 바라보며 말한다.

종태 - 대한아! 밥 다 먹고 형하고 매형 심부름 좀 하고 오자! 괜찮지?

대한 - 예! 그러세요.

식사를 마친 그들은 종태의 차를 타고 재래시장 건강원 방향으로 향한다. 종태는 건강원 앞에서 기다리고 있던 종태의 후배 백현을 차에 태우고 시골길로 접어들어 어딘가로 향한다. 이때 종태가 슬쩍 말을 꺼낸다.

종태 - 지금부터 형 말 잘 들어! 지금 수금 좀 하러 가는 거니까… 니들은 그냥 옆에 서 있기만 해! 알겠냐?

대한 - 예? 근데⋯ 무슨 수금을 저녁에 하세요?

종태 - 매형 말로는 그 사람이 낮에는 일을 하고 있으니까 저녁에 찾아가라고 그러더라. 대한이 너는 나오지 말고 그냥 차 안에만 있어.

종태의 집을 나선 지 약 20여 분 정도 지났을까? 종태의 차량이 시골 한적한 외딴집 앞에 도착한다. 운전석에서 혼자 내린 종태가 외딴집 대문을 열고 들어가더니 한참 동안 나오지 않는다. 종태가 외딴집으로 들어간 지도 벌써 30분 정도가 지났다. 이때 현관문과 마당에 불이 켜지고 누군가와 대화하고 있는 종태의 모습이 보인다. 아마도 채무자인 고 씨일 것이다. 대한이 자동차의 유리창을 살짝 열자 종태의 목소리가 들린다.

종태 - 고 씨 아저씨! 2월 8일까지 기한을 드린 거니까⋯ 그때까지 실수 없이 준비해놔! 무슨 말인지 알았냐고!

고 씨 - 아이고~ 예! 예! 잘 알겠습니다!

종태가 돌아와 차에 오른다. 종태가 차량에 시동을 켜고 출발을 하려고 하는데 고씨가 마당에 혼자 나와 고개를 숙인 채 담배를 피우는 모습이 대한의 눈에 띈다. 대한은 왠지 좋지 않은 일이 있을 것 같은 불길한 예감이 든다. 종태의 앞에서 쩔쩔매고 있는 고 씨를 보니 애처롭다는 생각도 든다. 대한이 '무언가 종태 형님에게 얘기를 해야 하지 않을까?' 하는 생각을 하지만, 종태의 무대뽀 같은 성격을 잘 알고 있기에 종태에게 얘기해 봐야 아무런 도움이 되지 않을 것이라 생각하며 머뭇거리다가 결국 말할 타이밍을 놓쳐버린다.

그 일이 있은 후로 몇 주가 지나고 가덕상고 졸업식 날인 2월 8일. 종태는 대한과 백현을 자신의 집으로 불러낸다. 대한이 백현을 보자 먼저 말을 건넨다.

대한 - 형은 언제 오셨어요? 일찍 나오셨네요?

백현 - 나도 방금 전에 왔어. 오늘 수금하는 날이라고 그러던데….

대한 - 수금이요? 무슨 수금이요? 아! 그때 시골집 거기요?

백현 - 으응… 거기서 오늘 돈을 주기로 한 날이라고 하던데….

대한 - 글쎄요… 내가 보기엔 좀 아닌 거 같기도 하고… 잘 모르겠네여~

백현 - 야! 우리가 뭘 알겠냐? 그냥 종태 형이 가자고 하니까 따라가는 거지. 뭐….

이때 종태가 방문을 열고 밖으로 나와 차에 시동을 건다. 이들이 탄 차가 가덕상고 앞을 지난다. 학교 앞에는 꽃다발을 들고 사진을 찍는 학생과 가족들의 뒤로 교문에 걸려 있는 졸업식 축하 현수막이 보인다. 이 모습을 본 종태가 갑자기 졸업식 장으로 차를 돌리며 백현에게 묻는다.

종태 - 어라? 백현아! 오늘이 가덕상고 졸업식이었냐?

백현 - 예! 맞아요! 형님 친구들도 졸업한다고 그랬는데….

대한 - 와아~ 벌써 졸업식이구나!

종태가 차를 몰고 가덕상고 정문을 통과하여 정문 바로 앞에 차를 세우고 담배를 꺼내 문다. 지나가던 종태의 후배들이 그를 알아보고는 겁에 질린 표정으로 인사를 하며 급히 자리를 피한다. 이때 종태의 차 옆에 검정색 각 그랜저가 주차한다. 운전석에서 종태의 친구 영복이 내려 리모컨으로 문을 잠근다. 종태가 이 모습을 보고 피식 웃으며 영복을 부른다.

종태 - 얌마! 영복아! 이리 와 봐! 이 차 누구 거냐?

영복 - 어? 왜? 왜 그러는데?

종태 - 그냥 차가 좋아 보여서… 누구 건데? 에이씨~ 빨리 말 안 해?

영복 - 내… 내 차야! 그… 근데 왜?

종태 - 차 키 이리 줘 봐! 잠깐만 나하고 바꿔 타자! 어?

영복 - 아… 안 돼! 종태야! 여기 졸업식 끝나고 후배들하고 약속이 있단 말이야!

종태 - 얌마! 이 새끼가 뒤질라고… 잠깐이면 되니까 차 키 좀 내놔 봐! 빨리!

종태가 큰 소리로 인상을 쓰며 말하자 영복이 우거지상을 한다. 하지만 어쩔 수 없었는지 영복이 그랜저 차량 리모컨을 종태에게 건넨다. 종태가 자신의 차 열쇠를 영복에게 주며 한마디 한다.

종태 - 영복아! 혹시 모르니까 내 차 키는 네가 가지고 있어. 혹시 수금이 늦어질 수도 있으니까….

영복 - 뭐? 늦어질 수도 있다고? 그럼 안 되는데… 점심시간 전까지는 꼭 차를 돌려줘야 돼! 정말이야! 종태야! 부탁하자! 응?

영복이 울상을 하고 종태에게 사정한다. 하지만 종태는 대답도 없이 그랜저에 올라 시동을 걸고 대한과 백현을 태운다. 영복이 안절부절못하고 운전석으로 다가와 울먹이듯 이들을 바라보자 종태가 창문을 내리고 영복을 보며 불쑥 한마디를 던진다.

종태 - 영복아! 내가 지금 수금하러 가야 하니까 내 뒤를 따라오던지 해! 알았지?

영복 - 진짜? 따라가도 돼? 그럼 바로 뒤따라갈게! 잠깐만!

영복과 일행들이 얼른 본인들의 차량이 있는 곳으로 달려가 종태가 운전하는 검정색 각 그랜저 차량의 뒤를 따른다. 이렇게 되자 검정색 승용차 3대가 줄지어 이동하게 된다.

종태가 영복의 차를 몰고 채무자인 고 씨의 집으로 향한다. 고씨 집에 도착하니 채무자 고 씨가 종태를 기다리며 주변을 두리번거리고 있다. 종태가 자신을 기다리고 있던 고 씨를 차에 태운다. 차에 탄 고 씨의 표정이 겁에 질려있다. 고 씨는 종태의 뒤에 두 대의 차량이 더 따라오는 것을 보고 이들도 자신에게 빚을 받으러온 종태의 일당이라고 생각하는 것 같았다. 종태가 고 씨를 협박하듯이 강제로 태우고 한참을 이동하더니 인적이 드문 저수지 뚝아래에 차를 세운다. 따라오던 영복 일행 9명도 종태가 차를 세운곳에서 조금 떨어진 곳에 차를 세우고 차에서 내려 담배를 꺼내문다. 이 모습을 본 고 씨의 눈이 더욱 휘둥그레진다. 종태는 겁에질려있는 고 씨를 노려보며 왜 아직도 돈을 준비하지 않았느냐며욕설을 퍼붓기 시작한다. 그러더니 종태가 자신의 차 트렁크로 가손도끼를 꺼내 들고 고 씨를 치기라도 할 것처럼 위협한다. 고 씨는 겁에 질려 눈을 감고 부들부들 떨기만 한다. 이 모습을 보는 대한의 마음이 편치 않다. '대체 고 씨 저 사람은 얼마나 큰 빚을 졌기에 이런 험한 꼴을 당하고 있는 거지? 하긴 내가 모르는 무언가가 있겠지만 그렇더라도 이건 조금 과하지 않은가?' 대한이 속으로 생각한다. 종태는 바들바들 떨고 있는 채무자 고 씨를 한참 동안 가학적으로 위협하며 채무변제를 요구하다 갑자기 무언가를 골똘히 생각하는 듯 잠시 말을 멈춘다. 생각에 잠겼던 종태가 잠시 후 고 씨를 쏘아보며 제의한다.

종태 - 어이! 고 씨! 난 오늘 돈을 한 푼도 받지 않고는 그냥 갈 수가 없어! 그러니까 당신 집 앞에 세워져 있는 소나타 차량을 나한테 담보로 내놔! 그러면 당신이 채무를 변제할 때까지 잠시 시간을 더 주지. 어때? 고 씨! 어?

고 씨 - 그… 그러면… 그렇게라도 할게유. 제발 살려만 주세유!

종태 - 그러면 지금 당신 집으로 가서 내가 당신 차를 끌고 갔다가 돈이 준비되면 다시 돌려줄 테니까… 그렇게 하는 걸로 합시다! 어때요?

고 씨 - 시… 시키는 대로 할게유.

영복의 일행까지 험악한 인상을 한 사내들이 떼거지로 몰려온 것에 잔뜩 겁을 집어먹은 고 씨는 종태가 하자는 대로 할 수밖에 없었다. 종태가 고 씨를 차에 태우고 다시 고 씨의 집으로 향한다. 영복 일행도 종태의 차를 뒤따른다. 종태가 채무자 고 씨의 집에 들러 고 씨를 내려주자 영복이 종태에게 각 그랜저 차량 리모컨을 달라고 요구한다. '혹시나 무슨 일이라도 생기면 어쩌나?' 하는 마음에 대한이 이들을 유심히 바라본다. 그런데 어쩐 일인지 종태가 영복에게 그랜저 차량 리모컨을 순순히 건네준다. 그리고는 종태가 영복으로부터 자신의 차량 열쇠를 건네받아 백현에게 건네주고는 고 씨의 집 안으로 들어간다. 조금 지나자 고 씨로부터 고 씨 소유의 소나타 승용차량 열쇠를 강취한 종태가 소나타에 올라 후진으로 고 씨의 집을 빠져나온다.

백현이 운전하는 차량에 탑승한 대한은 종태가 운전하는 소나타 차량의 뒤를 따라 종태의 집에 도착한다. 그러자 종태가 백현을 보고 종태의 매형 집으로 먼저 가 있으라고 하고는 집에 혼자 있던 여자친구 영순과 대한을 태우고 매형의 집으로 향한다.

종태의 집. 종태가 매형, 영순과 함께 거실에 앉아 오늘의 수금 건에 대해 심각한 표정으로 이야기를 나누기 시작한다. 대한은 이들의 대화에는 관심도 없다는 듯 시큰둥하게 밖으로 나가 담배 한 대를 피워 물고는 우석에게 전화를 건다.

대한 - 우석이냐? 나야! 방금 전에 종태 형님이랑 같이 수금을 다녀왔는데… 뭔지 모르지만 어쩐지 좀 꺼림칙하다는 생각이 들어!

우석 - 그러냐? 하긴 종태가 형이 조금 그렇긴 한디! 어떡하냐?

대한 - 지금 그 매형인가 하는 그분 집에 있는데… 대화 내용을 얼핏 들어 보니까 어쩐지 느낌이 안 좋아!

우석 - 그냥 사람 때리고 그런 것만 안 하면 괜찮은 거 아녀?

대한 - 꼭 그런 거 같지는 않아! 그 채무자 고 씨라는 사람한테서 담보라고 차를 강제로 빼앗아 오던데… 내가 볼 때는 이건 무조건 사고다!

우석 - 차를 강제로 뺐었다고?

대한 - 그래. 느낌이 안 좋아! 내가 알기로는 돈 받을 것이 있어도 법적인 절차 없이 남의 물건을 함부로 가져오거나 뺐으면 문제가 되는 걸로 알고 있거든. 그런데 이번 수금 건은 이상한 게 한두 가지가 아냐!

우석 - 아! 미치겠다! 그니까! 종태 형님은 말 그대로 단순 무식에 완전 무대뽀라니까. 그나저나 너 조심해야것다!

대한 - 왠지 잘못될 거 같은 기분이 들어. 우석아! 어디냐?

우석 - 어디긴… 집이지… 내가 어디겠냐? 빨리 종태 형님한테 핑곗거리라도 만들어서 얘기하고 우리 집으로 와! 이따가 저녁에 하진이랑 성주하고 같이 소주나 한잔하게! 응?

어쩐지 대한의 예감이 좋지 않다. 무언가 잘못되고 있다는 생각이 든다.

대한이 우석과의 전화 통화를 막 끝내자 얘기가 다 끝났는지 종태와 영순이 매형에게 인사를 하고 현관문을 나선다. 종태가 밖으로 나와 조수석에 여자친구 영순과 뒷좌석에 대한을 태우고 차량의 시동을 건다. 종태가 운전하는 차량이 매형의 집 앞을 출발하여 도로로 들어선다. 갑자기 종태의 차량 앞을 봉고차 2대가 가로막는다. '뭐지?' 대한의 머리가 '쌔~' 하다. 봉고차에서 건장한 남자들이 우르르 쏟아져 내린다. 진산경찰서 강력반 형사들이었다. 건장한 체격의 형사들이 종태의 차를 에워싼다. 그들은 마치 독 안에 든 쥐 신세가 되어 멀뚱멀뚱 형사들만 바라보고 있다. 형사들이 종태 일행에게 차에서 내리라고 요구한다. 뒷좌석에 타고 있던 대한이 순순히 차 문을 열고 내린다. 그러자 형사들이 느닷없이 대한의 손목에 수갑을 채우고는 봉고차에 밀어 넣는다. 종태가 타고 있는 운전석 차 문을 열고 종태에게도 수갑을 채우려는 듯 진산경찰서 형사과 박 반장이 종태를 향해 미란다 원칙을 기계처럼 고지한다.

박 반장 - 야! 하종태! 지금 이 시간부로 특수강도 혐의로 긴급 체포한다! 변호사를 선임할 수 있고, 불리한 진술은 거부할 수 있다! 알았냐?

종태 - 왜 이래요? 내가 뭘 했다고 특수강도라는 거예요? 아! 시발! 이거 놔!

형사들이 손목에 수갑을 채우려 하자 종태가 강력하게 저항한다. 그러자 형사들 서너 명이 달려들어 종태를 제압하고는 팔을 뒤로 돌려 수갑을 채운다. 종태의 여자친구 영순도 수갑을 차고 봉고차에 함께 오른다. 형사들이 영순에게도 수갑을 채운 것을 본 종태가 이성을 잃은 듯 완강하게 저항하며 거세게 몸부림을 치기 시작한다.

종태 - 야! 이 씨발 새끼들아! 왜 죄 없는 여자한테 수갑을 채워! 걔는 잘못 없다고!

형사들이 달려들어 종태를 제압하기 위해 팔과 허리를 붙잡아보지만 화가 머리 꼭대기까지 난 종태를 쉽게 제압하지 못한다. 종태의 몸부림으로 형사 서너 명이 '벌러덩' 하고 뒤로 나자빠진다. 형사들이 재차 달려들어 발버둥 치는 종태를 제압한다.

남 형사 - 이런 싸가지없는 새끼 봐라! 명 형사! 이 새끼 빨리 차에 태워!

명 형사 - 예! 남 형사님! 이 새끼는 앞차에 태울게요.

종태 - 내가 뭘 그렇게 잘못했다고 떼거지로 몰려와서 지랄들이야? 이거 놔! 씨발!

임 형사 - 야! 하종태 너 조용히 안 해? 경찰서 가보면 알게 될 테니까 조용히 하고 있어. 이 새끼야!

종태 - 영순이는 잘못 없으니까 보내주라고··· 이 씨발놈들아!

박 반장 - 허허! 내 살다 살다 저런 싸가지없는 놈은 또 처음 보네! 너 이 새끼 경찰서 가서도 그러는지 보자! 어?

종태 - 그래. 이 씨발! 날 죽여! 죽이라고··· 이 개새끼들아!

수갑이 채워진 채 봉고차 안에 앉아 이 모든 광경을 바라보던 대한이 허탈한 웃음을 짓는다.

경찰서에 도착한 형사들은 종태와 대한의 양옆에서 팔짱을 끼워 도주하지 못하도록 하고 2층 강력계 사무실로 데리고 간다. 박 반장의 지휘로 조사가 시작된다. 박 반장은 서로 말을 맞추지 못하도록 종태와 대한, 영순을 서로 거리를 두도록 따로따로 떼어 놓은 뒤 진술조서를 받게 했다. 종태는 남 형사, 영순은 명 형사, 대한은 임 형사가 담당하여 조사가 시작되었다. 종태는 아직도 분노를 가라앉히지 못하고 조사를 담당한 남 형사뿐만 아니라 형사계 사무실에 있는 모든 형사들에게 거친 욕설을 퍼붓고 있다. 이를 지켜보던 형사들이 더는 참아주지 못하겠다는 듯 일어서더니 종태의 팔을 의자 뒤로 돌려 꼼짝 못 하도록 수갑을 채우고 목울대나 허벅지, 배 등 구타 흔적이 남지 않는 부분만 골라가며 구타하기 시작한다. 하지만 종태는 이에도 아랑곳하지 않고 더욱 거세게 저항하며 조사를 거부한다.

종태 - 이 씨발것들아! 난 아무 잘못도 없는데 날 왜 때려? 왜 때리냐고? 이 개새끼들아!

남 형사 - 뭐라고 이 새끼야? 너 자꾸 시끄럽게 할 거야? 어?

임 형사 - 임마! 하종태! 너 내가 누군지 알지? 새끼야!

종태 - 아는데! 왜요?

임 형사 - 이런 싸가지없는 새끼가! 지난번에 너! 내가 경찰서로 들어오라고 하니까… 너 뭐라고 그랬어? 말해 봐! 이 새끼야!

종태 - 그걸 왜 지금 여기서 말하는 건데요?

남 형사 - 왜 그래? 임 형사! 전에 뭔 일 있었어?

임 형사 - 내 어이가 없어서… 그냥 넘어가려고 했더니 이 새끼가! 아… 글쎄… 이놈이 나하고 맞장 까서 내가 자길 이기면 경찰서로 가겠다고 그러는 거야! 내가 얼마나 화가 나던지… 이 새끼 때문에 며칠 동안 잠도 한숨 못 잤어!

박 반장도 형사들도 어이가 없다는 표정으로 종태를 꼬나본다.

박 반장 - 참나! 이 어린놈이 겁도 없이 까부네! 임마! 하종태! 여긴 네 선배들도 들어오면 얌전히 조사받고 가는 곳이야. 이 새끼야! 어디 건방지게… 뭐? 형사들한테 맞장을 까? 너 이 새끼! 네 선배가 와도 이런 식으로 하는지 보자! 이놈아!

갑자기 화가 잔뜩 난 박 반장이 누군가에게 전화한다.

박 반장 - 어~ 도진(한양파)이냐? 나 박 반장이여! 최종태 이놈 네 후배 맞지? 이놈이 하늘 무서운 줄도 모르고 형사들한테 건방지게 욕이나 하고… 싸가지없이 굴어서 말이야. 버릇 좀 고쳐야 되겠는데… 너 경찰서로 좀 와 봐!

종태 - 아니… 반장님은 왜 내 사건하고 아무런 관련도 없는 선배를 부르고 그래요? 예? 너무하신 거 아녜요?

남 형사 - 임마! 시끄러! 어디 건방지게 반장님한테 대들려고 그래? 가만히 앉아 있어!

종태의 소란으로 더는 강력계 사무실에서의 조사가 어렵다고 생각했는지, 형사들이 종태에 대한 조사를 잠시 중단하고 조사실로 끌고 들어간다. 한참 만에 박 반장의 전화를 받은 종태의 선배 도진이 조사실로 들어온다. 종태가 도진을 보고 일어나 '꾸벅' 인사하는 모습을 보며 형사들이 슬그머니 자리를 피해준다. 10여 분쯤 지났을까? 종태와의 이야기를 끝낸 도진이 조사실을 나와 형사들에게 몇 마디 얘기를 하더니 이내 자리를 뜬다. 남 형사가 조사실에 있는 종태를 다시 데리고 나와 자신의 책상 앞에 앉히고는 다시 진술조서를 작성하기 시작한다. 선배 도진이 다녀간 뒤로 종태는 지금까지와는 다르게 비교적 순순히 조사에 응한다. 조사를 받으면서도 종태가 눈앞에서 조사를 받고 있는 여자친구 영순을 애처롭다는 듯이 연신 힐끔거린다. 고개를 푹 떨구고 조사를 받는 영순을 보며 종태가 남 형사에게 사정을 한다.

종태 - 남 형사님! 영순이는 이번 사건과는 아무 상관이 없어요! 쟤는 제발 집으로 돌려보내 주세요! 네?

남 형사 - 네 말 뜻은 알았으니까 기다려! 조사를 하고 나서 검찰이 영순을 송치할지 안 할지를 판단하게 될 거니까 하루 이틀만 기다려 봐!

종태 - 아니? 사건에 대한 것도 아무것도 모르고… 이 사건하고는 아무런 관련도 없는데 왜 쟤를 여기에 잡아 두냐고요?

남 형사 - 너 자꾸 이런 식으로 계속 소란피울 거여? 새끼야!

　진술조서 작성이 끝나자 형사들은 종태와 대한, 영순을 경찰서 유치장에 감금한다. 바지 벨트를 풀어내고 주머니에 있는 소지품들과 금품을 보관함에 맡기게 한 후 영순은 1방, 종태와 대한은 3방에 감금한다. 경찰서 유치장에는 6개의 각기 다른 방이 있었고 CCTV가 각 철창을 감시하고 있는 가운데 중앙에는 감시직원용 책상이 놓여 있었다. 대한이 허탈하다는 듯이 헛웃음만 짓고 있다. '내가 지금 이게 무슨 바보 같은 짓인가? 전후좌우 사정도 모르고 선배가 하자는 대로 그냥 따라만 하다 이게 대체 무슨 꼴이란 말인가? 그때 선배에게 내 생각을 얘기했어야 했는데.' 하고 대한이 혼자 생각에 잠긴다. 대한은 다시 생각해 봐도 선배 형이라는 사람이 자신에게 도와달라고 부탁하는 것을 매정하게 뿌리칠 수는 없다는 생각이 든다. 하지만 종태를 따라다니는 내내 마음이 불편하기도 했고 잘못된 상황을 바로잡아 보려고도 했지만 그렇게 하지 못한 것이 자꾸만 마음에 걸린다. 대한이 유치장에 등을 기대고 앉아 멍하니 하늘을 바라본다.

갑자기 경찰 한 명이 유치장 앞으로 오더니 대한의 이름을 부른다. '또 무슨 조사를 하려나 보다!' 하고 생각하며 대한이 철창문 쪽으로 걸어간다. 경찰은 대한의 손에 수갑을 채우고는 아무런 설명도 하지 않고 은밀히 대한을 어딘가로 데리고 간다. 대한이 경찰에게 등을 떠밀려 알 수 없는 작은방으로 들어선다. 어두침침한 작은 방안에는 책상 하나와 의자 두 개가 덩그러니 놓여있었다. 대한이 영문을 몰라 잠시 멀뚱멀뚱 서 있는 사이 임 형사가 작은 방안으로 들어오더니 대한의 손에 채워진 수갑을 풀어주며 자리에 앉힌다. 임 형사가 담배 한 갑을 꺼내 책상 위에 올려놓으며 담배 한 개비를 꺼내 대한에게 건넨다.

임 형사 - 편하게 담배 피워! 근데? 너 내가 누군지 모르겠냐?

대한 - 글쎄요? 어디서 뵌 것 같기는 한데… 기억이… 잘 안 나네여!

임 형사 - 너 수홍이 알지? 네 친구 수홍이! 말이야! 내가 거기 집주인이야 이놈아! 그래도 모르겠냐?

대한 - 아~ 그러네요! 아저씨가 형사셨어요? 하필 여기서 이렇게 뵙게 되네요. 창피하게….

임 형사 - 그러게 너는 왜 종태 같은 놈하고 어울려서 이런 곳까지 오고 그러냐? 깊이 반성하고 있어. 임마! 알겠냐?

대한 - 예! 걱정해주서서 고맙습니다! 아저씨!

임 형사 - 검사님이 물어보시면 무조건 잘못했다고 말씀드리고… 학교 열심히 다니겠다고 해! 내가 수사 의견서는 잘 써서 올려 줄 테니까. 그리고 다시는 종태 같은 놈하고는 어울리지도 말아! 알았지?

같은 시각, 남 형사는 유치장에 있는 종태를 강력계로 불러 추가 조사를 하고 있었다. 고 씨 집으로 수금을 하러 가다가 만났던 그 랜저 차주 영복과 일행인 훈이, 준성의 얼굴도 보인다. 이들도 종 태가 고 씨의 차를 강제로 빼앗아 올 때 사건 현장에 있었다는 이 유로 공범으로 몰려 긴급 체포된 상태였다. 이들에 대한 진술조서 작성이 끝나자 형사들이 이들을 대한의 바로 옆방에 감금한다.

대한 - 훈이 형은 여기 왜 들어왔어요?

훈이 - 아~ 우리도 공범이라잖아. 우리도 방금 조사받았어. 아~ 씨발! 짜증 나네!

대한 - 형은 아무것도 한 게 없잖아요? 걱정 마요! 잘될 거예요!

준성 - 괜히 뭔지도 모르고 종태 형 따라다니다 이게 뭐 하는 짓인지 모르 겠다.

영복 - 종태 때문에 구속영장 심사를 받아야 된대⋯ 정말 억울해 미치겠다! 아~

아무 이유도 모르고 종태의 뒤를 따라 사건 현장까지 왔던 종태 의 친구 영복과 일행들이 공범으로 몰려 유치장에 갇히게 되자 유 치장 안이 금방 소란스러워진다. 얼굴을 잔뜩 찌푸리고는 억울하 다며 하소연하기도 하고 고함을 치기도 하며 소란을 떤다. 때마침 추가조사를 끝낸 종태가 유치장으로 돌아온다. 종태는 유치장에 갇힌 영복 일행을 야비한 눈빛으로 쳐다보며 '피식' 하고 웃는다.

종태 - 야! 니들은 여기 왜 온 거냐? 하하하! 존나 웃기네! 이 새끼들!

훈이 - 몰라요. 아~ 씨발! 존나 짜증 나요.

종태 - 너! 방금 나한테 욕한 거냐? 응? 너 이 새끼! 많이 컸네. 많이 컸어!

훈이 - 종태 형! 그런 게 아니구여… 그냥 억울해서 그런 거예요. 오늘 졸업식 날인데 유치장에 갇혀 있으려니까 미치겠잖아요.

종태 - 얌마! 영복이 너는 왜 애들까지 데리고 와서 이 꼴을 만들고 그러냐? 니들은 풀려나게 될 거니까 걱정 말고 있어. 새끼들아!

대한은 자신도 유치장에 갇힌 신세지만 '특별한 잘못도 없으면서 유치장에 갇혀 있는 다른 사람들이 얼마나 답답하고 겁이 날까?' 하는 생각에 마음이 편치 않다.

대한 - 준성이 형! 너무 걱정하지 마요! 잘될 거예요. 네?

준성 - 그래 대한아! 생각해줘서 고맙다!

대한 - 형수님! 형수님도 곧 밖으로 나가실 수 있을 거예요. 하루만 참으세요.

영순 - 네! 대한 씨! 전 괜찮아요. 걱정 안 해요.

유치장 안이 소란스러워지자 유치장을 감시하고 있던 담당 경찰관이 유치장을 돌아보며 소리를 지른다.

유치장 경찰관 - 야! 시끄러워! 조용히 좀 해라! 니들은 유치장 안에서도 떠드나?

소란스러웠던 유치장이 조금 조용해지자 유치장 경찰관이 대한을 부른다.

유치장 경찰관 - 박대한! 면회다! 나와!

'누굴까? 누가 온 걸까?' 이런 꼴로는 다른 사람을 보기가 그리 편치 않을 것 같다는 생각에 대한의 마음이 무거워진다.

유치장 철창문이 열리고 대한이 경찰관을 따라 접견실로 들어간다. 접견실에는 투명아크릴 창을 앞에 두고 대한의 여자친구 하진과 의형제 우석이 근심스러운 표정으로 접견실 문을 바라보고 서 있었다. 접견실 반대편 문이 열리고 대한이 멀쩡한 모습으로 나타나자 대한이 어떻게 되었을까 태산같이 걱정하고 있던 하진이 그동안 참았던 울음을 터뜨린다.

하진 - 대한아! 네가 왜 거기 있는 건데! 네가 거기 왜 있냐구! 나 혼자 어떡하라구! 거기에 있는 거야!

대한 - 미안해! 하진아! 나도 뭐가 어떻게 된 건지 아직은 잘 모르겠어. 하지만 난 특별히 죄를 지은 게 없으니까 금방 나가게 될 거야. 그러니까 조금만 참고 있어. 하진아! 응?

하진 - 도대체 그 선배랑 무슨 사고를 친 거야? 말 좀 해 봐!

대한 - 조금만 참고 있어. 하진아! 울지 말고… 알았지?

눈물을 흘리고 있는 하진을 바라보며 대한은 아무 말도 할 수 없었다. 이들을 측은하게 옆에서 바라보고 있던 우석이 대한에게 위로의 말을 건넨다.

우석 - 대한아! 어차피 이렇게 된 거… 맘 편하게 먹고 있어. 그 안에서 걱정한다고 달라지는 거는 하나도 없으께… 내가 사식하고 먹을 거 넣어 줄 테니까… 혹시 필요한 거 있으면 말햐!

대한 - 필요한 거 없어! 그냥 철장 안에 동물처럼 갇혀서 배식구로 음식 받아먹고 그러는 게 자존심이 상하지만 필요한 거! 그런 거는 없다.

우석 - 유치장이 다 그렇지. 뭐… 하여튼 종태형이 문제라니까… 완전 무대

뿌라서 대책도 없고… 에휴~

대한 - 잘될 거니까 걱정 말고 있어. 내가 이번 일에 직접 가담한 것도 아니고 나쁜 짓을 한 것도 아니니까 재판받으면 금방 나갈 수 있을 거야.

우석 - 그라~ 그렇게 맘 편하게 하고 있어. 아이구~ 하진아! 어지간히 좀 울어라! 왜 이렇게 울어 대냐? 네가 이럼 대한이는 어쩌라구?

하진 - 자꾸 눈물이 나는 걸 나보고 어떻게 하라구! 대한아! 이제 넌 어떻게 되는 거야? 응? 언제 나오냐고?

대한 - 글쎄… 그건 나도 아직 몰라! 내 생각에는 재판을 받아 봐야 알 수 있을 것 같은데… 몇 달만 참고 있으면 결과가 나오겠지. 내 걱정은 말고… 하진이 너나 밥 잘 챙겨 먹고… 씩씩하게 지내고 있어. 그럴 수 있지?

대한은 유치장에 있으면서도 자신보다는 자신으로 인해 걱정하고 있을 하진과 우석, 가족들이 더 걱정되었다.

하진 - 그래! 난 잘 지내고 있을 테니까… 너나 밥 잘 먹고… 더는 사고 치지 말고… 아프지 말구 건강하게 있다 나와! 알았지? 응?

대한 - 알았어! 시간 다 됐다! 그만 들어갈게! 또 보자!

하진 - 으응~ 알겠어! 으아아앙~

접견시간이 끝나고 돌아서는 대한의 뒷모습을 바라보던 하진이 접견실 바닥에 '털퍼덕' 주저앉으며 대성통곡하기 시작한다. 하진의 서러운 울음소리가 대한의 가슴을 후벼 판다. 죽을 맛이다. 이렇게 되고 보니 자신이 지켜주어야 할 사람들을 지켜줄 수 없게 되었다는 생각이 대한을 괴롭힌다.

우석 - 하진아! 이제 그만 울고 나가자! 네가 운다고 해결되는 일이 아니잖어~ 밖에 있는 사람이라도 씩씩하게 지내야 대한이가 마음이라도 편해지는 겨. 언능 가자!

하진이 서럽게 울며 원망스럽다는 듯이 우석에게 쏘아붙인다.

하진 - 야! 이 나쁜 새끼야! 너는 의형제라는 놈이 대한이가 저 지경이 될 때까지 대체 뭐 했냐? 넌 뭘 했냐고! 이 나쁜 새끼야!

의형제인 대한이 유치장에 갇히고 대한의 여자친구인 하진이 서럽게 울고 있는 안타까운 모습을 보는 우석의 마음도 편치 않다.

우석 - 그라~ 하진아! 내가 잘못했다! 그니까 일단 여기서 나가자! 다른 사람들도 면회해야지. 어여 나가자!

대한은 유치장에서 하룻밤을 뜬눈으로 새우다시피 했다. 아무리 잠을 이루려고 해도 잠을 잘 수 없었다. 자신이야 자신의 잘못된 처신으로 인해 이렇게 되었다고 해도 자신 때문에 가슴앓이하고 있을 사람들을 생각하니 도통 마음이 불편해 잠을 이룰 수 없었다. 아침이 되자 진산파 선배 도진이 유치장에 갇힌 종태와 대한을 면회한다.

도진 - 어젯밤은 잘들 잤냐? 어차피 이렇게 된 거… 씩씩하게 밥이나 잘 먹고 건강하게 지내고 있어라!

대한 - 예! 신경 써주셔서 감사합니다! 형님!

종태 - 형님! 근데? 제 사건은 어떻게 될 것 같아요?

도진 - 야! 말도 말아! 니들 사건이 아침 뉴스에 떠들썩하게 나왔어. 박 반장 그 새끼 진급하고 싶어서 아주 난리라고 하던데… 걱정이다! 매스컴에 뜨면 재판에도 불리하다고 그러던데… 일단 형네 삼촌이 알아보고 있으니까… 사고 치지 말고 얌전히 지내고 있어라! 시간 내서 다시 올 테니까.

종태 - 예! 감사합니다! 형님! 그래도 저한테는 형님뿐입니다!

종태의 사건은 지방 뉴스에 나올 정도로 세간에 큰 이슈가 되었다. 그만큼 이들의 재판에는 좋지 않은 영향을 주게 될 것이다. 대한은 하진과 우석, 가족들도 이미 이 소식을 접했을 것이라 생각하니 마음이 답답해짐을 느낀다.

잠시 후 대한의 어머니가 대한의 작은아버지와 함께 대한을 면회한다. 대한이 접견실 문을 열고 들어서자 접견실 창살 사이로 고개를 들지도 못한 채로 연신 눈물을 훔쳐내고 있는 어머니와 작은아버지의 모습이 보인다. 대한의 가슴이 무너져 내린다. 역시나 했지만 아버지의 모습은 보이지 않는다. 대한의 작은아버지가 대한을 보며 천천히 말을 꺼낸다.

대한의 작은아버지 - 밥은 잘 먹고 있냐? 어디 아픈 데는 없고?

대한의 어머니 - 이놈아! 갑자기 이게 무슨 일이냐? 응?

대한 - 죄송해요!

대한의 작은아버지 - 지금부터 내 말 잘 들어야 해! 대한아! 네가 조사받은 걸 확인해 보니까 네가 종태하고 공모를 했다고 그러던데… 그거 맞아? 또 그 매형인가 하는 그 사람하고는 너하고 서로 잘 모르는 거 맞지? 조사받은 내용 꼼꼼하게 읽어보고 지장 찍은 거야?

대한 - 조사내용은 그냥 지장 찍으라고 해서 찍었어요. 매형인가 그분은 전 잘 모르고요. 전 이 사건에 대해 관여한 것도 전혀 없어요.

대한의 작은아버지 눈에서 자그마한 희망의 빛이 반짝이기 시작한다.

대한의 작은아버지 - 그래? 네 말 무슨 말인지 잘 알았고… 앞으로 그런 조사를 받을 때는 부모님한테 꼭 말씀드려! 그래야 억울하게 당하는 일이 생기지 않는 거 아니냐~ 그리고 사건장소에 따라온 애들은 빌린 차 받으러 온 것이 맞어?

대한 - 네! 맞아요! 그 사람들은 이번 사건하고는 연관 없는 사람들이에요. 빌려준 차를 돌려받으려고 따라 왔다가 긴급 체포된 거예요.

대한의 작은아버지 - 대한이 너는 사건이 발생하기 전에 채무자 고 씨 집에 들어갔었던 거 맞어?

대한 - 예? 아닌데요? 저는 고 씨가 누군지도 몰랐어요. 전 차 안에서 그냥 앉아 있었는데요?

대한의 작은아버지 - 경찰서에서는 매형이라는 사람하고 종태, 대한이 너까지 모두 공범으로 엮으려고 하는 거 같아. 조사받기 전에 집으로 전화라도 했으면 일이 이렇게까지 커지진 않았을 거 아니냐? 아무튼 이왕 이렇게 된 거 유치장 안에서 사고 치지 말고 밥 잘 먹고 있어라!

법에 대해서는 전혀 무지였던 고등학생 대한은 자신의 진술과 이를 바탕으로 작성되는 진술조서가 얼마나 중요한지 전혀 할 수 없었다. 진술조서를 작성하고 난 후에 서명할 때라도 내용을 꼼꼼하게 살폈어야 했는데 형사들이 제대로 작성했을 것이라고 쉽게 믿어버린 대한은 진술조서의 내용도 확인하지 않고 덜컥 서명을 해버렸다. 대한과의 면회에서 대한의 진술조서가 잘못 작성되었다는 것을 안 작은아버지와 가족들의 도움으로 대한은 처음부터 조사를 다시 받게 된다. 이 와중에 대한의 구속 영장심사가 있었지만 결국에는 구속 수감된 상태에서 재판을 받게 되었다.

구속 재판을 받게 된 대한이 며칠 후 구치소에 입소하게 되었다. 하늘색 모포와 식기, 수저를 들고 구치소 직원을 따라 입소대기실에서 구치소 1사동으로 향한다. 구간을 지날 때마다 20대 초반으로 보이는 경교대들이 구치소가 떠나가라 '충성!' 하고 경례를 붙인다. 1사동에 도착하니 복무 주임이 대한을 자신의 방으로 불러 커피를 건네주면서 수감생활에 대해 간단한 수칙을 알려주고 수감자 초도면담을 한다. 복무 주임과의 면담이 끝나고 구치소 직원의 안내에 따라 구치소 생활을 할 동안 지내게 될 중층 5방으로 올라간다. 방문이 열리고 대한이 소지품을 들고 거실로 들어선다. 그때 누군가 대한이 들고 있던 모포를 받아들며 깊이 머리를 숙이면서 정중하게 인사를 한다. 대한이 '누군가?' 하고 생각하는데 그가 고개를 든다. 대한의 후배 정운이다. 대한이 반갑다는 듯 미소를 지으며 정운의 어깨를 토닥거린다.

대한 - 그래. 정운이구나! 일단 좀 앉자!

정운이 같은 수용자들에게 대한의 짐 정리를 시키며 대한에게 말을 건넨다.

정운 - 아! 거북이! 네가 형님 짐 정리 좀 해 놔라! 그나저나 형님은 어쩌시다 여기까지 오셨어요?

대한 - 선배 수금 건 때문에… 뭣도 모르고 같이 있다가 공범으로 몰렸어. 살다 보니 내가 구치소에 다 와본다. 이런 데서 동생도 만나고… 반갑네! 하하하!

대한은 구치소 같은 방에 후배가 있다는 것에 안도감을 느끼면서도 이런 곳에서 지내야 한다는 사실에 마음이 불편해 온다.

정운 - 잘 오셨습니다! 형님! 관물대는 방장 자리를 쓰세요! 야! 옆으로 한 칸씩 짐 좀 옮겨!

거북이, 물총 - 예!

거실에 있던 사람들이 정운의 말 한마디에 일사불란하게 움직인다. 대한의 짐 정리가 끝나고 방장 자리에 앉은 대한의 주변으로 수감자들이 빙 둘러앉는다. 대한이 수감자들을 둘러보며 먼저 입을 연다.

대한 - 자! 서로 인사나 나눕시다! 거북이부터 해 봐!

거북이 - 예! 저는 23살이구요! 절도로 들어왔습니다!

노 씨 - 저는 60살이고요. 전직은 초등학교 교사였는데 사기 건으로 재판 중이에요! 잘 부탁드립니다!

규민 - 저는 여기서 제일 막내로 16살이구요. 집단폭행으로 들어왔습니다! 잘 부탁드립니다!

대한 - 모두 잘 지내봅시다! 오늘은 첫날이니까, 이쯤 하고. 난 피곤해서 한숨 자야겠다! 머릿속이 복잡하다.

정운 - 야! 물총! 대한이 형님 이불 좀 펴 드려!

물총 - 예! 잠시만요!

물총이 바닥에 이불을 펴자 대한이 누워 눈을 감는다. 그때 갑자기 철창 밖에서 고함 소리가 들린다. 어디서 많이 듣던 목소리다. 순간 대한이 자리에서 벌떡 일어나 주변을 살핀다. 구치소 근무자들이 뛰어가는 소리가 들리고 이어 종태의 목소리도 들려온다. 무언가 찜찜한 기분에 대한이 근무자를 불러 거실문을 열어달라고 떼를 써 보지만 근무자는 기다리라고만 하고는 고함 소리가 나는 방향으로 급하게 뛰어간다.

대한 - 야! 물총! 이거 어디서 나는 소리냐? 거울로 주변 좀 살펴봐! 어딘지….

물총 - 형님! 근데… 여기가 아니고 아래층 같은데요?

상황파악이 어렵다고 생각한 정운이 구치소 청소 도우미(소지)를 급히 부른다.

정운 - 형님! 아무래도 밑에 하층에서 나는 소리 같은데요? 야! 소지! 5방으로 와 봐!

소지 - 예! 부르셨어요?

대한 - 지금 소리 나는 거… 이거 무슨 일인지 빨리 확인하고 와!

소지 - 예! 알겠습니다! 형님!

소지는 대충 보기에도 대한보다도 몇 살은 더 나이가 들어 보인다. 그런데도 자신을 형님이라고 부르는 것을 들으며 대한은 그 와중에도 이해가 되지 않는다는 듯 고개를 갸우뚱거린다.

대한 - 형님? 형님이라고?

소지(청소도우미)가 상황을 알아보러 하층으로 뛰어간다.

대한 - 정운아! 근데? 소지 저놈은 나이가 좀 많아 보이던데 왜 날 형님이라고 하는 거냐? 부담스럽게… 소지 쟤는 몇 살이야?

정운 - 형님보다 한 네 살쯤 많을 거예요. 저한테도 형님이라고 하니까 신경쓰지 마세요.

대한 - 뭐? 혹시 빙신 아니냐? 그놈 죄명이 뭐야?

정운 - 물총이랍니다! 헤헤! 제가 듣기로는 소지 저놈이! 옆집 누난데 창문을 열어놓고 누워있길래 거길 뛰어넘었답니다. 거기서 강간을 시도하다 그 여자가 저항하면서 귀싸대기 몇 대 때리기에 맞고 도망쳤답니다. 그런데 그것이 사건이 돼서 강간미수에 야간 건조물 침입인가? 그걸로 3년 받았다고 하네요. 푸하하!

대한 - 진짜냐? 저거 빙신 새끼가 맞구만! 하하하!

소동이 일어난 지 한참이 지나 저녁 식사 시간이 끝났을 무렵, 소지가 거실 창살에 기대어 대한을 부른다.

소지 - 아까 낮에 있었던 일은 종태 형님 일이었어요! 하층에서 종태 형님이 같은 방 사람을 팼답니다. 그래서 경교대 애들이 수갑을 채워서 독방으로 끌고 갔는데요… 담당 계장님 말로는 피해자가 처벌을 원치 않는다고 없었던 일로 해달라고 부탁했답니다. 그래서 아마 그냥 전방을 보내는 것으로 별도의 징벌 없이 상황이 마무리될 것 같습니다.

대한 - 오~ 그래? 잘됐구나! 전방은 어디로 가실 것 같으냐?

소지 - 미결 사동이 이쪽밖에 없어서 아마도 여기 중층으로 오실 확률이 높을 거 같아요.

대한 - 그러면 내일 운동시간에 종태 형님을 뵐 수 있겠구나! 수고 많았다!

그럼 가 봐!

그날의 소동으로 종태는 며칠간 독방 생활을 하고 중층 1거실로 전방 된다. 종태의 전방 소식을 전해 들은 대한이 소지를 부른다.

대한 - 야! 소지! 5방으로 와 봐!

소지 - 형님! 부르셨어요?

대한 - 종태 형님 방에 필요한 거 없는지 물어보고… 네가 수발 좀 신경 쓰고 있어! 알겠지?

소지 - 예! 형님! 걱정 마십쇼!

구치소 운동시간, 대한이 후배 정운을 종태에게 데리고 가 인사시키자 종태가 이들과 함께 운동장으로 나가 산책을 한다.

종태 - 대한아! 넌 지낼 만하냐?

대한 - 예! 유치장에 있을 때보다는 구치소로 오니까 시간도 잘 가고 훨씬 편한 거 같아요. 근데 얼마 전 하층에서는 왜 그러셨어요? 사고가 있으면 재판에 영향을 미칠 수도 있는데… 앞으로는 사고 없이 지내셨으면 좋겠어요. 형님!

종태 - 그걸 누가 모르냐? 입방했는데 어떤 놈이 나이가 많다고 말을 싸가지없이 하기에 몇 대 박아버렸지. 그랬더니 씨발놈이 소리를 얼마나 지르던지… 아이고~ 말도 말어라!

대한 - 필요한 거 있으시면 소지한테 얘기하세요. 그놈한테 형님 수발 잘하라고 얘기해 놨어요.

종태 - 그래. 알았다! 형은 운동장 좀 뛸 테니까 정운이랑 운동해라!

종태가 대한과 정운의 앞으로 뛰어가는 것을 보며 대한이 빙긋이 웃는다. 웬만한 사람이라면 자신이 구치소에 수감되도록 만든 종태를 쳐다보기도 싫었을 것이다. 하지만 배포가 크고 포용력이 남다른 대한은 종태의 행동을 탓하려는 생각조차 하지 않는다. 그저 자신의 선배인 종태가 구치소 생활을 잘하도록 물심양면으로 도울 뿐이다. 대한은 이것이 사내들과의 신의를 지키는 정도라고 생각하고 있는 듯했다.

대한이 정운을 데리고 운동장을 거닐고 있자니 누군가 아는 체를 한다. 대한의 친구 철희(서라파)와 진산 후배 혁동이다.

대한 - 어? 이게 누구야? 어떻게 이런 데서 친구를 만나냐? 이거 참! 잘 지냈어?

철희 - 그려! 안 그래도 대한이 네 소식은 들었어! 재판이 잘돼서 빨리 나갔으면 좋겠다!

대한 - 잘되겠지. 뭐… 그런데 혁동이 너는 또 여기 어쩐 일이냐?

혁동 - 집단폭행으로 엮여서 들어왔어요. 형님은 어쩌다가 여기까지 오신 거예요?

대한 - 그냥 뭐… 말하자면 길어! 아무튼 있는 동안 밥 잘 먹고 건강하게 잘 지내라!

철희(서라파)와 혁동을 지나쳐 대한이 정운과 운동장 모퉁이를 돌 무렵, 교도소 부장이 갑자기 대한을 부른다.

부장 - 318번 박대한! 이 계장님 면담입니다!

대한 - 예? 이 계장님 면담이요?

'이 계장? 이 계장이 누구지? 이번엔 또 무슨 일이야?' 대한이 부장을 따라 이 계장 사무실 문을 열고 들어서자 50대로 보이는 이 계장이 대한을 반갑게 맞이한다. 이 계장은 열이 오른 석유난로 옆자리를 대한에게 내어주며 어쩐지 대한에게 친절하게 대한다.

이 계장 - 대한 씨! 장 사장 알죠? 장 사장한테 대한 씨 얘기 들었어요.

대한 - 장 사장님이요? 아~ 장 사장님을 어떻게 아세요?

이 계장 - 장 사장하고 나하고는 아주 각별한 사이예요. 장 사장한테 내가 부탁받은 것도 있고 하니까… 혹시라도 필요한 것이 있으면 복무담당자한테 얘기하세요. 거실에서 답답하거나 그러면 복무담당 주임에게도 얘기해 놨으니까 요구하고… 구치소 생활이 조금 불편하겠지만 있는 동안은 운동도 하고 편하게 지내도록 해요.

대한 - 네! 계장님! 초면에 이렇게 신경 써주시니 정말 고맙습니다!

이 계장 - 내가 대한 씨 사건을 좀 살펴보니까 잘하면 미결상태에서 출소할 수도 있을 것 같아요. 그러니까 여기서 절대로 사고 치면 안 돼요! 내 말뜻 이해했지요?

대한 - 예! 명심하겠습니다! 그런데 저 계장님!

이 계장 - 예? 왜요? 무슨 할 말이라도…?

대한 - 혹시 장 사장님과 전화통화 잠깐 할 수 있을까요?

이 계장 - 원칙은 안 되는데… 장 사장하고의 관계도 있고 하니까 잠깐만 연결해 드릴게요! 잠시만 기다려 봐요!

이 계장이 사무실 전화로 장 사장에게 전화를 건다.

이 계장 - 장 사장! 나야! 대한 씨 지금 내 방에 있는데… 잠깐 바꿔줄게!

대한 - 형님! 무탈하시지요? 이 계장님께 말씀 들었습니다. 신경 써주신 덕분에 전 잘 지내고 있습니다. 고맙습니다!

장 사장 - 뭘 그 정도 가지고… 조만간 접견 갈 테니까 잘 지내고 있어. 모든 필요한 거 있으면 이 계장님한테 언제든지 편하게 말씀드리고… 혹시라도 내가 도와줄 일 있으면 연락해! 그건 내가 여기서 조치할 테니까….

대한 - 감사합니다! 형님! 그렇게 할게요. 이 은혜는 꼭 갚을 게요!

이 계장 - 대한 씨! 나 좀 다시 바꿔주지!

대한이 전화기를 다시 이 계장에게 건넨다.

이 계장 - 장 사장! 여기 일은 내가 잘 알아서 할 테니까 나한테 맡겨두고… 얘기했던 특별접견은 최소한 열흘 전에는 미리 얘기해야 돼! 그럼 다음에 통화하자고….

장 사장과의 통화를 마친 이 계장이 대한과의 대화를 이어간다.

이 계장 - 저… 아무래도 대한이 보다는 내가 한참 윗사람이니까 이제부터 말은 편하게 할게! 그래야 서로 편하지 않을까?

대한 - 그럼요! 계장님이 먼저 그렇게 말씀해 주시니 제가 더 감사합니다!

이 계장 - 지금 뭐… 수용생활 하는 데 특별히 불편한 거 없나?

대한 - 사실은… 조금 말씀드리기 부담스럽긴 한데요… 혹시 특별접견 가능할까요?

이 계장 - 특별접견은 왜? 누구 중요하게 만날 사람이라도 있어? 미리 얘기만 해주면 그 정도는 내가 해줄 수 있지!

대한 - 사실 여자친구가 있는데요. 여기 들어올 때 많이 우는 걸 보고 들어

와서요. 잘 지내나 궁금하기도 하고… 그래서 부탁드리는 건데요… 제 여자친구 휴대폰 번호를 알려드릴 테니까 특별접견 좀 잡아주실 수 있을까요? 계장님!

이 계장 - 여자친구면 고등학생 신분일 텐데… 일단 알았으니까 이름하고 연락처 좀 적어놔! 원래는 안 되는 거지만 이번 딱 한 번만 해줄게!

대한 - 정말요? 감사합니다! 계장님!

이 계장 - 또 뭐 더 필요한 건 없어?

대한 - 초면에 자꾸 부탁을 드려도 되는지는 모르겠네요. 혹시 치킨 좀 먹을 수 있을까요?

이 계장 - 어쩜 그렇게 힘든 부탁만 골라서 하나? 하하하! 그 정도는 내 선에서 가능하니까 다른 수용자들에게는 절대 보안유지 해야 돼! 약속할 수 있겠어?

대한 - 그럼요! 당연히 그래야죠! 약속드릴께요~ 계장님 걱정 마세요!

이 계장 - 그러면 치킨은 언제쯤 해 줄까?

대한 - 이번 주면 좋겠습니다. 양념 반 후라이드 반으로요… 헤헤!

이 계장 - 그러면 이번 주 금요일 오후에 내가 자네를 다시 부를 테니까 그때 보자! 다시 말하지만 보안은 철저히 지키고….

대한 - 예! 걱정 마세요! 왼손이 하는 일 오른손도 모르게 할게요. 그렇게 알고 이만 일어나겠습니다!

이 계장 방을 나서는 대한의 기분이 좋아 보인다. 대한은 구치소 직원을 따라 자신이 수감되어 있는 1중 5거실로 향한다. 거실로 돌아온 대한이 장 사장을 떠올리며 생각한다. 그동안 자신이 장 사장에게 특별히 호의를 베풀었다고 생각하지도 않았는데 뜻밖에 장 사장의 호의를 받게 되고 보니 고마운 마음보다는 그에게 어떻게 보답할까 하는 생각을 한다.

거실로 돌아온 대한이 방에 누워 눈을 감은 채 물총에게 말을 건넨다.

대한 - 야! 물총! 뭐 재미난 거 없냐?

물총 - 글쎄요 형님!

대한 - 심심한데 네 사건 스토리나 얘기해 봐!

물총 - 네? 제 사건이요? 그게….

대한이 자신의 사건에 대해 묻자 물총이 잠시 망설이는 것 같더니 이내 자초지종을 털어놓기 시작한다. 물총은 서라 출신의 강간범이다. 대한보다는 세 살이나 많았지만 대한을 깍듯하게 형님이라고 부른다. 물총의 강간 사건은 여느 강간 사건보다도 질이 좋지 않았다. 열쇠가 꽂혀있던 차량을 절도해서 밤늦은 시간에 돌아다니는 여성들만 골라 납치한 뒤 강간을 한 사건이다.

물총 - 지나가는데 차에 열쇠가 꽂혀 있더라고요. 그래서 친구하고 둘이서 차를 훔쳐서 서라 읍내를 돌아다녔어요. 그랬는데 눈앞에 야하게 짧은 치마를 입은 여자 하나가 술에 취해서 비틀거리면서 지나가는 거예요.

대한 - 그래서? 어떻게 했는데?

물총 - 그래서 제가 그 여자 옆으로 차를 세웠지요. 그러니까 제 친구가 그 여자한테 집에 데려다준다고 했거든여? 그랬더니 그 여자가 처음에는 싫다고 거절하더니 제 친구가 '그럼 술을 마시자!' 그러니까 순순히 차에 타더라고요.

대한 - 음… 계속해 봐!

물총 - 그때 제 친구가 뒷좌석 문을 안에서 열지 못하게 Lock을 걸더라고요. 그랬더니 여자가 내려달라고 울면서 소리를 지르고 난리를 치는 거예요. 도망쳐보려고 문을 막 열어보더니 안 되니까 그냥 포기했는지 울기만 하데요. 제 친구가 너무 시끄럽다면서 차 조수석 다시방을 열어보니까 맥가이버 칼이 있는 거예요. 그래서 제 친구가 그 칼을 꺼내서 살짝 겁을 주었죠. 그랬더니 갑자기 살려달라고 울며 애원하기 시작하는 겁니다.

대한 - 미친놈들! 그래서 어떻게 했나?

물총 - 인적이 드문 산 중턱에 차를 세우고 저하고 제 친구가 내려서 차 뒷문을 열었어요. 그러니까 여자가 겁에 질려서 막 울기만 하더라구요. 그래서 제가 시키는 대로만 하면 살려준다고 그랬죠. 그러니까 그 여자가 갑자기 막 옷을 홀딱 벗어버리는 거예요. 그래서 저도 얼른 벗었죠.

대한 - 진짜? 그래서?

물총 - 그래서 그 여자한테 제가 말했어요! '야! 이 오빠를 기쁘게 해줘 봐!' 그랬더니 그 여자가 제 거를 물고 마치 아이스크림 빨듯이 해주는데 얼마 못 가서 걔 입속에 싸버렸어요.

대한 - 뭐라고? 푸하하! 이 새끼 이거 토끼네!

물총 - 아… 그게 아니라… 그때는 컨디션이….

대한 - 컨디션 같은 소리 하네. 알았고… 계속해 봐!

물총 - 그래서 저는 지대로 담가보지도 못했는데 제 친구가 바로 그 여자한테 담았어요! 여자애가 얼마나 색 소리를 내던지… 산속이 울리더라고요. 볼일이 끝나고 그 여자가 화장실 간다며 휴지를 들고 가기에 저랑 친구랑 곧바로 차 시동을 걸고 도망쳤죠. 그랬더니 그 여자가 뒤에서 막 괴성을 지르며 쫓아오는데 얼마나 무섭던지… 머리까지 풀어헤친 꼴이 꼭 귀신 같았어요!

대한 - 와! 너 진짜 개새끼다! 그 야밤에 산에 여자 혼자 버려두고 왔다는 거냐?

물총 - 신고하면 바로 잡힐 거 같아서 무작정 도망쳤어요.

대한 - 괜히 열 받네! 물총! 너 이 새끼! 지금부터 설거지는 거북이 시키지 말고 네가 전담해! 이 개새끼야! 알았어?

물총 - 저 몇 달 동안 설거지 끝난 지 며칠 되지도 않았는데요? 형님!

대한 - 뭐라고! 새끼야! 지금 뒈지고 싶다고? 어?

물총 - 아… 아니에요! 형님 말씀대로 설거지하겠습니다!

정운 - 물총! 넌 죄질이 존나 안 좋아! 대한 형님! 물총! 이 새끼는 한 10년 이상 받지 않을까요?

대한 - 그니까… 사건 얘기를 듣다 보니까 살짝 열이 받기는 한다. 어차피 말 시작한 거 끝까지 이어가 봐! 물총!

물총 - 형님이 화내실까 봐 무서워서 못 하겠어요. 형님! 다른 사람 얘기 들으시면 안 될까요?

대한 - 임마! 이제부터 뭐라 안 할 테니까 그냥 편안하게 말해 봐!

대한의 눈치를 살피는가 싶더니 물총이 다시 얘기를 계속한다.

물총 - 그 날은 산에서 도망쳐서 곧바로 대전 유성으로 갔어요. '제니아' 나이트클럽을 지나는데 술에 취해서 나오는 여자가 또 있는 거예요. 그래서 차에 태웠어요.

정운 - 거기는 사람들이 많았을 텐데… 어떻게 여자를 태웠어?

물총 - 그냥 택시가 줄지어 서 있는 쪽에 차를 세우고 있었는데 웬 나사 풀린 여자 한 명이 뒷좌석에 타는 거예요. 그러더니 우리가 택시 기사인 줄 알고 갈마동으로 가자고 하더라구요.

대한 - 허허~ 큰일이구만! 계속해 봐!

물총 - 네! 형님! 그래서 갈마동 쪽으로 가는 척하다가 학하리 정신병원 쪽 시골 논길로 들어갔더니 조용하고 좋더라구요. 차를 세우고 뒤를 보니까 여자가 잠이 들어 있는 거예요. 그래서 저하고 친구가 차에서 내려서 잠들어 있는 그 여자 옷을 벗겼죠. 아~ 가슴이 얼마나 크던지… 제 두 손을 모으니까 그 여자 한쪽 가슴이 겨우 덮히더라구요. 그 여자 밑을 만졌는데 물이 없어서 급한 마음에 제 거시기에 침을 발라서 하기 시작했는데 하다 보니까 물이 나오더라구요. 근데도 이 여자는 일어나질 않는 거예요. 그래서 제 친구가 다시 한참을 하고 끝나니까 자는 척을 한 건지 뭔지는 모르겠지만… 그 여자가 일어나서 옷을 주섬주섬 챙겨 입고는 주변을 두리번거리다가 갑자기 막 도망치는 거예요.

대한 - 그래서? 도망치는 걸 어떻게 했냐?

물총 - 처음과 똑같이 그냥 버리고 장소를 옮겼죠. 그러고서 이번에는 월평동 주택가를 돌아다니다 본 여잔데요. 유흥업소에 다니는 여자 같았는데 엄청 섹시해 보이더라구요. 그래서 그 여자 뒤를 쫓아갔어요. 한참 따라가다 보니까 여자가 원룸으로 보이는 건물로 올라가는 거예요. 그래서 계단에

숨어서 '무슨 소리가 나나?' 하고 귀를 기울이고 듣고 있었는데 그 여자가 열쇠를 떨어뜨리는 소리가 났어요. 그런데 문을 여는 소리는 들리지 않더라구요. 그래서 슬쩍 올라가 봤죠. 그랬더니 그 여자가 술이 취해서 문 앞에 주저앉아 있고 바닥에는 방 열쇠가 떨어져 있었어요. 그래서 방 열쇠를 주워서 문을 열고 제 친구랑 셋이서 여자 방으로 들어갔는데 여자가 떡이 돼서 침대에 그냥 뻗어버렸어요.

대한 - 그래서?

물총 - 저하고 친구도 많이 피곤했었나 봐요. 한 침대에서 셋이 잠이 들었어요. 한참을 자고 있는데 누가 와서 저랑 친구를 발로 툭툭 걷어차는 거예요. 그러더니 갑자기 수갑을 채우고 잠들어 있던 여자를 막 깨웠어요. 그 여자는 일어나자마자 소리를 지르고 난리를 치더니 경찰한테 상황설명을 듣고서 저하고 제 친구한테 막 욕을 하면서 싸대기를 날리고 아주 난리였죠. 그렇게 돼서 서라경찰서에서 조사받고 여기로 와서 지금 이렇게 재판을 받고 있는 중이에요.

대한 - 물총! 너는 그냥 완전히 거리의 무법자구나! 남자 새끼가 술 취한 여자를 납치해서 어쩜 그럴 수 있나? 개새끼야! 넌 진짜 반성해라! 사람은 누구나 죄를 지을 수는 있어. 하지만 죄를 짓고도 반성을 하지 않는 것은 인간이 아니라고 생각한다!

물총 - 반성하겠습니다! 형님! 정말입니다! 믿어 주세요!

대한은 물총의 이야기를 들으며 진심으로 물총이라는 인간이 혐오스럽다고 느껴졌다. 물총이 한 짓은 사내가 절대로 해서는 안 되는 짓이었다. 여자를 한 번도 아니고 세 번이나 아무런 죄책감도 느끼지 않고 범했다는 것은 대한으로서는 도저히 이해할 수도 용서할 수도 없는 일이었다. 대한이 자신을 증오가 가득한 눈으로 바라보는 것을 느꼈는지 물총이 고개를 숙이며 안절부절못하듯 어쩔 줄을 모른다. 대한이 고개를 돌려 거북이를 바라본다.

대한 - 거북이 넌 무슨 죄를 지어서 왔냐?

거북이 - 전 제 동생이랑 둘이 살다가 너무 배가 고파서 동네에 있는 슈퍼 유리창을 깨고 빵이랑 우유 같은 걸 몰래 훔치다 절도로 들어 왔어요.

대한 - 너 혹시 부모님이 안 계시냐?

거북이 - 몇 년 전에 저하고 동생만 남기고 두 분 다 자살하셨어요.

대한 - 아~ 그래서 생활고에 시달렸구나! 네 친동생도 여기 구속된 거냐?

거북이 - 네! 같이 구속되기는 했는데 경찰 아저씨들이 곧 풀려난다고 그래요. 저는 그냥 여기가 좋은데….

대한 - 야! 여기가 뭐가 좋냐? 힘들어도 밖에 나가서 무슨 일이든지 하려고 노력을 해야지.

거북이 - 여기서는 배부르게 삼시 세 끼 모두 먹을 수 있잖아요. 그래서 저하고 동생하곤 여기서 나가기 싫다고 했어요.

대한 - 거북이 사연이 참 딱하네! 네 얘기를 듣고 나니까 마음이 아프다!

거북이의 얘기에 인간적인 연민을 느낀 대한이 정운에게 거북이를 챙겨주라고 얘기한다.

대한 - 정운아! 앞으로 거북이 먹을 것 좀 많이 챙겨줘!

정운 - 그렇지 않아도 거북이 살찌우는 재미로 닭 훈제하고 소시지 엄청 먹이고 있어요. 형님!

대한 - 괴롭히지 말고 진심으로 잘해줘라. 할 수 있으면 거북이 동생한테도 먹을 거 좀 보내 주고… 소지한테 형이 신경 좀 쓰라고 그랬다고 얘기해!

정운 - 그렇게 할게요! 형님!

대한은 같은 방에 있는 친구들에게 무슨 사연이 있는지 궁금했다. 그래야 서로에게 좀 더 친밀하게 다가갈 수 있다고 생각했던 것이었다. 뜻밖에 동생 정운의 안타까운 사연을 알게 된 대한이 정운에 대한 인간적인 연민의 정을 느낀다. 대한은 늘 어려운 사람이나 불쌍한 사람을 보면 도움을 주고 싶어 했을 정도로 정이 많은 사람이다. 그런 자신이 누군가에 대한 잘못된 행위에 연루되어 수감되어 있다고 생각하니 그것이 새삼 대한을 괴롭힌다.

거실 사람들과 이야기를 하는 동안에 일과가 종료되고 점검시간이 시작된다. 하층에 점검이 끝나고 복무 주임이 큰 목소리로 중층의 점검 시작을 알린다.

복무 주임 - 점검 준비! 1방!

1거실 수용자 - 하나! 둘! 셋! 넷! 번호 끝!

복무 주임 - 2방…(중간 생략) 각방 쉬어!

일과가 종료되고 점검이 모두 끝나자 소지가 복도를 돌며 바가지로 온수를 각 방에 나누어준다. 대한의 방에서는 거북이가 식기를 챙겨 저녁 배식을 받을 준비를 한다. 물총이 상을 펴고 그 위에 신문지를 깔고 휴지를 뜯어 네모반듯하게 접은 후에 대한의 수저와 젓가락을 가지런히 정리하여 내려놓는다. 배식이 시작되기 전에

이 계장의 지시를 받은 부장이 소지 한 명을 시켜서 취장(식사당번)
이 끓인 김치찌개를 의류대 속 밀봉된 비닐봉투에 담아 대한의 방
거실 배식구에 은밀하게 넣어 주고는 사라진다.

정운 - 어? 형님! 이거… 김치찌개가 왔는데요?

대한 - 야! 그냥 아무 소리 하지 말고 조용히 먹어!

대한 덕분에 대한의 거실 사람들은 평소에는 구경조차 할 수도
없었던 김치찌개와 음식을 배불리 먹을 수 있었다.

그렇게 대한의 구치소 생활은 별 탈 없이 지나가고 있었다. 그러던
어느 날 운동시간이다. 대한이 수용자들과 어울려 족구를 하며 시
간을 보내고 있다. 그런데 갑자기 운동장 한쪽 모퉁이에서 싸움이
났는지 고성이 들리기 시작한다. 대한이 '무슨 일인가?' 싶어 고성이
들려오는 곳으로 향한다. 사람들이 몰려있는 틈을 비집고 들어가니
종태와 철희(서라파)가 서로 멱살잡이를 하고 있는 것이다. 대한이 선
배 종태의 멱살을 잡고 있는 철희의 손을 꺾어 비틀어버린다.

대한 - 철희! 너! 이 새끼! 지금 뭐 하는 거야? 내 선배인 거 몰라? 너 미쳤
나?

철희 - 선배가 선배다워야지. 가만히 있는 나한테 시비를 거는데? 어떻게
참냐!

대한 - 이 새끼가 뭔 소리 하는 거야! 너 돌았냐?

주변에 있던 경교대와 근무자들이 급히 무전을 하며 싸움이 난
장소로 몰려들어 종태와 철희(서라파), 대한을 뜯어말린다.

경교대 근무자 - 자~ 그만하고 모두 진정해!

경교대 근무자들은 흥분해 있는 대한과 철희, 종태가 더 이상 접촉하지 않도록 떼어 놓으며 싸움이 더는 확대되지 않도록 한다. 하지만 자신의 선배의 멱살을 잡고 있던 철희에게 화가 풀리지 않은 대한이 친구 철희를 쏘아보며 으름장을 놓는다.

대한 - 철희 너 이 새끼! 그렇게 건방 떨다가 나한테 제대로 한번 걸리면 진짜 죽는다! 명심해라!

철희 - 그래! 어디 보자! 누가 그 말 듣고 무서워할 줄 알아?

경교대 근무자 - 시끄러! 니들! 그만해!

일단 이들을 진정시켜야겠다고 생각한 경교대 근무자들이 종태와 철희, 대한을 조사실로 불러 잠시 격리시킨다. 대한과 안면이 있는 이 계장이 대한을 따로 불러 알아듣게 얘기를 하고 거실로 돌려보낸다. 먼저 거실에 들어가 있던 종태가 아직도 분이 풀리지 않는지 창살을 붙잡고 철희의 이름을 고래고래 부르며 악다구니를 쓴다. 구치소 근무자가 참지 못하고 종태에게 다가간다.

구치소 근무자 - 어이! 거기! 조용히 좀 해! 시끄럽잖아!

종태 - 야! 이 양반아! 내가 지금 어린놈한테 멱살 잡히고 열 받아 죽겠는데… 네가 뭔데 개지랄이여?

구치소 근무자 - 당신 지금 나한테 뭐라고 했어!

종태의 욕설을 들은 구치소 근무자가 종태가 잡고 있는 창살 앞으로 다가간다. 순간 분노를 참지 못한 종태가 창살 밖으로 손을 뻗어 구치소 근무자의 멱살을 움켜쥐고는 힘껏 당겨버린다. '아악!'

창살에 얼굴을 충돌 당한 구치소 근무자가 비명을 지르며 얼굴을 감싼다. 구치소 근무자의 얼굴에서 피가 철철 흐르기 시작한다. 구치소 근무자가 무전으로 긴급하게 이 상황을 전파한다. 전파되는 상황을 듣고 여기저기서 '우르르' 하는 워커 발소리가 들려온다. 경교대와 근무자 10여 명이 순식간에 몰려오더니 얼굴에서 피를 철철 흘리고 있는 구치소 근무자를 부축하여 데리고 나간다. 종태는 이 모습을 보면서도 아직도 분을 삭이지 못하고 있다. 경교대와 근무자들이 허리에 차고 있던 3단 봉을 빼어들고는 종태의 거실문을 열어젖히고 난입하여 종태에게 마구 워커 발길질을 퍼부으며 3단 봉을 휘두르기 시작한다. 종태가 이들과 몸싸움을 하며 저항해 보지만 결국 이들에게 제압당한 종태가 수갑이 채워진 채 독방으로 끌려간다.

대한이 멀리서 이 소리를 듣고 있다. 어떠한 상황이 벌어지고 있는지 알 수 없는 대한이 답답한 마음에 잠시 문을 열어 달라고 복무 주임에게 부탁한다.

대한 - 지금 무슨 상황이에요? 예? 잠깐 이 문 좀 열어보세요.

복무 주임 - 대한아! 넌 그냥 참아라. 못 본 체하라고… 응? 재판도 얼마 남지 않았는데 지금 무슨 일 생기면 안 돼! 그러니까 화 좀 가라앉히고 참아. 네가 이러면 이 계장님의 체면이 말이 안 되는 거야. 무슨 말인지 모르겠어? 지금 여기서 나간다고 해도 네가 할 수 있는 건 아무것도 없어. 잘 생각해 봐!

대한 - 아~ 미쳐 버리겠네! 그럼 지금 어떤 상황인지 말이라도 좀 해주세요.

복무 주임 - 종태가 우리 근무자를 때려서 얼굴이 깨졌어. 그래서 지금 병원으로 실려 갔어. 그래서 조사실로 끌려간 거고… 나머지 자세한 상황은 좀 더 알아보고 나서 말해줄게! 됐냐?

대한 - 어이구 참! 일단 알겠습니다!

복무 주임이 차분하게 대한을 달래지 않았다면 대한도 무슨 짓을 했을지 모른다. 대한이 거실에 앉아 눈을 감고 골똘히 생각에 잠긴다. 정운이 한참을 깊은 생각에 잠겨 있는 대한의 눈치를 보며 조심스럽게 말을 꺼낸다.

정운 - 형님! 잘 참으셨습니다. 아까 주임님이 하신 말씀이 맞아요. 우리가 여기서 할 수 있는 일은 아무것도 없어요. 더군다나 종태 형님이 직원을 때려서 얼굴이 깨졌는데 우리가 뭘 어떻게 할 수 있겠어요~ 형님까지 나섰으면 공연히 일만 더 커질 뻔했어요.

대한 - 그래. 정운아! 네 말이 맞다! 내가 잠시 평정심을 잃었었구나. 알았다!

정운 - 한숨 주무세여. 형님!

대한 - 그래. 그래야겠다!

다음 날 아침 복무 주임이 대한을 자신의 사무실로 데려가 커피 한 잔을 주며 어제 있었던 종태의 일에 관해 이야기를 꺼낸다.

복무 주임 - 어제 종태한테 맞은 근무자가 심하게 다쳤어. 그래서 합의가 되지 않으면 검찰로 사건송치가 불가피할 것 같다고 하더라. 징벌을 받고 뭐고 간에 일단은 합의가 우선인 것 같은데….

대한 - 아! 그래요? 신경 써주셔서 고맙습니다! 주임님!

대한이 구치소에 들어온 지도 어언 한 달이 넘는 시간이 흘렀다. 대한이 출정대기실에서 포승줄과 수갑을 차고 검찰 조사를 받기 위해 호송 차량에 오른다. 검찰청에 도착해 호송 차량에서 내린 대한이 검찰청 뒤쪽 비상통로를 경유해서 담당검사실로 간다. 수갑과 포승줄에 묶인 대한을 앞에 두고 담당 검사가 경찰서에서 작성한 조서의 내용을 일일이 문답식으로 확인하면서 사건 경위를 조사하기 시작한다.

담당 검사 - 피해자 고 씨한테 수금하면 대한이 너에게 이익이 되는 게 뭐가 있어?

대한 - 저한테는 이득 될 게 없죠! 검사님! 저는 고 씨라는 그 사람이 누군지도 잘 모르고 빚이 얼마나 많은지도 전혀 몰라요! 이제 고등학생인 제가 뭘 알겠습니까?

담당 검사 - 그런데 이놈아! 학생이 하라는 공부는 안 하고 왜 그런 데를 따라다녔냐? 그동안 구치소에 있으면서 반성 많이 했어?

대한 - 네! 검사님! 지금 수갑을 차고 있는 제 자신이 너무도 부끄럽고 자존심 상합니다!

담당 검사 - 피해자가 너는 선처해 주라고 합의서가 들어와서 용서해 주는 거야. 이제는 절대로 그런 사람들하고 어울리지 말고 그런 사람들 근처에는 가지도 말아!

대한 - 네! 검사님! 명심할게요! 정말 감사합니다!

담당 검사 - 그래. 결론부터 말하자면 대한이는 이번 사건에 깊이 관여한 바가 없고 현재 고등학생 신분이라는 점을 참작해서 재판 없이 기소유예로 풀어 줄 거야. 그러니까 다시는 이런 곳에 오지 말어! 알았지? 그럼 가 봐!

검찰 조사를 마치고 구치소 1종 5거실로 돌아온 대한이 함께 있던 거실 사람들에게 작별 인사를 하고 구치소 정문을 나선다. 구치소 앞에는 대한의 어머니가 대한이 나오기를 기다리며 두부를 들고 서 있다. 구치소 문을 나서며 자신을 기다리고 있는 어머니를 바라보는 대한의 가슴이 미안함에 '철렁' 하고 내려앉는다. 대한의 어머니가 들고 있던 두부를 대한에게 내민다.

대한의 어머니 - 앞으로 두 번 다시는 이런 곳에 오지 말어!

대한 - 네….

대한은 어머니가 건넨 두부를 한입 베어 물고 기다리고 있는 아버지 차에 오른다. 대한의 아버지는 그에게 눈길조차 주지 않는다. 대한의 아버지는 대한과 어머니가 차에 오르자 시동을 걸고는 아무 말도 하지 않고 차를 몰아 집으로 향한다. 집으로 가는 내내 차 안에는 냉기만이 흐른다. 대한의 가슴에 부모님에 대한 미안함과 후회로 뜨거운 눈물이 흐른다.

집에 도착한 대한이 부모님의 뒤를 따라 양식장으로 향한다. 양식장 한쪽 공터에서 자신이 입고 있던 옷을 모두 벗고 새 옷으로 갈아입고는 구치소에서 챙겨온 소지품과 옷가지들을 모두 불태우기 시작한다. 훨훨 타오르는 불꽃을 바라보는 대한의 눈빛이 흔들린다. 대한도 이미 지난 일을 후회해 봐야 아무런 의미가 없다는 것을 잘 안다. 하지만 이렇게 해서라도 자신의 경솔했던 행동을 씻을 수만 있다면… 자신을 믿었던 사람들에게 지은 죄를 속죄할 수만 있다면… 하는 간절한 마음으로 훨훨 타오르는 불꽃을 뜨겁게 가슴에 담는다.

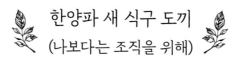

한양파 새 식구 도끼
(나보다는 조직을 위해)

고3이 된 대한이 학창시절의 마지막을 보내고 있었다. 20세기의 마지막 해 여름은 지독히도 무더웠다. 한여름 불볕더위가 한창인 어느 날, 대한은 더위를 피해 친구들과 함께 시내 커피숍에서 노닥거리고 있었다.

대한 - 와~ 요즘 같은 날씨는 정말 싫다! 더워서 밖에 돌아다니질 못하겠어.

윤식 - 그니까. 날이 더우니까 씨발… 학교도 가기 싫어!

우석 - 이렇게 더울 때는 그냥 집에서 에어컨 바람이나 쐬는 것이 최고지. 안 그러냐?

이때 뒤늦게 커피숍에 도착한 용식이 술을 마시고 있는 우석을 바라보며 또 깐죽거리기 시작한다.

용식 - 저런 씨발새끼는… 커피숍에 와서 여기가 무슨 술집이냐? 술 좀 어

지간히 처먹어라. 새끼야! 으이구~

우석 - 뭐라는거~ 저 병신새끼가… 왜 또 시비여! 임마! 내가 술을 마시든 물을 마시든 네가 뭔 상관이여?

용식 - 넌 내가 볼 때마다 맥주병을 들고 앉아있으니까 그러지. 새끼야! 술 좀 적당히 처먹어라! 다 네 생각해서 하는 소리여~ 고마운 줄이나 알아. 임마!

우석 - 지랄하고 있네. 그래도 나는 너처럼 술 처먹고 선배들한테 개꼬장 부리는 실수 따위는 안 해! 임마! 너나 잘햐!

윤식 - 시끄러워 죽겠다. 니들은 어째 만나기만 하면 싸우냐? 아주 징그럽다! 진짜! 이제 그만 좀 해!

용식 - 저 새끼만 보면 자동적으로 욕이 나오는데 어떡하냐? 저 새끼 보면 볼수록 꼴 보기 싫어!

대한 - 야! 아무리 그래도 서로 조금씩 참아야지! 친구끼리 볼 때마다 서로 갈구고 말싸움을 하면 다른 사람들이 니들을 얼마나 우습게 생각하겠냐? 안 그래?

윤식 - 그랴~ 그건 대한이 말이 맞어! 친구들끼리 기본은 지키자! 응?

용식 - 으응! 그랴~ 우석아! 앞으로 우리 서로 욕하지 말고 싸우지도 말자! 응?

우석 - 너만 시비 안 걸면 싸울 일도 없어. 이 개새끼야!

용식 - 이런 씨벌놈이 이 지랄이라니까… 어이구~

우석과 용식은 어릴 때부터 같은 마을에서 함께 자란 탓인지 가장 가까운 것 같으면서도 만나기만 하면 언제나 티격태격 말다툼

이다. 대한은 이 둘의 관계를 이해하면서도 이젠 그러지 않았으면
하고 생각한다. 이런 대한의 눈치를 알아챈 윤식이 분위기를 바꿔
보려고 말을 돌린다.

윤식 - 이제 그만들 싸우고 재밌는 얘기나 해 봐! 어?

대한 - 아! 맞다! 예전에 나랑 우석이랑 다방을 자주 갔었잖아? 커피도 좀
더 맛있는 것 같고… 이쁜 아가씨들도 많고… 헤헤!

용식 - 그랬지! 근데 요새는 다방이 겁나 많아졌어.

대한 - 어쨌든… 다방에 가면 아가씨들이 커피를 갖다 주면서 옆에 앉아서
설탕하고 프림은 몇 스푼이냐고 뭐 그런 걸 물어보면서 커피를 타주잖아?
그치?

용식 - 그렇지. 그건 지금도 그렇잖아. 근데? 그게 왜?

대한 - 한번은 우석이랑 나랑 저기 건너편 2층에 있는 커피숍에 갔어.

우석 - 아! 이씨~ 넌 또 그런 얘기를 왜 하냐? 쪽팔리게….

용식 - 넌 조용히 해 봐! 그래서? 계속해 봐! 대한아!

대한 - 흐흐흐! 근데 그게 말이야… 우석이가 다방에 가면 아가씨들이 설탕
을 타주는 데 습관이 되었었나 봐. 커피를 시키더니 갑자기 커피숍에 있는
여자 알바생을 부르는 거야.

용식 - 응? 커피숍에서 알바생을 왜 불러?

대한 - 왜 부르기는 왜 불렀겠냐? 우석이가 그 여자 알바생에게 설탕을 두
스푼 넣어달라고 하는 거야. 난 '아차!' 싶었지. 그런데 그 여자 알바생이 우
석 얼굴을 보더니 얘 인상이 더럽게 생겼던지 아무 말도 못 하고 설탕 두 스
푼을 넣어서 저어주더라고… 푸하하! 그랬더니 우석 이 자식이 커피를 한

모금 마시면서 뭐라고 했는지 알아?

용식 - 이 미친 새끼! 저 새끼는 암튼 연구대상이라니깐! 그래서? 대한아! 우석이 뭐라고 그랬는데?

옆에 앉은 우석의 얼굴이 새빨개지기 시작한다. 대한이 깔깔 웃으며 말을 잇는다.

대한 - 아가씨 커피 맛나게 잘 타네! 아가씨도 커피 한잔 들고 이리 와서 앉어! 이러는데 내가 얼마나 황당하던지… 쪽팔려서 죽는 줄 알았다! 진짜!

우석 - 야! 난 다방이나 커피숍이나 다 똑같은 줄 알았지! 거기 커피숍 알바생이 말을 잘 듣길래 다 똑같은 곳인지 알았다니께… 진짜여!

윤식 - 푸하하! 하긴 여자 알바생이 네 인상을 보면 거절할 수 있었겠냐? 어이구~ 이 촌놈아!

대한 - 그 일이 있은 다음에 내가 우석이 이놈 때문에 한동안 그 커피숍에는 못 갔었잖아!

용식 - 야! 우석아! 여기 이모님한테도 커피 한잔 타 달라고 하지… 그러냐? 응?

오늘도 대한과 친구들은 우석의 일화로 한바탕 배꼽을 잡고 웃는다. 이때 한양파 1년 선배 규환으로부터 전화가 걸려온다.

규환 - 대한아! 형인데! 오늘 창희 형님 부친상이라고 형님들한테 연락받았거든? 지금 바로 정장에 넥타이까지 매고 상갓집으로 들어오라니까 준비 좀 하고 있어!

대한 - 상갓집이여? 알겠습니다! 준비하고 연락드리겠습니다. 형님!

대한이 선배 창희의 부친상 소식을 친구들에게 전하고 정장을 챙겨 입기 위해서 친구들과 함께 세탁소로 향한다.

대한과 윤식은 세탁소에 맡겨 둔 자신들의 정장을 찾아 갈아입었지만 용식은 아직 가지고 있는 정장이 없었다. 윤식이 세탁소 이모에게 용식이 입을 만한 정장 한 벌을 빌려달라고 부탁한다.

윤식 - 이모! 혹시 용식이 입을 만한 검은 정장 한 벌 빌릴 수 없어요? 지금 상갓집에 급하게 가 봐야 해서요….

세탁소 이모 - 글쎄… 여기는 빌려줄 수 있을 만한 옷이… 아! 겨울에 손님이 맡겨놓고 안 찾아간 정장이 한 벌 있기는 있는데… 그거라도 줘볼까?

대한 - 그래요! 이모! 용식아! 그거라도 한번 입어 봐! 어차피 3일밖에 안입을 건데 어떠냐 응?

이모가 세탁소 한쪽 구석에서 손님이 맡겨 둔 검정색 정장 한 벌을 꺼내 용식에게 건넨다. 두꺼운 겨울 정장이다.

세탁소 이모 - 아이구~ 그나저나 이게 너무 두꺼워서… 지금 한여름인데 더워서 이걸 입을 수나 있겠냐?

용식 - 야~ 이거 완전히 한겨울 정장이네! 와~ 지금 겁나게 더운디… 이걸 어떻게 3일 동안 입고 있냐? 쩌 죽어!

세탁소 이모 - 그렇긴 하지?

윤식 - 내 것도 겨울 거여. 이 병신아! 그냥 입어! 어차피 고작 며칠인데… 참으면 되지. 정장이 없는 걸 지금 어쩔 수 없잖어!

용식 - 아~ 이 새끼! 알았어! 임마! 소리 좀 지르지 말어!

대한 - 푸하하! 한여름에 겨울 정장 입고 있으려면 고생 좀 하겠는데?

그때 우석이 택시에서 내린다. 말끔하게 정장을 차려입은 우석이 세탁소 앞에 있는 친구들에게 걸어오며 너스레를 떤다.

우석 - 이야~ 우리 친구들! 그렇게 정장을 차려입으니까 존나 멋져 보이는디?

용식 - 아~ 근데… 내건 겨울 정장이라서 그런지 벌써부터 땀 나기 시작한다. 며칠 동안 더워서 이걸 입고 어떻게 버티냐? 돌겠다. 진짜!

우석 - 그럼 용식아! 재킷이라도 벗고 있어! 더우니께~

평소에도 정장 차림을 즐겨 입던 대한과 우석은 계절별로 여러 벌의 정장을 가지고 있었지만 간편복을 즐겨 입던 용식과 윤식은 그렇지 않았다. 대한과 우석, 용식, 윤식이 까만색 정장을 차려입고 상갓집으로 갈 준비를 마친 후에 막 출발하려고 하는 참이다. 이때 선배로부터 전화 한 통을 받는다. 상갓집에 조문객이 많아서 아르바이트할 사람이 필요하다며 아르바이트할 사람 몇 명을 찾아서 함께 데리고 오라는 전화다. 전화통화를 끝낸 윤식이 인상을 잔뜩 찌푸리며 투덜거린다.

윤식 - 아~ 돌겠네. 진짜! 갑자기 형님들이 상갓집에서 알바할 애들을 잡아서 데리고 들어오란다.

대한 - 형님들이 그러는데 별수 있냐? 시내 오락실이라도 가서 할 일 없는 애들 몇 명 붙잡아서 데리고 가야지.

용식 - 1년 동생들한테 전화해서 몇 명 데리고 들어오라고 그러자.

우석이 어디론가 전화를 한다.

우석 - 어~ 형이다! 지금 급해서 그러는디… 네 친구들 중에서 상갓집에서 알바할 애들 열 명 정도만 구해서 같이 들어와 봐! 응… 그랴….

대한 - 그래도 알바할 애들이 한 20명 정도는 돼야 하겠지? 우리가 열 명 정도는 더 찾아서 데리고 들어가자!

윤식 - 그랴~ 일단 시내로 나가서 돌아다녀 보자.

대한이 친구들을 데리고 시내로 향한다. 시내의 한 오락실 앞에 도착한 대한과 친구들이 오락실에서 죽치고 있는 애들 중에서 한눈에 봐도 불량스러워 보이는 애들을 몇 명 추려서 밖으로 불러낸다. 대한과 친구들이 불러낸 학생들을 오락실 골목에 한 줄로 세운다.

대한 - 자~ 이제부터 니들은 우리와 함께 상갓집으로 아르바이트를 하러 갈 거다. 그러니까 못 간다고 핑계라도 댈 놈들은 뭐라 안 할 테니까 그 자리에서 머리 박아라.

대한이 진지한 표정으로 아이들을 바라보며 이야기하자 모두들 옆 사람의 눈치만 볼 뿐 아무도 말을 하지 않는다. 그런데 용일이라는 아이가 갑자기 바닥에 머리를 박으며 말한다.

용일 - 저기요… 형님들! 사실은 제가 약속이 있습니다!

윤식 - 이 새끼가 뒤질라고 뭔 약속? 그건 다음으로 미뤄도 되잖아? 임마!

용일 - 형님들! 정말 중요한 약속입니다. 믿어주세요!

윤식 - 뭔 약속이 있는지 말해 봐! 거짓말하면 뒤진다! 너?

용일 - 지금 부모님이 많이 편찮으셔서 약 사들고 바로 집으로 꼭 들어가야 됩니다. 믿어주세요!

우석 - 근디… 이 씨발놈아! 여기서 오락이나 하면서 죽치고 있냐? 새끼야!

용식 - 야! 니들 중에 이 새끼 잘 아는 놈! 손들어 봐!

그러자 옆에 있던 용일이라는 아이의 친구 용삼이가 손을 든다. 용식이 용삼이를 불러내 한쪽 구석으로 슬쩍 데리고 간다.

용식 - 용삼아! 너 솔직히 말해 봐! 아까 용일이 저 새끼가 한 말이 사실이냐?

용삼 - 용일이는 부모님이 안 계시는데요? 다 거짓말이에요! 원래 저하고 같이 오락 몇 판 하고서 당구장에 가려고 했었어요.

용삼과 얘기를 나눈 용식이 입가에 웃음을 지으며 용일에게로 다가간다.

용식 - 용일이! 너! 이 씹새끼가… 형들한테 거짓말을 해? 용삼이 넌 그냥 가고… 용일이 넌 형들 따라가서 알바해! 알겠냐?

용일 - 형님! 그게 아니구요….

용식 - 아니긴 뭐가 아니야! 이 새끼야! 너 뒤지고 싶냐? 어?

용일 - 아… 아닙니다! 네! 하겠습니다!

우석 - 용일이 저 새끼가 싸가지없이 우리한테 구라를 쳤구먼! 넌 이따 나하고 따로 보자. 잉?

용일 - 아니요. 그게 아니라요… 제가 일부로 그러려고 그런 것이 아니구요….

대한 - 야! 시끄럽고… 넌 조용히 해! 윤식이 네가 형들한테 전화해 봐! 얘들 태우러 올 거냐고….

 잠시 후 선배들이 봉고차 두 대를 몰고 와 알바들을 차에 꽉 채워 태우고 상갓집으로 향한다. 알바들을 태운 봉고차가 상갓집에 도착하자 대한 일행과 알바들이 차에서 우르르 내린다. 이를 본 상주 창희가 대한에게 다가와 어깨를 두드리며 밥부터 먹으라고 말한다. 대한이 알바들을 데리고 상갓집 한쪽 테이블에 자리를 잡고 앉는다.

대한 - 용일아! 일단 밥부터 먹게 밥상부터 차려라!

용일 - 예! 형님! 바로 준비할게요.

윤식 - 경일아! 조금 있으면 조문객들이 왕창 몰려올 거야. 그때는 밥 챙겨 먹기 힘드니까 지금 얼른 서둘러서 밥부터 챙겨 먹어라!

경일 - 예! 알겠어요! 형님! 빨리 준비할게요.

우석 - 가는 김에 삼겹살하고 고기도 좀 많이 챙겨 와라! 잉!

용일 - 예! 형님!

 대한 일행이 부랴부랴 저녁 식사를 마치고 나자 저녁 7시가 조금 지날 무렵부터 조문객들이 정신없이 밀려들기 시작한다. 대한과 친구들이 알바들을 지휘해서 테이블 정리와 음식 준비를 하느라 정신이 없다. 잠시 짬이 나자 담배가 고픈 대한이 친구들을 데리고 주방 뒤쪽으로 간다.

대한 - 우석아! 담배나 한 대씩 피우고 하자!

우석 - 우리끼리 여기서 노닥거리다가 선배들한테 걸리면 대번에 한소리 할 건디… 눈치껏 적당히 햐!

용식 - 아… 씨발! 더워서 미치겠네! 속옷이랑 셔츠가 완전히 땀으로 다 젖었어.

윤식 - 나도 그려. 씨발! 존나 덥네! 아~

대한 - 아이구~ 니들 땀 좀 봐~ 하하하! 더운데 니들이 고생 많다. 진짜! 그럼 지금이라도 재킷을 잠시 벗고 있어~

우석 - 그려도 알바들이 생각보다는 일을 잘 하는구먼! 저놈들이라도 있으니께 우리가 이렇게 담배라도 한 대 피울 수 있는 겨. 헤헤헤!

대한과 친구들이 잠시 휴식을 취하며 담배를 피우고 있는데 저 멀리에 날렵해 보이는 체격에 반삭발한 사내가 한양파 조직 형님들에게 90도로 인사를 하며 쟁반에 음식을 담아 뛰어다니는 모습이 보인다.

윤식 - 대한아! 저기 얼굴 새까맣고 입술 두꺼운 사람 보이냐?

대한 - 누구? 어~ 저 빡빡이 말하는 거야? 저 사람이 왜 형님들한테 인사를 하는 거지?

용식 - 누구? 누굴 말하는 건데? 아… 저기 송성효! 쟤 말하는 겨?

대한 - 근데 저 사람은 뭐냐? 첨 보는데… 반달이냐? 뭐냐?

윤식 - 약간 이상한 사람이지. 근데… 선배들끼리 얼핏 얘기하는 걸 들었는데… 주영 형님이 저 송성효를 한양파 조직원으로 받아준다고 하던데?

대한 - 에이~ 설마… 우리 조직이 무슨 조기축구회냐? 아무나 받아주게? 궁금하면 형님들한테 직접 물어보면 되는 거 아녀!

궁금해진 대한이 한양파 1년 선배인 규환에게 전화를 걸어 물어본다. 그러자 규환과 호상이 하던 일을 멈추고 대한과 친구들이 있는 곳으로 온다.

규환 - 야! 방금 전에 대한이가 한 말은 또 뭔 소리냐?

윤식 - 형님들이 성효 형을 우리 식구로 받아들이겠다고 했다는데… 모르고 있었어요?

호상 - 무슨 말 같지도 않은 소릴 하고 그려! 송성효 저 새끼 말하는 거여?

대한 - 예~ 그럼 형님들도 지금 처음 들었다는 거예요?

규환 - 야! 뭔 개소리여… 호상이랑 나랑은 알지도 못하는데… 니들이 뭐 잘못 들은 거 아니냐?

용식 - 윤식이가 확실하게 들었다고 하네요. 성효 형은 다방 티코맨이나 잘하기나 하지! 무슨 건달을 하겠다는 거여… 이해가 안 되네. 진짜! 아~

규환 - 야! 신경 쓰지 마! 송성효가 우리 한양파 조직에 들어올 일은 없을 테니까.

호상 - 형들이 선배들하고 얘기 좀 하고 올 테니까 니들은 그냥 모른 척하고 있어!

우석 - 알았어요! 형님!

규환과 호상이 대한과 친구들로부터 송성효에 관한 얘기를 전해 듣고는 다른 선배들에게 사실을 확인하러 간다. 대한과 친구들이 송성효의 문제가 신경 쓰였는지 형님들이 떠난 다음에도 못마땅한 표정으로 송성효에 관한 이야기를 계속한다.

대한 - 우석아! 혹시 성효 저 사람… 예전에 시내에서 빨간 체크 정장 입고 껄렁거리던 그 사람 아니냐?

우석 - 푸하하! 그라! 맞어! 저 양반 말도 엄청 심하게 더듬는데… 형님들하고 대화나 제대로 할 수 있었냐?

용식 - 야! 씨발! 건달 감은 아니지. 명문고 출신이잖어. 좋은 대학교에 간 줄 알았더니 고작 상갓집에 잡혀 와서 왜 저러고 있는지… 참 알 수 없는 사람이야.

대한 - 야! 그럼 성효 저 사람이 우리보다는 한 살 위니까 선배라는 거잖아?

윤식 - 그랴~ 용식이랑 우석이 얘들 초등학교 선배라고 들은 거 같은디?

우석 - 야! 나는 몰러… 저런 이상한 사람은….

용식 - 나도 그냥 알고 싶지도 않다.

대한 - 나는 저 성효란 사람도 알바생으로 잡혀 온 꼬마인줄 알고 심부름 존나 시켰는데… 푸하하! 어쩐지? 어쩐지 내가 반말할 때마다 인상을 존나 쓰더라고!

윤식 - 인상 쓰면 뭐? 어쩔 건디? 상갓집에 잡혀왔으면 열심히 일을 해야지. 안 그러냐?

우석 - 맞어! 윤식아! 대한이 네가 저 양반 일 좀 빡세게 시켜 봐! 어떻게 하나 지켜보게~ 헤헤!

송성효는 우석과 용식의 초등학교 1년 선배다. 그는 초, 중, 고등학교 시절의 전교에서 10% 안에 들었을 정도로 우수한 학생이었다고 한다. 그런데 그런 성효가 갑자기 진산 한양파 선배인 창희의 부친상에 등장한 것이다. 마치 자신의 정체성을 잃어버린 바보처럼 보이는 성효를 대한과 친구들은 그냥 무시해 버린다. 그런데도 성효는 대한의 형님들을 볼 때마다 자기가 무슨 건달이라도 되는 양 깊이 허리를 숙여 건달처럼 인사를 한다. 이런 성효의 이해되지 않는 행동이 눈에 거슬린 대한이 성효를 불러 쟁반에 음식을 잔뜩 담아주며 심부름을 시킨다.

대한 - 야! 빡빡이! 너 이거 들고 저쪽 손님들한테 갖다 드리고 와!

대한이 반말로 성효에게 심부름을 시키자 성효가 기분 나쁘다는 듯 인상을 쓰고 대한을 꼬나본다. 일순간 대한과 성효의 눈에서 불꽃이 튄다. 하지만 대한의 카리스마 있는 눈빛에 금세 기가 꺾인 성효가 슬그머니 눈을 피하더니 음식이 가득 담긴 쟁반을 받아들고 엉겁결에 대답을 한다.

성효 - 어? 아… 아… 예!

성효가 대한이 시킨 대로 쟁반을 들고 조문객에게 음식을 건네주고 돌아오자 대한은 또 다시 음식을 가득 채운 쟁반을 성효에게 건네주며 숨 쉴 틈도 없이 일을 시킨다. 하지만 성효는 불만을 표현하지 못하고 대한의 눈치를 살피며 대한이 시키는 대로 땀을 뻘뻘 흘리면서 여기저기를 정신없이 뛰어다닌다. 그러다 대한이 친구들과 잠시 자리를 비웠다 돌아오자 자리에 있어야 할 성효가 눈에 보이지 않는다. 어느 틈엔가 자리를 벗어난 성효가 약삭빠르게 대한의 선배인 주영의 옆을 졸졸 따라다니고 있다. 대한이 성효를 보며 '저 자식 봐라!' 하고 생각했지만 선배들 옆에 착 달라붙어 있는 성효를 따로 불러내 일을 시킬 방법은 없었다.

정신없이 밀려들던 조문객들 숫자가 밤 11시가 가까워지자 조금씩 줄어들기 시작한다. 상갓집 풍경이 늘 그렇듯이 한쪽 구석에서는 늦게까지 남아 있는 조문객들이 포커나 화투를 치고 있다. 상주인 창희가 조문객들이 줄어든 것을 보며 더는 할 일이 없을 것으로 생각하고는 상갓집 대문 앞으로 조직원들을 모두 불러 고생했다며 고마움을 표시한 후에 이들을 해산시킨다. 대한의 선배 지노가 상갓집에서 일을 마친 후배들을 인근에 위치한 모텔로 모두 데리고 간다.

모텔에 도착한 그들은 한여름 무더위 속에서 상갓집 일을 하느라 고생한 탓인지 온몸이 땀으로 흥건히 젖어 있었다. 모텔에서 제일 큰 방을 잡아 투숙한 일행에게는 땀범벅이 된 옷을 벗고 샤워를 하는 것이 우선이었다. 형님들부터 먼저 샤워를 시작한다. 순서를 기다리고 있던 대한과 친구들도 자신들의 차례가 되자 서둘러 샤워를 마치고 형님들과 함께 방에 빙 둘러앉는다. 제일 선배인 도진이 앉아있는 후배들을 돌아보며 말을 시작한다.

도진 - 오늘 더운 날씨에 다들 고생 많았다! 이제 이틀만 더 고생하자!

조직원 일동 - 예! 형님도 수고 많으셨어요!

도진 - 혹시라도 내일 중요한 일이 있는 사람은 편하게 얘기해라!

도진의 말이 끝나자 선배들의 눈치를 살피고 있던 윤식이 조심스럽게 말을 꺼낸다.

윤식 - 저… 형님! 다름이 아니고… 새벽에 저희 부모님하고 같이 감자를 캐러 가 봐야 합니다.

윤식의 말을 듣고 형님들이 낄낄거리며 웃기 시작한다. 한참을 웃기만 하던 형님들이 갑자기 웃음을 멈추더니 험악하게 인상을 쓰며 윤식을 쏘아본다. 선배 주영이 나지막한 목소리로 입을 연다.

주영 - 웃어? 이 새끼들이! 미쳤나! 지금… 웃음이 나와? 얌마! 네가 지금 형들 데리고 말장난 하는 거냐? 뭐? 감자를 캔다고? 넌 그거를 핑계라고 둘 러대는 거냐?

윤식 - 아… 아닙니다. 형님! 진짜 부모님하고 새벽에 감자 캐러 갑니다.

주영 - 오~ 그려? 새벽 몇 시에 가는데? 어?

윤식 - 새벽 3시에서 4시 정도에 일을 시작합니다.

도진 - 하아~ 이 새끼가 구라를 까도… 너 그 새벽에 무슨 감자를 캔다는 거여? 얌마! 임장수! 넌 이게 말이 된다고 생각하냐?

장수 - 죄송해요! 형님! 윤식이 아직 어려서 뭘 잘 몰라 그러는 거니까 형님 께서 이해해 주시지요. 제가 따로 혼내겠습니다!

주영 - 임장수! 너부터 죽어야 돼! 네가 정신이 해이 해져서 동생들이 저런 헛소리를 하는 거여. 동생들 교육 좀 잘 시켜라. 새끼야! 알겠냐?

장수 - 윤식이! 너는 새끼야! 깜깜해서 앞도 안 보이는 새벽에 뭔 감자를 캔 다고 핑계를 대고 그러냐? 니들 또래들은 밖에 나가서 대기하고 있어!

도진 - 내가 살다 살다 새벽에 감자 캤다는 소리는 들어보질 못했구만! 저 것들 존나 까졌네… 까졌어! 아이고~ 머리야!

순간 분위기가 싸늘해진다. 분위기가 험악해지자 대한의 2년 선 배인 임장수가 대한과 윤식, 친구들을 밖으로 내보낸다. 함께 밖으로 나온 대한과 친구들이 속이 타는지 다들 윤식을 쳐다보며 담배를 꺼내 문다. 윤식은 잔뜩 주눅이 들어 한숨만 내쉬고 있다. 대한과 친구들이 주눅이 들어있는 윤식의 걱정스러운 표정을 바라보다 급기야 웃음이 터지고 만다. 하지만 선배들의 분위기가 좋지 않다는 것을 아는 대한과 친구들은 크게 소리를 내서 웃지도 못하고 손으로 입을 틀어막으며 낄낄거린다.

대한 - 야! 이 미친놈아! 너는 핑곗거리를 만들어도 좀 그럴싸하게 만들어야지. 설사 니 말이 사실이라고 해도 시골집에서 밭농사를 짓지 않는 사람들이라면 니 말에 공감할 수가 없어. 그걸 모르겠냐? 니가 이렇게 눈치가 없으니까 형님들한테 욕을 먹는 거야. 임마!

우석 - 그니께… 생뚱맞게 무슨 새벽에 감자를 캔다고 그러면 그걸 선배들이 어떻게 믿었겠어? 너 때문에 괜히 우리까지 싸잡아서 욕먹게 생겼잖아.

윤식 - 얌마! 내 말 진짜여! 우리 집에 전화 한번 해볼래? 진짜 새벽부터 감자 캔다니까… 아~ 씨발! 미치겠네!

대한 - 그래! 난 윤식 네 말 믿어! 시골은 날 더우면 새벽부터 일찍 일을 시작하고 한낮에는 쉬거든. 나도 그건 알아! 하지만 지금은 타이밍이 좋지 않다는 거지. 이 상황에 네가 그런 얘기를 하면 그 말을 믿겠냐? 생각이라는 걸 좀 하고 살아라.

용식 - 윤식아! 감자 캐는 건 그냥 포기해라. 아무리 봐도 오늘은 틀렸다!

윤식 - 아… 미치겠네! 진짜!

이때 1년 선배인 규환과 호상이 형님들한테 욕을 잔뜩 먹었던지 오만상을 하고 밖으로 나온다.

규환 - 야! 정윤식! 너는 무슨… 핑계를 대려면 형하고 미리 상의라도 하던지… 아~ 괜히 형들만 욕 존나게 먹었네.

윤식 - 형님! 제 말을 왜 안 믿으세요! 진짜라니까요… 진짜 감자 캔다니까요.

호상 - 그래! 윤식아! 네 말은 충분히 알아! 하지만 눈치껏 좀 하자. 다 같이 고생하면서 괜히 욕먹지 말고… 그래 봐야 이제 고작 이틀 아니냐~ 알았어?

윤식 - 알았어요! 형님!

장례 이틀째. 손님이 뜸해진 틈을 이용하여 더위라도 식힐 겸 선후배들이 모여 그늘 아래서 잠시 쉬고 있다. 이때 선배 주영이 윤식과 용식을 불러 이들이 입고 있는 정장을 만져보며 궁금하다는 듯 묻는다.

주영 - 니들은 정장이 왜 이렇게 두껍냐? 혹시 이거 겨울옷 아녀?

용식 - 아… 예! 정장을 입기는 입어야 하겠는데 가지고 있는 정장이 없어서 그냥 세탁소에서 아무거나 빌려 입었어요.

주영 - 그랬어? 기특하네. 잘했어! 근데? 윤식아! 니 그 넥타이는 우리 거하고는 조금 틀린 거 같은데… 그건 어디서 산 거냐? 요즘 고등학생들이 이거 많이 차고 다니던데… 요즘은 그런게 유행이냐?

주영이 윤식의 넥타이를 만지며 관심을 보인다. 형님들의 시선이 모두 윤식의 넥타이에 집중된다. 그러자 우물쭈물하던 윤식이 머리를 긁적거리며 대답한다.

윤식 - 사실은… 제가 넥타이가 없어서 급하게 가덕상고 학생들 거 하나 뺏어서 차고 왔어요! 형님~

주영 - 뭐? 푸하하! 나~ 이 새끼들… 니들 때문에 웃겨 죽겠다! 그러니까… 지금 니가 차고 있는 넥타이가 고딩들이 교복에 매는 거라는 거야?

윤식 - 네! 형님~ 맞아요! 헤헤헤!

주영 - 환장하겠다. 와~ 니들 진짜 골 때리는 놈들이구나! 얌마! 박규환! 너 이 새끼 이리 와 봐!

규환 - 예? 형님! 왜 저를…?

주영 - 너는 네 후배들 넥타이라도 하나씩 사주지… 이게 뭐냐? 새끼야! 쪽 팔리게… 건달이란 새끼가… 난 또 그것도 모르고 요새 이런 넥타이가 유행인 줄 알고 어디서 구입했냐고 물어보려고 했잖아. 임마!

규환 - 윤식이랑 용식이는 조금 이따가 형 따라와! 넥타이 하나씩 사줄게! 니들 참 징~하다.

이들은 윤식과 용식이 매고 있는 교복 넥타이를 보며 또 한참을 웃는다. 그때 바지통을 다리에 꼭 달라붙게 줄여 마치 승마복처럼 보이는 정장을 입은 송성효가 상갓집으로 들어온다. 송성효가 선배들을 보고 건달들이 인사하는 것처럼 머리를 깊이 숙여 인사한다. 성효가 가까이 다가오자 윤식이 장난스럽게 그의 별명을 부른다.

윤식 - 어이! 도끼! 어쩐 일이여? 응?

윤식의 장난에 성효의 얼굴이 붉어지더니 윤식을 쏘아보며 심하게 말을 더듬으면서 더듬더듬 욕을 한다.

성효 - 뭐… 뭐… 뭐라고? 새새… 새끼야?

이를 지켜보던 우석이 끼어든다.

우석 - 아니… 형은 여기에 왜 또 온 거예요?

성효 - 주주주… 주영 혀혀혀… 형님이 부부… 불러서….

성효가 윤식과 우석이 있는 곳을 얼른 벗어나더니 선배 주영의 곁으로 다가가 옆에 찰싹 달라붙어 떨어질 줄을 모른다. 대한과 친구들이 이런 성효를 보며 마치 이방인 대하듯 못마땅한 눈으로 쳐다본다.

대한 - 저 사람은 뭐냐? 진짜… 반달이야? 뭐야? 여길 왜 자꾸 오는 거야?

용식 - 아! 느낌이 왠지 쌔~하다.

윤식 - 얌마! 재수 없는 소리 하지도 말어.

대한 - 용식이! 너도 그런 느낌이냐? 나도 그래. 아~

우석 - 신경 쓰지 말어! 저 양반 그냥 저러다가 말겠지.

다음날 출상이 시작되었다. 대문 밖에서 대기하고 있던 운구 차량과 상여에 음식과 각종 물품들이 실리고 발인할 준비가 모두 끝나자 검정색 대형 장례 세단을 필두로 하여 장례 차량들이 전조등과 비상등을 밝히고 장지를 향해 출발하기 시작한다. 그 뒤로는 검정색 대형승용차들이 마치 영화의 한 장면처럼 길게 줄을 지어 뒤따른다. 그야말로 장관이다.

산소 입구에 천막이 처지고 참석한 조문객들에게는 수건 한 장씩이 나누어진다. 이날의 날씨는 한낮의 기온이 40도에 가까울 정도로 푹푹 찌는 폭염이다. 이 무더운 날씨에 겨울 정장을 입고 있는 윤식과 용식이 땀을 비 오듯이 흘리고 있다. 입관식이 끝나고 제를 지내는 것으로 3일간의 창희 선배 부친상이 무사히 끝난다.

대한이 장례를 마치고 산소에서 내려오며 몇 번이나 뒤를 돌아본다. 얼마 전까지만 해도 창희 형님의 부친은 건강한 모습이었다. 아직은 그리 많지도 않은 나이다. 대한은 부친이 이처럼 허망하게 명을 달리하는 것을 보며 창희 형님이 느끼고 있을 상심을 가늠하려고 해보지만 대한으로서는 그리 깊이 공감할 수는 없었다. 대한이 뒤를 돌아보며 산소를 흘끗 바라보고는 고개를 들어 하늘을 올려다본다. 그리고는 할머니와 부모의 얼굴을 떠올린다.

무더운 여름, 3일간의 장례는 젊은 장정들에게도 쉽지 않은 일정이었다. 장례를 마친 대한과 친구들이 거추장스러운 검은색 정장 재킷을 얼른 벗어 어깨에 둘러매고 시내 커피숍으로 향한다. 대한이 에어컨 바람이 부는 창가에 친구들과 함께 둘러앉아 언제나처럼 카프리 맥주를 마시고 있다. 같은 시각, 도진은 성효를 자신의 차량 보조석에 태우고 장난기가 발동했는지 성효에게 장난을 치기 시작한다.

도진 - 오늘 성효가 고생 많았다. 며칠 동안 고생해서 형이 특별히 너한테만 담배 한 대 주는 거야. 한 대 피워라!

성효 - 아… 아닙니다! 저저저… 저는 괘괘괘… 괜찮아요!

갑자기 담배를 권하는 도진의 행동에 당황한 성효가 평소보다도 더 심하게 말을 더듬는다.

도진 - 얌마! 랩 하지 말고… 오늘은 형이 기분이 좋아서 주는 거니까 거절하지 말고 그냥 피워. 형이 다른 애들한테는 비밀로 할 테니까. 어?

성효 - 그그그… 그래도… 다다다… 담배는 아녀요.

도진 - 이 새끼가! 괜찮다니까… 형한테 부담 갖지 말고… 자 입에 물어봐! 응? 오늘은 형이 특별히 봐준다니까….

성효가 계속 거절을 하자 도진이 직접 담배에 불을 붙여 성효의 입에 물려준다. 어리둥절해 하던 성효가 도진의 눈치를 살피다가 결국 담배 한 모금을 '쭈욱~' 빨아들이더니 창문을 조금 열고는 차창 밖으로 '후우~' 하고 담배 연기를 내뿜는다. 이 모습을 지켜보고 있던 도진의 인상이 갑자기 싸늘하게 굳어진다. 그러더니 도진이 인상을 찌푸리며 성효의 뒤통수를 손바닥으로 몇 차례 후려갈긴다.

도진 - 야! 이 씨발 새끼야! 너 미쳤지? 너 이 새끼! 너는 나한테 혼 좀 나야 쓰겠다! 어?

성효 - 혀혀혀… 형님! 주주주… 죽을 죄를 지지… 지었….

도진 - 이 새끼가 완전히 돌았네! 정신 못 차려? 네 선배들이 이따위로 가르쳤어? 어?

성효 - 아아아… 아닙니다! 혀혀… 형님!

도진 - 얌마! 형한테 랩 좀 하지 말라고… 이 새끼야!

당황한 성효가 쩔쩔매며 화가 난 도진의 마음을 풀어주기 위해 변명을 해보려고 하지만 긴장을 하면 할수록 말을 심하게 더듬는 버릇이 있는 성효는 제대로 의사 표현을 하지 못한다. 성효가 마치 힙합 래퍼가 랩을 하는 것처럼 입술을 더듬거리면서도 머리를 조아리고 용서를 빈다.

성효 - 죄죄… 죄송합니다… 혀혀… 형님! 요요… 용서 해해… 해주세요!

도진 - 송성효! 너 다른 선배들한테 얻어맞기 전에 나한테 먼저 죽어야 겠다!

도진이 인상을 잔뜩 찌푸리며 조수석의 창문을 내리고 성효를 쏘아본다.

도진 - 임마! 대가리 창문 밖으로 쭉 빼! 쭈욱….

성효 - 예?… 모모모… 목을요?

도진 - 그려! 이 새끼야! 모가지 빼라고… 새끼야!

도진이 버럭 소리를 지르자 성효가 보조석 창문 밖으로 목을 내민다. 그러자 도진이 창문을 올리고 잠가버린다. 안이 전혀 보이지 않을 정도로 진하게 선팅이 된 검정색 각 그랜저 보조석에 반삭의 성효가 머리를 내놓은 꼴은 누가 보기에도 우스꽝스러운 광경이다. 도진이 이 우스꽝스러운 상태로 차량을 몰아 시내를 빙글빙글 돈다.

성효 - 혀혀… 형님! 채채… 챙피합니다!

도진 - 시끄러워! 이 새끼야! 이러고 앞으로 시내 10바퀴는 더 돌 거야. 알겠냐? 송성효! 반성해! 이 새끼야! 어?

친구들과 함께 커피숍 창가에서 노닥거리던 대한의 눈에 검정색 각 그랜저 조수석 창문 밖으로 얼굴이 삐죽 삐져나온 채 시내를 돌고 있는 도진의 차량이 보인다.

대한 - 야! 저기 좀 봐 봐! 저거 아까 그 선배 아니냐?

윤식 - 뭐? 어디? 어? 맞네! 도끼 형이네. 푸하하! 저 양반 뭐 하는 거냐?

대한 - 저 차는 도진 형님 거 같은데…?

용식 - 하하하! 존나 웃긴다. 형님한테 무슨 실수라도 했나 보구만! 그러니까 저러고 있겠지… 으이구~ 한심하다! 저 인간… 진짜!

우석 - 참나! 보기 딱하다. 딱해! 머리 똑똑한 놈이 왜 저러고 사는지 나는 알다가도 모르겠다. 안 그려?

용식 - 그니까… 그냥 공부나 열심히 해서 편하게 살 것이지. 대체 왜 저런 개고생을 하는지 난 이해가 안 간다.

대한 - 나는 저 성효인가? 도끼인가? 저 사람 머릿속에 '뭐가 들었나?' 존나 궁금해. 웃기지 않냐? 저 양반?

윤식 - 그라~ 존나 웃기긴 하지.

대한과 친구들에게 성효는 쉽게 정이 가지 않는 사람이다. 행실도 가볍고 건달로서의 품위나 카리스마도 없다. 더욱이 말을 너무 심하게 더듬어서 어디 가서 건달이랍시고 행세하기에는 도저히 깜냥이 되지 않는 사람이다. 대한은 사람을 무조건 멸시하거나 깔보는 성격은 아니지만 열번 백번을 생각해도 대한으로서는 성효의 저런 처신이 도무지 이해되지 않는다. 저렇게 모멸감을 참아가면서까지 건달 세계에 들어오려고 하는 걸 이해할 수 없었다. 대한은 그런 성효에게 은근히 측은한 마음이 생기는 것을 느낀다.

도진의 차 유리창에 목이 끼인 성효는 아무리 발버둥을 쳐도 얼굴을 빼낼 수 없었다. 자세가 불편한 탓인지 성효의 속이 부글거리더니 방구가 나오려고 하는 것을 느낀다. 당황한 성효가 한쪽 손으로 항문을 막아보지만 '뿌우우욱~ 버버벅~' 하고 방귀가 터져나온다. 냄새가 지독하다. 마치 재래식 화장실에라도 앉아있는 것처럼 역한 냄새를 참지 못하고 도진이 급히 갓길에 차를 세우고는 도망치듯 차에서 내리며 모든 창문을 활짝 열어젖힌다. 그 덕분에 창문에 목이 끼어 꼼짝도 못 하고 있던 성효가 끼어 있던 목을 빼내고 황급히 도진을 따라 내린다. 도진이 성효를 무섭게 노려본다.

도진 - 얌마! 송성효! 너 이 개새끼! 지금 나하고 장난하는 거냐? 이 새끼! 이거… 정말 안 되겠네! 다시 차에 타! 이 씨벌놈아!

성효 - 예! 혀혀혀혀… 형님! 제제… 죄송해요!

도진 - 랩 하지 말라고 했지? 개새끼야! 입 닥치고 조용히 하고 있어!

장난으로 시작했지만 도진은 성효의 경박한 행동에 화가 머리끝까지 치솟는다. 도진이 친구인 주영에게 성효를 데리고 간다. 조금 전까지의 상황을 도진으로부터 전해 들은 주영이 야구방망이를 꺼내 들고 성효를 마구 두들겨 패기 시작한다. 거의 무방비 상태로 한참을 얻어맞은 성효가 갑자기 도진과 주영의 앞에 무릎을 꿇는다.

성효 - 혀혀… 형님! 아… 앞으로 두… 두 번 다시는 시시시… 실수하지 않을게요. 저저… 저를 시시… 식구로 받아주세요! 추추… 충성을 다다다… 다하겠습니다.

주영 - 이 씨벌놈이 대체 뭐라는 거여? 몇 대 맞더니 이제는 아주 맛이 간 거냐? 어?

도진 - 이 새끼 머리 맞은 거 아냐? 얌마! 송성효! 정신 차려. 임마! 너 괜찮냐?

성효 - 저저… 저를 바바바… 받아주세요! 형님!

주영 - 이 새끼가 건달이 무슨 애들 장난인 줄 알어? 오늘처럼 굴면 뼈도 못 추려. 이 새끼야! 너 지금 꺼낸 말 진심이야?

도진 - 너는 절대 건달 못 해! 왜 그러냐 하면… 건달 생활 하는 애들 중에는 너처럼 심하게 랩 하는 애들이 없거든. 무슨 말인지 알아들었냐?

성효 - 혀혀… 형님께… 추추… 충성을 다하겠습니다!

주영 - 어쭈? 이 새끼 진짠가 본데? 도진아!

도진 - 말더듬이를 무슨 건달을 시키냐? 그게 말이나 되냐? 친구야!

주영 - 아니… 친구야! 우리가 말이 되게 하면 되지. 근성과 기질을 가르치면 되잖어. 어때?

도진 - 친구 생각이 그렇다면야 난 괜찮은데… 동생들 반발이 심하지 않겠어?

주영 - 그건 걱정 말어! 내가 알아서 할 테니께!

커피숍 창가에서 더위를 식히고 있던 대한과 친구들에게 갑자기 한양파 선배들의 소집 명령이 떨어진다. 진산대 호프집으로의 호출이다. 대한과 친구들이 허겁지겁 호프집 문을 열고 들어서자 호프집 안에는 10여 명의 선배들이 미리 도착해서 맥주를 마시고 있다. 선배들 옆에는 조금 전까지 도진의 차에서 창문에 목이 끼인 우스꽝스러운 꼴로 거리를 누비던 성효의 모습도 보인다. 선배들은 대한과 친구들이 호프집으로 들어설 때부터 성효의 입회를 반대하리라는 것을 미리 짐작이라도 한 것 같은 분위기다. 갑자기 성효가 자리에서 일어나더니 모든 사람들이 보는 앞에서 대뜸 무릎을 꿇는다. 순간 대한과 친구들이 어안이 벙벙한 표정으로 성효의 행동을 주시한다. 성효가 무릎을 꿇은 채 말을 더듬으며 어렵게 말을 시작한다.

성효 - 거거거… 건달을 하고 싶어요! 지지… 진산 한양파에 저저… 저를 바바… 받아주세요… 혀혀… 형님들께 추… 충성을 다… 다하겠습니다! 혀… 형님!

성효의 말을 듣고 있던 진산 한양파 형님들의 입가에 미소를 지으며 대한과 친구들을 바라본다.

지노 - 아우들아 잘 들어! 형들은 성효의 용기에 만족한다. 아우들의 현명한 판단을 믿고 기다릴 테니까… 너희들끼리 상의해서 형들한테 보고해라.

주영 - 형이 한마디만 하고 일어날게. 우리 한양파 식구들 모두 누구 하나 못난 놈은 없다. 왜 그런지 알아? 내가 부족하고 못난 것을 때로는 선배가, 때로는 후배가, 그리고 친구들이 채워줬기 때문인 거다.

도진 - 규환이랑 호상이가 성효랑 또래 친구니까 심도 있게 대화 나누고 결정 나면 전화해라! 형들은 먼저 일어날 테니까 니들끼리 편하게 얘기해.

진산 한양파 형님들이 모두 일어나 자리를 떠난다. 이제 호프집에는 성효와 또래 친구들 그리고 그들의 1년 후배인 대한과 대한의 친구들만 남아있다. 남은 사람들의 표정이 모두 심각하다. 제각기 담배만 뻐끔거리며 한숨을 내쉰다. 규환이 불같이 화를 내며 성효를 쏘아본다.

규환 - 야! 송성효! 넌 우리가 무슨 소꿉놀이 하는 거 같아 보이냐? 어?

성효 - 아아… 아니야! 내내… 내가 자… 잘할게 성효야! 미미… 믿어줘!

규환 - 야! 말도 제대로 못 하는 놈이 무슨 건달을 하겠다는 거냐? 그러지 말고 너 생각을 다시 해 봐! 난 솔직히 말해서 너 반대야! 아니… 나만 그런 게 아니고 여기 남은 전원이 반대라고… 알아?

호상 - 규환아! 너무 소리치지 말고 차분하게 얘기하자. 선배들 체면도 있잖아.

성효 - 규… 규환아! 나… 나한테 기기… 기회를 줘라! 응? 저저… 정말… 여여… 열심히 할게!

규환 - 아~ 씨발! 돌겠네! 이 새끼 땜에….

호상 - 무조건 안 된다는 생각만 하지 말고 성효 생각도 들어보고 나서 결정하자. 어?

대한 - 형님! 저희들은 밖에 나가서 동생들하고 얘기 좀 하고 올게요.

규환 - 그려! 그렇게 해라.

대한이 친구들을 데리고 밖으로 나온다. 모두 담배에 불을 붙이고 뿌연 담배 연기만 내뿜을 뿐 아무도 말을 하지 않는다. 한참을 그러고 있던 대한과 친구들이 불만이 가득한 표정으로 볼멘소리를 쏟아내기 시작한다.

윤식 - 아니! 씨발거⋯ 저런 덜떨어진 사람을 선배로 모시라는 거야? 이건 아니다! 진짜 난 이건 아니라고 생각한다!

대한 - 이게 갑자기 무슨 상황이냐? 무슨 코미디언을 뽑는 것도 아니고⋯ 와아~ 이건 진짜 말이 안 돼!

용식 - 난 무조건 싫다! 지나가는 개들이 웃을 일이여.

우석 - 그니께! 나도 같은 생각이여.

윤식 - 우리 머리도 아프지만 1년 선배들은 이 상황이 얼마나 황당하겠냐? 안 그려?

대한 - 그렇겠지. 근데⋯ 내가 보기엔 선배들이 자리를 피해줬다는 건 성효 형을 통과시키라는 무언의 압력으로 보여. 이미 선배들끼리는 결정을 끝낸 거야. 내 말이 틀리냐?

윤식 - 듣고 보니 그러네. 대한이 네 말이 맞다! 제일 문제는 아마 1년 선배들일 거야. 안 그러냐?

우석 - 그렇겠지. 성효 형이 오바가 얼마나 심한디⋯ 또래가 잘못하면 다 같이 욕먹게 되니까 아마 1년 선배들이 제일 부담될 거여.

상황판단이 빠른 대한이 선배들의 의중을 간파한다. 대한은 선배들의 의중이 성효를 받아들이는 것이라면 후배인 자신들이 성효의 입회를 아무리 반대해 봐야 소용이 없다고 생각한다.

대한 - 야! 그냥 우리들은 1년 선배들의 결정에 따르자! 어떤 결정을 하던지

1년 선배들의 결정을 존중하자고… 어때?

용식 - 성효 형은 진짜 아닌데… 아… 쪽팔리게.

대한 - 이런 일로 우리까지 머리 아플 거 없잖아~ 안 그러냐? 그냥 선배들 결정에 맡기자. 응?

용식 - 그라~ 알았어! 대한아!

성효의 입회 문제에 대해 한참동안이나 서로의 생각을 얘기하던 대한과 친구들이 다시 지하 호프집으로 들어간다. 호프집에서는 선배 규환, 호상, 성효가 여전히 심각한 얼굴로 언쟁을 벌이고 있다.

규환 - 성효야! 너 진짜 다시 한번 생각해라! 응?

성효 - 규규… 규환아! 네가 나나… 날 좀 믿어줘라.

규환 - 솔직히 난 널 못 믿겠어. 너한테 믿음이 안 가. 성효야!

성효 - 기기… 기회를 하하… 한 번만 줘 봐!

규환 - 네가 이렇게 심하게 말을 더듬는데 어떻게 성질 급한 형님들 비유를 맞출 수가 있다는 거냐? 어?

호상 - 규환아! 저렇게까지 애원하는데 받아주자! 내가 보기에는 성효 얘 고집도 우리가 못 꺾는다.

규환 - 이건 애원한다고 해서 받아주고 아니라고 안 받아주고 할 수 있는 일이 아니잖아. 호상이 너도 잘 알면서 너까지 왜 그러냐? 어?

호상 - 무슨 말인지 나도 잘 알아! 규환아! 그리고 성효 너도 네가 한 말에 대해서는 책임질 수 있어야 한다. 그 정도는 알고 있지?

성효 - 그그그… 그려! 아아… 알지!

도저히 답답해 미치겠다는 표정으로 규환이 대한을 쳐다보며 묻는다.

규환 - 대한아! 네 친구들은 어떻게 결정했냐?

대한 - 이 문제는 형님들 친구 문제니까 저희들 의견보다는 형님들 의견이 더 중요하니까… 형님들이 결정하시는 대로 따를게요!

대한의 대답을 들은 규환이 물고 있던 담배에 불을 붙이며 깊은 고민에 빠진다. 대한도 담배를 꺼내 물고 고개를 숙이고 있는 성효를 애처롭게 바라본다. 담배 몇 개비를 줄담배 피울 만큼 깊은 생각에 잠겨 있던 규환이 결심했다는 듯이 고개를 들며 성효를 쏘아본다.

규환 - 야! 송성효! 내가 단언하건대, 넌 지금 이 순간의 결정을 후회하는 날이 반드시 올 거야! 그래도 우리와 같은 길을 가고 싶냐?

성효 - 그그… 그래! 규환아! 내내… 내가 잘할게!

규환 - 아~ 나도 모르겠다! 그래. 송성효! 좋다! 받아준다! 근데 잘해라 진짜 우리한테 피해 주지 말고!

호상 - 그려. 규환아! 잘했다! 성효도 이렇게 한 식구가 됐으니 정말 잘해 보자!

성효 - 고고… 고마워! 호… 호상아! 규… 규환아!

우여곡절이 많았지만 결국 성효는 여러 가지 핸디캡을 이겨내고 진산 한양파 조직의 한 식구가 되었다. 대한은 '성효가 과연 잘 할 수 있을까?' 하는 의구심을 아직도 가지고 있었지만 형님들이 내린 결정을 존중하기로 했다. 대한은 자신보다는 상대를, 개인보다는 조직의 이익을 먼저 생각하는 사람이다. 이번 결정이 비록 자신의 생각과는 다른 것이었을지는 몰라도 이 결정이 자신과 함께 하는 식구들의 결정이라면 마땅히 존중해야 한다는 것이 대한의 생각이다. 새 식구가 된 성효로 인해 앞으로 어떤 일이 벌어질지 누구도 알 수는 없다. 하지만 설사 성효로 인해 어떠한 일이 벌어지더라도 대한은 성효를 위해 기꺼이 자신의 것을 내어주게 될 것이다. 이렇게 전격적으로 도끼 송성효는 사내 박대한의 1년 선배로 진산 한양파의 새 식구가 된다.

첫사랑 장미

모두가 잠든 새벽, 칠흑같이 어두운 감방의 실내등이 켜지고 각
방에 점호 준비를 알리는 교도관들의 목소리가 요란스럽게 들려오
자 웅크린 채 잠을 자고 있던 대한이 눈을 뜬다.

교도관 - 각방 점호 준비! 1방! 2방! 3방!

수감자들을 깨우는 교도관들의 발악적인 목소리가 대한의 귓전
을 파고든다. 듣기 싫다는 듯 대한이 미간을 잔뜩 찌푸린다. 이때
대한의 여동생 수연이 잠자고 있던 대한을 깨운다.

수연 - 오빠! 일어나! 밥 먹고 학교 가야지. 응? 엄마가 빨리 일어나래!

여동생 수연의 목소리다. 악몽을 꾼 것이다. 수연이 학교에 가라
며 대한을 흔들어 깨운다. 대한이 눈을 뜨고 해맑은 수연의 얼굴
을 바라본다. 대한이 아직도 자신이 구치소 안에 수감되어 있는
것 같은 악몽을 꾼 모양이다.

대한 - 어? 그래! 아~ 제길! 꿈이었네! 휴우~ 그래. 알았어!

수연 - 왜? 오빠! 무슨 나쁜 꿈이라도 꾸었어?

대한 - 아… 아니야! 별거 아니야. 그만 일어나야지. 일어날게!

혹시나 하는 마음에 대한이 주변을 두리번거리며 둘러본다. 자신의 방이라는 것을 확인하고는 '후우~' 하고 긴 한숨을 내어 쉰다. 대한은 소위 멘탈이 강한 사람이다. 어지간한 일로는 놀라는 일도 없고 엔간해서는 정신적으로 흔들리거나 쉽게 무너지는 스타일도 아니다. 하지만 뜻하지 않은 일로 구치소에 수감되었던 일은 아직까지도 쉽게 잊히지지가 않는다. 두려움이나 공포 때문이 아니라 철저하지도, 차분하지도, 무엇보다 아무런 명분도 없는 일에 휩싸여 잠시나마 옥고를 치른 것에 대한 자책이었을 것이다. 대한이 잠자리에서 일어나며 크게 기지개를 켜고 창에 걸린 눈부신 태양을 바라본다. 자유로운 몸으로 맞이하는 상쾌한 아침이다.

구치소에서 출소해 학교에 다시 등교하자 오랜만에 등교한 대한을 보기 위해 친구들이 속속 모여든다. 친구들이 대한에게 다가오며 반갑게 인사를 건넨다.

대한 - 어라? 인물들은 여기 다 모였네! 잘들 지냈냐? 담배나 한대 피우러 가자!

대한이 친구들을 데리고 전기과 실습실 뒤쪽 한적한 공터로 향한다.

상록 - 대한아! 그동안 무슨 일 있었던 거야… 무슨 일 때문에 한동안 학교에도 나오지 않은 거야? 내가 얼마나 걱정했는지 알어?

대한 - 어이구~ 우리 상록이가 엉아 걱정을 다 해주고… 고맙네! 하하하!

영진 - 상록이! 넌 아무것도 몰랐냐? 대한이 감방 갔다가 엊그제 나왔잖아.

상록 - 뭐? 정말이야? 대한이가 교도소에 왜? 말도 안 돼!

대한 - 응! 그런 일이 좀 있었어. 어쩌다 보니 그렇게 됐다.

대한이 놀라는 상록을 보며 대수롭지 않게 대답한다.

오현 - 근데… 대한아! 감방에 들어가면 존나 때리고 신고식도 한다던데… 거기서 지내는 거 안 무서웠어?

성엽 - 아! 좆밥(오현)! 너는 그게 왜 궁금하냐? 그렇게 궁금하면 이참에 너도 한 번 갔다 와 봐! 괜히 대한이한테 물어보지 말고… 새끼야!

오현 - 궁금해서 그냥 물어보는 건데 백관장(성엽) 넌 또 왜 시비냐?

용길 - 너! 진짜 감방에 갔다 온 거여? 난 그런 소리 처음 들었어!

친구들은 대한이 감방에 갔다 출소했다는 것이 그렇게도 궁금한지 쉬지 않고 질문을 쏟아낸다. 대한은 별일 아니라는 듯이 담담하게 대답한다.

대한 - 으응! 운 좋게 구치소에 잠깐 있다가 나왔어. 이렇게 나오니까 확실히 자유가 좋다는 생각이 들기는 하네. 담배도 맘대로 피울 수 있고… 헤헤!

시경 - 대한아! 근데… 교도소에 방장 같은 그런 것도 있나?

우종 - 넌 그걸 질문이라고 하냐? 당연히 있겠지. 우리 반에 반장이 있는 것처럼 거기도 방장은 당연히 있겠지. 거기서도 아마 대한이가 방장 먹고 왔을걸? 안 그래? 대한아!

대한 - 하하하! 그래. 있긴 해~ 시경아! 교도소에 입소해서 방을 배정받고 거실로 갔어. 거실문을 여는데… 1년 후배 정운이 알지? 글쎄… 그놈이 방장을 하고 있더라고… 그래서 무혈입성했지. 헤헤! 안 그랬으면 문이 열리자마자 날아 차기 할 뻔했지. 하하하!

영진 - 근디… 서라 친구들한테서 얘길 들었는데 말이여! 네가 서라파 철희하고 한번 붙을 뻔했다는데… 사실이야? 철희하고 왜 싸우려고 했던 거야? 니들 서로 잘 알잖아?

대한 - 그 새끼 얘기는 하지도 말아라! 철희(서라파) 그놈 출소하면 나한테 바로 알려줘! 그놈하고 한판 붙어야겠어! 그 자식하고의 일은 생각하면 할수록 열 받아!

영진 - 왜 그러냐… 친구들끼리… 전에는 우석이가 그러더니 이번에는 너냐? 중간에 있는 내 입장도 생각해줘라. 니들 때문에 내가 아주 불편해 미치겠어! 증말!

오현 - 대한이가 저렇게 흥분하는 건 분명 그만한 이유가 있는 거여. 대체 뭔 일인데 그려?

대한 - 철희(서라파) 그 새끼가 교도소 운동장에서 내 선배하고 멱살을 잡고 있더라고. 그래서 바로 뛰어가서 그놈을 몇 대 쳤지. 그랬더니 교도소 직원들이랑 경교대들이 떼거리로 몰려와서 떼어 말리는 거야. 그래서 제대로 붙어보지도 못하고 서로 말싸움만 조금 했어. 근데 그 새끼가 말을 아주 싸가지없이 하더라고… 그래서 언젠가 한번은 혼내줘야겠다고 생각하게 된 거야.

오현 - 아~ 그런 일이 있었구나. 이번엔 철희가 대한이한테 잘못 걸렸네.

영진 - 아이구~ 머리 아파! 이 얘기는 나중에 하고 수업 시작할 때 다 됐으니까 들어가자!

곧 수업을 시작할 시간이다. 대한과 친구들이 하던 이야기를 멈추고 담배꽁초를 바닥에 비벼 끄려는데 때마침 수업 시작종이 울린다. 대한과 친구들이 헐레벌떡 교실로 뛰어 들어간다.

교실 문이 열리자 3학년 담임 홍 선생이 교단에 올라 임시 반장인 임덕금에게 수업 시작 인사를 시키고 학생들에게 반장 선출 건에 대해 말을 꺼낸다.

홍 선생 - 오늘은 우리 반 반장을 선출하려고 한다. 민주적인 절차에 따라 우리 반을 대표할 좋은 친구를 반장으로 선출했으면 좋겠다. 우선 반장 후보 추천을 받을 테니까… 누구든 우리 반 반장으로 적합하다고 생각하는 후보를 추천해주기 바란다.

홍 선생의 말이 끝나기 무섭게 오현이 손을 번쩍 든다.

오현 - 저는 전기과의 영원한 반장 대한이를 추천합니다!

홍 선생 - 그래? 대한이를 또? 한 명 더 없나? 적어도 두 명은 후보가 있어야 투표를 할 거 아니냐? 저 뒤에 대한이! 일어나 봐! 대한이가 반장 후보자 한 명 추천해라!

대한 - 네! 선생님! 그러면 저는 임시 반장 임덕금을 후보로 추천합니다!

홍 선생 - 자~ 그럼 더 이상 반장 후보가 없는 것으로 하고… 쉽게 거수투표로 결정하도록 하자! 두 사람 중에서 많은 사람이 손을 들어 준 사람이 반장을 맡고 적게 나온 사람이 부반장을 맡는 것으로 하겠다. 여기에 다들

이견은 없는 거지?

홍 선생이 투표방식을 설명하고 반 학생들에게 동의를 구한 후에 반장을 선출하기 위한 거수투표를 시작한다.

홍 선생 - 자~ 그럼 먼저 대한이가 반장을 했으면 좋겠다고 생각하는 사람은 손들어 봐! 이야~ 이거는 완전히 공산당 선거구만!

전기과 학생 전원이 만장일치로 손을 들어 대한을 지지하자 홍 선생이 놀랐다는 듯 껄껄 웃는다. 이렇게 반장선거가 싱겁게 끝나고 반장으로는 대한이, 부반장으로는 대한이 추천한 임덕금이 선출된다.

반장선거가 끝나고 첫 수업시간인 전기과 실습시간이 시작되었다. 대한이 친구들과 함께 실습실에 둘러앉아 두런두런 이야기를 나누고 있다. 대한이 댄스팀 동아리 리더인 제니의 휴대폰에서 우연히 낯익은 여자의 이름을 하나 발견한다. 대한이 호기심 어린 눈으로 제니에게 묻는다.

대한 - 제니야! 네가… 백장미라는 사람을 어떻게 알아? 이 사람… 혹시 우리보다 1년 선배 맞나?

제니 - 어~ 맞어! 너가 장미 누나를 어떻게 알아?

대한 - 신입생 때 시내에서 그 누나가 지나가는 걸 딱 한 번 본 적 있었어. 눈이 환해질 만큼 예쁘더라… 헤헤! 그래서 그때부터 관심을 갖고 있었지. 그 누나 딱 내 스타일이던데… 네가 연결 좀 해줘 봐! 어?

제니 - 야! 안 돼! 그 누나 기성이 형이라고… 남친도 있고… 기성이 형은 우

리보다도 2년 선배야. 내가 괜히 널 소개해줬다가 걸리기라도 하면 나만 개

털린다구~ 싫어! 안 돼!

대한 - 뭐? 너 지금 이 자리에서 바로 SEND(통화) 누르지 않으면 여기서 먼

지 나게 털리는 거다. 어? 그니깐 걱정 말아! 제니야! 내가 다 책임질 테니

까! 빨리 SEND 버튼이나 눌러 봐!

대한이 망설이고만 있는 제니의 휴대폰을 빼앗아 장미에게 과감

하게 통화버튼을 누른다. 몇 번의 신호음이 울리고 잠시 후 백장미

선배의 목소리가 들려온다. 대한이 들고 있던 휴대폰을 제니에게

건네며 눈을 '찡긋' 한다. 제니가 어쩔 수 없이 백장미와의 통화를

시작한다.

제니 - 누나! 저 제니예요! 안녕하셨어요?

장미 - 어… 제니야! 그래~ 오랜만이다! 근데? 무슨 일로…?

제니 - 저… 제 친구 대한이가 누나하고 통화하고 싶다고 그래서요. 잠시

만… 누나! 바꿔 줄게요!

장미 - 뭐? 누구? 그게 무슨 말이니? 응?

갑작스럽게 전화를 걸어 낯선 남자의 이름을 들먹이는 제니의

말을 장미는 이해할 수 없었다. 장미가 어리둥절해 하고 있는데 제

니의 휴대폰을 건네받은 대한이 장미에게 인사를 한다.

대한 - 안녕하세요? 전 제니 친구 대한이라고 해요!

장미 - 어… 어… 그러니? 그런데? 나한테 무슨 일로 전화한 거니?

대한 - 그게… 음… 지금 이 휴대폰이 제니 것이라서… 조금 뒤에 제 휴대폰

으로 다시 전화를 드려도 될까요?

장미 - 응? 글쎄… 알았어~ 그럼 그렇게 해!

불쑥 제니의 휴대폰 SEND 버튼을 눌러 장미와 통화를 하기는 했지만 '왜 전화를 했는지?' 이유를 묻는 장미의 질문에 딱히 둘러 댈만한 합당한 이유가 없었던 대한이 일단 전화를 끊고 다시 그녀에게 전화할 수 있는 기회를 만드는 선에서 급히 첫 통화를 끝낸다. 수업 시작을 알리는 종이 울린다. 하지만 대한은 수업에 출석하지 않고 실습실 밖으로 나와 학교 모퉁이 벤치에 앉아 자신의 휴대폰으로 장미에게 전화를 건다.

대한 - 장미 누나! 조금 전에 통화했던 대한이에요.

장미 - 그래. 대한이라고? 아… 그런데? 혹시 지금 수업시간 아니야?

대한 - 예! 맞아요! 수업시간이에요.

장미 - 그런데… 수업에 들어가지 않아도 돼?

대한 - 수업시간이기는 한데… 저는 더 이상 배울 게 없어요. 헤헤! 그래서 수업 그런 건 안 받아도 돼요. 헤헤헤!

장미 - 뭐? 에이~ 그런 말이 어디 있니? 너 되게 웃긴다. 호호호!

대한 - 누나! 시간 되시면 이따 오후에 저하고 차 한잔하실래요?

장미 - 뭐? 차? 갑자기 왜…?

대한 - 누나하고 차 한잔하면서 할 얘기도 있고 그래서요.

장미 - 전화통화로는 안 되는 거야?

대한 - 중요한 얘기라서 통화로는 좀 곤란해요. 직접 만나서 해야 할 것 같은데….

장미 - 그럼… 오늘은 좀 곤란하고 내일은 괜찮을 것 같은데….

대한 - 아! 그러면 내일 만나서 얘기해요. 누나!

장미는 대한이 자신이 잘 알고 있는 제니의 친구이기도 하고 학교 후배이기도 해서 대한이 중요한 얘기가 있다는 말을 곧이곧대로 받아들이는 것 같았다. 장미와 내일 만나기로 약속한 대한의 얼굴에 슬그머니 미소가 번진다.

장미와 통화를 마친 대한이 환한 표정으로 전기과 실습실로 돌아간다. 전기과 실습실에서는 학생들이 과제를 수행하느라 저마다 분주하다. 전기 신호등의 배전판과 전기기판에 인두질하는 실습이 한창 진행되고 있었다. 하지만 실습 과제에 별로 관심이 없는 친구들은 여기저기서 삼삼오오 모여 운동을 하거나 춤 연습을 한다. 두 형과 용길은 합기도와 태권도 발차기 연습을 하고 있었고, 그 옆에서는 댄스팀 리더 제니와 함께 여러 명의 팀원들이 춤 연습을 하고 있었다. 지켜보던 대한이 두형과 용길에게 발차기는 이렇게 하는 것이라고 가르치기라도 하려는 듯 360도 턴 발차기와 책상을 밟고 백 턴하는 기술을 시현하자 두형과 용길의 눈이 휘둥그레진다. 대한이 어깨를 으쓱하고는 옆에서 제니와 친구들이 연습하고 있는 브레이크댄스 춤동작을 유심히 바라보다 슬그머니 끼어들더니 제니가 시범을 보인 브레이크댄스 기술을 아무렇지도 않게 따라 한다. 그러자 반 친구들이 모두 환호를 한다. 대한이 별거 아니라는 듯이 건성으로 손을 흔들며 '씨익~' 웃는다.

그럭저럭 그날의 모든 수업이 끝나고 수업을 마친 대한이 의형제 우석(배꼽)이 있을 것 같은 당구장으로 향한다. 대한이 당구장 문을 열자 우석과 수종이 목소리를 높이며 말다툼을 하고 있다.

수종 - 이 새끼! 넌 완전 사기 다마여. 씨벌놈이… 80다마 친다는 놈이 무슨 가락으로 쓰리쿠션을 한 번에 다 빼냐? 너! 이게 말이 돼?

우석(배꼽) - 어지간히 좀 칭얼거려라. 새끼야! 그냥 뽀록으로 들어간 거여. 임마!

대한 - 야! 이놈들아! 시끄럽다! 니들은 아직도 당구 치면서 싸우냐?

등 뒤에서 대한의 목소리가 들리자 우석이 들고 있던 당구 큐를 냅다 집어던지고 달려와 대한을 끌어안는다. 반가움에 우석의 눈가에는 살짝 눈물까지 맺힌다. 이 모습을 옆에서 지켜보던 수종이 코웃음을 치며 대한과 우석에게 한마디 한다.

수종 - 니들 뭔 지랄이냐? 갑자기 왜 끌어안고 지랄들을 해? 니들 동성애자여?

우석(배꼽) - 넌 지랄 말고… 당구 졌으면 게임비나 빨리 계산해! 이 새끼야!

수종 - 와~ 문우석! 너! 진짜 나쁜 놈이다! 대한이 왔다고 이젠 내가 필요 없다는 거냐? 너 때문에 학교도 못 가고 지금까지 붙잡혀서 몇 시간째 사기 당구에 당했는데… 너무한다. 임마!

대한 - 하하하! 우석이가 그랬어? 수종아! 내가 알기로는 우석이가 당구는 아마 120인가 150 정도 칠 텐데….

대한의 말을 들은 수종이 인상을 쓰며 우석을 꼬나본다. 그러자 우석이 화들짝 놀라며 대한에게 한쪽 눈을 연신 깜빡거린다.

우석(배꼽) - 아녀! 안 그랴~ 내가 당구를 안 친 지 한참 돼서 80으로 내렸어.

수종 - 너! 이 새끼! 지금 장난하냐? 너! 솔직히 당구 몇 치는 거야? 어? 어제도 구디기(용구)랑 당구 쳤다는 얘기를 내가 분명히 들었는디… 뻥치지마! 새끼야!

대한 - 푸하하! 우기는 건 우리 우석이 못 따라가지. 하하하!

우석이 당구장 게임 종료 버튼을 '삐리릭~' 하고 누른다. 우석과 수종이 세면대로 가서 손을 씻고 돌아온다.

우석(배꼽) - 야! 시끄럽고… 언능 당구비 계산이나 햐! 친구야! 잘 쳤다! 헤헤헤!

수종 - 아이고~ 열 받아! 저 새끼한테 또 당했네! 아~ 짜증 나!

대한 - 임마! 맨날 당하는 네가 멍청한 거지~ 나 같으면 그냥 안 하고 말지… 지고 나서 뭘 추잡하게 구시렁구시렁 거리냐? 하하하!

당구장에서 나와 진산시내를 걸으면서도 우석과 수종은 당구장 일로 아직도 티격태격하고 있다. 수종이 찡찡대는 소리가 듣기 싫은 우석이 그동안 궁금했던 대한의 교도소 생활에 관해 묻기 시작한다.

우석(배꼽) - 교도소에서 지내는 동안 많이 답답했지? 고생했다! 대한아!

대한 - 고생은 뭘… 그냥 수갑이 채워진 나 자신이 너무 초라하고, 사내로서 자존심도 많이 상하더라. 다시는 그딴 곳에는 가지 말아야겠어!

수종 - 들어보니까 예전에 구디기(용구)는 경찰서 지하실에 끌려가서 형사들한테 존나게 맞기도 하고… 형사들이 없는 죄도 만든다고 그러던데… 너도 그랬냐?

대한 - 형사들이 다 그렇지 뭐~ 조사를 꾸미면서 내가 아주 나쁜 사람인 것처럼 표현하고… 단어 선택도 격한 용어만 선택해서 쓰더라고. 나는 사건 현장이나 정황에 대해서 아무것도 모르는데 조사내용에는 내가 마치 주범과 사전에 공모라도 한 것처럼 꾸몄더라고. 내가 학생이라서 법이라는 걸 잘 모르니까 그냥 유치장에 집어넣으려고 이것저것을 막 엮어서 집어넣는 거 같았어.

우석(배꼽) - 당연히 그렇겠지. 형사들은 무조건 구속시켜야 진급도 하고 그런다잖아. 원래 형사들은 원하는 대답이 나올 때까지 유도신문하고 겁주고… 협박에 이간질까지 시키면서 조사를 꾸민다고 하더구먼. 하지만 그렇게 했는데도 죄가 없으니까 네가 풀려난 거겠지.

수종 - 우석이 네 말이 맞어! 그러고 보면 나쁜 형사들 정말 많아!

그들이 시내 입구로 들어서자 지나가던 친구, 선후배들이 오랜만에 시내로 나온 대한을 보고 저마다 인사를 하는 통에 시내가 소란스러울 정도다. 대한이 오락실 앞에 서서 담배를 피우고 있는 모습을 본 1년 선배 일석과 두영이 반갑게 인사를 건넨다.

일석(영동파) - 대한아! 구속됐다고 들었는데… 재판이 잘 됐나 보구나? 다행이다! 네 걱정 많이 했는데… 가자! 차라도 한잔하게… 우석이랑 수종이도 올라와라!

대한은 친구들을 데리고 일석과 두영을 따라 건너편에 보이는 커피숍으로 올라간다. 그들은 진산 한양파와 반대 조직인 영동파의 조직원이었지만 서로 정도를 지켜가며, 대한과는 가깝게 지내는 사이였다. 커피숍에 마주 앉자 대한을 바라보며 두영이 근심스러운 표정으로 말을 꺼낸다.

두영(영동파) - 뉴스에서는 니들 얘기가 무슨 도끼파니 뭐니 하면서 되게 나쁜 놈들처럼 포장되서 나오던데… 대체 왜 그런 거냐?

대한 - 그건 형사들이 그렇게 했을 거예요. 기소할 때 범죄단체라는 죄목을 붙여야 사회적으로 이슈도 되고 그러니까 존재하지도 않는 도끼파를 만들어 사실을 뻥튀기해서 언론에 뿌리는 거죠. 하지만 검찰에서 사건을 조사해보고 범죄단체나 그런 것하고는 전혀 관련성이 없으니까 어쩔 수 없이 무혐의로 풀어준 겁니다.

일석(영동파) - 짭새들이 그런 식으로 엮어버리니까 억울한 사람이 생기는 거야. 대한이 너하고 같이 현장에 따라간 공범들은 그전에 전부 풀려났다고 하던데 너만 풀려나지 않아서 어쩐지 이상하다 싶었어! 그리고 종태 형님하고 만나지 말아. 평소 사고를 달고 다니는 사람이니까! 암튼 고생했다! 대한아!

이때 커피숍 알바생이 주문한 커피와 맥주를 테이블에 내려놓는다. 두영이 맥주를 병 채로 들고 마시는 대한과 우석을 신기한 듯 멀뚱멀뚱 쳐다본다.

두영(영동파) - 와아~ 대한이! 우석이! 니들은 커피숍에서도 항시 맥주를 마시냐? 맥주를 병째 들고 마시는 포스가 장난이 아니구만! 하하하!

일석(영동파) - 두영아! 애들은 이건 맥주가 아니라 그냥 물이야! 물! 애들은 평소에도 갈증이 나면 맥주를 물처럼 마시는 애들이야! 맥주가 물인 셈이지. 하하하!

두영(영동파) - 니들은 보면 볼수록 진짜 연구대상이야!

수종 - 형님! 저는요… 얘들 이러는 걸 맨날 보니까 이제는 그러려니 해요. 헤헤!

커피숍에서 맥주를 병 채로 마시고 있는 대한과 우석의 모습이 무척이나 신기했던지 두영이 대한과 우석을 보며 한참을 웃는다. 이때 일석이 같은 전기과의 같은 반으로 복학한다는 소식을 대한에게 알려준다. 일석의 복학 소식을 들은 대한이 자신의 일처럼 기뻐한다. 대한이 선배들과 한창 얘기를 하고 있는데 일석과 두영이 어딘가에서 전화를 받는다. 급한 일이 생겼는지 일석과 두영이 급히 커피숍을 나간다.

영동파 선배들이 떠나자 우석이 대한의 눈치를 살피며 조심스럽게 하진의 소식을 묻는다.

우석(배꼽) - 대한아! 너 혹시 하진이랑 성주한테 연락받은 적 없나? 그때 하진이하고 나하고 구치소에 너 접견 다녀온 뒤로 둘 다 연락이 안 돼! 완전 잠수여.

대한 - 남자친구가 감옥에 있는데 어떤 년이 기다려주겠냐! 다 내 탓이지. 나 때문에 하진이가 떠난 거야. 씁쓸하지만 어쩌겠냐? 웃어야지… 막말로 흔들리지 않고 피는 꽃이 어디 있겠냐! 씨팔! 인연은 또다시 오기 마련이다!

우석(배꼽) - 캬아~ 멘트 멋지다! 너는 이런 말을 도대체 어디서 배우는 거여?

대한 - 이런 걸 뭘 배우냐? 그냥 생각을 많이 하다 보니까 경험을 통해서 깨닫게 되기도 하고… 자연스럽게 나오는 거지. 이게 뭐 별거냐?

수종 - 얌마! 우석이 너는 그냥 무식한 게 잘 어울려! 괜히 너한테는 어울리지도 않는 어려운 말 어설프게 배우려고 하지 마! 아랐냐?

우석(배꼽) - 근디… 이 시발놈은 왜 나한테만 태클을 걸고 그라! 어?

우석과 수종이 티격태격 또 다시 말다툼을 하는 모습을 물끄러미 바라보던 대한이 창밖을 내려다본다. 순간 대한의 눈이 반짝인다. 대한의 눈에 손을 잡고 걸어가는 한 쌍의 남녀가 눈에 들어온다. 얼마 전에 대한이 전화통화를 했던 백장미 누나다. 장미가 그녀의 남자친구 기성과 함께 시내를 걷고 있다. 대한이 갑자기 짜증이 나는지 미간을 찌푸리며 고개를 '휙~' 하고 돌리며 담배를 뻑뻑 피워댄다.

다음 날 아침. 오늘은 대한의 영동파 1년 선배인 이일석이 대한과 같은 반인 진산공고 전기과 3학년 1반으로 복학을 하는 날이다. 오랜만에 등교하게 된 일석이 대한의 옆자리에 가방을 내려놓고 대한과 함께 화장실로 간다. 그들이 화장실로 들어서자 구석에 모여서 몰래 담배를 피우고 있던 아이들이 슬금슬금 자리를 피한다. 복학 소식을 전해 들은 일석의 다른 복학생 친구들과 대한의 영동파 또래 친구들이 그들이 있는 화장실로 모여든다. 일석의 주변으로 모인 그들은 영동파 일석의 복학을 축하하는 인사를 건넨다. 복학생 진영(복학생)이 담배에 불을 붙이며 일석과 대한을 번갈아 바라보면서 재미있다는 듯 말을 한다.

진영(복학생) - 일석아! 하필이면 대한이하고 같은 반이냐? 니들 담임선생은 골치가 무지 아프겠다! 푸하하!

대한 - 아니~ 형님은 무슨 말을 그렇게 하세요? 헤헤헤!

일석(영동파) - 대한아! 이번에 형은 어떻게든 졸업해야 한다! 형네 부모님 소원이라고 하시는데 어떻게 하냐… 잘 부탁한다! 아우야!

대한 - 에이~ 그런 말은 제가 형님한테 부탁드려야 하는 거 아닌가요? 하하하!

진영(복학생) - 그랴~ 니들 둘 다 꼭 졸업해야지. 대한이가 반장이니까… 과 선생님들하고 대화가 좀 통하잖아. 그치?

대한 - 그거야 그런데요… 지금 담임은 지난 1, 2학년 때 담임들하고는 차원이 달라요. 3학년 담임 홍 선생님은 포스부터 완전히 다르고… 생긴 것도 건달처럼 눈빛에 살기가 돈다니까요.

일석(영동파) - 홍 선생님은 형도 잘 알지. 인상이 무지 날카롭지.

진영(영동파) - 그래도 형님! 대한이가 재주꾼이긴 해요. 우리 학교에서 결석이나 땡땡이가 제일 많은데도 아직까지 안 짤리고 버티는 거 보면 정말 신기해요!

서준(영동파) - 맞아요! 보통 놈이 아니에요. 며칠 전까지만 해도 교도소에 있었던 놈이 갑자기 학교에 나타나서 3년 연속 반장 자리를 꿰찬 거 보면 재주꾼이 맞기는 맞는 거 같아요. 형님! 하하하!

갑자기 일석이 한심하다는 듯이 영동파 후배들을 쏘아본다.

일석(영동파) - 이 새끼들아! 그러니까 니들도 대한이 좀 보고 배워! 니들 하는 짓거리 보면 내가 억장이 무너진다! 억장이….

진영(영동파) - 예… 형님! 서준(영동파)이! 넌 처신 좀 잘하고… 전화 좀 잘 받고 그래! 임마!

일석(영동파) - 너도 똑같어! 새끼야! 말 나온 김에 니들 빠따 챙겨서 저녁 8시까지 모여서 형한테 전화해! 알았어? 새끼들아! 어?

갑자기 분위기가 싸늘해지자 일석의 영동파 조직 1년 후배 서준과 진영이 고개를 푹 숙인다. 그러자 대한과 복학생 진영이 일석을 달랜다.

대한 - 아이고~ 형님! 너무 뭐라고 하지 마세요. 저도 옆에 있는데… 진영이, 서준이도 처신 잘하고 다녀요. 진짜예요! 형님 앞에서만 그렇게 보이는 거죠.

진영(복학생) - 그래~ 일석아! 대한이 말이 맞어! 너는 왜 괜히 동생들한테 화풀이를 하고 그러냐?

흥분했던 일석이 대한과 진영이 달래자 조금씩 흥분을 가라앉힌다. 일석이 진영과 서준을 먼저 내보내고 한숨을 내쉬며 담배 한 개비를 더 꺼내서 피워 문다. 잠시 후 대한이 일석과 함께 화장실에서 나와 교실로 향한다. 대한은 일석이 왜 저렇게 화를 내는지 공감할 수 있을 것 같았다. 대한과 술자리를 가질 때면 일석은 우유부단한 진영과 항상 핑계가 많은 서준에게 답답한 심경을 가끔 토로하기도 했었다.

수업 시작종이 울린다. 수업에는 관심이 없는 대한과 일석이 CD 플레이어를 켜고 이어폰을 한쪽씩 나누어 낀 채 책상에 엎드려 잠을 자고 있다. 수업시간이 끝나면 둘은 일어나 화장실로 가서 담배를 나누어 피우고 다시 돌아와 책상에 엎드려 잠을 잔다. 일석이 학교에 복학한 이후로 대한과 일석은 늘 이런 일상을 반복하고 있었다.

점심시간. 대한과 일석이 학교를 나가 근처 분식집으로 향한다. 학생들로 가득 차 시끌시끌하던 분식집이 대한과 일석이 등장하자 쥐 죽은 듯이 조용해진다. 숨소리도 들리지 않을 지경이다. 일석이 앞에 앉아있는 한 학생의 어깨를 '툭' 친다.

일석(영동파) - 야! 임마! 형들 밥 먹게 자리 좀 비켜 봐!

순번을 기다리며 대기하고 있던 학생들이 일석의 기세에 겁먹은 표정으로 엉거주춤 자리에서 일어난다. 그러자 대한이 미안하다는 듯 해당 학생들에게 다가가 양해를 구한다.

대한 - 얘들아! 미안하다! 니들이 오늘만 좀 이해해 줘라!

학생 - 예~ 괜찮아요!

학생들이 대한의 사과를 받아들인다는 듯 대답하고는 분식집 밖으로 사라진다. 이 모습을 지켜보던 분식집 이모가 잔뜩 화가 난 표정으로 일석에게 큰 소리로 따지듯이 말을 꺼낸다.

분식집 이모 - 아니! 먼저 와서 주문한 음식 기다리고 있는 학생들을 왜 내보내는 거야! 어? 네가 뭔데!

일석(영동파) - 어… 이모! 일부러 그런 것은 아니고요… 일단은 죄송해요!

분식집 이모 - 네가 뭔데 내 손님을 내쫓았냐고 묻잖아! 지금!

대한 - 이모! 그냥 오늘만 참아주세요! 죄송하다고 하잖아요….

갑자기 분식집 이모의 언성이 높아진다. 그러자 순간 욱하는 성질을 참지 못한 일석이 앞에 있는 테이블을 훌렁 뒤집어 버린다. 테이블에 올려져 있던 수저와 물컵이 요란한 소리를 내며 분식집 여기저기로 흩어져 나 동근다. 분식집에서 있던 학생들이 갑작스런 소란에 겁을 먹고 음식을 먹다 말고 후다닥 분식집을 빠져나간다. 분식집 이모가 일석이 엎어버린 테이블과 여기저기 흩어진 집기를 보며 일석을 향해 욕지거리를 퍼붓기 시작한다.

분식집 이모 - 아니! 이런 어린놈이 싸가지없이… 너! 이게 지금 무슨 횡포야? 너! 나랑 한번 해보자는 거야? 어?

일석(영동파) - 이런… 씨발 거! 그래서 내가 미안하다고 사과했잖아요!

이대로 두었다가는 둘 사이에 불상사라도 벌어질 판이다. 대한이 안 되겠다 싶었는지 일석의 몸을 감싸 안으며 분식집 밖으로 얼른 데리고 나간다.

대한 - 형님! 갑자기 왜 이러세요! 진정하시고… 여기서 담배 한 대 태우고 계세요! 제가 들어가서 잘 정리하고 올게요!

일석(영동파) - 그래. 알았어! 아~ 저 아줌마! 대화 안 되네! 씨발~

분식집으로 들어간 대한이 분식집 이모를 달랜다. 분식집에서 소동이 났다는 이야기를 듣고 학생들이 구경이라도 하려는 듯 분식집으로 몰려와 씩씩거리며 담배를 피우고 있던 일석을 흘끔흘끔 처다본다. 그러자 일석이 학생들을 향해 버럭 고함을 지른다.

일석(영동파) - 뭘 봐! 이 개새끼들아! 빨리 안 꺼져? 어?

모였던 학생들이 일석이 고함을 지르자 금세 흩어진다. 이내 분식집 근처에는 개미 새끼 한 마리도 보이지 않는다.

대한이 분식집 이모를 한참 동안 달래서 진정시키고 분식집을 나와 담배를 피우고 있는 일석에게로 간다. 대한 일행과 마찰이 있어서 그다지 좋을 일이 없다는 것을 분식집 이모도 잘 알고 있는 눈치다. 더구나 대한의 존재를 잘 알고 있는 이모로서는 대한의 말한마디면 분식집 매상에 상당한 영향을 줄 수 있다는 것을 잘 알고 있었기에 일석의 소행에는 화가 났지만 대한이 설득하자 이내 누그러진 것이다. 대한이 일석을 데리고 다시 분식집 이모에게로 간다. 난장판이 된 분식집을 정리하던 분식집 이모가 다시 들어오는 일석과 대한을 흘낏 처다본다. 대한이 분식집 이모와 일석을 한 테이블에 앉히고 두 사람의 화해를 중재한다.

일석(영동파) - 이모님! 아까는 제가 죄송했습니다! 다시는 이런 일 없도록 주의할게요! 화 푸시고 그만 용서해 주세요!

분식집 이모 - 나도 잘 한건 없지. 뭐… 아까는 내가 화도 나고 그래서 막말도 하고 그랬는데… 네가 이해해! 그나저나 주문했던 음식 다 됐으니까… 아까 있었던 일은 그만 잊고 이거나 먹고 가! 오늘 음식값은 안 받을 테니까….

대한 - 어이구~ 이모! 그래도 장사하는 집인데… 그러시면 안 되지요! 오늘은 일석이 형이 복학하는 날이니까 제가 쏠 거예요.

일석(영동파) - 야! 됐어! 학생이 뭔 돈이 있다고⋯ 형이 낼 테니까 신경 쓰지 말고 넌 먹기나 해!

대한 - 저 돈 있어요. 형님! 어제 할머니 금목걸이 안 쓰는 거 하나 있기에 정리했어요. 하하하!

일석(영동파) - 하하하! 이 자식! 형은 집에 있는 딸기 몇 박스 우리 어머니 몰래 팔았다. 하하하!

분식집 이모 - 어이구~ 니들 참 못됐다! 호호호! 튀김하고 어묵은 서비스로 줄 테니까⋯ 부담 갖지 말고 그냥 먹어!

대한과 일석의 진심 어린 사과에 화가 풀린 분식집 이모는 대한이 주문한 음식 외에도 서비스라며 튀김과 어묵 등을 더 내어준다. 그러자 대한이 선배 일석의 복학을 축하한다는 구실로 복학생들을 모두 분식집으로 불러내 즉석에서 복학생 기성식을 마련해준다. 일석도 분식집 이모에게 미안했던 일을 사과하기 위해 친구들과 후배들을 잔뜩 분식집으로 불러낸다. 이들이 부른 학생들로 분식집은 앉을 자리가 없을 정도로 금세 가득 차 있었고 분식집 이모는 급하게 간이 테이블과 의자를 분식집 밖에 마련한다.

요란스럽게 복학 후 첫 점심 식사를 마친 일석과 대한이 오거리 커피숍에 앉아 담배를 피우고 있다. 대한이 일석을 보며 장난스럽게 말을 건넨다.

대한 - 아니⋯ 형님은 복학 첫날부터 영역표시를 하고 그러세요? 하하하!

일석(영동파) - 와아~ 아까 그 분식집 이모… 진짜 세더라! 목소리도 쩌렁쩌렁하고… 무슨 사내대장부 같아. 그래도 대한이 네 덕분에 조용히 잘 해결되었다.

대한 - 다시는 그러지 마세요! 형님!

두 사람이 두런두런 분식집에서의 일을 이야기하고 있는데 아래층에서 우석과 두영이 커피숍으로 향하는 것이 대한의 눈에 보인다.

대한 - 어? 밑에서 두영 형님하고 우석이가 이리로 올라오는 것 같은데요?

일석(영동파) - 어~ 내가 불렀어! 야! 근데… 형은 네가 커피숍에서 맥주를 마시는 걸 볼 때마다 느끼는 것이지만 참 신기하다는 생각이 든단 말이야. 하하하!

두영과 우석이 커피숍으로 들어온다. 주문을 하고 두영과 우석이 마주 앉으며 배시시 웃는다.

두영(영동파) - 역시 대한이하고 우석이! 니들은 오늘도 변함없이 맥주를 마시는구나! 허허허!

우석(배꼽) - 전 밥 먹고 나서 후식으로는 차를 마시는 것보다 맥주가 더 좋아요! 그냥 소화제처럼 입가심용으로 마시는 거죠.

두영(영동파) - 맥주가 소화제나 입가심 용도다. 이거네?

우석(배꼽) - 예~ 형님! 헤헤~ 근디… 대한아! 아까 전화 통화할 때 보니까 엄청 시끄럽던디… 싸우는 거 같기도 하고… 왜 그런 거? 누구하고 싸우기라도 한 거?

일석(영동파) - 얌마! 너무 깊이 알려고 하지 마! 다쳐!

우석(배꼽) - 흠… 형님은 왜 저한테만 안 알려주고 그럽니까? 서운하려고 합니다.

두영(영동파) - 너는 뭐가 그렇게 궁금하냐? 그냥 뻔한 거 아녀? 일석이가 또 사고 친 거겠지. 형은 이제 면역이 돼서 그냥 그러려니 한다.

대한 - 하하하! 두영 형님 표정을 보니까 그동안 많이 시달리신 것 같네요. 헤헤! 하긴 예전에는 밤늦은 시간에 어느 술집에서든 물건 부서지는 소리가 들리면 '오늘 또 우리 일석 형님이 술 좀 많이 드셨구나!' 하고 지나치고 그랬죠. 하하하!

일석(영동파) - 니들은 왜 또 그 얘기를 끄집어내고 그러냐? 쪽팔리게… 창피 좀 적당히 줘라! 어?

두영(영동파) - 형은 일석이 그냥 포기했다! 때려 부수면 속으로 '아~ 낼은 또 돈을 얼마나 준비해야 하나?' 하고 걱정부터 했었지. 푸하하!

그들은 일석의 주사 이야기를 꺼내자 모두 한바탕 배꼽을 잡고 웃는다.

두영(영동파) - 요즘 들어 내가 친구 때문에 너무 힘들다! 증말! 아~

일석(영동파) - 두영아! 미안해! 나 때문에 그동안 고생 많았지? 사실은 오늘도 대한이 덕분에 잘 마무리 했어. 헤헤헤!

대한 - 우석아! 너 이제 무슨 일 있었는지 감 잡았지?

우석(배꼽) - 잉~ 이제 알 것 같어! 우리 일석 형님! 빠꾸 없다는 거… 하하하!

이들과 앉아 노닥거리던 대한이 흘끔 시계를 쳐다본다. 어제 백

장미 누나와 만나기로 했던 약속 시간이 다가온다. 대한이 화장실로 가 그녀에게 전화를 건다. 만나기로 한 약속 장소를 정한 대한이 일석, 두영, 우석이 있는 커피숍을 나와 장미와의 약속장소로 향한다.

대한이 백장미와 만나기로 약속한 커피숍. 평소와는 다르게 대한의 얼굴에 긴장한 기색이 역력하다. 고등학교에 입학해서 얼마 지나지 않아 길거리에서 우연히 마주쳤던 장미를 처음으로 만나는 날이다. 대한이 장미를 마음속에 품은 지 어언 2년 만에 드디어 그녀를 처음 만날 수 있게 된 것이다. 그래서인지 대한은 약속 시간보다도 한참이나 먼저 약속장소에 도착해서 미리 자리를 잡고 앉아 출입구 쪽을 연신 쳐다보며 담배를 피운다. 드디어 출입문이 열리고 눈이 부실 정도로 하얀 피부가 돋보였던 장미의 모습이 눈에 들어오자 피우고 있던 담배를 급히 재떨이에 눌러 끄며 자리에서 벌떡 일어선다. 대한의 가슴이 쿵쾅거리기 시작한다. 장미가 대한을 알아보고 대한의 자리로 다가온다. 하지만 대한은 얼굴이 빨개져서 멍한 표정으로 장미의 얼굴을 쳐다보기만 할 뿐 도무지 입을 떼지 못한다. 장미가 이런 대한을 귀엽다는 듯 쌩긋 웃으며 먼저 자리에 앉는다.

장미 - 네가 대한이 맞지?

대한 - 아… 네! 맞아요! 누나!

장미 - 통화할 때 들었던 목소리하고는 실제 이미지가 조금 다르네.

대한 - 그래요? 누나를 이렇게 실제로 눈앞에서 보니까 엄청 떨리네요. 제가 원래 이런 놈이 아닌데….

장미 - 얘가 지금 무슨 말을 하는 거야? 전화 통화할 때는 말도 잘하고 그러더니… 오늘따라 왜 이렇게 어리버리하니?

대한 - 그러게요… 누나! 제가 왜 이러죠? 헤헤!

이때 종업원이 주문한 음료와 카프리 맥주 한 병을 가지고 온다. 목이 탄 대한이 맥주 한 병을 단숨에 들이킨다. 쿵쾅거리는 가슴이 진정되지 않는지 말없이 연신 담배만 피우던 대한이 두 병째 맥주를 가지고 오자 다시 맥주 한 모금을 들이킨다. 여전히 대한은 아무런 말도 없이 담배만 피우고 있다. 그러다 서로의 눈이 어색하게 마주친다. 장미가 대한을 보고 빙그레 웃으며 말을 꺼낸다.

장미 - 근데? 대한이 넌 원래 그렇게 말이 없니? 누나 불러놓고 아무 말도 하지 않고 담배만 벌써 몇 개째야? 생긴 거하고는 다르네. 네가 먼저 나한테 할 얘기 있다고 불러냈잖아! 그랬으면 뭐라도 얘길 해야지. 안 그래?

대한 - 아~ 오늘따라 왜 이러지? 이상하네! 원래 엄청 씩씩한데. 누나 앞이라서 그런지… 왜 이렇게 떨리는지 모르겠어요! 누나! 여기 좀 만져 봐요! 내 심장이 터질 것 같아요!

대한이 느닷없이 장미의 손을 잡고 자신의 심장에 갖다 댄다. 그러자 장미가 기겁하며 손을 뿌리친다.

장미 - 엄마! 깜짝이야! 너 뭐 하는 거니? 놀랬잖아! 얘!

대한 - 미안해요! 누나! 오늘따라 내가 왜 이렇게 어리버리하지? 여기요! 알바생! 카프리 한 병만 더 주세요!

장미 - 그러게… 너 완전 실망이다. 얘! 그리고 학생이 교복을 입고 무슨 대낮부터 술이니?

대한 - 이건 술이 아니에여~ 누나! 헤헤! 전 평소에도 커피숍에서 병맥주를 한두 병 정도는 마시거든요.

장미 - 뭐야? 너 혹시 알코올 중독 아니야?

대한 - 에이~ 무슨 알코올 중독이에요~ 그 정도는 아니에요.

시간이 조금 지나자 처음의 어색했던 분위기도 조금씩 사라지고 점점 친근감을 느끼기 시작한다. 대한도 처음 장미를 보았을 때의 긴장을 풀고 서서히 자신의 속마음을 내보이기 시작한다.

대한 - 작년 가을쯤이었나? 시내 오락실 앞에 서 있는데 누나가 혼자서 걸어오더라고요. 그 때 나하고 눈도 마주치고 그랬었는데… 그때 누나가 입고 있었던 옷이 뭐냐면요… 베이지색 바지에 상의 안에는 칼라가 있는 셔츠를 입었고 겉에는 '행텐' 스웨터 같은 걸 입고 있었는데… 헤헤!

장미 - 아! 그래. 맞아! 그 옷 입었었던 거 나도 생각난다! 그럼 그때 날 뚫어져라 쳐다보던 게 너였니? 난 또 왜 자꾸 날 쳐다보는지 살짝 기분이 나빴었거든. 그게 너였구나! 근데 어쩌니? 누나는 남친이 있는데….

대한 - 괜찮아요! 누나! 어제 시내에서 누나하고 남친하고 둘이 손잡고 다니는 것도 봤는데요. 뭐… 근데 쫌 열이 받긴 하더라. 헤헤헤!

장미 - 오~ 진짜? 누나 좋아하지 마! 짝사랑은 힘든 거야. 호호호!

대한 - 그 남자 누나하고 안 어울려! 진짜야!

장미 - 어머? 얘가 뭐래? 너 혹시 질투하는 거야? 호호호!

대한 - 당연히 질투하지! 뻔한 걸 왜 물어? 헤헤!

장미 - 꿈 깨라! 대한아! 누난 임자 있는 몸이다. 응?

대한 - 꿈은 크게 꾸는 거야. 내가 누나를 그 형보다 더 아껴주고 사랑해 줄 수 있는데… 그러려면 시간이 필요하겠지만.

장미 - 너~ 술 취했니? 왜 자꾸 헛소릴 하고 그러니? 너하고 나는 그냥 누나 동생으로 편하게 지내자. 알겠지? 흑심은 품지 말고… 응?

대한 - 그래. 누나! 당분간은 편하게 지내자. 당분간은… 대신 매일 매일 만나자! 그것만 약속해! 그럼 내가 당분간 흑심 같은 거 안 품고 인내심을 가지고 기다려줄게! 어때?

장미 - 뭐? 내가 왜 네 타깃이 돼야 하니? 웃겨! 그럴 일 없으니까 헛된 꿈 빨리 포기해라. 대한아!

대한과 장미와의 첫 만남은 서로 시간 가는 줄 모를 정도로 재미있고 유쾌했다. 아무 인연도 없는 여자 선배와 남자 후배와의 만남이 어색할 만도 했지만 대한의 위트 넘치는 말솜씨와 장난기 가득한 애정표현이 장미도 그리 싫지는 않은 듯 받아주고 있었다.

그날 이후 장미는 대한의 말처럼 거의 매일 대한을 만난다. 어쩐 일인지 대한이 매일 불러내는 데도 장미는 대한의 부름에 순순히 응해준다. 대한은 벌써 어느 정도는 장미의 성격을 파악한 것처럼 보인다. 장미처럼 단아한 여자들은 상대가 갑작스럽게 애정 공세를 하면 부담을 느끼고 거리를 두려고 할지 모른다. 대한은 이런 장미의 성격을 간파하고 장미가 심적인 부담을 느끼지 않게 할 생각으로 서두르지 않으며 천천히 추억을 만들어 가고 있었다. 가랑비에 옷이 젖는 것처럼, 개구리가 서서히 데워지는 물에 빠져 오도 가도 못하게 되는 것처럼, 장미는 대한의 은근한 구애 작전에 서서히 말려 들어가고 있었다.

대한은 장미와 추억 만들기에 함께 시간이 흘러 어느덧 여름이 되었다. 어느 날 대한의 친구들이 일일찻집(파티)을 하겠다며 대한을 진산 시내에 있는 마크 호프집으로 초대한다. 대한이 친구들을 데리고 파티 장소에 들어서자 일일 찻집 행사를 주관한 대한의 친구들이 대한과 함께 온 일행들을 호프집 정중앙의 제일 큰 테이블에 자리를 마련해주고 술과 안주를 제공한다. 성격이 호탕하고 사람들과의 대인관계가 원만한 대한은 어디를 가도 인기 만점이다. 대한이 자리를 잡고 앉자 여기저기서 반갑게 다가와 대한에게 인사를 청하며 술을 권한다. 대한이 인사를 받느라 한참 정신이 없는데 장미로부터 전화가 걸려온다. 대한이 장미를 자신이 있는 파티 장소로 부른다.

잠시 후 파티 장소에 도착했다는 장미의 연락을 받은 대한이 밖으로 나가 그녀를 맞이한다. 대한을 보며 수줍게 미소 짓는 장미를 자리로 안내하며 슬그머니 그녀의 손을 잡는다. 대한의 가슴이 쿵쾅거리기 시작한다. 대한이 장미의 손을 잡은 것은 오늘이 처음이다. 하지만 시끌시끌한 파티장 분위기 탓이었는지… 어리둥절한 표정의 장미는 대한이 자신의 손을 잡고 있는 것에 그다지 신경을 쓰지 않는 눈치다. 장미가 눈이 휘둥그레져 주변을 두리번거리고 있을 때 멀리서 대한과 장미를 알아본 우석과 중근이 이들을 향해 다가온다.

대한 - 내가 전에 말했던 거 기억하지? 내 옆에 있는 예쁜 누나는 내가 말한 내 첫사랑… 백장미 누나야! 내 타깃이지. 하하하! 인사해!

중근 - 아! 이분이 백장미 누나구나! 누나가 도대체 누군지 진짜 많이 궁금했어요. 대한이가 짝사랑하는 누나가 있다고 하도 여러 번 말해서 무척이나 궁금했는데… 드디어 오늘 이렇게 뵙게 되네요. 정말 반가워요!

장미 - 아… 네! 안녕하세요?

우석(배꼽) - 저는 대한이 의형제 문우석이에요.

장미 - 아~ 이분이 우석 씨구나! 우석 씨 얘기는 대한이한테 정말 많이 들었어요. 호호호!

우석 - 어~? 근디… 왜 웃어요? 혹시 대한이가 이상한 말 한 거 아니에요?

중근 - 대한이가 혹시 제 얘기는 안 했어요?

장미 - 아… 그게… 대한이 친구들이 워낙 많다 보니까… 누가 누군지 헷갈려요. 근데 우석 씨는 내가 잘 알죠. 진짜로 바지를 배꼽까지 올려 입네요! 호호호!

우석(배꼽) - 요즘 유행하는 패션이 배 바지예요. 그런 거 못 들어 봤어요? 밀레니엄 건달 패션. 여기에 2:8 가르마까지 해줘야 완성인디.

장미 - 호호호! 대한아! 네 친구들 진짜 웃긴다!

대한 - 내 친구들이 캐릭터가 좀 독특하긴 하지. 그래도 누나가 나랑 이렇게 같이 있을 때 웃어주니까 기분은 좋네!

우석(배꼽) - 지금 뭐라고 그러는 겨? 아~ 오글거려서 같이 술 못 마시겠네! 일어나자! 우리가 자리를 피해 주는 것이 예의인 것 같구먼.

중근 - 그라~ 일어나자! 우리는 일어날게요. 누나! 재밌게 놀다 가세요!

장미 - 아~ 네!

무언가 낌새를 눈치챘는지… 약간 취기가 오른 우석과 중근이 자리를 피해 다른 테이블로 이동한다. 장미는 우석과 중근의 뒷모습을 바라보며 웃음을 참지 못하고 여전히 킥킥거린다.

장미 - 저 친구들 엄청 웃긴다! 그치? 근데 대한이 넌 절대로 우석이처럼 옷 입지 마! 알겠니?

대한 - 내가 미쳤어? 난 정말 싫어! 저런 배 바지. 하하하!

다른 친구들이 대한과 장미가 오붓한 시간을 보내라고 자리를 피해준 덕에 대한은 장미와 단둘이 맥주를 마시며 즐거운 시간을 보내고 있었다. 그때 용구와 윤식이 대한에게 다가오며 큰소리로 장난질을 치기 시작한다.

용구(구디기) - 제수씨! 안녕하세요! 전 대한이 친구 구디기라고 해요! 우와 앙~ 반가워요. 제수씨!

용구가 자신을 제수씨라고 부르자 장미가 대한을 바라본다. 장미의 얼굴이 발그스름해진다.

대한 - 야! 아직은 아니야. 괜히 오버하지 말고… 어?

윤식 - 아니긴 뭐가 아녀? 언젠가는 제수씨가 될 거잖아? 전 윤식이라고 해요. 제수씨!

용구 - 그럼 지금 제수씨가 아니면 미래 제수씨로 부르면 되겠구만! 안 그러냐?

윤식 - 그러네~ 그럼 미래 제수씨! 제 잔 한잔 받으세요!

용구와 윤식이 장미를 계속 제수씨라며 큰 소리로 연신 불러댄다. 하지만 어쩐지 장미는 긍정도 부정도 하지 않고 싫지는 않은지 웃고만 있다. 대한이 괜히 머쓱해서 용구와 윤식에게 핀잔을 준다.

대한 - 구디기 네가 자꾸 호칭을 그렇게 하면 장미 누나가 불편해한다니까… 그러지 마! 어?

용구(구디기) - 대한이 네가 언제부터 다른 사람 눈치를 봤다고 그러냐? 네가 선택한 사람이면 우리들한테는 무조건 제수씨인 거여. 그러니까 미래에 제수씨가 되실 분을 우리가 조금 일찍 제수씨라고 불렀다고 편하게 생각하면 되잖어? 안 그래요? 미래 제수씨?

장미 - 네? 아~ 네! 호호호! 재미있네요!

윤식 - 구디기 이 새끼! 벌써 술 취했네! 얌마! 넌 빨리 집에 가! 어?

이때 장미의 휴대폰이 울리자 갑자기 자리에서 일어선다. 대한은 장미가 문밖으로 나서며 휴대폰을 꺼내 드는 것을 보고 아마도 남자친구 기성의 전화일 것이라고 짐작한다. 돌아온 장미가 갑자기 그만 가야겠다며 일어선다. 대한은 자신의 짐작이 맞았다는 생각이 든다. 대한은 장미를 잡고 싶지만 그저 아무렇지 않은 척 웃으며 장미를 배웅한다.

장미를 보내고 돌아온 대한이 홀로 앉아 줄담배를 피우고 있다. 그 모습을 지켜보던 친구들이 왜 그러는지 알겠다는 듯 대한에게 술을 권한다.

중근 - 한잔 해라! 천하에 박대한이가 짝사랑이 뭐냐? 너답지 않게!

대한 - 나답지 않다고? 나다운 게 뭔데? 니들이 몰라서 그렇지 짝사랑도 나름 매력 있어! 임마!

중근 - 개똥 같은 소리는 하지도 마! 네 맘 다 안다! 네가 언제부터 그랬다고… 야! 그러지 말고 오늘 그 누나 마취시키자! 응?

대한 - 마취? 미친놈! 헛소리 좀 그만하고 잘 들어! 사실 내가 조금 파악을 해 보니까… 장미 누나 남친이 장기성이라고 우리보다 선배야. 그런데 그 선배 소문이 안 좋더라고~ 바람둥이 같아. 그런데 문제는 그걸 장미 누나만 모르고 있다는 거야.

중근 - 뭐? 바람둥이라고? 야~ 그 새끼! 어떤 놈인가 손 좀 봐줘야겠네! 야! 그냥 오늘 저지르자! 어?

대한 - 넌 오버 좀 하지 마라! 새끼야! 도대체 뭘 저지르자는 거야! 난 그냥 누나한테 시간을 주고 있는 거야… 그러니까 중근이! 넌 제발 가만히 좀 있어! 알겠지?

중근 - 알았어! 근데… 아까 너하고 누나가 같이 있는 거 보니까 두 사람 진짜 잘 어울리더라~ 같이 있으면서 잘 웃기도 하고… 편해 보였어. 난 너하고 장미 누나가 잘 됐으면 좋겠어~

대한 - 그래? 고맙기는 한데… 중근아! 너 지금 많이 취했으니까 여기서 그냥 얌전히 있는 게 도와주는 거야… 그니까 여기 가만히 술 마시고 있어!

알겠지?

중근 - 왜? 너는 어디 가려고 그랴? 나도 데리고 가면 안 되냐?

대한이 맥주잔을 들어 단숨에 들이키고는 무언가 결심이라도 한 것처럼 맥주잔을 '탁' 하고 테이블 위에 내려놓는다.

대한 - 아무래도 누나 남자친구 기성이 형한테 내 생각을 말해야겠다. 어쩌면 그 선배한테 귀싸대기를 몇 대 맞을 수도 있겠지만 사내답게 할 말은 해야겠다.

중근 - 그러면 그렇지. 그렇게 정면 돌파를 해야 박대한 답지. 근데? 만나서 뭐라고 할 건데?

대한 - 순수한 장미 누나의 진심을 가지고 놀지 말라고 경고라도 해 줘야겠어!

중근 - 그냥 그 선배가 바람둥이라는 사실을 장미 누나한테 솔직하게 말해주는 게 쉽지 않겠냐?

대한 - 그 선배가 바람둥이라는 사실을 내가 알고 있어도 장미 누나 앞에서 상대의 허물이나 약점을 들먹이는 건 내 스타일하고 맞지 않고… 그런 얕은 수는 사내가 할 짓은 아니지. 상대방의 약점 따위를 가지고 두 사람 사이를 이간질한다고 해서 내가 얻을 게 뭐가 있겠니? 그따위 양아치들이나 하는 짓은 하고 싶지 않아!

중근 - 아~ 박대한! 또 어려운 말 하기 시작한다. 난 몰라! 네가 알아서 햬!

대한과 중근이 심각한 표정으로 이야기하고 있는 것을 멀찍이서 보고 있던 우석이 이들에게 다가온다.

우석(배꼽) - 무슨 일들 있는 겨? 갑자기 니들 표정이 뭐 그렇게 심가햐! 왜 그랴? 어?

중근 - 별일은 아닌데… 그냥 대한이를 보니까 내가 너무 답답해서 그랴. 휴우~

대한 - 중근이! 너 술 많이 취했으니까! 꿀물이나 좀 마셔라!

중근 - 야! 나 하나도 안 취했어! 대한이 넌 우리들한테는 희망적인 존재 아니냐? 그런 네가 가오 떨어지게 짝사랑이 대체 뭐냐! 시팔! 쪽팔리게….

우석(배꼽) - 중근이 너! 술 처먹었으면 잔소리 말고 자빠져 잠이나 자! 대한이 문제는 대한이가 알아서 할 거니께… 괜히 나서서 일 만들지 말고.

중근 - 그래! 난 모른다! 이 씨부랄놈아! 니들은 의형제다 이거지? 그럼 난 뭔디? 니들은 왜 나만 쏙 빼고 니들끼리 의형제라고 하는 거여? 난 용납 못하니까 우리 셋이 다시 햐! 응?

우석(배꼽) - 중근아! 너 많이 취했으니께… 여기 소파에 누워서 잠이나 좀 자고 있어~ 잉?

대한이 술에 취한 중근을 진정시키고 옆에 있는 우석에게 잠시 나갔다 오겠다고 말하고는 마크 호프집을 나간다.

대한 - 나 잠깐 나갔다 올 테니까 니들은 여기서 기다리고 있어!

우석(배꼽) - 그랴! 뭔 일이 있는 건 아니겠지? 혹시 뭔 일 생기면 바로 전화해!

대한 - 일은 무슨 일… 중근이나 네가 옆에서 잘 좀 챙기고 있어! 이 새끼 사고 좀 안 치게… 빨리 갔다 올게!

대한이 마크 호프집을 나와 장미가 기성을 만나기로 했다는 그 술집으로 향한다. 술집 앞에 도착한 대한이 술집으로 들어가지 않고 간판에 적힌 전화번호로 전화를 한다. 술집 여종업원이 전화를 받는다. 대한이 여종업원에게 장미의 남자친구인 선배 장기성을 바꿔 달라고 한다.

대한 - 혹시 안에 계시는 손님 중에서 장기성 씨라고 있으면 좀 바꿔주세요!

여종업원 - 네! 잠시만요… 손님 중에 장기성 씨 계신가요? 장기성 씨!

장미와 함께 있던 장기성이 자신의 이름을 부르는 소리를 듣고 카운터로 가 전화를 받는다.

기성 - 여보세요! 장기성입니다! 누구시죠?

대한 - 안녕하세요? 저는 박대한이라고 합니다! 드릴 말씀이 있어서 왔는데… 저하고 잠시 얘기 좀 할 수 있을까요? 계시는 술집 앞인데….

기성과 통화를 마친 대한이 기성이 나오면 '어떻게 이야기를 해야 하나?' 하고 생각을 한다. 그러는 사이 기성이 2층 술집에서 계단을 따라 걸어 내려온다. 짧은 스포츠머리를 하고 청바지에 흰 티셔츠를 입은 기성은 준수하고 날렵한 체격의 20대 청년이었다. 대한이 기성을 보고 다가가 먼저 머리를 숙이며 예의 바르게 인사를 한다.

대한 - 안녕하세요! 조금 전에 전화 드렸던 박대한입니다!

기성 - 아… 네! 대한 씨 이름은 주변 사람들한테 많이 들어서 알고는 있어요. 그런데 무슨 일로 저를 보자고 한 거죠?

그때다. 갑자기 대한의 친구들 목소리가 뒤에서부터 가깝게 들리기 시작한다. 대한이 뒤를 돌아보려는데 술에 만취한 중근이 기성의 얼굴에 다짜고짜 주먹을 날린다. 기성이 '억' 하는 소리와 함께 얼굴에 주먹을 맞고 비명을 지르며 쓰러진다. 기성의 얼굴에서 코피가 흐르기 시작한다. '아! 씨발! 망했다!' 대한이 술 취한 중근의 허리를 붙잡아 떼어내며 인상을 쓰고 우석을 바라본다.

대한 - 우석아! 내가 이 새끼 좀 잘 데리고 있으라고 했잖아? 이게 뭐 하는 짓이냐!

우석(배꼽) - 미안해! 잠깐 화장실 간 사이에 이 새끼가 갑자기 일어나서 뛰어나가더라고… 그래서 허겁지겁 따라왔더니 이 개지랄을 하는 거여… 아이구~ 내가 미쳐 버리겠다!

중근 - 이거 좀 봐 봐! 시팔놈아!

우석(배꼽) - 시끄러! 이 미친 새끼야! 주딩이 닥치고 가만히 있어!

그러는 사이에 술집 직원들로부터 소식을 전해 들은 장미가 밖으로 뛰어나와 쓰러져 코피를 흘리고 있는 기성에게 다가간다. 손수건으로 기성의 코피를 닦아주며 장미가 대한을 쏘아본다. 장미의 눈에서 원망스러운 듯 눈물이 흘러내린다. 대한의 가슴이 덜컥 내려앉는다. 대한이 난처한 표정으로 장미에게 상황을 설명하려고 입을 연다.

대한 - 저기… 누나! 사실은 말이야….

장미 - 니들 뭐니? 니들이 뭔데 기성 오빠를 이렇게 만들어 놓니? 다시는 너하고 말도 하고 싶지 않으니까… 저리 가!

대한은 장미에게 아무런 변명도 할 수 없었다. 비록 자신이 한 일은 아니지만 결과적으로는 장미의 가슴에 상처를 준 셈이 되고 만 것이다. 대한이 아무 말도 하지 못하고 등을 돌린다.

일일찻집 마크 호프집으로 다시 돌아온 대한이 어두운 표정으로 테이블에 앉아 맥주잔에 채워진 폭탄주만 연신 들이키고 있다. 옆에 있는 우석이 중근을 나무란다.

우석(배꼽) - 넌 이게 대한이를 도와주는 거냐? 병신새끼야! 이제 이 일을 어떻게 할 거여? 대한이가 너한테 술 처먹지 말고 실수하지 말라고 그렇게 얘기를 했는데 왜 일을 이 지경으로 만드냐? 이 등신새끼야! 이제 어떡할껴!

중근 - 미안햐! 술이 웬수다. 웬수여. 대한아! 차라리 네 화가 풀릴 때까지 날 때려라. 어?

대한이 아무 말도 하지 않고 맥주잔에 소주와 맥주를 반반 비율로 섞는다. 맥주잔을 단숨에 들이킨 대한이 맥주잔을 내려놓으며 눈치를 보고 있는 중근을 바라본다.

대한 - 됐다! 나도 네가 왜 그랬는지 네 마음을 이해할 수 있을 것 같다. 그냥 이리 와서 술이나 한잔하자! 잘했다. 잘했어. 난 괜찮으니까 신경 쓰지 마!

중근 - 내가 죽일 놈이다. 진짜! 내가 장미 누나를 찾아가서 사과하면 되지 않을까?

대한 - 아니! 신경 쓰지 마! 중근아! 더 이상 아무것도 하지 않았으면 좋겠어. 어차피 그 선배는 네가 아니어도 누군가한테 그런 일을 당했을 거야. 그냥 숙명이려니 하고 생각하자. 장미 누나하고 내가 인연이라면 다시 만나게 되겠지… 그 일은 이제 그만 생각하자. 머리만 아프다! 우리끼리 술이나 더 마시자! 폭탄주나 몇 잔 만들어 봐!

우석(배꼽) - 그랴~ 그렇게 맘 편하게 생각해~ 씨발거… 술이나 실컷 마셔버리자!

대한이라고 해서 왜 중근에게 하고 싶은 말이 없었을 것인가? 하지만 이미 지난 일을 탓해 봐야 달라질 것이 없다는 것을 대한은 잘 알고 있다. 공연스레 친구들과의 사이만 서먹서먹해질 뿐이다. 대한이 말 못 하는 쓰라림을 독주로 달랜다. 갑자기 대한의 휴대폰이 울린다. 휴대폰을 바라보는 대한의 눈빛이 흔들린다.

대한 - 여보세요?

장미 - 대한이! 너! 내 말 잘 들어! 니들은 어쩜 비겁하게… 힘도 약한 한 사람을 여럿이서 때릴 수 있는 거니? 너한테 정말 실망이야! 두 번 다시 나한테 연락하지 마!

대한 - 미안해! 내가 누나한테 큰 실수 했다! 누나 화가 풀릴 때까지 전화하지 않을게! 그럼 된 거지?

장미 - 아니! 다시는 연락하지 말라고… 내 말 알아들었니? 누나도 두 번 다시 너한테 전화할 일은 없을 거야

대한 - 그래. 누나! 무슨 말인지는 알아! 지금은 누나가 화가 많이 나서 그럴 수 있다는 거 나도 충분히 이해해! 하지만 조금 시간이 지나면 내 진심을 알게 될 거야.

장미 - 난 네가 도대체 무슨 말을 하는지 모르겠어! 되지도 않는 말로 날 자꾸 설득하려고 하지 말고 이만 전화 끊자!

대한 - 알았어! 누나가 하고 싶은 대로 해! 난 이제부터 시작이니까. 나 먼저 끊을게!

장미가 언성을 높이며 쏘아붙이지만 어쩐지 오히려 대한이 더 큰소리를 치며 단호하게 먼저 전화를 끊어버린다. 대한의 전화하는 모습을 지켜보던 친구들이 어리둥절한 표정이다. 대한이 이런 친구들을 보며 웃는다.

대한 - 왜 그런 표정을 하고 쳐다보냐? 시팔! 내가 장담하는데 장미 누나는 곧 나한테 다시 돌아온다! 분명히 그 선배라는 사람하고 정리하고 돌아온다! 두고 봐!

중근 - 그렇게 되면 좋겠지만… 내가 괜한 짓을 해서 걱정이 돼! 뭐가 어떻게 되는 건지는 모르겠지만 네가 그렇게 얘기해 주니까 마음이 조금 놓이기는 한다.

우석(배꼽) - 얌마! 대한이가 그렇다면 그런 거여. 다 잘 될 거여. 지금까지 대한이가 헛소리하는 거 봤냐? 난 대한이를 믿으니께 술이나 마시자고!

다른 사람들 같았으면 '너 때문에 그리되었다.'고 친구들 간에 한바탕 다툼이 일어날 만도 하건만 어찌 된 영문인지 대한은 대수롭지 않다는 듯 호방하게 웃어넘긴다. 눈치를 보던 중근도 죄책감에서 조금은 해방이 된 기분이 드는지 웃기 시작한다. 대한이 친구들의 마음을 풀어 줄 요량으로 권커니 잣거니 술자리가 무르익는다. 어느덧 친구들이 모두 만취하자 대한이 이들을 데리고 인근 모텔로 간다.

　다음 날 오후 요란한 인터폰 소리가 대한을 깨운다. 인터폰에서는 방 청소를 해야 하니까 방을 비워달라며 모텔 직원이 잔뜩 짜증 난 목소리로 투덜거린다. 대한이 휴대폰을 들어 시간을 확인한다. 이미 오후 2시가 지나고 있었다. 대한이 자고 있는 우석과 중근을 깨우자 아직도 술이 덜 깬 우석과 중근이 잔뜩 인상을 쓰며 간신히 몸을 일으킨다. 대한이 샤워하러 욕실로 들어간다.

중근 - 아~ 머리야! 내가 어제 많이 취했었지? 근데 혹시 실수한 건 없었냐?

우석(배꼽) - 왜 없었겠냐? 미친 새끼야! 넌 술 먹으면 안 돼! 어째 술만 마시면 그렇게 진상이냐? 아 몰라! 개새끼야! 어제 네가 개지랄하는 바람에 대한이하고 장미 누나하고 쫑났어. 임마!

중근 - 뭐? 그게 무슨 소리야? 장난하지 말고⋯ 진짜로 내가 무슨 짓이라도 했어?

우석(배꼽) - 어제 네가 술을 존나게 처먹었기에 내가 널 소파에 눕히고 자라고 그랬어. 그리고 잠깐 화장실갔다 왔는데 그새 네가 대한이 뒤를 몰래 쫓아가서 사고를 쳤단 말이다. 이 미친 새끼야!

중근 - 아~ 어쩐지 오른손이 존나 아프더라. 도대체 뭔 짓을 한 거냐? 아~ 씨발! 내가 미쳤지!

　이때 먼저 샤워를 마친 대한이 헤어드라이기로 머리를 말리며 말한다.

대한 - 빨리 씻기나 해! 배고프다! 해장국이나 먹으러 가자!

대한은 어제 일에 대해서는 일언반구도 하지 않는다. 대한이 우석과 중근이 샤워를 마치고 나오기를 기다리다 이들을 데리고 모텔을 나와 순대국밥 집으로 향한다. 대한이 모둠 순대와 국밥, 소주 한 병을 주문한다. 대한이 술병을 들어 우석과 중근의 잔을 채우며 빙긋이 웃는다.

대한 - 속은 좀 괜찮냐? 어제 술들 많이 마셨던데… 해장술이나 하자!

우석(배꼽) - 캬~ 시원하네! 술은 역시 해장술이 최고구만!

중근 - 시원하긴 무슨… 존나 쓰기만 하구만!

대한이 빙그레 웃으며 엄살을 부리는 중근을 바라본다.

대한 - 술이니까 당연히 쓰겠지. 그렇게 소주가 쓰면 물을 조금 섞어서 마셔봐! 그러면 훨씬 괜찮을 거야.

중근 - 그라? 어디? 크아~ 그렇긴 하네! 엄청 부드럽네!

잠시 후 부모님의 전화를 받은 중근은 집으로 돌아가고 대한과 우석이 순대국밥 집을 나와 시내 커피숍으로 향한다. 우석과 함께 창가에 앉은 대한이 언제나처럼 맥주 한 병을 시켜놓고 물끄러미 창밖을 내려다보고 있다. 내색은 하지 않았지만 내심 어제의 일이 신경 쓰인다. 더구나 무방비 상태의 장미 남자친구를 중근이 아무런 이유도 없이 때린 것이나, 그 일로 울고 있던 장미의 얼굴이 떠오른다. 대한의 마음이 편치 않다. 이때 대한의 휴대폰이 울린다. 대한이 휴대폰 벨소리가 울리는데도 한동안 전화를 받지 못하고 망설인다. 한참이나 전화벨이 울린 뒤에야 전화를 받는다. 하지만 대한은 아무런 말도 하지 않는다. '장미였다.' 대한은 화가 나 있을 장미가 먼저 말을 할 때까지 기다려 주고 있었다. 전화기 너머로 장미의 목소리가 들려온다. 그런데 장미의 목소리는 대한이 생각했던 것과는 달리 그리 화가 많이 난 것처럼 들리지 않는다.

장미 - 대한이니? 나야! 장미 누나야!

장미의 목소리를 들으니 대한의 가슴이 또다시 뛰기 시작한다. 대한이 애써 마음을 가라앉히며 인사를 건넨다.

대한 - 어제는 잘 들어갔어? 어제 일은 미안했어! 내가 다시 사과할게! 누나!

장미 - 아니… 어제 일은 내가 널 오해했더라. 네가 사과할 일은 아니었어. 어디니? 지금 좀 만날까?

대한 - 그게 무슨…? 어제 일은 용서해 준다는 뜻이야?

장미 - 아니… 그게 아니고… 넌 잘못 한 것도 없는데 내가 널 용서하고 말고가 어딨어!

대한 - 그러면 어제 있었던 오해는 모두 풀린 거야?

장미 - 그래! 어떻게 된 건지 나중에야 알게 됐어. 너는 나한테 오해를 받으면서도 왜 변명을 하지 않은 거니? 바보야!

대한 - 그때는 누나가 많이 흥분한 상태여서 내가 무슨 이야기를 한다고 해도 누나가 내 말을 받아들일 수 있는 상황은 아닌 것 같았어. 아마 변명이라고만 생각했을 거야. 그래서 '시간이 지나면 알겠지.' 하는 마음으로 아무 말도 하지 않았던 거야!

장미 - 그렇더라도 말을 했어야지. 근데… 너 은근히 선수 같애! 지금도 그렇고… 어쩜 그렇게 말을 잘하니? 여자 여러 명 울렸겠어!

대한 - 갑자기 그게 무슨 말이야? 난 아무 여자한테나 관심 갖고 그러지 않거든?

장미 - 근데… 넌 아직도 누나가 좋니?

대한 - 갑자기 그런 건 왜 묻고 그런데?

장미 - 아니… 뭐… 그냥… 그냥 확인하고 싶어서… 어쨌든… 너 지금 어딘데?

대한 - 시내 커피숍에 우석이하고 둘이 있어. 올래?

장미 - 그럼 누나가 그쪽으로 갈게! 기다리고 있어. 대한아!

대한의 입가에 슬며시 미소가 번진다.

대한 - 우석아! 장미 누나가 지금 이리로 오겠단다. 아마도 오해가 풀렸나보다. 하하하!

우석(배꼽) - 진짜여? 잘 됐다! 그럼 내가 자리 피해 줄게!

대한 - 아니! 그럴 필요까지는 없어! 괜찮아! 우석아! 근데… 여기보다 스칼렛 호프집에 가서 소주나 한잔하면서 얘기하는 게 좋을 것 같은데… 네 생각은 어때?

우석(배꼽) - 그래. 그러는 게 좋겠다! 지금 스칼렛으로 가자! 대한아!

대한이 장미에게 다시 전화를 걸어 약속장소를 스칼렛 소주방으로 변경하고 커피숍을 나선다.

오후 이른 시간이어서인지 스칼렛 소주방은 이제 막 가게 문을 열고 장사를 시작한 것 같았다. 대한과 우석이 첫 손님인 셈이다. 대한과 우석이 가게로 들어서자 홀 안이 한산하다. 대한이 호젓한 장소를 택해 자리를 잡고 앉아 술을 주문한 후에 장미를 기다린다. 얼마 지나지 않아 장미가 호프집 문을 열고 들어서서 두리번거리며 대한을 찾는다. 대한이 일어나서 장미에게로 다가간다. 장미가 대한을 올려다보며 배시시 웃는다. 대한이 갑자기 장미의 볼을 잡고 그녀의 입술에 키스한다. 갑작스런 키스에 놀랐는지 장미의 눈이 휘둥그레지며 얼굴이 빨갛게 변한다. 호프집 주인인 우혁이 어머니가 호들갑스럽게 웃으며 박수를 친다. 장미가 부끄러워하며 대한의 등 뒤로 숨는다. 호프집에는 '드렁큰타이거'의 '난 널 원해'라는 노래가 흘러나오고 대한이 장미의 손을 잡고 테이블로 안내한다. 조금 있으니 우혁의 어머니가 술과 안주를 가지고 온다.

우혁의 어머니 - 어이구~ 대한이! 오늘 너무 멋지더라! 엄마는 영화에서나 봤지… 남녀가 키스하는 걸 눈앞에서 본 건 오늘이 처음이야. 괜히 내 심장이 벌렁거려서 혼났어. 그러고 보니 대한이 여자친구가 아주 예쁘게 생겼네. 둘이 잘 어울린다 얘~

대한 - 아이고~ 어머니! 그걸 또 언제 보셨대요? 쑥스럽게… 다음부터 여기 챙피해서 못 오겠어요. 헤헤헤!

우혁의 어머니 - 왜 어때서? 그런 거 가지고 뭘 또 못 온다고 그러냐? 그러고 보니 대한이가 겉으로 보기에는 무뚝뚝한 것 같은데, 알고보면 은근히 로맨틱한 면이 있구먼~ 참 좋을 때다. 엄마는 신경 쓰지 말고 편하게 자리해… 필요한 거 있으면 말하고… 서비스 팍팍 줄 테니까.

대한 - 네! 고맙습니다! 어머니!

우석(배꼽) - 근디? 두 사람 너무 찐한 거 아녀? 보는 내 얼굴이 화끈거려서 혼났구먼!

장미 - 야~ 너! 왜 그래? 창피하게! 그만 좀 놀려!

장미의 얼굴이 빨갛게 달아올라 어쩔 줄 몰라 하며 대한의 어깨 뒤로 얼굴을 파묻는다. 이런 장미가 대한은 너무도 사랑스럽게 느껴진다. 대한이 장미의 얼굴을 살며시 들고 사랑이 가득한 눈으로 바라본다.

대한 - 창피하기는 뭐가 창피하다고 그래? 사랑하는 사람들이 키스하는 게 창피할 일은 아니지. 고개 들어! 괜찮아!

장미 - 으응… 대한이! 너! 전에 나한테 했던 말 지킬 수 있어? 변심하지 않을 자신 있냐고? 응?

대한 - 그런 걸 왜 자꾸 물어? 사내가 한 입으로 두말하면 안 되지! 내가 지금까지 누나한테 했던 말은 모두 진심이지 다만 누나가 내 진심을 알게 될 때까지 시간을 주고 기다렸을 뿐이야!

장미도 대한의 진심을 느끼기 시작한 것 같았다. 장미가 기성에 대해 이야기를 꺼낸다.

장미 - 사실 어제 그 일이 있기 전에 기성 오빠한테 걸려온 전화가 한 통 있었어. 알고 보니 동거하는 여자가 있었더라고 그래서 헤어지려고 하고 있는데 어제 그런 일이 있었던 거야. 하지만 얼굴에서 피를 흘리고 있는 것을 보니까 속이 상하더라. 그랬는데 나중에서야 알게 됐어. 그 사람을 때린 게 네가 아니라 네 친구가 술에 취해서 그랬다는 걸….

대한 - 누나가 많이 속상했겠다. 난 사실 진즉에 알고 있었어. 그 선배가 바람둥이라는 것도… 여자가 있다는 것도… 하지만 누나에게 내 입으로 말할 수가 없었어. 남의 치부를 내 입으로 이야기하는 것은 사내가 할 짓이 아닌 것 같기도 하고….

장미 - 난 아무것도 모르고 있었어. 그런데 그 나쁜 놈이 그랬다는 걸 알고 나니까 너무 화가 나더라. 날 가지고 논 것 같아서 자존심도 상하고… 그래서 깨끗하게 잊기로 했어!

우석(배꼽) - 어쩐지… 그 새끼 생긴 것부터가 기생오라비 같은 것이… 딱 바람둥이처럼 생겼더라고. 에이 나쁜 놈의 새끼! 누나! 그런 밥맛 떨어지는 놈 이야기는 그만하고 술이나 한잔햐!

옆에 있던 우석이 더 화가 난다는 듯 맞장구를 친다.

대한 - 물론 누나가 그 사람한테 배신감도 들고 화도 나겠지만 그냥 그 선배는 쿨하게 잊어버려! 그런 인간이라면 차라리 잘 된 거야. 어차피 누나하고는 안 되는 인연인 거지 뭐~

장미 - 그래! 그럴 거야! 그런데 대한이 너는 나한테 그 일에 대해서 왜 아무것도 안 물어보니? 누나한테 관심이 떨어진 거야?

대한 - 그건 아니고… 지난 일은 그냥 지난 일인데 그걸 굳이 물을 필요가 뭐 있겠어? 과거는 그저 과거일 뿐이야. 난 지난 과거보다는 다가올 미래가 훨씬 더 소중하다고 생각해! 그건 그렇고… 오늘 날 만나자고 한 목적은 뭐야?

우석(배꼽) - 대한아! 그게 무슨 말이냐~ 말 좀 이쁘게 해~ 어째 누나 혼내는 거 같이 보인다. 하하하!

장미 - 난 그냥 어제 일에 대해서 사과하고 싶었어! 솔직히 대한이 네가 보고 싶기도 했고….

대한은 장미의 마음이 무엇인지 어느 정도는 알 것 같았다. 대한은 지금이 그동안 장미에게 품어왔던 사랑을 시작할 수 있는 호기라는 것을 직감적으로 느낀다. 대한이 장미에게 단도직입적으로 묻는다.

대한 - 누나! 우리 자꾸 말 빙빙 돌리지 말자! 난 누나가 좋아! 누나도 나를 좋아하는 것 같은데… 내 말이 맞지? 사귀자! 우리… 어때?

대한의 고백을 받은 장미가 대한의 사귀자는 말에 귀까지 빨개진다. 잠시 뜸을 들이던 장미가 고개를 들어 대한을 바라본다.

장미 - 그… 그래! 나도 그러고 싶어!

대한의 예상이 그대로 적중했다. 가랑비에 옷이 흠뻑 젖는 것처럼, 대한과의 만남이 오랫동안 이어지면서 장미는 서서히 대한의 사랑에 빠져들었고, 예상하지 못했던 일이기는 하지만, 어제 중근의 실수를 계기로 장미가 기성과 대한에 대한 모든 것을 알게 된 것이 장미를 향한 대한의 마음이 장미에게 각인되는 결정적인 계기가 된 것이다. 장미의 마음을 확인한 대한이 그윽한 눈으로 장미를 바라본다. 두 사람의 서로를 바라보는 눈빛이 공중에서 뒤엉킨다. 대한이 사랑을 확인하려는 듯 장미의 입술에 깊고 강렬한 키스를 하자 장미가 대한의 가슴에 살며시 몸을 기대온다. 두 사람을 부럽게 바라보던 우석이 소주병을 들어 장미의 잔에 채운다.

우석(배꼽) - 흠~ 자! 이제 사랑 주를 한잔 하셔야겠는디? 제수씨! 한 잔 받으세여! 오늘 대한이하고 제수씨 때문에 가슴이 벌렁벌렁… 부러워 디지겠어여~ 그라믄 이제부터는 누나 말고 제수씨라고 불러야겠네?

대한 - 그래~ 내가 그랬잖아… 진심은 통한다고… 언젠가는 장미 누나가 내 진심을 알아줄 날이 있을 거라고 했잖아. 결국 내 말처럼 되잖아. 그치?

우석(배꼽) - 그니께… 어제까지만 해도 난 제수씨 얼굴을 다시는 못 보게 되는 줄 알았어. 그런데 하루 사이에 이게 무슨 반전이냐? 아무튼 내 의형제 대한이의 행복이 나의 행복이니께… 축하한다! 대한아! 그리고 우리 제수씨도요~ 하하하!

장미 - 우석이가 나한테 갑자기 제수씨라고 그러니까 기분이 이상해! 호호호!

대한 - 이상해? 뭐가? 처음이라 그런 거지… 하지만 앞으로는 익숙해 져야지.

대한은 장미의 웃는 모습을 보며 우연히 그녀를 처음 보았던 순간을 떠올려 본다. 언뜻 스친 그녀의 모습에 마음을 빼앗긴 대한이 장미를 홀로 마음에 품은 지도 벌써 2년이다. 그동안 대한에게도 여자친구가 있었고 장미에게도 남자친구가 있었지만 결국 돌고 돌아 대한과 장미는 연인으로서의 인연을 맺게 된 것이다. 웬만한 남자들 같았으면 주변에 쉽게 취할 수 있는 다른 여자들과의 쾌락에만 취해 장미에 대한 외사랑을 버릴 만도 했을 텐데 대한은 조금씩 그녀의 마음을 얻어내기 위한 노력을 멈추지 않았다. 그러한 결과로 지금은 장미가 대한의 여자가 된 것이다. 대한은 한 여자와의 사랑을 얻는 데에도 나름의 지략과 오랜 인내를 가지고 임하는 치밀함을 가지고 있었다. 이런 것들은 대한의 천부적인 기질이자 장점이기도 했다.

체육대회

(10년 만의 종합우승)

천고마비의 계절 가을이다. 진산공고에서는 매년 이맘때면 가을 체육대회가 열린다. 체육대회 행사일이 가까워지자 전기과 사무실에서는 지도교사가 1~3학년 반장들을 모아놓고 체육대회 준비 회의를 위한 회의를 하고 있다. 전기과는 최근 10여 년 동안 단 한 번도 종합우승을 하지 못했다. 그래서 전기과 지도교사들은 올해는 반드시 종합우승을 해야겠다고 단단히 벼르고 있었다. 정년 퇴임이 얼마 남아있지 않은 전기과 과장 안 선생은 퇴임 전에 전기과가 종합우승하는 것을 보는 것이 소원이라고 말할 정도로 체육대회 종합우승에 총력을 기울이고 있었다. 지도교사들은 강력한 리더십을 가진 대한이 3학년 반장으로 있다는 것에 상당한 기대를 하는 눈치다. 회의가 끝나자 지도교사들이 대한만 남기고 다른 1~3학년 반장들을 모두 돌려보낸다.

김 선생 - 대한아! 올해 안 선생님 정년 퇴임이라는 건 너도 알지? 정년 퇴임 하시기 전에 우리 전기과가 종합우승 하는 것이 안 선생님 소원이라고 하시는데… 니가 안 선생님의 소원을 좀 풀어드려야겠다.

대한 - 안 선생님 퇴임이 올해라는 얘기는 저도 들었어요. 하지만 10년 동안 한 번도 종합우승을 하지 못했는데 그걸 저 혼자 어떻게 하라는 말씀이세요?

안 선생 - 대한이 네가 우리 학교 짱이라면서? 난 대한이 네가 마음만 먹으면 종합우승쯤은 얼마든지 해낼 수 있다고 생각하는데… 어떠냐?

대한 - 체육대회 종합우승이 저 혼자만의 힘으로는 할 수 없다는 건 잘 아시잖아요~ 저 혼자 하는 거라면 무조건 1등하겠지만… 축구나 농구, 씨름, 줄다리기, 계주… 이런 단체전 경기는 변수가 많아서 종합우승을 장담할 수 없지 않을까요?

김 선생 - 너는 학교 짱이라는 놈이 그 정도 배짱도 없냐? 네가 우리 학교 대장인데 못할 게 뭐가 있어? 너라면 분명히 방법이 있을 거야! 세상에 마음먹어서 못 할 일이란 없는 거야! 너의 그 강력한 리더십이면 우리 전기과 아이들이 똘똘 뭉쳐서 종합우승을 따오게 만들 수 있어!

대한 - 상대방 애들을 기절시키는 것이 제일 간단한 방법이긴 하지만… 체육대회에 그러는 건 좀 아니잖아요?

김 선생 - 임마! 그렇다고 체육대회 하면서 애들을 기절시키면 되냐? 눈치껏 상대 팀 애들을 시야시 주고 후까시도 주고 그렇게 해서라도 이길 방법을 찾아내야지~ 모든 건 내가 다 책임질 테니까 넌 말썽만 생기지 않게 적당한 방법을 찾아봐! 알았어?

강 선생 - 그러다 괜히 상대팀을 협박했다고 민원이라도 들어오면 우리 과 체면이 말이 아닐 텐데… 대한아! 이 문제는 신중하게 생각하고 움직여야 할 것 같다!

안 선생 - 저기 강 선생! 해마다 체육대회를 치를 때면 학교에서 제일 힘이 센 애가 속해 있는 과가 종합우승하는 일이 많았다는 걸 몰라서 그래요? 나도 처음에는 그렇다는 걸 알고 조금 놀라긴 했지만… 대한이가 우리 과 3학년 반장으로 있는 지금이 우리 전기과가 체육대회 종합우승을 차지할 수 있는 절호의 기회라구요. 이번 기회가 아니라면 우리 전기과가 언제 또 종합우승을 할 수 있겠어요! 안 그래요? 김 선생!

김 선생 - 암요! 토목과나 식공과, 건축과 선생들이 체육대회만 끝나고 나면 대놓고 우리 전기과를 비웃으니 그럴 때마다 얼마나 뚜껑이 열리던지… 생각하면 화가 나 미치겠어요! 이번에는 반드시 종합우승을 해서 우리 전기과 체면 좀 살려야겠어요. 대한아! 네가 반장으로 있는 지금이 최고의 기회야. 네가 이참에 선생님들 자존심 좀 회복시켜줘라! 응?

대한 - 그렇다면 과거에 선배들도 위력으로 상대 팀을 협박하고 그래서 체육대회 우승을 했었다는 거예요? 그런 거라면 방법이 있을 수도 있겠지요. 헤헤!

김 선생 - 그래! 바로 그거야! 이제 무슨 말인지 대충은 감이 오지? 심판이 보지 않을 때는 발로 까든… 주먹으로 때리든… 심판한테만 걸리지 않으면 되는 거야. 페어플레이를 하기는 해야겠지만 적당히 상대팀한테 욕도 좀 하고… 겁도 좀 주고… 그러면서 이기기만 하면 되는 거! 알겠어?

대한 - 하하하! 예! 이제 무슨 뜻인지 이해했습니다! 선생님! 근데요… 우리 전기과에는 저 말고도 비밀병기가 한 명 더 있어요. 복학생 일석(영동파)이 형이라고… 그 형하고 제가 경기 전에 작업하면 까짓것 종합우승… 한번 해 보지요! 뭐~

잔뜩 기대하고 있던 전기과 지도교사들이 대한의 자신감 있는 대답에 금세 표정이 밝아진다. 가만히 듣고 있던 안 선생이 들뜬 목소리로 대한에게 말을 한다.

안 선생 - 오~ 그렇단 말이지? 종합우승이 가능하다는 거지? 대한아!

대한 - 예! 할 수 있습니다! 저를 믿어보세요! 체육대회 전에 상대 팀 선수들 명단이 나오면 저에게 알려주세요! 그러면 체육대회가 시작되기 전에 저하고 일석(영동파)이 형이 상대 팀 선수들 집합시켜서 정리할 겁니다. 그러면 우리 전기과가 반드시 우승할 수 있습니다. 충분히 해볼 만합니다.

안 선생 - 좋아… 좋아! 그럼… 김 선생이 대한이가 활동하는 데 필요한 거 있으면 적극적으로 지원해줘! 니들 담배 피우지? 얘들 어떤 거 피우나 확인해서 한 보루씩 사서 줘!

김 선생 - 아~ 담배는… 예! 안 선생님! 대한아! 잘 들어~ 이번 체육대회에서 우리 전기과가 종합우승만 하게 해주면 너랑 일석(영동파)이가 지금까지 땡땡이친 거… 전부 눈감아준다! 무슨 말인지 이해했어? 대한이 너 내 스타일 잘 알지? 뒤끝 없이 깔끔한 거… 내가 한 약속은 반드시 지킨다. 그럼 그렇게 알고 가서 일석이랑 전략 좀 잘 짜 봐! 가 봐!

대한 - 진짜요? 알았어요! 그럼 저는 먼저 가 볼게요! 필승!

전기과 지도교사들과의 회의를 마친 대한이 가벼운 마음으로 복학생 일석을 만나러 간다. 지도교사들과 있었던 이야기를 일석에게 설명하며 대한은 일석과 함께 한 달 뒤에 있을 체육대회에서 종합우승을 차지하기 위한 치밀한 전략을 수립하기 시작한다.

대한이 전기과 1, 2, 3학년 반장들을 소집해서 각 종목별 선수명단을 작성하고 선발된 선수들을 훈련시키기 위한 계획을 수립한다. 대한은 종목별 우승 가능성과 선수명단 구성부터 면밀하게 검토한다. 대한의 분석으로는 축구의 우승 가능성이 가장 희박하고 농구는 우승 가능성이 가장 많은 것처럼 보인다. 씨름은 백중세로 오더를 어떻게 짜느냐에 따라 성적이 좌우될 것이다. 대한은 우승 가능성이 가장 희박한 축구에 자신과 일석이 직접 선수로 참가하여 상대 팀 선수들을 기로 제압한다면 승산이 생길 수도 있다고 생각하고 축구 경기에 일석과 함께 선수로 뛰기로 결정한다. 농구는 성엽과 용길이 담당하도록 하고 씨름은 지략이 뛰어난 덕금에게 맡겨 훈련계획을 작성한 후에 종목별로 강도 높은 집체훈련을 시작한다.

몇 주간 각 팀장 주도하에 각 종목별로 손발을 맞추다 보니 이제 팀워크도 제법 향상되고 경기력도 증진되는 것처럼 보인다. 대한과 일석은 전기과 지도교사들이 종합우승의 인센티브로 주겠다고 약속했던 조건이 있었기 때문에 그 누구보다도 더 열정을 다해 체육대회 준비에 임하고 있었다. 하지만 정작 대한과 일석이 소속되어 있는 축구팀이 가장 큰 문제였다. 강력한 우승 후보라는 토목과에는 과거 축구부 선수 출신들이 다수 포함되어 있어서 실력이 매우 출중했고 식공과, 화공과, 건축과도 경기력 면에서는 토목과와 견줄 만했다. 하지만 전기과는 이들 4개 과의 경기력에 비해 형편없는 경기력을 보유하고 있어서 정상적으로 대적해서는 절대로 종목우승을 할 수 없는 절망적인 상황이었다.

전기과 지도교사들은 이러한 상황을 잘 알고 있었기에 축구 경기 결과에 대해 부정적인 전망을 하면서도 대한과 일석이 축구팀에 소속되어 있다는 것에 은근히 기대하고 있는 눈치다. 만일 우승이 유력한 농구 종목에서 우승하고 만년 꼴찌로 생각하는 축구 종목에서 기대 이상의 성적을 거둔다면 종합우승도 결코 불가능한 것만은 아니다. 더구나 대한과 일석이 강력한 리더십을 바탕으로 전기과 학생들을 그 어느 해보다도 더 강하게 단결시키고 있었으며, 과거 축구를 했던 경력이 있는 지도교사 김 선생이 축구팀의 훈련에 합류하면서부터 축구팀의 경기력도 조금씩 나아지고 있었다. 매년 다른 과가 우승하는 것을 지켜보기만 했던 김 선생은 이번이 두 번 다시는 올 수 없는 종합우승을 위한 절호의 기회라는 생각에 대한과 일석을 수시로 불러 이번만큼은 반드시 목숨을 걸고 이겨야 한다고 입에 거품을 물며 이야기한다.

체육대회 날이 가까워지자 초조한 전기과 지도교사들과 학생들이 점점 더 훈련 강도를 높이며 경기력을 향상시킨다. 가장 경기력이 떨어지는 것으로 평가받는 축구팀은 김 선생의 지도로 전술을 단순화하고 반복 훈련을 통해 완성도를 높이고 있었다. 김 선생은 전술을 지극히 단순화했다. 수비와 미드필더진에서 공을 잡으면 무조건 상대 팀의 골문 쪽으로 띄우거나 상대적으로 수비수에 비해 기술이 좋고 몸이 빠른 우리 편 공격수에게 가능한 한 빨리 연결하는 것이다. 불안한 수비는 대한과 일석(영동파)이 최종수비를 담당하도록 했다. 상대 팀 공격수들이 대한과 일석을 보면 심리적으로 흔들려 정상적인 공격을 하지 못하도록 하려는 것이다. 하지만 평소 운동으로 단련된 대한과는 달리 술과 담배로 찌들어 있던 일석의 체력이 문제였다. 그럼에도 불구하고 일석은 종합우승 시 인센티브를 생각하며 이를 악물고 훈련에 참가하였고 조금씩 경기력과 함께 체력도 향상되기 시작한다.

체육대회를 1주일쯤 앞둔 어느 날 지도교사들이 대한을 부른다. 최근 종목별 연습경기 결과에 대한 분석결과를 듣고 싶었던 것이다. 대한이 축구 연습경기를 일석에게 맡기고 지도 교사들에게 간다. 대한이 자신이 분석한 종목별 경기력에 대한 현재의 수준을 지도 교사들에게 설명한다. 농구 1~2위, 씨름 3~4위, 계주 4~5위, 축구와 줄다리기 6~7위 정도로 예상된다는 대한의 설명을 들은 지도교사들의 표정이 어두워진다. 이대로라면 종합우승은 기대할 수 없게 될지도 모른다. 특히, 축구와 줄다리기의 연습경기 결과가 비관적이었다.

그럭저럭 시간이 흐르고 다음 날이면 체육대회가 있는 날이다. 진산공고의 모든 지도 교사들과 전교생들의 신경은 다음 날 개최될 체육대회에 집중되어 있었다. 전기과 전공 실습시간. 지도교사들이 대회에 참가하는 선수들을 모두 불러 내 음료수를 나눠주며 내일 있을 체육대회에 너무 긴장하지 말고 평소에 쌓은 실력을 유감없이 발휘해 줄 것을 당부한다. 그러면서 내일의 경기에 대비하여 오늘은 휴식을 취할 수 있도록 배려해준다.

전기과 사무실. 전기과 과장 안 선생과 지도교사 김 선생이 대한과 일석(영동파)을 불러 내일 있을 체육대회 문제를 상의하고 있다. 1주일 전에 대한이 분석한 종목별 연습경기 결과에 따른 예상성적을 생각하며 안 선생과 김 선생의 표정이 무척이나 어둡다.

안 선생 - 이번 체육대회가 끝나면 내 교직 생활 35년도 얼마 남지 않을 텐데… 내가 전기과 과장으로 있는 동안 우리 전기과가 체육대회에서 종합우승하는 것을 보는 것이 내 작은 소망인데 말이야~

김 선생 - 아이고~ 안 선생님! 걱정 마세요! 여기 듬직한 우리 학교 대장 대한이도 있고 또 복학생 일석이도 있잖아요. 몸이 부서지더라도 반드시 이겨서 종합우승컵을 안 선생님 품에 안겨드릴 테니까 걱정 마세요!

대한 - 얼마 전에 제가 보고 드렸던 연습경기 결과 때문에 걱정하시는 거죠? 그건 그저 연습경기 결과일 뿐이고요… 그까짓 것 1등 하면 되는 거잖아요? 선생님! 안 그래요? 1등도 해본 놈이 하는 거예요.

안 선생 - 1등? 네가 무슨 1등을 해봤냐?

대한 - 싸움이든 오락이든 뭐든 1등은 해본 놈이 하는 겁니다! 선생님! 안 그래요?

안 선생 - 하하하! 그래! 대한이 네 말이 맞다!

일석(영동파) - 그라! 대한아! 막 내질러라! 그러다 뒷감당은 어쩌려고 그러냐?

대한 - 형님! 1등… 충분히 가능해요. 종합우승… 그거 가능하다니까요.

김 선생 - 종합우승이 어떻게 가능하다는 거냐? 무슨 기발한 생각이라도 있는 거냐? 니들 계획이 있으면 어디 한번 말해 봐!

대한 - 운동경기는 대진운이 승패에 상당한 영향을 줍니다. 그러니까 대진표를 어떻게 해서든지 우리에게 유리하게 만들어야 합니다. 쉽게 말해서 우리 팀은 부전승이나 약한 팀하고 붙게 하고 작년에 1~4등 했던 강한 팀들끼리 붙게 만들어 놓으면 지들끼리 피가 터지게 싸우게 되지요. 그래서 그중에서 두 팀만 올라오게 되니까 가만히 있어도 우리는 최소한 3위는 할 수 있게 되는 거지요. 만일 대진표만 이렇게 짜이면 나머지는 저랑 일석이 형이 풀어볼게요!

안 선생 - 듣고 보니 대한이 말이 상당히 일리가 있네! 대한이 머리가 비상한데! 하하하! 그러니까 이번에 우리가 종합우승을 하려면 대진표가 잘 짜이도록 만드는 게 가장 중요하다는 거지? 그 문제는 내가 신경을 좀 써야겠다! 까짓것 걱정 말어!

김 선생 - 안 선생님! 그러면 작년도 종목별 순위를 따져보고 대진표 기획안을 드릴 테니까 이따가 과장급 이상 회의에 들어가셔서 그렇게 조정하시면 되겠어요. 대진표 문제는 안 선생님하고 내가 잘 조정해 볼 테니까… 대한이하고 일석이 너희들은 내일을 위해서 오늘은 그만 들어가서 푹 쉬어라.

대한의 아이디어를 들은 김 선생이 대진표 안을 만들어 안 선생에게 전달한다. 안 선생은 그 대진표 안을 가지고 과장급 이상 회의에 참석해 다른 과 선생들과 대진표를 조율한다. 안 선생의 정년 퇴임이 얼마 남지 않았다는 것을 다른 과 선생들도 잘 알고 있었기 때문에 안 선생의 의견을 받아들여 체육대회 대진표는 거의 안 선생의 안대로 짜일 수 있었다. 종합우승을 위한 대한의 첫 번째 전략이 일단은 성공한 셈이다.

드디어 체육대회 날이다. 오전 9시. 개회식이 끝나고 각 과별 천막이 쳐져 있는 응원 부스로 집결한다. 전기과 과장 안 선생이 간단한 인사말을 하고 이어 3학년 반장 대한이 전기과 1~3학년 학생들에게 이번 체육대회에 임하는 각오를 다시 한번 상기시킨다. 대한이 이번만큼은 다른 과에게 종합우승을 절대로 내줄 수 없다며 종합우승에 대한 강한 의지를 피력하자 대한의 결연한 의지를 느낀 전기과 학생들도 전의를 다진다. 몇 분 후면 대한이 팀장을 맡은 축구 경기가 체육대회의 첫 경기로 시작될 예정이다. 김 선생이 축구팀 선수들을 불러 모아 각오를 다진다.

김 선생 - 야! 니들… 실력으로 안 되면 어떻게 해야 하는지 알지? 우리한테는 오직 승리뿐이다. 내 말 명심해라! 알았냐?

전기과 축구선수 일동 - 네!

김 선생이 주먹을 불끈 쥐며 대한과 일석을 강렬히 바라본다.

김 선생 - 대한이! 일석이! 니들 어깨가 무겁다! 식공과 쟤들이 우승 후보라고는 하지만 어떻게든 쟤들만 이기면 준결승으로 가는 겨! 공은 둥글다. 누가 이길지는 아무도 몰라. 괜히 겁먹지 말고… 저것들도 별거 아니니까 그냥 확 조져! 응? 상대 팀 공격수 다리몽둥이를 부러뜨리든지… 아니면 협박을 해서라도 꼭 이겨야 한단 말이다. 쟤들은 어떻게든 공격수만 조지면 승산이 있어! 내 말 알겠지? 어?

대한 - 예! 걱정 마세요! 선생님~ 저것들 절단 낼께여! 헤헤!

일석(영동파) - 전 선생님만 믿고 쟤들 공격수부터 조질게요! 하하하!

김 선생 - 그랴~ 임마! 내가 여기 선생들 다 이기니까 걱정하지 말고 무조건 공격수부터 조져! 특히, 심판 안 볼 때… 알지? 그 정도 눈치는 있잖아? 자~ 다 같이 파이팅 하자! 전기과 파이팅!

전기과 축구선수 일동 - 전기과! 전기과! 파이팅!

체육대회의 오전 첫 경기로 전기과 vs 식공과의 축구 경기가 시작된다. 심판이 선수들을 운동장 한가운데로 불러 세우고 본부석을 향해 인사하게 한 후 양팀 상호 인사를 교환한다. 심판의 호각 소리와 함께 전반전 경기가 시작된다. 축구 경기의 경기방식은 전·후반 각각 25분으로 치러지는 토너먼트 방식이다. 첫 경기 상대인 식공과를 이기면 바로 4강으로 올라갈 수 있다. 그러나 첫 경기에서 만난 식공과는 그리 만만한 상대가 아니다. 하지만 전기과가 종합우승을 하려면 한 경기 한 경기가 모두 중요하다. 어느 한 경기도 놓쳐서는 안 되는 것이다. 대한의 전략은 모든 종목에서 3위 이내에 입상하는 것이다. 그렇게 되면 종합우승도 가능할 것이다. 이번 체육대회의 첫 경기인 축구는 종합우승을 목표로 하는 전기과의 전체적인 사기에도 상당한 영향을 미칠 수 있는 중요한 경기다. 그래서 대한이 팀장을 맡은 전기과 축구 선수들은 첫 경기 승리를 향한 의지를 더욱 불태우고 있었다.

막상 경기가 시작되자 전기과는 식공과의 공세에 초반부터 수세에 밀린다. 식공과 공격수 동진을 맡은 일석이 상대방의 주력과 현란한 드리블 기술을 막지 못해 번번이 실점 위기에 놓이곤 한다. 하지만 골키퍼의 선방과 상대방의 문전처리 미숙으로 간신히 실점 위기를 모면하고 있었다. 이를 지켜보고 있는 전기과 감독 김 선생이 일석에게 소리를 지른다.

김 선생 - 야! 일석이! 너 임마! 자꾸 식공과 공격수… 그 쥐방울만 한 놈한테 뚫릴 거여? 정신 안 차리냐? 집중하란 말이여. 이 새끼야!

김 선생의 말에 자존심이 상한 일석이 슬슬 감정이 격해지기 시작한다. 일석의 표정이 급격히 일그러진다. 식공과 공격수가 일석을 보며 피식피식 웃는다. 그러자 일석이 식공과 공격수를 향해 험악한 표정을 하며 대놓고 욕설을 퍼붓는다.

일석(영동파) - 얌마! 너 지금 형 보고 웃는 거냐? 이 씹새끼! 뒤질라고! 너 깐죽거리지 마라.

동진(식공과 공격수) - 죄송합니다! 형님! 절대 그런 의도가 아니었습니다!

대한 - 동진아! 살살 하자! 어? 지금 우리 과 선생님들 보이지? 이 경기에 목숨 내놓으셨다. 지금 이 살벌한 분위기가 넌 안 느껴지냐?

동진 - 어… 그래. 살벌하다! 이거 겁나서 어디 경기하겠냐?

대한 - 그러니까 눈치껏 좀 해야지. 나하고 일석이 형은 이 경기에 운명이 걸렸어! 임마! 이 경기에서 절대 질 수 없다는 거 모르겠냐? 살살해라! 응?

동진 - 그… 그래. 알았어! 무슨 말인지 알았어! 살살할게!

축구 감독을 맡은 김 선생의 고함과 질책, 대한과 일석의 상대방 공격수들을 향한 으름장이 효과가 있었던지 경기 초반부터 식공과의 공세에 쩔쩔매고 있던 전기과가 순식간에 경기 흐름을 바꿔 놓는다. 반면에 식공과는 최종수비를 담당하고 있는 대한과 일석의 위협적인 분위기에 위축되어 전방 공격수들이 어이없는 실수를 남발한다. 전기과는 김 선생의 전술에 따라 상대팀 공격수에게서 공을 빼앗으면 즉시 전방 공격수에게 롱 패스로 연결하고 빠른 주력을 가진 전기과 공격수 성봉이 이를 받아 몇 차례의 슛을 시도한 끝에 드디어 상대방의 골문을 연다. 전기과의 선제 득점이 터지자 전기과 응원석에서 우렁찬 함성이 터져 나온다. 김 선생이 운동장 안으로 뛰어들어 대한과 일석을 안아준다. 이를 본 식공과 지도교사가 심판에게 강력하게 어필한다. 그러자 심판이 김 선생에게 옐로카드를 들어 경고한다.

전기과가 선제 득점을 터뜨린 후 얼마 지나지 않아 전기과가 1:0으로 리드한 채 전반전 종료 호각이 울린다. 전기과 응원석에서는 예기치 않았던 축구 경기에서 선취골을 넣고 리드하게 되자 함성과 박수 소리가 운동장이 떠나갈 것처럼 울린다. 김 선생이 전기과 축구 선수들을 앉혀서 휴식을 취하게 하고 후반전에 임하는 전술을 전달한다.

김 선생 - 자~ 편하게 앉아서 쉬면서 들어 봐! 니들이 직접 경기를 해보니까 식공과 애들의 기량이 확실하게 느껴지지? 우리가 실력으로 재들을 맞상대해서는 절대로 재들을 이길 수 없어! 특히 상대방 공격수를 막지 못해서 실점하게 되면 경기는 순식간에 뒤집어지는 거야. 그래서 대한이! 일석이! 니들의 수비가 중요해! 초반에 경기장을 휘젓고 다니던 식공과 공격수 한 놈은 일석이가 한 방 먹인 거냐? 주눅이 들어서 공격을 못 하고 있던데… 아주 잘 했어! 대한이 너는 저기 공격수 탱크라는 놈 보이지? 그놈이 식공과 에이스야. 어떻게든 그놈이 공을 잡지 못하도록 다리를 걸어 자빠뜨리던지 철저하게 마크해서 슈팅을 하지 못하도록 만들어야 해! 내 말 알아들었지? 1:0이다. 후반전에 상대방 공격수 움직임을 철저하게 차단하고 전반전처럼 길게 공격수에게 공을 올려서 한두 골 정도만 더 넣으면 이길 수 있을 거야! 자 파이팅 하자! 전기과 파이팅!

후반 전 휘슬이 울리자 1:0으로 뒤지고 있는 식공과의 공격이 거세진다. 전반전과는 다른 공격 패턴을 구사하기 시작했고 전반전과는 다르게 공격수의 포지션에도 변화를 준다. 대한과 일석이 순간 상대방의 공격 전술 변화를 간파하지 못하고 당황한 것처럼 보인다. 식공과 에이스 탱크에게 공이 연결된다. 식공과 탱크가 현란한 몸동작으로 전기과 진영을 순식간에 파고들어 일석을 따돌리고 통렬한 슛을 날린다. 동점 골이다. 식공과 응원석이 온통 난리다. 멀리서도 화가 난 김 선생의 얼굴이 붉으락푸르락하는 것이 보인다. 오기가 발동한 대한이 전기과 선수들을 보며 차분히 진정하라고 수신호를 보내고 전원 공세로 전환하도록 경기 분위기를 이끌기 시작한다.

전기과 공격이 시작된다. 전방에 있던 전기과 공격수에게 롱 패스가 전달되었지만 강력한 식공과의 밀집 수비에 막혀 번번이 공을 빼앗긴다. 식공과 수비수가 전방의 공격수에게 패스를 시도하지만 정확하지 못한 패스가 하프라인 선상까지 수비진을 끌어올려 전진하고 있던 대한에게 인터셉트 당한다. 대한이 패스할 곳을 찾는다. 하지만 전기과의 전진공격으로 식공과 진영에 전기과와 식공과 선수 20여 명이 모두 몰려있는 상황이라 마땅히 패스할 공간이 없다. 대한이 슬쩍 상대방 진영을 바라본다. 순간 상대방 골키퍼가 약간 앞으로 나와 있는 것이 눈에 띈다. 대한이 상대방 골문을 향해 상당히 먼 거리에서 장거리 슈팅을 쏘아 올린다. '골이다!' 하고 생각하는 순간 아쉽게도 포물선을 그리며 날아간 공이 상대방 골포스트 상단을 맞고 아깝게 튕겨 나간다. 식공과는 가슴을 쓸어내렸고 전기과에서는 아쉬움의 탄식이 터져 나온다. 김 선생이 급히 대한을 부른다.

김 선생 - 대한아! 방금 전 슈팅… 기가 막혔어! 잘했다! 근데 식공과 탱크 저 새끼가 제일 큰 문제여! 네가 다리몽둥이를 부러뜨리든지 눈깔을 쑤시든지 내 눈에 안 보이게 좀 해 봐! 어? 그냥 심판 안 볼 때 아사 바리를 띄우던지… 저놈이 공을 잡을 때마다 내 속이 바짝바짝 탄다. 어?

대한 - 그렇지 않아도 기회를 보고 있으니까 걱정 말고 기다려보세요! 선생님!

김 선생 - 그려… 그려… 반칙도 다 기술인 거야. 야! 그리고 일석이 너는 벌써 방전이냐? 이번 경기 지면 종합우승이고 뭐고 말짱 도루묵이여. 이 새끼야 정신 차려!

후반전이 1:1 박빙 양상으로 가열되자 초조한 김 선생이 목이 터져라 소릴 지르며 선수들에게 끊임없이 지시를 하며 위치를 잡아준다. 대한은 최종 스위퍼 위치에서 전체적인 경기를 조율하며 식공과의 거센 공격을 막아내느라고 혼신을 다하고 있다. 이때 상대방 미드필더가 전기과의 골 에어리어 부근에 있는 식공과 에이스 탱크에게 스루패스를 시도한다. 뚫리면 실점으로 이어질 수도 있는 위기다. 순간 대한이 번개같이 달려들어 깊숙한 태클을 시도한다. 탱크에게 공이 연결되기 전에 절묘하게 공을 먼저 걷어내고 탱크의 발목에 깊숙하고 묵직한 태클을 가한다. '악!' 하는 소리와 함께 탱크가 운동장 바닥에 나뒹군다. 쓰러진 탱크가 발목을 붙잡으며 고통을 호소하자 심판이 호각을 불어 반칙을 선언한다. 식공과 지도교사들이 경기장으로 뛰어들며 탱크의 상태를 살펴보지만 더 이상 탱크는 경기 진행이 어려운 것으로 보인다. 대한이 벤치에 있는 김 선생을 바라보며 눈을 찡긋한다. 김 선생이 입가에 미소를 지으며 대한을 바라본다. '이제 됐다.'는 표정이다.

식공과의 프리킥으로 경기가 재개된다. 후반 전 경기도 이제 5분밖에 남지 않았지만 최초에 예상했던 것과는 달리 약체라던 전기과와 우승 후보라고 했던 식공과의 축구 경기는 아직도 1:1 백중세의 치열한 양상이 전개되고 있다. 경기는 점점 더 과열되고 있었다. 이때 전기과 진영에서 식공과 공격수와 일석이 맞닥뜨리게 되자 심판이 보지 않는 틈을 타 일석이 식공과 공격수의 정강이를 걸어차 버린다. 그러자 식공과 공격수가 운동장에 나동그라진다. 이를 지켜보던 식공과 지도교사가 심판에게 강력히 항의하지만 반칙 장면을 보지 못한 심판은 그대로 경기를 속개시킨다. 경기는 일진일퇴의 공방전이 계속되고 있었고 경기 막판 피를 말리는 1골 차의 승부가 보는 이들의 손에 땀을 쥐게 만든다.

이때 상대방 공격수의 공을 가로챈 대한이 전방에 있는 공격수 성봉이 쇄도하는 것을 보며 롱 패스를 연결한다. 그러자 당황한 상대방 수비수가 성봉의 다리를 걸어 넘어뜨린다. 김 선생이 상대 골문으로 달려와 심판에게 강력히 어필한다. 다리가 걸려 넘어진 성봉은 상대방 골 에어리어 안에서 다리를 잡고 비명을 지르며 데굴데굴 구른다. 심판이 호각을 불어 페널티킥을 선언한다. 시간은 이제 불과 몇 분도 남지 않은 경기 막바지다. 페널티킥을 얻어 낸 성봉이 침착하게 골을 성공시킨다. 전기과의 추가 득점이 있은 직후에 바로 경기가 종료된다. 전기과의 2:1 승리다. 전기과는 도저히 이길 수 없을 것 같았던 우승 후보 식공과를 상대로 강력한 압박 수비로 승리를 따낸 것이다. 이제 4강이다.

전기과 학생들과 지도교사들이 경기를 끝내고 부스로 돌아오는 전기과 축구 선수들을 마치 우승이라도 한 것처럼 함성을 지르며 뛰어나와 포옹한다. 김 선생이 대한과 일석을 슬쩍 부른다. 김 선생이 체육복 주머니에서 담배 한 갑을 꺼내 눈을 찡긋하며 대한에게 건넨다.

김 선생 - 야! 잘했어! 아주 잘 했어! 가서 이거 한대 빨고 와! 야! 이제 시작이니까 정신 바짝 차리고… 응?

대한 - 아이구~ 선생님! 당연하지요! 정신 바짝 차리겠습니다! 하하하!

일석(영동파) - 우리 선생님 화끈하시네요! 하하하!

김 선생으로부터 담배 한 갑을 받아 든 대한과 일석이 기계과 응원단 뒤에 있는 건물 뒤편에서 담배를 피우고 있다. 곧 있으면 4강전에서 맞붙을 상대는 기계과다! 일석이 기계과 후배 진식(영동파)에게 기계과 축구 선수들을 데리고 오라고 지시한다. 잠시 후 기계과 축구 선수들이 대한과 일석 앞에 열중쉬어 자세로 서 있다. 일석이 같은 조직의 진식을 바라본다.

일석(영동파) - 진식아! 니네 기계과는 누가 주장이냐?

진식(영동파) - 야! 주장 앞으로 나와 봐! 빨리!

기계과 축구팀 주장 - 예! 제가 주장입니다! 근데… 무슨 일로…?

대한 - 야! 임마! 그냥 형님이 묻는 말에 대답만 해! 새끼들아!

기계과 축구팀 주장 - 아… 네!

일석(영동파) - 형이 니들한테 부탁할 게 있다! 이번 경기는 우리 전기과한테 양보 좀 해야겠다!

기계과 공격수3 - 네에? 양보요? 그게 무슨….

기계과 공격수2 - 양보하라면 저희들한테 승부를 조작하라는 건가요?

진식(영동파) - 대한아! 그러면 이 얘기는 이번 경기 우리보고 그냥 저주라는 거잖아!

일석(영동파) - 이 새끼들이 말귀를 못 알아먹네. 한번 맞아야 알아듣겠냐?

대한 - 형님! 제가 얘기할게요! 야~ 기계과! 니들 잘 들어! 니들한테는 이 경기가 한낱 추억거리일지는 몰라도 나하고 일석이 형님은 입장이 다르다. 쉽게 말해서 인생이 걸린 문제야. 무슨 뜻인지 알겠지?

기계과 공격수2 - 예! 잘 알겠습니다!

기계과 축구팀 주장 - 야! 우리끼리 상의는 해 봐야지….

기계과 공격수3 - 그래. 주장하고 상의 좀 해 보자. 진식(영동파)아!

대한 - 야! 상의하기 전에 일단 우리말부터 들어! 오늘 스코어는 3:2로 전기과가 승리하는 것으로 끝내는 거다. 알았어? 협조 부탁한다! 응?

일석(영동파) - 긴말 안 할 테니까 대한이가 말한 대로 해라! 형도 졸업하고 니들도 고등학교 졸업은 해야 할 거 아니냐? 형이랑 대한이랑 졸업 좀 하게 니들이 도와줬으면 좋겠다!

대한 - 그럼 진식(영동파)이 네가 친구들 하고 상의해서 경기 전까지 연락 줘! 우리 얘기는 여기서 끝! 다들 더 할 얘기 없으면 들어가 봐!

대한과 일석의 으름장에 아무 말도 못 했지만 기계과 축구 선수들의 얼굴이 불만스럽다는 표정이다. 기계과 축수 선수들을 돌려

보내며 일석이 직속 후배 진식(영동파)을 다시 부른다.

일석(영동파) - 진식아! 니네 기계과 축구팀 애들한테 형 말대로 무조건 이번 시합은 포기하라고 해! 네가 책임지고 알았어?

진식(영동파) - 예! 형님! 근데 애들이 안 한다고 그러면 어떻게 하죠?

일석(영동파) - 뭐? 이런 병신 같은 새끼가… 건달이란 놈이 그 정도 힘도 없어? 이 새끼가 돌았나? 너 진짜 뒈지고 싶냐?

진식(영동파) - 아… 아닙니다! 형님! 근데… 무슨 축구시합 하나 가지고 이렇게까지 공포 분위기를 조성하십니까? 형님!

대한 - 이유는 알 거 없고… 이번 체육대회에서는 무조건 전기과가 종합우승을 해야 돼! 진식아! 니들이 협조 안 해주면 기계과 선수들 다리가 성치 못하게 될 거야! 꼭 그렇게 전해!

일석(영동파) - 임마! 형이 시키면 그냥 '예!' 하고 따르면 되지… 무슨 이유가 그렇게 많아? 새끼야! 빨리 가!

일석(영동파)이 버럭 소리를 지르자 진식(영동파)은 황급히 인사를 하고 자리를 도망치듯 떠난다.

축구 경기 4강은 전기과 vs 기계과, 토목과 vs 건축과 간에 경기가 치러질 예정이다. 먼저 대한의 전기과와 기계과 간의 시합이 시작되었다. 경기 전에 대한과 일석이 으름장을 놓았지만 경기 초반부터 기계과가 보란 듯이 거칠게 전기과 진영으로 밀고 들어온다. 일석을 앞에 두고 기계과 공격수가 삼각패스를 주고받으며 일석을 따돌리고 강력한 슈팅을 날린다. 일석이 '아차!' 하며 골문 쪽을 바라본다. 실점이다. 기계과 응원석에서 '와아!' 하는 함성이 울리고 전기과 벤치에 있던 김 선생이 벌떡 일어나며 악을 고래고래 지른다. 일석의 얼굴이 분노가 치밀어 뻘겋게 변한다. 대한이 일석에게 다가가며 화가 난 그를 다독인다.

대한 - 형님! 괜찮아요! 이제 겨우 1점 빼앗긴 건데요. 뭐… 이제부터 저 자식들 다리몽둥이를 하나씩 작살내면 돼요! 신경 쓰지 마세요! 우리 얘기가 빈말이 아니라는 것을 보여주면 되잖아요!

일석(영동파) - 그라~ 근디 저 공격수 새끼 눈에 존나 거슬리네! 깐족거리는 꼴이 열 받아 미치겠다! 이거… 아~

일석의 수비 실책으로 기계과가 1:0으로 앞서자 팀 동료들에 대한 미안함과 상대방 선수들에 대한 미움으로 일석의 표정이 시뻘 겋게 상기되기 시작한다.

일석(영동파) - 대한아! 전반전 끝나면 기계과 공격수 개새끼들 다 불러! 이 새끼들 작살을 내야겠다!

대한 - 예! 일단 전반전 경기부터 끝내고 얘기하시죠! 형님!

대한과 일석이 분을 삭이며 수비에 집중하고 있는 사이 기계과 공격수들이 또다시 전기과 진영을 파고들어 슛을 날린다. 골키퍼의 한쪽 손을 스친 공은 그대로 전기과 골문으로 빨려 들어간다. 순식간에 2:0이다. 순간 골라인 밖에서 경기를 지켜보던 김 선생이 대한과 일석에게 욕설을 퍼붓는다.

김 선생 - 야! 대한이! 일석이! 니들은 상대방 공격수 안 막고 뭐하나? 니들 여기 놀러왔나? 새끼들아! 니들 뭐여? 허수아비여? 니들은 기계과 저것들한테 지면 내 눈앞에 나타날 생각도 하지 마! 알았어? 새끼들아!

김 선생이 대한과 일석에게 욕설을 하며 경기장 분위기가 험악해지자 경기장 안에 있는 전기과와 기계과 축구 선수들이 대한과 일석의 눈치를 살핀다. 경기가 재개되자 2:0으로 뒤지고 있는 전기과 선수들이 조금씩 힘을 내본다. 호각 소리와 동시에 전기과 공격수들이 기계과 진영으로 거칠게 밀고 들어가며 경기를 압박하기 시작한다. 전반전이 종료되기 직전 전기과 공격수가 기계과 골문으로 강력한 슛을 날려 보지만 공은 골대를 한참 벗어난다. 동시에 종료 호각이 울리면서 전반전은 기계과가 2:0으로 리드한 가운데 종료되었다.

전반전 경기가 끝나고 전기과 선수들이 응원단 부스로 돌아오자 김 선생이 대한과 일석을 보며 막말을 퍼붓는다.

김 선생 - 이 새끼들! 완전 기계과 밥이네. 밥이여. 임마! 기계과 저런 것들 하나도 처리를 못 하면서 무슨 종합우승을 하겠다고 큰 소리냐? 때려치워! 새끼들아!

듣고 있던 대한의 얼굴이 순간 일그러진다.

대한 - 알았어요! 만일 우리가 기계과 저 새끼들한테 이기지 못하면 일석이 형이랑 저랑 학교고 뭐고 다 때려치울게요! 그럼 되죠?

김 선생의 말에 자존심이 상한 대한이 울컥하는 마음에 아무렇게나 말을 뱉어낸다. 그러자 일석이 어이가 없다는 듯 대한을 바라본다.

일석(영동파) - 얌마! 거기다가 형은 왜 끼워 넣어? 축구 경기 때문에 학교를 때려치운다는 게 말이 되냐? 졸업도 몇 개월 안 남았는데….

김 선생 - 대한이 너! 네 입으로 직접 말한 거여! 사내가 한 입으로 두말하면 안 되는 거 알지? 니들이 한 말에 책임져! 저 새끼들이 기권하게 만들던지… 아니면 자살골을 넣게 하던지… 니들이 알아서 해! 가 봐! 그럼….

대한이 화가 머리 꼭대기까지 치솟아 일석과 함께 기계과 실습실 뒤편으로 뛰어간다. 곧 기계과 축구팀 주장과 공격수들이 대한과 일석 앞에 불려온다. 약이 바짝 오른 일석이 이들을 보자 참지 못하겠다는 듯 주먹을 불끈 쥐고 욕설을 퍼붓기 시작한다.

일석(영동파) - 니들은 형 말이 우습게 보이냐? 이 개새끼들아!

기계과 축구팀 주장 - 아… 아닙니다! 형님!

일석(영동파) - 축구고 뭐고 니들은 그냥 여기서 뒈져야겠다! 씨발 새끼들아! 어?

대한 - 그래. 씨발 거… 니들이랑 이놈의 학교 같이 때려치우자! 이 개새끼들아!

기계과 공격수2 - 잠깐! 대한아! 미안해! 후반전부터는 네 말대로 할게!

기계과 공격수3 - 그래! 대한아! 진짜야! 믿어줘!

기계과 축구팀 주장 - 우리도 아까 너하고 일석이 형이 전기과 선생님한테 욕먹는 거 봤어! 정말 미안해!

좀처럼 크게 화를 내지 않는 대한이 마저도 얼굴이 벌겋게 변하여 욕설을 퍼붓는 것을 본 기계과 축구팀 선수들은 상황이 심각하다고 생각했는지 대한과 일석에게 급히 사과한다.

일석(영동파) - 그걸 내가 어떻게 믿어? 이미 2:0인데 무얼 어떻게 하겠다는 거여? 씨발놈들아!

기계과 공격수2 - 후반전에는 저희 공격수들이 더 이상 골을 넣지 않을게요! 진짜예요!

대한 - 뭐? 골을 넣지 않는다고? 그런다고 경기가 뒤집어 지기라도 하나? 이 개새끼들아! 이대로 끝나면 2:0이야. 어차피 지는 거잖아!

기계과 공격수3 - 전기과가 세 골을 넣게 해주면 되잖아요~

대한 - 우리가 세 골을 넣으면 역전이라는 걸 누가 모르냐? 그걸 어떻게 표시나지 않게 연출하냐고!

기계과 공격수3 - 첫 번째 골은 우리 수비수가 골 에어리어 안에서 반칙을 해서 페널티킥을 허용하게 만드는 거야. 그다음 두 번째 동점 골은 수비수의 실책으로 허용하고 마지막 세 번째 역전 골은 전기과에서 중거리 슛으로 골을 넣는 것으로 하면 어떨까?

대한 - 뭐? 그런대로 시나리오는 좋은 거 같은데… 그걸 어떻게 표시 나지 않게 하냐는 거야? 어떻든 무조건 전기과가 승리하게만 만들어! 알았어?

기계과 축구팀 주장 - 알았어! 우리 기계과 지도 선생님도 축구 경기에 신경을 많이 쓰고 계셔서 너희들도 승부 조작이라는 의심이 가지 않게 잘 해줬으면 좋겠어!

기계과 축구팀 선수들의 제의를 듣고 대한과 일석의 표정이 조금 누그러진다.

일석(영동파) - 그래. 이제야 말이 통하네! 그럼 경기장에서 리얼하게 해

보자!

대한 - 니들 말뜻은 잘 알았다! 후반전에는 차질 없이 해! 그럼 니들은 먼저 가서 준비하고 있어! 만약에 나한테 장난하는 거라면 그땐 절대 용서 못 한다! 알았어?

기계과 축구팀 주장 - 걱정 마 대한아! 그럼 저희들은 이만 먼저 가볼게요!

일석(영동파) - 만약 이 자리를 모면하기 위해서 우릴 속인 거라면 니들은 죽을 각오해야 한다. 앞으로 결과 보고 말하자! 알겠냐?

대한과 일석은 거의 공갈 협박 수준으로 기계과 축구팀의 주장을 포함한 세 명의 공격수들에게 경기역전을 위한 후반전 시나리오를 모의하게 하고 전기과 응원단 부스로 돌아온다. 이런 사정을 모르는 김 선생은 여전히 전반전 경기 결과에 대한 불만을 삭이지 못하고 있다.

주최 측의 사정으로 후반전 경기가 조금 지연된다. 대한이 전기과 선수들을 불러 후반전에는 무조건 공격 일변도로 경기에 임하도록 지시하는 한편 거칠게 상대를 압박하도록 정신무장을 새롭게 한다. 일석도 전기과 선수들에게 죽을 각오로 경기에 임하라고 다그친다. 김 선생은 이 모습을 말없이 지켜보고만 있다. 주심의 호각소리와 함께 전기과 vs 기계과의 후반전 축구 경기가 시작되었다. 시나리오대로라면 페널티킥으로 첫 골이 터져야 한다. 후반전이 시작됨과 동시에 전기과 선수 전원이 기계과 진영으로 거칠게 밀고 들어간다. 그러자 기계과 골문 바로 앞에서 기계과 수비수가 전기과 공격수의 발을 걸어 넘어뜨린다. 시나리오대로 수비수 반칙에 의한 페널티킥이 선언되고 전기과 공격수가 차분하게 페널티킥을 성공시킨다. 2:1이다. 전기과 응원석에서 우레와 같은 함성이 터진다.

이제 다음 시나리오는 상대방 수비수 실책에 의한 동점 골이 터질 타이밍이다. 대한은 전기과 공격수와 미드필더들에게 상대방 골 마우스가 보이면 지체하지 말고 중·장거리 슛을 꽂아 넣도록 주문한다. 전기과 공격수와 미드필더들의 중·장거리 슛이 기계과의 골문으로 여러 차례 시도하자 상대방 골키퍼가 공중 볼을 펀칭으로 쳐낸다고 한 것이 빗맞으며 기계과의 골문으로 빨려 들어간다. 드디어 동점 골이다. 기계과 응원석에서는 안타까운 탄식이 흐르고 전기과의 응원석에서는 함성 소리가 요란하다.

이제는 마지막 시나리오인 역전 골만 남았다. 상대 팀 기계과 공격수들이 대한과 일석을 보며 묘한 표정으로 미소를 짓는다. 그러더니 갑자기 기계과 수비수가 전기과 진영 깊숙이 파고들어 있는 기계과 공격수에게 롱 패스를 시도하고 공을 잡은 기계과 축구팀 주장(공격수)이 벼락같은 슈팅을 날린다. 엄청난 위력의 공이 골문으로 빨려 들어가나 싶었지만 다행히도 골문을 벗어난다. 대한이 기계과 축구팀 주장을 쏘아본다. 하지만 기계과 축구팀 주장은 약속된 행동이라는 듯이 대한을 보며 눈을 찡긋거린다. 2:2 상황에서 경기는 점점 치열해지는 것처럼 보이지만 기계과 공격수의 공격은 매번 전기과 진영에서 대한과 일석의 강력한 압박 수비에 의해 차단된다. 이제 후반전도 3분이 채 남지 않은 시간. 기계과 공격수의 공을 가로챈 일석이 전방에 있는 전기과 공격수에게 롱 패스를 연결해주자 공을 받은 전기과 공격수가 상대방 수비수 1명을 제치고 기계과 골 에어리어 정면에서 기습적인 슈팅을 날린다. 기계과 골 망이 출렁거린다. 역전 골이다. 마지막 역전 골은 시나리오처럼 중거리 슛은 아니었지만 어쨌든 기계과가 2점 차의 열세를 뒤집고 역전을 이루는 순간이다.

양 팀 선수들이 모두 지쳐있는 가운데 경기종료를 알리는 심판의 호각소리가 나기만을 기다리며 대한이 경기를 천천히 조율한다. 김 선생이 벤치에서 일어나 심판에게 시계를 가리키며 경기가 끝났다고 목소리를 높인다. 심판이 시계를 쳐다본다. '삐이익~' 심판의 경기 종료 호각 소리가 길게 울리고 경기는 전기과의 3:2 역전승으로 끝이 난다. 전기과의 응원 부스에서 하늘이 떠나갈 듯 함성 소리가 울려 퍼진다. 대한이 일석을 보며 눈을 찡긋거린다.

경기를 끝내고 응원석으로 돌아오는 전기과 축구 선수들을 향해 전기과 지도교사들과 학생들이 '와아~' 하고 함성을 지르며 우르르 몰려나온다. 전기과장 안 선생도 전기과가 축구 결승에 진출했다는 소식을 듣고 뒤늦게 응원석으로 달려온다. 안 선생과 김 선생이 대한과 일석에게 다가와 등을 두드리며 수고했다고 격려한다. 하지만 안 선생과 김 선생은 축구 결승전 승리뿐만 아니라 종합우승에 대한 속내를 숨기지 않고 드러낸다.

김 선생 - 얘들아! 아직 기뻐하긴 일러! 끝난 게 아니야! 축구는 결승에 올랐지만 다른 종목도 바짝 신경 써야 해! 종합우승 컵을 우리가 가져오기 전까지는 정신 똑바로 차려야 해! 다들 알아들었냐?

대한 - 예! 선생님! 농구는 우승할 테고 축구도 우승하면 거의 종합우승이 유력한 거 아닌가요?

일석(영동파) - 그치! 두 종목이나 우승하면 당연히 종합우승이지.

안 선생 - 그건 장담할 수 없어! 최소한 3개 이상 종목에서 우승을 해야 안정권인데… 지금 2위 토목과 하고 3위 식공과가 턱밑까지 추격해오고 있어서 아직은 안심할 수 없으니까! 마지막까지 경기에 집중해라!

일석(영동파) - 네~ 그럼 끝까지 가 봐야 알겠네요?

대한 - 한… 두 시쯤이나 지나야 어느 과가 윤곽이 나오겠네요~

김 선생 - 야! 그런 거 신경 쓸 것도 없어! 현재까지 농구, 씨름이 준결승에 진출한 상태니까 여기서 무조건 1, 2위를 차지만 하면 승산이 있어! 그동안 죽기 살기로 열심히 했으니까 축구만 우승해도 좋은 결과가 있을 거야. 끝까지 긴장 늦추지 말고 정신 바짝 차려야 한다! 응?

대한 - 네! 알겠습니다! 좀 이따가 종목별 선수들하고 전략 좀 짤게요!

치열했던 오전 경기가 끝나고 점심시간이다. 대한이 학교 후문에 있는 분식집으로 전기과의 각 종목별 주장들을 불러 전략회의를 하고 있다. 오전 경기 성적에 고무된 듯 다른 학생들의 표정이 밝다.

오현 - 현재까지 상황을 보니까 우리 전기과가 1위던데… 이대로만 가면 종합우승 할 수 있겠어! 안 그려?

대한 - 네 말이 맞긴 하지만 뒤집힐 수도 있는 상황이야. 지금까지는 농구만 1위가 거의 확실하고 나머지 종목 중에서 두 종목 이상은 더 우승해야 종합우승을 할 수 있을 거야.

일석(영동파) - 그거참! 머리 존나 아프네! 대한아! 그냥 쉽게 가자!

대한 - 지금도 충분히 쉽게는 가고 있어요. 형님! 헤헤헤!

일석(영동파) - 단순하게 축구, 농구는 빼고 나머지 두 종목은 상대 팀 애들을 만나서 작업하면 쉽잖아! 안 그려?

대한 - 그렇긴 한데요… 괜히 다른 과 선생들 귀에 들어가면 골치 아플 거 같은데… 혹시 좋은 의견이 있으면 말해 봐!

성엽 - 솔직히 농구는 우리가 무조건 우승이라고 보고 나머지 종목 중에서 씨름을 확실하게 잡아 놓으면 되는 거 아녀?

대한 - 그건 그렇지! 줄다리기는 인원이 너무 많아서 타협하기가 복잡해! 쉽게 하려면 씨름이나 이어달리기 종목처럼 선수들이 몇 안 되는 종목의 선수들을 작업하는 게 좋겠어! 그치?

일석(영동파) - 답 나왔네! 야! 그럼 씨름하고 이어달리기 선수들을 전부 잡아다 조지면 되는 거 아니냐?

성엽 - 그렇죠! 헤헤헤! 형님이 그 두 종목 선수들만 작업해서 우리가 이길 수만 있다면 전기과가 종합우승하는 거죠.

일석(영동파) - 야! 대한아! 밥 다 먹었으면 일어나자! 작업 들어가야지! 어?

그때다. 결승에서 전기과와 맞붙게 될 다음 준결승 축구 경기 결과를 늦게까지 지켜보고 온 축구팀 공격수 성봉이 허겁지겁 뛰어온다.

성봉 - 야! 야! 야! 지금 축구 경기 끝났는데… 토목과가 결승에 올라갔어! 근데 토목과는 축구선수 출신들이 많아서 그런지 실력이 장난 아니더라!

일석(영동파) - 뭐! 실력? 그딴 거 필요 없어! 그냥 우리가 무조건 이기면 돼! 성봉아! 걱정 말어!

성봉 - 예~ 그건 그렇죠. 근데 우리처럼 아마추어는 선수출신들한테 게임이 안 될 건데여!

대한 - 토목과는 형님 조직 동생 서준(영동파)이가 주장이니까 서준이하고 얘기만 끝내면 간단할 것 같은데… 왠지 좀 신경이 쓰이네요!

성봉 - 대한아! 토목과 지도교사가 완전 또라이라고 하더라. 전반전 끝나고 나서 골을 못 넣었다고 선수들을 빠따 때리던데… 우리과 김 선생님 하고 포스가 맞먹는 거 같더라.

일석(영동파) - 뭐? 그래? 그게 진짜라면 예상 밖의 복병이 생겼다는 건데….

성봉 - 제가 직접 눈으로 봤어요! 그 토목과 그 선생을 애들이 '고릴라'라고 부르던데… 얼굴이 새까맣고 인상도 더럽게 생겼더라구요!

대한 - 흠~ 일이 조금 꼬일 것 같은데? 성봉이 네가 씨름하고 이어달리기 과별 선수들 좀 데리고 와 봐! 나하고 일석 형님이 따로 할 얘기가 있다고 하고… 이렇게 저렇게 뒤에서 얘기하기에는 시간도 많이 부족하고 그냥 다 같이 집합시켜놓고 얘기하는 것이 차라리 낫겠다. 그치?

성봉 - 글쎄… 하지만 애들이 대한이 네 얘기를 순순히 받아들일까? 각 과

별로 사정도 있을테고… 또 반발도 있지 않을까?

일석(영동파) - 야! 씨발! 그런 거 전부 다 신경 쓰면 어떻게 종합우승을 할 수 있겠냐! 시끄럽고… 그 새끼들한테 12시 50분까지 전부 집합하라고 그래!

성봉 - 예! 알겠어요!

12시 40분쯤 되자 성봉의 전달을 받고 각 과의 씨름과 이어달리기 종목 선수들이 일석이 얘기한 장소로 모여든다. 약 50여 명의 각 과 씨름, 이어달리기 종목 선수들이 전부 모였다는 연락을 받고 대한과 일석이 담배를 피우며 이들이 기다리고 있는 장소로 간다. 그러자 웅성웅성 모여 있던 아이들이 그들이 다가오자 두려운 표정으로 대한과 일석에게 길을 터준다. 대한과 일석이 벤치 위로 올라가 이들을 내려다보며 말을 꺼낸다.

일석(영동파) - 다들 모인 거지? 형이 니들을 왜 불렀냐면… 대한아! 네가 설명해! 니들은 지금부터 대한이가 하는 말 잘 들어! 알았어?

대한 - 얘들아! 긴말하지 않겠다! 지금부터 어떤 종목이든 전기과 하고 맞붙는 팀은 절대로 전기과를 이기려고 하지 마라! 알겠냐?

선수들이 '이게 무슨 소린가?' 하는 표정으로 대한을 쳐다본다.

선수들 - 네? 그게 무슨…?

일석(영동파) - 이 새끼들 봐라! 십새끼들이 진짜 뒤질라고… 무슨 말인지 알아듣지 못하겠다는 거여?

선수들 - 아… 아닙니다! 알겠습니다! 시키는 대로 하겠습니다!

일석(영동파) - 지금부터 전기과를 이기려고 하는 새끼는 내가 절대로 가만히 안 둔다! 알겠냐? 내 말이 아니꼬우면 앞으로 나와!

선수들 - 예~ 무슨 뜻인지 잘 알겠습니다!

대한 - 니들한테는 정말 미안하지만 형님이랑 내가 사정이 좀 있어서 그러니까 니들이 이해 좀 해줬으면 좋겠다! 대신 전기과하고 경기가 아니라면 다른 경기는 마음껏 이겨도 좋아! 이런 부탁을 하게 돼서 미안하다!

선수들 - 괜찮아! 대한아! 말 못할 니 입장이 있겠지 뭐~

대한 - 그럼 다들 잘 알아들은 것으로 알겠다! 만약 전기과 선수들에 도전한다면 나하고 같이 학교 그만둘 각오하고! 자! 그럼 해산이다!

점심시간이 끝나고 오후 1시가 되자 종목별 오후 경기가 본격적으로 시작된다. 전기과가 종합우승을 차지하기 위해서는 2시부터 예정되어 있는 전기과 vs 토목과의 축구 결승전 결과가 매우 중요하다. 일석이 토목과 축구팀 주장인 영동파 1년 후배 서준을 찾아간다. 서준은 일석(영동파)에게 꾸벅 인사를 하고 대한과도 가볍게 눈인사를 나눈다. 일석이 목소리를 죽이며 서준에게 은밀하게 말을 전한다.

일석(영동파) - 이번 결승전 경기는 미안하지만 형한테 양보해라!

서준(영동파) - 양… 양보요? 아이구~ 형님! 저희도 이번에 축구 경기 우승 못 하면 고릴라 선생한테 죽습니다! 저희들 사정 좀 봐주시면 안 됩니까? 형님?

일석(영동파) - 이 새끼가 완전히 감을 잃었네! 너 형한테 뒤질래? 아니면 고릴라한테 뒤질래? 선택해!

서준(영동파) - 그거야 당연히 형님의 선택을 따라야 하겠지만… 아… 그게 그리 쉬운 문제가 아닙니다. 저야 일부러 골을 안 넣고 헛발질만 하면 되지만 다른 애들은 고릴라 선생을 너무 무서워해서 설득이 쉽지 않아요.

대한 - 그러면 서준아! 니가 토목과 핵심 공격수니까 너는 그냥 골만 넣지 마! 열심히 하는 액션만 취하고 니들 수비수 애들하고 골키퍼는 별도로 작업하자! 그건 가능하겠냐?

서준(영동파) - 골키퍼는 내 말을 잘 듣는데! 수비수하고 나 말고 문제는 다른 공격수들을 설득하기가 쉽지가 않다는 거지….

일석(영동파) - 야! 임마! 넌 그까짓 것도 처리 못 하면서 무슨 건달을 한다는 거냐? 때려치워라! 새끼야! 때려 쳐! 아유~ 속 터져 죽겠네!

서준(영동파) - 형님! 그러시면 아직 시간이 남았으니까… 제가 저희 팀 선수들을 만나서 포섭을 해 볼게요! 시간을 조금만 주세요! 형님!

대한 - 그래! 서준아! 이런 부탁해서 괜히 미안하네~

일석(영동파) - 일단 알았으니까… 네가 목숨 걸고 확실하게 잘 얘기 해!

    토목과 서준(영동파)과의 대화를 마치고 대한과 일석(영동파)이 농구 결승전이 치러지고 있는 농구장으로 향한다. 성엽의 화려한 농구실력 덕분으로 농구는 쉽게 우승을 거머쥔다. 종합우승을 향해 한 걸음 더 나아간 셈이다. 하지만 아직은 박빙이다. 언제든지 종합우승을 향한 성적은 바뀔 수 있는 상황이다. 전기과 학생들과 지도교사들이 농구경기의 기쁨도 잠시, 축구 결승전 경기가 치러질 대운동장으로 향한다.

축구 경기는 체육대회 종합우승의 향방을 가르는 중요한 경기일 뿐만 아니라 체육대회의 하이라이트 경기다. 오후 2시가 가까워지자 곧 있을 전기과 vs 토목과의 축구 결승전을 알리는 본부석의 안내방송이 교내에 울려 퍼진다. 전기과와 토목과 응원단뿐만 아니라 거의 전교생이 대운동장 주변에 몰려들어 그날의 축구 결승전 경기에 대한 관심이 얼마나 뜨거운지 하는 것을 실감나게 해준다. 양 팀 선수들이 운동장 중앙으로 집결하고 인사를 교환한 후 양 진영으로 갈라져 파이팅을 외치며 서로 결의를 다진다. 운동장에는 팽팽한 긴장감이 흐른다. 진산 공고 전 교직원과 학생들의 모든 이목이 집중된 가운데 드디어 축구 결승전 경기 시작을 알리는 주심의 호각소리가 길게 울린다.

대부분이 과거 축구선수 출신들로 구성된 토목과의 경기력은 듣는 것보다도 훨씬 탄탄했다. 이에 반해 전기과는 결승전에 오른 것이 이변으로 보일 정도로 토목과에 비해 한 수 아래의 실력이다. 더구나 이 경기가 결승전이라는 것과 이 경기의 결과가 체육대회 종합우승에 결정적인 영향을 준다는 사실이 전기과 선수들을 더욱 긴장하게 했는지 초반부터 전기과 선수들이 실수를 연발한다. 경기 초반 양상은 양 팀 모두 연속된 경기와 결승경기에 대한 부담감으로 제 실력을 발휘하지 못하였지만 경기에 임하는 양 팀 선수들은 저마다 최선을 다하고 있었다.

결승전 경기는 이전 준결승까지의 경기보다도 훨씬 거칠고 속도 빠르게 전개되고 있었다. 시간이 지나면서 두 팀의 실력 차이가 확연히 드러나기 시작한다. 화려한 개인기와 조직력을 앞세운 토목과는 순식간에 전기과 진영을 유린하고 전기과의 골문을 연속적으로 위협한다. 토목과의 공격력을 막아내느라 대한과 일석이 진땀을 뻘뻘 흘린다. 토목과 공격수 서준(영동파)이 화려한 개인기와 속도를 이용하여 전기과 진영 우측으로 순식간에 공을 몰고 들어온다. 일석이 그 앞을 막아선다. 그러자 일석과 서준의 눈이 마주친다. 서준은 일석과의 맞서는 상황을 피하기 위해 슬쩍 자기편 다른 공격수에게 공을 연결한다. 그러자 대한이 거칠게 태클을 시도하며 공을 잡으려고 달려드는 토목과 공격수의 다리를 힘껏 걷어차버린다. 토목과 공격수가 운동장 바닥으로 데구루루 구른다. 대한에게 다리를 걷어차인 토목과 공격수는 더는 경기를 계속하기 어려운지 다리를 절뚝거리며 교체되어 나간다.

'삐이익~' 전반전 종료를 알리는 주심의 호각소리가 길게 울린다. 현격한 경기력 차이에도 불구하고 대한과 일석이 사력을 다해 토목과의 공세를 막아 낸 덕분에 전반전 경기는 0:0 무승부 상태로 종료되었다. 하지만 토목과의 공세를 막아내느라 사력을 다한 탓에 전기과 선수들은 체력적으로 많이 지쳐 가쁜 숨을 몰아쉬며 헐

떡거린다. 이대로 후반전에 임하게 되면 더 이상은 토목과의 공세를 막아낼 수 없을지도 모른다. 대한과 일석이 눈빛을 주고받더니 자리에서 벌떡 일어선다.

학교 뒤편에 대한과 일석(영동파),토목과 서준(영동파)이 심각한 얼굴을 하고 서 있다.

일석(영동파) - 야! 이 새끼야! 너 미쳤냐?

서준(영동파) - 죄송합니다! 형님!

일석(영동파) - 네가 형을 죽이려고 그러는 거여? 너! 니네 애들하고 얘기가 안 된 거여?

서준(영동파) - 골키퍼 하고는 얘기를 끝냈어요. 형님! 하지만 문제는 전방 공격수 두 놈이 고릴라 선생한테 꽉 잡혀있어서 아무리 얘기를 해도 말을 듣지 않네요.

대한 - 그래? 그러면 니네 공격수 셋 중에서 너 말고 다른 공격수 두 놈만 집중적으로 조지면 된다는 거지? 더는 다른 수가 없겠다. 그 방법밖에는 없겠어.

서준(영동파) - 그래! 그거 말고는 다른 방법이 없을 것 같아. 그리고 내가 우리 과 골키퍼한테는 얘기를 해놨으니까 니네 공격수하고 미드필더들한테 공을 잡으면 가능한 최대한 많이 슈팅을 때리라고 그래. 우리과 골키퍼가 눈치껏 알을 까 줄 거야.

일석(영동파) - 얌마! 그걸 말이라고 하냐? 우리 애들이 니들 골문 근처도 못 가는데 어떻게 슈팅을 때리냐고! 아이고~ 이 답답한 새끼야!

대한 - 형님! 제게 생각이 있어요. 일단 우리 쪽 수비를 강화하고 우리 기본전술대로 롱 패스로 연결해서 공을 잡기만 하면 무조건 중장거리 슛을 때리게 하는 거예요. 일단 토목과 골키퍼는 서준(영동파)이가 포섭을 해놨으니까 슛이 상대방 골대 근처로만 향하게 하면 충분히 이길 수도 있어요.

일석(영동파) - 야 씨발 뭐가 이렇게 어렵냐? 서준이! 너는 새끼야! 토목과에서 처신을 어떻게 했기에 이딴 거 하나도 해결 못 하고 상황을 이렇게 어렵게 만드냐? 아이고~ 속 터져! 씨발 돌겠네 진짜!

서준(영동파) - 죄송합니다! 형님!

곧 있으면 전기과 vs 토목과의 축구 결승전 후반전 경기가 시작된다. 경기장으로 향하는 전기과 선수들의 몸이 무거워 보인다. 대한이 전기과 축구 선수들을 운동장 한가운데로 모이게 하고 스크럼을 짠 상태에서 한 사람 한 사람의 눈을 마주치며 강한 어조로 말한다.

대한 - 다들 잘 들어! 이제 후반전 경기만 남았어! 이기고 웃으면서 나갈 수도 있고, 지고 고개를 숙이며 나갈 수도 있다. 난 절대로 포기할 수 없다! 니들이 지금 체력적으로 많이 힘들다는 것은 나도 아는데! 나 역시도 많이 힘들고 어렵다. 하지만 지금까지 우리가 어떻게 연습하고 준비했는지 다시 한번 잘 생각해보자. 이 경기 결과에 따라 축구 우승도, 우리 과의 종합우승도 좌우될 수 있다는 건 다들 알지? 기억해라! 난 이 경기에서 지면 절대로 나도 너희들도 경기장에서 걸어서 나가게 하지는 않을 거다. 죽을 각오로 열심히 뛰어주기를 바란다! 다들 알겠지!

대한의 어조는 강하고 단호했다. 어깨를 늘어뜨리고 있던 전기과 학생들의 눈이 다시금 이글거리기 시작한다. 대한이 전기과 축구 선수들의 손을 모아 파이팅을 외친다.

후반전 경기가 시작되었다. 대한과 일석이 서준에게 이야기를 했음에도 불구하고 초반부터 토목과의 기세가 만만치 않다. 전기과는 계속되는 토목과의 공세를 막아내기에 정신이 없을 정도다. 대한과 일석은 이판사판이라는 심정으로 토목과 공격수들이 공을 잡으려고만 하면 일부러 헛발질하는 척하고 토목과 공격수들의 다리를 노골적으로 걸어찬다. 경기가 계속될수록 대한과 일석의 반칙에 나동그라지는 토목과 선수들의 횟수가 점점 늘어난다. 그런데도 토목과 공격수들은 계속 전기과의 진영을 파고든다. 위기다. 토목과 공격수가 전기과의 골 에어리어 부근에서 공을 잡더니 전기과 수비수를 따돌리고 슈팅을 시도하려고 한다. 그러자 일석이 달려들어 슈팅을 시도하려는 토목과 공격수의 디딤발을 거세게 걸어찬다. '퍽!' 하는 둔탁한 소리와 함께 '악!' 하고 토목과 공격수가 비명을 지르며 고꾸라지더니 고통스러워 자리에서 일어나지를 못한다. 토목과 고릴라 선생이 골라인 밖에까지 달려 나와 고함을 지르며 심판에게 강력하게 항의한다. 결국 심판이 레드카드를 꺼내 일석을 퇴장시킨다. 일석이 고개를 숙이고 경기장 밖으로 쓸쓸히 걸어 나가자 이를 보고 있던 전기과 학생들이 박수를 치며 격려한다.

절대 위기다. 일석의 퇴장으로 그렇지 않아도 상대적인 경기력이 열세였던 전기과는 토목과보다 1명이 적은 상태로 경기를 계속해야 한다. 더구나 대한과 일석, 두 최종 수비수가 협력 수비를 하며 가까스로 토목과의 공세를 막아내고 있었는데 일석이 퇴장당하고 나니 토목과의 공세를 대한 혼자 막아내야 하는 상황이 된 것이다. 대한은 미드필더의 선수들에게 평상시보다 조금 더 내려앉아 수비에 가담하도록 지시하고 수비를 더욱 강화하면서, 상대방의 공격을 차단하면 즉시 전방의 빠른 발을 가진 공격수들에게 연결하여 기습 슈팅으로 마무리 짓는 기본전술로 전환하도록 지시한다. 아울러 미드필더든 공격수든 공을 잡기만 하면 무조건 상대방 골대로 슈팅을 날리라고 강력하게 지시하며 경기를 독려한다.

수적 우세를 가지게 된 토목과가 거의 공격 일변도의 전술을 펼친다. 숨이 턱에 찰 듯 고통스러웠지만 대한이 이를 악물고 상대방 공세를 몸으로 막아내고 있다. 후반전도 이제 5분여밖에 남지 않았다. 여전히 토목과는 공격에 치중하고 있었고 전기과는 대한을 주축으로 한 수비수들의 거친 육탄방어로 가까스로 토목과의 공세를 막아내는 양상이 계속되고 있었다. 토목과의 미드필더들이 중원에서 패스를 주고받는가 싶더니 전방에 있는 서준(영동파)에게 스루패스로 공을 찔러 넣어 준다. 서준을 주시하고 있던 대한이 패스를 차단하여 공을 가로챈다. 이를 본 전기과의 공격수가 대한의 'Go!' 하는 신호음과 함께 상대방 진영으로 내달리기 시작한다.

대한이 전기과 공격수를 보고 롱 패스를 날린다. 대한의 롱 패스를 받은 전기과 공격수가 공을 잡자마자 뒤돌아서며 토목과 골대를 향해 벼락같이 슈팅을 날린다. 공격 일변도의 경기 흐름에 전진해 있던 토목과 골키퍼가 날아오는 공을 바라보지만 전기과 공격수의 발을 떠난 공이 토목과 골키퍼를 넘어 골대로 향한다. 골이다. 순간 전기과 응원석에서 학교 운동장이 떠나갈 듯 함성이 울린다. 전기과 응원석에 있던 학생들과 지도교사들, 운동장에 있는 축구선수들이 어울려 기쁨에 껑충껑충 뛴다.

이제 후반전은 3분도 채 남지 않았다. 수적인 열세지만 1:0으로 리드하고 있는 전기과가 토목과의 공세를 어떻게든 버티며 3분만 참으면 기적처럼 축구 우승을 거머쥘 수도 있는 상황이다. 아니나 다를까? 토목과 고릴라 선생이 토목과 선수들에게 쌍욕을 퍼부으며 경기를 독려한다. 토목과 선수들이 흥분한 고릴라 선생의 목소리가 커질수록 점점 더 거세게 전기과 진영을 압박한다. 대한이 전기과 선수들에게 시간 끌기를 지시한다. 전기과 선수들은 토목과 선수들과의 가벼운 신체 접촉만 일어나도 운동장에 드러누워 데굴데굴 구르며 누가 봐도 시간을 끌고 있는 것처럼 보인다. 토목과 고릴라 선생이 거칠게 항의해보지만 그럴수록 시간은 점점 더 흐를 뿐이다.

고릴라 선생 - 심판! 아니 시간도 얼마 없는데 저렇게까지 더티하게 누워 있는 건 반칙 아닙니까?

김 선생 - 아니… 뭔 소리여? 저게 무슨 반칙이여? 어린 학생이 저렇게 고통을 호소하며 누워있는데 그게 어떻게 반칙이라는 거여? 그럼 학생의 안전보다 경기가 더 중요하다는 거여?

고릴라 선생 - 아니! 김 선생님! 신체 접촉이 크게 일어난 것 같지도 않은데 저렇게까지 누워서 엄살을 피우는 건 누가 봐도 시간을 끌겠다는 뻔한 의도 아닙니까? 정말 너무 하시네요! 페어플레이 하시죠! 김 선생님! 네?

김 선생 - 아니… 이 사람이! 지금 그게 무슨 말이야? 이것도 경기의 일부라는 거 몰라? 축구 경기 한두 번 봤어? 아마추어처럼 왜 그래?

양 팀 선생님들이 티격태격하는 사이 주심의 호각이 울린다. 절대 약세라고 평가받던 전기과 축구팀이 절대 강자 토목과를 상대로 1:0으로 승리하고 축구 종목 우승을 확정하는 순간이다. 안 선생과 김 선생이 어린아이처럼 펄쩍펄쩍 뛰며 경기장으로 뛰어 들어와 대한을 끌어안는다. 퇴장 당했던 일석도 응원석에 있던 전기과 학생들, 지도교사들과 함께 운동장으로 뛰어들며 대한에게로 달려든다. 만세를 목이 터져라 외치는 전기과 학생들의 목소리가 학교 운동장을 뒤흔든다.

오후 3시가 지나자 서서히 각 종목의 경기가 마무리되고 종합우승을 향한 승부의 향방이 드러나기 시작했다. 전기과는 농구와 축구, 씨름 등 3개 종목에서 우승하여 종합우승을 하는 듯했지만 단체전 경기 중에서 가장 배점이 높은 줄다리기경기에서 6위로 주저앉아 자칫하면 토목과와 식공과에게 종합우승을 내어 줄 수도 있는 상황이다. 결국 종합우승은 마지막 종목인 계주에서 판가름 나게 되었다. 종합우승을 낙관하고 있던 대한과 일석이 급히 계주경기를 준비하고 있는 선수들 쪽으로 급히 뛰어간다. 대한과 일석이 선수들을 향해 달리던 도중에 한번은 바통을 놓치거나 넘어지라고 주문한다. 난데없는 주문이지만 대한과 일석의 위세에 눌린 선수들이 아무 말을 하지 못하고 대한과 일석의 눈치를 살핀다. 계주 심판이 각 과의 선수들을 출발선으로 불러 모아 정렬을 시킨다. '빵!' 하는 총소리와 함께 각 과의 첫 주자들이 쏜살같이 내달린다. 앞서거니 뒤서거니 하지만 각 과는 대한과 일석의 지시대로 한 번씩은 바통을 놓치거나 넘어진 반면, 전기과 학생들은 실수 없이 안정적으로 이어 달리며 결국 1등으로 결승선을 통과한다. 계주도 전기과가 우승이다. 이로써 전기과의 종합우승이 확정된 것이다. 멀리서 계주 결승선을 통과하는 전기과의 마지막 주자를 바라보며 안 선생과 김 선생이 흐뭇한 미소를 짓고 있다.

진산공고 체육대회 시상식이 시작되었다. 10여 년 만에 종합우승을 차지한 전기과가 호명되자 대한이 전기과 선수대표로 당당하게 단상으로 뛰어오른다. 교장 선생으로부터 우승컵을 전달받은 대한이 돌아서서 우승컵을 높이 들어 올리자 운동장에 있는 전기과 학생들이 박수를 치며 환호한다. 전기과의 종합우승으로 체육대회가 막을 내린다.

전기과 과장 안 선생이 종합우승을 자축하기 위해 교사들과 회식 자리를 마련한다. 그 장소에는 전기과가 종합우승을 차지하는 데 결정적인 역할을 한 대한과 일석도 초대되었다. 대한과 일석이 전기과 지도교사들이 자리하고 있는 회식 장소에 도착하자 안 선생이 대한과 일석에게 소주를 따라준다.

안 선생 - 자~ 잔을 모두 채워주세요! 제가 건배사를 하겠습니다!

김 선생 - 괜찮어! 임마! 술은 어른들한테 배우는 거야. 잔 들어! 어서!

이 선생 - 김 선생님! 얘들은 아직 학생인데요?

김 선생 - 그렇긴 하지만 오늘은 우리가 10년 만에 종합우승을 한 날이잖아요? 그리고 이 선생이 몰라서 그래요. 요놈들 요거 시내 나가면 다 술 먹고 그래요. 안 그러냐? 대한아!

이 선생 - 정말이니? 대한아!

대한 - 어… 노코멘트 하겠습니다! 선생님! 하하하!

안 선생 - 자… 자! 여기 좀 주목해주세요! 오늘 우리 전기과가 새로운 역사를 썼군요! 10년 동안 다른 과가 우승하는 걸 매번 부럽게 쳐다보기만 했는데 드디어 우리 전기과가 체육대회에서 종합우승을 했어요! 종합우승 할 수 있도록 이끌어주신 선생님들께 감사드리고… 특히, 대한이! 일석이! 수고 정말 많았어요! 자! 건배합시다! 우리 전기과의 무궁한 발전을 위하여!

올해로 퇴직을 앞둔 안 선생은 마지막 소원을 풀었다며 내내 흡족해했다. 김 선생도 옆자리에 대한과 일석을 앉히고 술을 따라주며 수고했다고 연신 등을 두드려준다. 천신만고 끝에 체육대회 종합우승이라는 쾌거를 이루었다는 생각에 대한과 일석도 가슴이 뿌듯해짐을 느낀다. 술자리가 이어지자 조금씩 선생님들의 얼굴에 취기가 오르고 회식 자리는 이전과는 다르게 조금은 들뜬 분위기다. 선생님들도 대한과 일석을 선생님과 학생의 관계라기보다는 삼촌과 조카처럼 편하게 대해준다.

이 선생 - 어른한테 술잔을 받을 때는 무릎을 꿇고 두 손으로 받아서, 받은 술잔은 바로 내려놓지 말고 살짝 입술에 댔다가 내려놓는 것이야. 알겠지? 대한아!

대한 - 네! 선생님! 잘 알겠습니다! 그동안 고생 많으셨어요.

김 선생 - 캬~ 그래도 대한이, 일석이가 진산공고를 휘어잡고 있으니까 우리 전기과가 이렇게 종합우승을 할 수 있는 거지… 니들 선배들 같았으면 어림도 없다! 애새끼들이 물러 터져서 말이야… 니들 덕분에 종합우승의 한을 풀었으니 선생님 눈치 보지 말고 편하게 술 마셔라!

선생님들의 분위기가 들뜬 것을 보며 일석이 기회를 놓치지 않고 김 선생과의 약속을 되짚는다.

일석(영동파) - 김 선생님! 지난번에 저희랑 하신 약속은 꼭 지켜주셔야 합니다. 헤헤헤!

김 선생 - 아 그럼! 알았어! 약속은 지킨다! 하지만 땡땡이쳐야 할 상황이면 나한테는 미리 말을 해줘야 한다. 땡땡이는 일주일에 한 번만 허락하는 거야. 알겠지? 이거는 나하고 니들하고 비밀이니까 어디 가서 이야기하지 말고… 응?

대한 - 하하하! 감사합니다! 선생님!

일석(영동파) - 당연히 그래야지요. 입은 무겁게 보안 칠게요!

강 선생 - 김 선생님은 공연히 그런 약속을 하셔가지구… 니들 그렇다고 밖으로 쏘다니면서 사고 치지 말고 항상 조심해! 특히, 대한이! 넌 교도소에서 나온 지 몇 달 안 됐으니까 더욱 조심하고… 선생님 말뜻 알지?

대한 - 네! 걱정 마세요! 앞으로는 절대로 그런 곳에 갈 일 없습니다!

김 선생 - 그런데 말이다. 내가 니들한테 욕하고 화내고 했던 것들은 내 본심이 아니라는 건 알지? 오해하지 말어! 다 쐈으니까! 허허허!

대한, 일석(영동파) - 네! 선생님! 저희들도 선생님 마음 잘 알아요!

김 선생 - 난 이번 체육대회를 치르면서 승리보다는 반드시 승리하겠다는 승부 근성을 대한이하고 일석이한테 알려주고 싶었어! 반칙을 해서라도 목표를 반드시 이루고야 마는 근성을 가르쳐주고 싶었다! 물론 선생님이 했던 방식이 옳은 방법이라고 할 수는 없어! 하지만 난 니들이 싸움만 1등 하는 것이 아니라 다른 분야에서도 1등을 할 수 있다는 자신감을 갖게 해주고 싶었던 거다. '모든 것은 마음먹기에 달렸다!'라는 것을 느끼게 해 주고 싶었어! 내 맘 알겠지? 고기도 먹어본 놈이 먹는 것처럼 1등도 해본 놈이 하는 거야! 이 말 명심해라!

대한 - 네! 선생님! 지당하신 말씀이세요. 1등도 해본 놈이 한다는 말씀이 저에게는 깊이 와 닿네요! 그 기분과 경험을 잘 간직하겠습니다!

일석(영동파) - 선생님 덕분에 좋은 경험을 했어요. 정말 감사합니다!

김 선생 - 새끼들! 역시 내가 가르친 보람이 있구먼! 허허허!

안 선생 - 자~ 모두 식사 마치셨으면 2차는 건너편 주점에서 한잔할 테니까 자리를 옮깁시다!

대한 - 선생님! 저희는 먼저 일어나겠습니다!

안 선생 - 어~ 그래라! 잘 들어가고… 오늘은 집에 가서 푹 쉬어라! 일석이도 잘 들어가고….

일석(영동파) - 네! 선생님! 즐거운 시간 되세요!

체육대회 종합우승을 이루는 과정이 모두 페어플레이 정신에 부합되는 것은 아니었다. 하지만 대한은 김 선생이 왜 자신들에게 이토록 종합우승을 하도록 채찍질을 했는지 선생님들과의 사적인 술자리에서 어렴풋이나마 느낄 수 있었다. 선생님들은 대한이 사내로서의 리더십과 여러 가지 장점을 가졌다는 것을 알고는 있었지만 나이가 어린 탓인지 아직은 고삐 풀린 망아지처럼 자신의 성정을 잘 다스리지 못하는 것이 늘 안타까웠다. 더욱이 얼마 전에는 부적절한 처신으로 교도소 신세를 지기도 했다. 늘 싸움에서는 1등이지만 다른 것에는 그다지 욕심을 가지지 않는 것도 안타까웠다. 선생님들은 대한이 새로운 것에도 눈을 뜰 수 있게 해주고 싶었다. 오늘 체육대회 종합우승을 이끌어내며 대한은 많은 생각을 하게 되었다. 오늘의 경험이 어쩌면 앞으로의 대한에게는 큰 교훈이 될지도 모를 일이다. 대한은 선생님들과 헤어져 회식 자리를 떠나며 멀게만 느껴졌던 선생님들에게서 알 수 없는 친근함을 느낀다. 대한의 입가에 은은한 미소가 번진다.

장미와의 인연

간만에 집에서 늦잠을 자고 있는 대한을 여동생 수연이 흔들어 깨운다. 대한은 대충 샤워를 마치고 아침 식사를 하러 부모님의 일터인 양식장으로 향한다. 저 멀리 양식장 앞에서 담배를 피우고 있는 대한의 아버지가 보인다. 대한이 양식장 쪽으로 걸어오는 모습을 못마땅한 표정으로 바라보고 있던 대한의 아버지가 피우던 담배를 바닥에 집어 던지고는 대한을 피해 물고기 사료를 주려는지 사료 창고 쪽으로 가버린다. 대한의 아버지가 내쉬는 깊은 한숨 소리가 대한의 귀에까지 들려온다.

양식장 거실에 들어서자 식탁에는 벌써 아침 밥상이 차려져 있었다. 대한이 동생들을 데리고 밖으로 나가 물고기 사료를 주고 있는 대한의 아버지에게 아침 식사하시라며 인사를 한다. 하지만 대한의 아버지는 못 들은 체 물고기 사료만 주고 있다. 잠시 후 물고

기 사료 주기를 끝낸 아버지가 거실로 들어와 식탁에 앉는다. 그제야 식탁에 앉아 대한의 아버지가 오기만을 기다리고 있던 대한의 가족들이 비로소 아침 식사를 시작한다. 말없이 꾸역꾸역 식사를 마친 대한이 학교를 가려고 일어서는 모습을 보던 대한의 아버지가 더는 참을 수 없다는 듯 잔뜩 못마땅한 얼굴로 벌컥 대한에게 성을 낸다.

대한의 아버지 - 넌 학생이란 놈이 책가방도 없이 무슨 학교를 다닌다는 거냐? 그런 식으로 어영부영 학교 다닐 거 같으면 당장 때려치워!

아버지의 목소리가 높아지자 대한의 어머니가 대한의 눈치를 살피며 재빨리 아버지를 방으로 모시고 들어간다. 대한의 어머니가 대한을 돌아보며 눈을 찡긋거리고 얼른 학교에나 가라는 듯이 손짓을 한다. 아침부터 대한의 기분이 좋지 않다. 대한의 아버지는 언제부턴가 대한을 볼 때마다 짜증을 내기 일쑤다. 어쩐 일인지 대한의 아버지는 장남인 대한을 그리 탐탁지 않게 생각하는 것처럼 보인다. 아버지의 이런 태도가 대한의 마음을 더욱 무겁게 한다. 아버지의 꾸지람에 마음이 상한 대한이 버스 정류장을 향해 터벅터벅 무거운 발걸음을 옮긴다.

대한을 실은 버스가 학교 인근 정류장에 멈추자 대한이 주머니에 손을 찔러 넣고 머리를 떨군 채 터덜터덜 버스에서 내린다. 대한의 시선이 학교가 아닌 시내 오락실로 향한다. 대한이 오락실 환전소 이모에게 만 원짜리 지폐를 건네자 오락실 이모가 익숙하다는 듯 말없이 천 원짜리 지폐를 세어 돌려준다. 대한은 천 원짜리 지폐를 동전교환기에 넣고 500원짜리 동전으로 환전한 후 코인노래방으로 들어간다. 대한은 오늘 아침 아버지와의 일로 가라앉은 기분을 노래로라도 풀어볼 작정이다. 대한이 담배에 불을 붙이고 노래방 책자를 뒤적거린다. 때마침 여자친구 장미에게 전화가 걸려온다.

장미 - 대한아! 나야! 밥은 먹었어?

대한 - 으응! 먹었어!

장미 - 지금 어디야?

대한 - 여기? 시내 오락실이야! 소화 좀 시키려고 코인노래방에 들렀어!

장미 - 그래? 근데… 목소리가 왜 그래? 무슨 일 있니? 기운이 없어 보이는데?

대한 - 그래? 아니… 뭐… 그냥….

장미 - 너! 지금 거기서 딱 기다리고 있어! 바로 나갈 테니까!

통화를 마친 대한이 시큰둥하게 노래방 기계의 시작 버튼을 누른다. '에스더'의 '뭐를 잘못한 거니'의 간주가 흘러나온다. 대한이 노래를 부르며 몇 곡의 노래를 더 선곡하고 노래가 끝나면 또 다른 노래 몇 곡을 연이어 부른다. 하지만 대한이 부르는 노랫소리에는 아무런 감정도 흥도 느껴지지 않는다. 그저 흥얼거리고 있을 뿐이다. 몇 곡의 노래를 연이어 부른 대한이 이것도 별로 재미없다는 듯 마이크를 내려놓으며 캔 음료를 들어 한 모금 마신다. 이때 장미가 코인노래방 문을 열고 들어와 대한의 옆에 착 달라붙어 앉는다. 장미는 대한의 기분이 좋지 않은 것을 알기라도 하듯이 대한의 볼에 입을 맞추고는 등을 토닥거린다.

　　장미 - 오구~ 오구! 우리 대한이! 기분이 왜 이렇게 다운이래? 응?

　　대한 - 참나! 까분다. 까불어. 시끄럽고… 노래나 하나 불러 봐! 얼른!

　　장미 - 나 노래 잘 못 하는 거 알면서…! 헤헤! 그래. 그럼 같이 부르자!

　　대한 - 뭐 부를 건데?

　　장미 - 음~ '시작되는 연인들을 위해'… 호호호.

평소 노래를 즐기지 않는 장미가 대한의 기분을 풀어주려는지 노래를 선곡하고는 대한의 얼굴을 바라보며 '배시시' 하고 웃는다. 노래 반주가 시작되자 장미가 대한에게 마이크 하나를 건넨다. 그들은 서로를 마주 보며 남녀 파트를 나누어 함께 노래를 부르기 시작한다.

　　장미 - ♪네가 아침에 눈을 떠 처음 생각나는 사람이 언제나 나였으면 정말 좋을 테지만♬

　　대한 - ♪그래 알고 있어 지금 너에게 사랑은 피해야 할 두려움이란 걸♬

함께 노래를 부르며 서로를 바라보던 두 사람의 눈에 애틋함이 가득하다. 아버지와의 갈등으로 잔뜩 마음을 상했던 대한도 여자친구인 장미 덕분에 조금씩 표정이 밝아진다.

밀어를 속삭이듯 한참을 노래하던 대한과 장미가 오락실을 나선다.

대한 - 자~ 그럼 우리 오늘 뭐 하고 놀아볼까?

장미 - 뭐 하기는? 학교에 가야지. 이러다가 너 진짜로 퇴학당해! 빨리 학교 나 가!

대한 - 어허! 학생이 퇴학을 두려워하다니… 이 오빠는 그까짓 거 하나도 겁 안나! 헤헤헤!

장미 - 너 자꾸 누나한테 반말하고… 말끝마다 '오빠!, 오빠!' 할 거야? 혼난다! 너!

대한 - 아니… 그렇게 누나 소리가 듣고 싶어? 연인 사이에 호칭이 뭐 그리 중요해?

장미 - 어쨌든… 넌 항시 누나를 이겨 먹으려고만 하잖아!

대한 - 그래? 그럼 말 나온 김에 공정하게 교통정리 좀 해보자. 잘 들어 봐!

장미 - 또 무슨 소리를 하려고! 무슨 꿍꿍이인지는 모르지만… 그래… 어디 들어나 보자!

대한 - 우리는 친구나 다름이 없어. 나 81년생 맞지? 너도 81년생 맞잖아? 그치? 학교만 나보다 1년 일찍 다녔을 뿐이야. 안 그래? 맞아? 안 맞아? 응?

장미 - 어이그~ 내가 81년생이라는 건 어떻게 알았대? 아주 그냥 니 맘대로 해라! 해! 호호호!

대한 - 연인끼리 나이가 뭐 그리 중요하다고 그래? 서로를 사랑하는 애틋한 마음이 제일 중요한 거지. 난 그렇게 생각해!

장미 - 어이구~ 한마디를 안 지려고 애쓴다… 애써! 난 너한테는 못 당하겠다! 우리 일단 좀 걷자!

오늘 대한은 학교에 가지 않을 모양이다. 장미는 더 이상 대한에게 학교에 가라고 해도 소용없을 것이라는 걸 아는지 대한의 기분이라도 풀어줘야겠다고 생각한다. 장미가 대한의 손을 잡고 시내 방향을 향해 걷기 시작한다. 이런저런 이야기를 하며 걷고 있는 두 사람의 눈에 평소 자주 가던 커피숍 간판이 보인다. 두 사람이 자연스럽게 커피숍으로 들어간다. 커피숍 문을 열고 들어서자 카프리 맥주 한 병을 앞에 놓고 큰 소리로 전화 통화하고 있는 우석의 모습이 눈에 띈다. 대한과 장미가 우석이 앉은 자리로 다가가며 낄낄거리기 시작한다.

우석 - 이… 잉? 뭐여? 근디! 왜 또 날 보자마자 웃는 건디? 응? 제수씨! 왜 또 그랴?

장미 - 조금 전에 대한이가 여기 오기 전에 '커피숍에 올라가면 우석이가 이렇게 저렇게 하고 있을 거야!'라고 말했거든… 그런데 네가 정말 대한이가 했던 말처럼 똑같이 하고 있는 거야. 그래서 깜짝 놀랐어! 호호호!

대한 - 내 말이 맞지? 이제 난 눈을 감고 있어도 우석이가 무슨 말을 하고 어떻게 행동할지 다 알 수 있어. 우석이랑은 텔레파시가 통하는 거 같아. 하하하!

장미 - 와아~ 진짜? 니들은 의형제라서 그런지… 그런 게 서로 통하나 봐! 호호호!

우석 - 제수씨! 우리 스타일 알면서 그랴… 텔레파시는 기본이쥬~ 그리고 밀레니엄 건달은 다가오는 사이버시대에 걸맞게 앞서가야 해유~

대한 - 미친놈! 밀레니엄 같은 소리 한다! 지금 네 상판하고 패션을 보면 7080 삼촌 세대 같거든….

우석 - 대한이 너도 나한테 그 말을 할 만한 처지는 아닌 거 같은디? 푸하하!

장미 - 왜? 그래도 대한이는 20대 정도로 보이지만 우석이 넌 30대 삼촌 같아 보이거든? 진짜로… 호호호!

대한은 우석을 만나면 언제나 희희낙락 웃을 일뿐이다. 왠지 유치한 것 같으면서도 의형제로서의 깊은 정이 느껴지는 그들이 티격태격하며 말장난을 하는 것을 보는 장미는 연실 웃음을 멈추지 못한다. 잠시 후 장미가 장미의 친구 미은으로부터 전화를 받는다. 우석이 호기심이 가득한 눈으로 귀를 쫑긋 세워 통화 중인 장미를 바라본다. 일부러 장미의 전화기에 대고 큰 목소리로 말한다.

우석 - 제수씨! 친구분이면 이쪽으로 오라고 해 봐요. 예?

장미가 이맛살을 찡그리며 우석에게 그러지 말라는 듯 손사래를 친다. 대한이 장미에게 미은을 부르라는 듯 고개를 끄덕이자 그녀를 자신들이 있는 커피숍으로 부른다. 장미가 통화를 끝내자 잔뜩 기대된 표정으로 자신을 바라보고 있는 우석을 보며 그녀에 대한 이야기를 시작한다.

장미 - 우석아! 넌 예쁜 여자 좋아하는 거 아니었어? 근데 내 친구 미은이는 그리 이쁘진 않아. 그렇지만 엄청 착해! 아직은 남친도 없고….

대한 - 예쁘지 않으면 당연히 착하기라도 해야 하는 거 아냐?

장미가 어처구니없다는 듯 대한을 쏘아보며 그의 입을 얼른 손으로 틀어막는다.

장미 - 넌 내 친구 미은이를 두고 어떻게 그런 말을 대놓고 하니?

대한 - 갑자기 내 입을 왜 막는데? 내가 무슨 틀린 말이라도 했어?

장미 - 그런 얘기는 여자들한테는 상처지. 내 친구 앞에서는 절대로 그러지 마! 알았지?

대한 - 오케이! 알았으니까 걱정 마!

우석 - 대한이나 저나 너무 솔직한 성격이라서 그래요. 쉽게 안 바뀌어요. 제수씨! 근데… 미은 씨 진짜 안 이뻐요?

장미 - 우석이! 너 정말 실망이야! 지금 소개팅하는 것도 아닌데 뭘 그런 걸 꼬치꼬치 캐묻니? 그냥 편한 누나 동생으로 보면 되잖아!

우석 - 어… 알았구먼! 제수씨! 갑자기 그렇게 정색을 하고 말하니까 내가 당황스럽잖아요. 여기요… 이모! 카프리 두 병 더 주세요!

장미 - 아이고~ 머리야! 니들은 아침부터 무슨… 자꾸 술이야? 어째 니들은 하는 짓도 닮았냐? 커피숍에서 맥주 마시는 것까지도 똑같아! 니들 진짜 웃기는 거 알아?

우석 - 우리는 그게 매력이여~ 특히 대한이는 뭐든 밀어붙이는 추진력 하나는 최고지! 머리도 좋고… 뭐든지 잘하니께….

대한 - 의형제님~! 갑자기 날 왜 이렇게 비행기를 태우시나?

장미 - 그래. 우석아 그 말에 인정! 그래서 지금은 내가 대한이를 더 많이 좋아하잖아! 호호호!

대한 - 알았고… 친구는 언제 온다는 거야… 전화해 봐! 어?

이때 커피숍 출입문이 열린다. 대한과 장미, 우석의 시선이 일제히 출입구로 쏠린다. 빨간색 재킷에 검정색 티셔츠와 검정색 진을 입은 미은이 장미에게 손을 흔든다. 장미는 미은이 예쁘지 않다고 했지만 대한과 우석의 눈에는 검정색에 빨간색 재킷을 매치한 미은이 꽤나 섹시하게 보인다. 장미가 친구 미은을 불러 대한과 우석에게 소개한다.

장미 - 인사해! 내 친구 미은이!

우석 - 안녕하세요! 문우석이라고 해요!

미은 - 아~ 네! 우석씨! 반가워요! 그전에 시내에서 몇 번 마주친 적도 있었는데….

대한 - 하긴 우리 동네에서 내 친구 우석이를 모르면 간첩이죠. 안 그래? 하하하!

우석 - 그런가? 하하하! 미은 씨는 차 뭐 드실래요?

미은 - 전 그냥 커피요.

처음 만난 자리인데도 이들의 대화는 그리 어색하지 않다.

유쾌하게 서로 웃고 떠드는 사이에 어느덧 점심시간이 가까워진다. 때마침 한양과 1년 선배인 성효에게서 전화가 걸려온다. 갑자기 성효가 대한의 일행들에게 점심을 사겠다고 한다. 그들은 얼떨결에 선배 성효와 점심 식사를 함께하고 자신들이 자주 가던 커피숍으로 다시 돌아온다. 장미와 미은이 장난기가 가득한 성효의 잔망스러운 행동과 마치 승마복 바지처럼 독특한 패션을 보며 재미

있다는 듯 바라본다. 갑자기 미은이 성효에게 호기심이 가득한 표정으로 당돌하게 묻는다.

미은 - 저기요… 성효 씨! 그 바지통이 엄청나게 좁은데… 그 안으로 발이 들어가져요?

미은의 질문을 듣고 있던 대한과 일행이 성효의 바지를 쳐다보며 낄낄거린다. 그러자 성효가 부끄러운지 얼굴빛이 붉어지며 더듬거리며 대답한다.

성효 - 아~ 예! 저… 저기 바지를 이이… 입고 버버… 벗을 때가… 휴우~

그를 보고 답답하다는 듯 우석이 끼어들어 말한다.

우석 - 내가 성효 형님 말을 통역해 줄게여! 그러니까 형님 말씀은… 바지를 입고 벗을 때가 제일 힘들다고 하시네요.

장미 - 근데… 성효 씨는 언제부터 말을 그렇게 심하게 더듬기 시작했어요? 혹시 선천적인 거예요? 아니면 후천적인 거예요?

대한 - 왜 너는 형님한테 그런 걸 물어봐? 개인 프라이버시도 있는데….

장미 - 아… 그런가? 미안! 죄송해요! 제가 괜한 걸 물어봤네요.

성효 - 괘괘… 괜찮아요! 어… 어렸을 때 테테… 텔레비 보면서 말더듬는 바바… 바보 흉내를 따라 하다가 이… 이렇게 더… 더듬게 됐어요.

장미 - 그러면 후천적인 거네요. 그럼 고칠 수 있다고 그러던데….

미은 - 맞아요! 내가 알기로는 젓가락 물고 천천히 말하는 훈련 같은 거로 고치는 프로그램도 있다고 하던데…

대한 - 어라? 둘 다 왜 그래? 성효 형님 당황하셨잖아! 무슨 청문회 하는 것도 아니고… 좀 그렇다!

성효 - 아아… 아녀 대한아! 제가여 서서… 성격이 많이 급해서 더 시시…

심하게 더… 더듬는데 차분하게 말하면 괘… 괜찮아져요.

이때 대한의 친구 윤식이 커피숍으로 들어온다. 대한이 손짓을 하며 윤식을 부른다. 윤식이 성효를 발견하고는 장난기가 발동했는지 평소와는 다르게 성효에게 과할 정도로 정중하게 고개를 숙여 인사하며 장난을 건다.

윤식 - 성효 형님! 식사는 하셨습니까?

성효 - 그그… 그래! 아아… 아우님! 일단 앉아라!

윤식 - 네~ 효효효… 님!

성효 - 이 시시… 씨발 새끼가… 따따… 따라 하지 마!

대한과 일행이 우스꽝스러운 표정으로 성효를 따라 하는 윤식을 처다보며 배꼽을 잡고 자지러지게 웃는다.

우석 - 아~ 윤식이! 너 땜에 웃겨서 죽겠다! 진짜~ 푸하하!

윤식 - 구디기(용식)만 오면 우리 또래는 다 모이는 거네?

우석 - 그렇지 않아도 조금 전에 용식이 만났는데 여기로 금방 온다고 했어.

성효 - 구구… 구디기 오면 혀혀… 형은 일어날 테니까 니들 치치치… 친구들끼리 재밌게 노노… 놀다 가라!

이때 앞에 있는 미은을 처다보며 처음 보는 얼굴이라는 듯 윤식이 조심스럽게 묻는다.

윤식 - 근데? 저분은 누구서?

우석 - 어~ 대한이 제수씨 친구랴!

대한 - 포스가 죽이지? 그런데 남친이 없으시단다. 윤식아! 네가 일 좀 내 봐라. 친구야! 하하하!

미은 - 대한 씨는… 창피하게 왜 그래여?

대한 - 뭐가 창피해? 미은 씨! 방금 내 말은 잘 해보란 뜻이니까 오해는 하지 말아요!

윤식 - 이크! 앙칼지시네. 미은 씨! 헤헤!

미은 - 어머? 뭐래? 이 사람이! 호호호! 귀여워!

미은이 윤식의 장난스런 말투와 행동이 재미있다는 듯 웃으며 말하자 이 둘을 지켜보고 있던 대한과 장미가 의외라는 표정으로 서로의 얼굴을 바라본다.

대한 - 오~ 이런 묘한 분위기는 뭐지?

미은 - 근데! 윤식 씨는 내 스타일은 아냐! 난 우석 씨가 훨씬 맘에 들어~

장미 - 뭐? 뭐라고? 얘가 미쳤나 오늘 처음 보고서 왜 이런대?

우석 - 푸하하하하! 아~ 웃겨!

윤식 - 나 지금 씹힌 거? 미은 씨가 아직 내 매력을 몰라서 그런 말 하는데요… 오늘 꼭 지켜봐 봐요! 나의 매력에 푹 빠지게 할 테니까! 헤헤!

미은은 처음 보는 사람들 앞에서도 당돌하다고 생각이 들 정도로 자신의 생각을 거침없이 밝힌다. 윤식은 이런 미은의 행동에 내심 당황하면서도 겉으로는 아무렇지 않게 행동했지만 은근히 오기가 생기는 것을 느낀다. 하지만 어쩐 일인지 미은이 우석이 더 좋다고 하는 얘기를 들으면서도 우석은 아무런 반응을 보이지 않는다. 이때 용식(구더기)이 커피숍으로 들어선다. 대한의 또래 친구들이 다 모이자 성효가 자리에서 일어선다.

성효 - 그… 그럼 치치치… 친구들끼리 노… 놀다 가! 혀… 형은 갈게!

성효가 찻값을 모두 계산하고 먼저 나간다. 대한과 친구들은 1년 선배인 성효에게 인사를 하고 돌아와 다시 자리에 앉는다. 용식이 장미를 바라보며 이죽이죽 묻는다.

용식 - 아이구~ 제수씨는 아주 그냥 대한이하고 살림을 차렸나 봐! 볼 때마다 둘이 꼭 붙어있네. 제수씨 때문에 대한이가 학교 졸업이나 하겠어? 응?

대한 - 그러니까… 용식아! 나 오늘도 학교에 못 갔다!

장미 - 이야~ 그게 또 나 때문이라는 거야?

대한 - 헤헤! 아니야! 오늘은 내 기분이 안 좋아서 안 간 거야.

장미 - 용식아! 난 대한이한테 분명히 학교에 가라고 했어. 진짜야!

용식 - 그려? 아~암! 그랬겠지… 제수씨! 헤헤헤!

우석 - 야! 구디기(용식)! 오랜만에 뭉쳤는디… 우리 술이나 한잔 마시자! 시간도 많은디…

윤식 - 그랴~ 3층 술집으로 올라가자!

장미 - 됐어! 무슨 대낮부터 술이야!

미은 - 난 낮술은 한 번도 안 해 봤는데… 가보자. 장미야! 응?

대한 - 워우~ 미은 씨! 오늘 왜 이래?

장미 - 그러니까… 미은이 너 오늘따라 이상해! 왜 그래? 진짜!

윤식 - 제수씨! 뭘 왜 그래? 나 때문이지. 하하하! 빨리 일어나요! 위로 올라가게… 미은 씨 오늘 내 매력에 뿅 가는 거야~ 푸하하!

윤식은 미은에게 노골적으로 관심을 보인다. 하지만 미은은 우석(배꼽)에게만 관심을 표하고 윤식에게는 눈길조차 주지 않는다.

윤식이 3층 술집에서도 마치 미은을 호위하기라도 하는 것처럼 미은의 옆에 찰싹 들러붙어 앉아있다. 용식이 이런 윤식을 보며 비아냥거린다.

용식 - 얌마! 윤식이! 너! 이 새끼! 침 좀 어지간히 흘려라. 존 나 더러워 보인다. 재수 없다 증말!

장미 - 방금 그게 무슨 말이야? 무슨 침을 흘린다고 그러니? 너 자꾸 이상한 말 좀 하지 마!

윤식 - 제수씨! 왜 그라~ 나 지금 미은 씨한테 침 흘리고 있거든… 헤헤헤

장미 - 아~ 징그러워! 뭐래? 얘들 변태 같아!

대한 - 야! 이 미친놈아! 살살해라! 하하하!

미은 - 윤식이! 너! 장난하지 마! 너! 완전 별루야!

용식 - 푸하하하! 병신아! 얌전히 좀 있어!

잠시 후 안주와 술이 차려지자 윤식이 생맥주 안에 소주를 섞어 잔을 돌린다. 예상했던 대로 윤식은 미은에게만 집중적으로 술을 권한다. 그 모습을 지켜보던 대한이 한마디 한다.

대한 - 윤식아! 너! 미은 씨를 아주 그냥 마취시키려고 그러는 거냐? 천천히 좀 해! 어?

장미 - 천천히 마셔! 미은아! 그렇게 급하게 마시다가 취하면 어쩌려고 그래?

미은 - 알았어! 장미야! 천천히 마실게! 야! 윤식이! 너 자꾸 나한테 술 먹이려고 하지 마! 짜증 나!

윤식 - 알았어! 누나! 걱정 말어! 헤헤!

용식 - 이 새끼! 오늘 발정 난 개새끼 마냥 왜 이렇게 웃기나? 푸하하!

술잔이 몇 차례 오가자 조금씩 취기가 오르는 눈치다. 윤식이 미은에게 추근거리는 모습을 보던 우석(배꼽)과 용식(구디기)이는 윤식의 속셈을 알아채고는 3,000cc 생맥주 통에 소주를 계속 섞어 넣는다. 이제는 생맥주 통에 든 술이 소주처럼 말갛게 색이 변할 정도다. 이 술을 맥주잔에 따라 마시는 것은 소주를 맥주잔에 따라 마시는 것과 같은 셈이 된 것이다. 일행이 급격히 술에 취해가기 시작한다.

대한 - 야! 소주 좀 정당히 섞어라! 이게 생맥주냐? 소주지!

장미 - 그래. 술이 너무 독해! 못 마시겠어!

대한 - 장미야! 조금 천천히 마셔!

장미 - 어~ 알았어!

대한 - 와아~ 니들 미은씨를 완전 마취시키려고 그러냐?

윤식 - 얌마! 니들 미은 누나한테 술 좀 그만 줘!

용식 - 병신새끼! 지랄하고 있네! 뭐냐? 너?

우석 - 그니까 말이여. 술은 지가 다 처먹여 놓고… 존나 웃긴 놈이라니까!

미은 - 어쩜 저렇게 하는 짓이 밥맛이냐! 윤식이! 너 정말 얄밉다!

대한 - 에이~ 미은씨! 윤식이도 알고 보면 괜찮은 놈이야~ 근데! 미은 씨 오늘 스타일이 완전 윤 마담 포스야! 얘들아 안 그러냐?

우석 - 그러게… 윤 마담! 잘 어울리느디? 푸하하!

장미 - 야! 미은이가 얼마나 착한데 윤 마담이냐?

미은 - 시끄러워 죽겠네! 아~ 어지러워!

대한 - 윤 마담! 취했어? 야! 미은 씨 술 좀 깨도록 꿀물 좀 드러라!

용식 - 야! 근데… 슬슬 배고프지 않냐? 시내 야식집이나 가자! 내가 쏠게!
어?

대한 - 구디기(용식) 니가? 너! 갑자기 왜 그래? 부담스럽게!

우석 - 그라~ 배고프다! 언능가자! 구디기(용식)이가 대포 깐다니까 일단 얼
른 가서 배부터 채우자!

술이 얼큰하게 취한 대한과 일행이 용식(구디기)이 쏜다는 말을
듣고 술집을 나와 야식집으로 자리를 옮긴다. 주문한 음식을 기다
리는 동안 대한과 친구들이 담배를 피우고 있는 사이에 장미가 술
에 취한 미은을 챙기고 있다. 장미가 윤식을 보며 술에 취한 미은
이 걱정된다는 듯 말한다.

장미 - 저기… 윤식아! 미은이는 술이 많이 취한 것 같아! 그러니까 더 이상
얘한테 술 주면 안 돼! 알겠지? 부탁할게!

하지만 윤식은 음흉한 미소를 지어 보이며 못 들은 척 아무런 대
답도 하지 않는다.

우석 - 제수씨! 윤식이 새끼한테 말해 봐야 아무 소용도 없어! 하하하!

대한 - 야! 남자가 가오가 있지! 어? 안 되면 되게 하라! 그래도 안 되면
될 때까지 하라! 그렇게까지 했는데 안 되면 마춰시켜라! 친구들아! 헤

헤헤!

용식 - 캬하하하! 하여튼 니들 존나 웃긴다! 진짜!

장미 - 미쳤나 봐! 대한이 너까지 왜 그러는데?

장미가 대한의 허벅지를 꼬집으며 눈을 하얗게 뜨고 대한을 흘겨본다.

대한 - 으~아~ 알았어! 그만! 그만! 장난 안 칠게! 장미야!

장미 - 넌 제발 입 좀 다물고⋯ 아무 말도 하지 마! 응?

대한 - 윤식아! 파이팅! 마취가 답이다! 푸하하!

장미 - 조용히 좀 해! 너 자꾸 왜 그래!

윤식 - 캬~아~ 미은 누나! 우리 한 잔 더 하자! 응?

용식 - 그려~ 그럼 같이 마시자!

우석 - 오늘 구디기(용식)가 오랜만에 쏘는 거니까 먹고 싶은 거 맘껏 시켜서 먹어둬라! 푸하하!

용식 - 그랴~ 까짓 먹고 싶은 거 있으면 다 시켜! 저기 이모! 계란말이하고 소주 한 병만 더 주세여!

대한 - 이 새끼! 대포 깐다고 막 조지는 구만! 하하하!

우석 - 하긴! 외상으로는 소도 잡는다고 하잖어! 안 그려?

대한 - 오~ 너 요즘 공부도 하냐? 속담도 알고⋯ 많이 발전했는데?

윤식 - 친구들아! 우리 술 좀 마시자! 응?

우석 - 그려~ 어이! 윤 마담! 한 잔 더해요! 건배!

미은 - 그래. 마시자! 우석아! 짠~

용식이 주문한 음식이 나오자 대한과 일행은 마치 공짜라서 신이라도 난 것처럼 술과 음식을 정신없이 먹어치운다.

어느 정도 배를 채웠다고 생각했는지 용식이 대한과 일행들에게 먼저 밖에 나가 있으라고 눈을 찡긋거린다. 틀림없이 외상을 하려는 모양새다. 대한이 친구들을 데리고 야식집 밖으로 먼저 나간다. 야식집에는 용식과 우석만 남아 방안에서 담배를 피우고 있다. 야식집 이모는 무언가 낌새가 이상하다고 생각했는지 용식과 우석이 방문을 열고 밖으로 나오는 모습을 언짢은 표정으로 바라본다. 용식이 카운터로 다가가 야식집 이모에게 시침을 뚝 떼고 능청스럽게 묻는다.

용식 - 이모! 여기 얼마예요?

야식집 이모 - 오늘 술값만 5만 5천 원! 지난번 외상값까지 해서 10만 원만 주고 가!

용식 - 다음에 올 때 같이 계산해 드릴게요~ 이모! 달아놔요!

야식집 이모 - 어이구~ 그러면 그렇지. 어쩐지 친구들이 한 놈씩 내뺄 때부터 내가 알아봤다. 이놈아! 지난번에도 후배들이랑 와서 외상하고 가더니만 오늘도 또 그러냐? 니들은 이모가 만만해 보여서 그러는 거지? 너 이놈의 새끼들! 이게 도대체 몇 번째여! 이~잉!

용식 - 이모는 내가 뭘 그렇게 외상을 했다고 그려? 얼마 안 되는 돈 가지고 쪽팔리게! 담에 와서 한꺼번에 다 드릴게요!

우석 - 그려~ 이모님! 용식 말대로 하~

야식집 이모 - 어라? 가만 보니 우석이구만! 야! 이놈아! 넌 더하~ 외상값이 30만 원이 넘었어. 니가 용식이 보다도 더 나빠! 이놈아! 넌 외상값 언제 줄 거? 어?

우석 - 에이~ 이모! 내가 여기 올 때마다 조금씩 갚아 주잖아요. 그래도 내가 여기 단골인디… 이모! 나는 여기 말고 다른 데는 절대 안 가요. 진짜여~

야식집 이모 - 어이구~ 말은 아주 청산유수여. 우석이 너는 앞으로 외상금지여! 너는 돈 언제까지 줄 거?

우석 - 이모는 나만 미워하고 그랴. 내가 용식보다는 훨씬 많이 팔아주고 단골인디… 너무하는 거 아녀?

용식 - 이모도 차암~ 지역 살면서 우리가 돈 떼먹고 어디 가겠어요~ 담에 와서 정산할게요!

야식집 이모 - 맨날 말로만 하면 뭐 혀! 이놈아! 약속을 지켜야지. 니들은 어째 수법도 똑같고 하는 말도 똑같냐? '이모 낼 드릴게요!' 이러면서… 내가 그 말에 속아서 벌써 몇 번째냐? 니들도 이 장부 좀 봐 봐! 어디….

우석 - 흠~ 그러네! 내가 제일 많이 팔아주었구먼! 그려… 헤헤!

용식 - 우리 사정 뻔히 알면서 그랴~ 이모! 우리가 돈 안 주고 그러진 않잖아요? 담에 와서 꼭 드릴게! 알았지? 이모!

야식집 이모 - 아이구… 그랴~ 알았다! 이놈아! 혹시나 하는 말인디… 딴데 가서는 절대로 외상하지 말고 차라리 이모 집으로 와! 알았어?

우석 - 워메~ 그럴 거면서… 헤헤헤! 역시 우리 생각해주는 건 이모님밖에 없다니께… 가자! 용식아!

용식 - 이모! 그럼 우리는 먼저 가 볼게요! 많이 파세요.

말만 그렇게 할 뿐, 야식집 이모는 본래 인심이 후한 사람이다. 우석과 용식이 숱하게 외상을 해도 이들을 내치는 법이 없다. 그래서 주머니 사정이 좋지 않은 우석과 용식에게는 이 야식집이 몇 안 되는 단골집 중의 하나였다.

야식집에서 먼저 나와 밖에서 기다리고 있던 대한과 일행이 우석과 용식이 한참 동안 나오지 않자 걱정스러운 표정으로 야식집 입구를 바라본다.

대한 - 얘들 왜 이렇게 안 나오지? 내가 다시 들어가 볼까?

윤식 - 아녀! 그냥 기다려 봐! 아마 저것들 야식집에 외상값 존나 많아서 그럴 거여 푸하하!

장미 - 어! 저기 나온다!

용식 - 야! 한참 기다렸지? 가자!

대한 - 니들 야식집에 외상값도 존나 많다면서 또 대포 친 거냐? 하하하!

용식 - 우리 동네에서 뭘 어쪄? 돈 없으면 외상도 하고 있을 때 갚아주고 그러면서 사는 거지. 뭘 그렇게 심각하게 그러냐?

우석 - 그려~ 말 잘했다! 지역사회 살면서 우리가 나쁜 짓 하는 것도 아니고… 술 좋아해서 가끔 외상 하는 건디… 뭐… 우리가 그 정도도 못 하냐?

대한 - 그래! 우석아! 네가 먹었다! 먹었어! 하하하!

지금 시간에는 모텔 말고는 더 이상 갈 만한 곳도 없다. 대한과 일행은 마트에서 맥주와 안줏거리를 사고 시내의 한 모텔로 향한다. 가장 큰 온돌방 하나를 잡아 다 함께 들어간 대한과 일행이 사온 맥주를 마시며 시간을 보낸다. 우석은 술에 취한 어머니의 전화 연락을 받고 먼저 집으로 가고 용식은 술에 만취하여 모텔방 한구석에 먼저 자리를 깔고 잠이 든다. 언제나처럼 마지막까지 남은 대한이 윤식과 함께 술을 마시고 있다.

윤식 - 대한아! 이제 술도 없는데 그만 마시자!

대한 - 그래! 여기 좀 대충 치우고 씻자!

이때 윤식이 목소리를 낮추며 대한의 귀에 대고 소곤거린다.

윤식 - 야! 대한아! 조금 이따가 불 끄면 너는 제수씨랑 자는 척 좀 하고 있어라! 응? 내가 오늘 미은 누나가 맘에 들어 미치겠어! 정말로… 어?

대한 - 이 미친놈이… 진짜로? 아유~ 난 몰라! 네가 알아서 해!

잠시 후 욕실에서 샤워를 마친 장미와 미은이 옷을 입고 머리에는 젖은 수건을 두른 채로 나온다. 대한과 윤식이 옷을 훌렁 벗고 사각팬티 차림으로 함께 욕실에 들어가 대충 씻는 둥 마는 둥 얼른 샤워를 끝내고 나온다. 윤식이 대한에게 눈을 찡긋거리며 사인을 보낸다. 대한이 알았다는 듯 미소를 지으며 모텔 방 한쪽 벽으로 장미를 불러 팔베개를 하고 나란히 눕는다. 미은이 잠시 머뭇거리다 장미 옆으로 따라 눕는다. 대한이 연신 하품을 하며 윤식에게 말한다.

대한 - 윤식아! 이제 그만 불 좀 끄자! 졸립다! 응?

윤식 - 그라~ 알았어! 지금 불 끈다.

대한이 장미에게 나지막이 눈을 감으라며 귀엣말을 한다. 방에 불이 꺼지고 윤식이 기다렸다는 듯 은근슬쩍 미은의 옆자리로 다가가 자리를 잡고 눕는다. 잠시 망설이던 윤식이 미은의 귀에 대고 속삭인다.

윤식 - 미은 누나! 자?

미은 - 아니! 아직… 왜?

윤식 - 누나가 옆에 있으니까 잠이 안 온다!

미은 - 장난하지 말고 빨리 자!

미은의 말이 채 끝나기도 전에 윤식이 미은의 이불 속으로 파고들더니 덥석 그녀를 안아버린다. 깜짝 놀란 미은이 윤식을 밀쳐내며 나지막이 말한다.

미은 - 야! 너 미쳤어? 왜 그래? 저리 가!

윤식 - 누나! 난 누나가 좋아! 우리 사귀자! 어?

윤식이 손사래를 치는 미은의 입술에 거의 반강제로 키스하며 그녀를 거칠게 끌어안는다. 미은이 몸부림치며 두 손으로 윤식을 떼어내 보려고 하지만 갑자기 윤식이 그녀의 바지 속으로 손을 '쑤욱' 밀어 넣는다. 몸부림을 치던 미은이 저항을 포기했는지 몸에 힘을 풀어버린다. 미은이 윤식의 귀에 대고 기어가는 목소리로 속삭인다.

미은 - 알았어! 그만해! 바지 찢어진단 말이야. 내가 벗게!

윤식 - 으응! 알았어! 누나! 빨리 벗어 봐! 나 미치겠어! 누나!

자는 척하던 대한과 장미는 윤식과 미은의 대화를 엿들으며 이들의 사랑놀음에 터져 나오는 웃음을 참느라 서로의 입을 틀어막는다. 모텔방 안은 깜깜했지만 어렴풋이 윤식과 미은의 실루엣이 보인다. 감정이 격해지는지 윤식과 미은의 숨소리가 조금씩 거칠어지기 시작하고 두 사람의 리얼한 실루엣의 움직임이 격렬해지기 시작하자 웃음을 억지로 참고 있던 대한과 장미가 결국 웃음을 터뜨린다.

대한 - 캬하하하! 니들 너무 웃겨서 못 참겠다! 진짜!

장미 - 야~ 조용히 좀 해! 쟤들 창피할 거 아냐….

미은 - 아~ 뭐야? 니들! 안 자고 다 듣고 있었어? 아~ 쪽팔려!

윤식 - 뭐가 쪽팔려? 본능적인 건데… 누나! 가만히 좀 있어 봐!

미은 - 야! 너는 이 상황에서도 그게 하고 싶냐?

윤식 - 그러믄 어떡햐? 하던 건 끝까지 해야지.

대한 - 친구야! 힘내라! 힘! 덕분에 좋은 구경 한다. 푸하하!

장미가 대한의 입을 틀어막는다.

장미 - 그만 조용히 좀 해! 제발 대한아! 응?

대한 - 괜찮아! 어때? 헤헤! 친구야! 벌써 다 끝났냐?

윤식 - 암만~ 오늘 미은 누나는 내가 침 발랐다! 헤헤헤!

대한 - 그러네! 오늘 윤식이 확실하게 도장 찍었구만!

미은 - 아~ 창피하게 이게 뭐야? 윤식이! 너 정말~

윤식 - 뭘 어뗘? 친구들끼리 쪽팔릴 거 없어! 누나! 이제부터 내가 매일매일 이뻐해 줄게! 알았지?

자는 줄 알았던 용식이 시끄러웠는지 갑자기 일어나며 윤식에게 버럭 소리를 지른다.

용식 - 야! 이 미친 개새끼야! 넌 개, 돼지도 아니고 이게 뭐 하는 짓이냐? 이 씨벌놈아! 존나 부럽잖어!

장미 - 용식이 네 말이 더 웃긴다! 호호호!

대한 - 미은 씨가 이제 제수씨로 승진했네. 축하해요! 하하하!

윤식과 미은의 일로 모두 한바탕 크게 웃는다.

요즘 대한은 어쩐 일인지 도통 학교에 갈 생각은 하지 않고 친구들과 어울려 다니며 방황하는 일이 잦다. 대한의 무단결석 일수가 점점 늘어나자 대한의 담임 홍 선생이 대한과 가장 가깝던 복학생 일석(영동파)을 따로 불러낸다.

홍 선생 - 일석아! 너 혹시 대한이 연락되니?

일석 - 예! 선생님! 근데 갑자기 대한이는 왜여? 무슨 일이라도…?

홍 선생 - 방금 전 대한이 어머니께서 다녀가셨는데 대한이가 집에 안 들어온 지가 한참이 지났나 보더. 걱정이 많으신 거 같은데… 네가 대한이에게 연락해서 어디서 어떻게 지내는지 그것만이라도 알아봐라!

일석 - 무슨 말씀이신지는 알겠지만 말씀드리면 제가 대한이를 고자질하는 것 같아서 차마 말씀드리기가 조금 불편하네여! 선생님!

홍 선생 - 너하고 대한이하고 출석 일수가 부족해서 원칙대로 하자면 너희들은 졸업하기 힘들다는 건 알고 있지?

일석 - 아… 예! 그건 알고 있어요!

홍 선생 - 그럼 내일이라도 대한이를 학교에 데리고 와! 그러면 너희들 둘 다 졸업할 수 있게 내가 도와줄게! 알겠니?

일석 - 진짜로여? 나중에 딴 말씀 하시면 안 돼요? 저하고 약속하시는 겁니다!

홍 선생 - 그래. 임마! 내일 오전에 대한이 어머니 오시면 그때 대한이 어머니 모시고 같이 가서 대한이를 데리고 학교로 와! 이 정도는 할 수 있겠지?

결국 일석(영동파)이 고등학교 졸업장을 받기 위해서 대한의 문제를 가지고 담임인 홍 선생과 거래를 한 셈이 되었다.

다음 날 아침 10시. 대한의 어머니가 담임 홍 선생과 함께 전기과 사무실에서 일석(영동파)을 기다리며 커피를 마시고 있다. 같은 시각 대한은 장미와 함께 모텔에서 속옷만 입은 채 잠을 자고 있었다. 이때 일석이 대한에게 전화를 건다.

일석 - 대한아! 형이다! 자냐?

대한 - 예! 형님! 그런데 아침부터 무슨 일 있으세요?

일석 - 아니… 무슨 일은… 너 지금 시내 모텔에 있냐?

대한 - 아~ 예!

일석 - 아니다! 자고 일어나서 통화하자!

'갑자기 아침부터 무슨 일이지?' 뜬금없는 일석(영동파)의 전화에 어리둥절했지만 대한이 이내 다시 잠이 든다.

대한이 어디에 있는지 소재를 확인한 일석이 잠시 후 대한의 어머니를 모시고 대한이 자고 있는 모텔로 향한다. 일석이 모텔 방문을 두드린다. 자고 있던 대한이 속옷 차림으로 방문을 연다. 일석이 난감한 표정으로 대한을 바라보며 말한다.

일석 - 미안하다! 대한아! 너희 어머니하고 같이 왔어! 일단 옷부터 입고 빨리 나와 봐!

대한 - 예? 아니… 형님! 갑자기 그게 무슨 소리예요?

뒤에 서 있던 대한의 어머니가 일석을 밀치고 모텔방 안을 들여다본다.

대한의 어머니 - 대한이! 너 이놈! 빨리 안 나와? 대낮에 창피하게… 학생이란 놈이 여기서 지금 뭐 하고 있는 거냐? 응? 대체 옆에 있는 저년은 또 누구여!

대한 - 아… 알았어요! 나갈 테니까 밖에 계세요!

대한의 어머니 - 네가 옷 입고 나올 때까지 문 앞에서 기다릴 거니까 빨리 나와!

일석 - 그래! 대한아! 어머니까지 오셨으니까 일단은 여기서 나가자! 빨리! 어?

대한 - 아니… 형님! 어머니를 여기까지 모시고 오면 어떡해요? 아~

일석 - 그 얘기는 나중에 하자! 대한아~

장미 - 그래! 대한아! 어머니까지 오셨는데 그러지 말고 빨리 나가 봐!

대한 - 그러면 넌 집에 들어가 있어! 전화할 테니까… 알았지?

장미 - 그래! 알았어! 꼭 전화해!

난처했다. 갑자기 어머니가 모텔 방까지 찾아온 것도 그렇고… 여자친구 장미와 함께 있는 것을 보인 것도 그렇고… 장미를 모텔 방에 혼자 두고 가야 하는 것도 대한은 마음이 편치 않다. 하지만 일석(영동파)을 앞세워 모텔 방까지 찾아온 어머니를 혼자 돌려보낼 수는 없었다. 대한이 급하게 옷을 입고 어머니를 따라 진산공고 전기과 사무실로 향한다.

대한 - 아니… 형님은… 어떻게 제 어머니를 여기까지 모시고 오실 생각을 하신 거예요? 와아~ 충격이다!!

대한의 어머니 - 시끄러워! 이놈아! 아까 거기에 있던 년은 대체 어떤 골빈 년이기에 학교도 안 가고 거기서 있는 겨? 내가 대가리를 확 쥐어 뜯어버리려다 참았구먼!

일석 - 어이구 어머니! 고정하셔요!

대한의 어머니 - 살다 살다 대한이 너 때문에 내가 별꼴을 다 본다. 정말! 너 도대체 어쩌려고 이러냐? 응?

잠시 후 대한과 대한의 어머니가 일석(영동파)과 함께 전기과 사무실에 도착했지만 담임 홍 선생은 특별한 말 없이 대한을 귀가시킨다. 어머니는 대한을 데리고 아버지가 일하고 있는 양식장으로 향한다. 대한과 어머니가 양식장에 도착해 차에서 내리자 양식장에서 홀로 땀을 흘리며 일을 하고 있는 대한의 아버지가 보인다. 왠지 대한의 마음이 편치 않다. 대한이 아버지에게 다가가 죄송하다고 말하지만 대한의 아버지는 그를 쳐다보지도 않고 들어가 쉬라며 이내 자리를 피해버린다. 대한이 불편한 마음으로 양식장을 나와 집으로 향한다. 집에 도착한 대한이 모텔방에 혼자 두고 온 장미가 걱정되어 그녀에게 전화를 건다.

대한 - 나야! 아까 집에는 잘 들어갔어?

장미 - 응! 그러잖아도 전화가 없길래… 걱정돼서 너한테 전화를 할까 말까 고민 중이었는데… 때마침 전화했네. 괜찮아? 아버지한테 안 혼났어?

대한 - 나야 뭐… 괜찮아! 이제 집에 들어왔어!

장미 - 그랬어? 너희 아버지는 뭐라 하셔?

대한 - 별말씀 없으셔! 당분간 그냥 집에서 쥐 죽은 듯이 지내고 있어야지! 넌 집에서 뭐라 안 하셔?

장미 - 어머니는 별말씀 없는데… 언니들이 더 난리야! 차라리 빨리 직장에 취직이나 하라면서 잔소리 한 다발이야!

대한 - 우리 이쁜 장미가 나 때문에 집에서 미운 오리 새끼가 됐구만 그래! 헤헤!

장미 - 그러게 말이야! 벌써부터 네가 보고 싶어져! 많이 보고 싶다! 대한아! 내일 너 학교 끝나고 보자! 응?

대한 - 그래! 오늘 많이 피곤했을 텐데 푹 쉬고 내일 보자!

장미는 대한이 방황할 때 곁에서 말없이 지켜봐 준 유일한 사람이다. 그래서 대한에게 장미는 외로울 때 의지가 되는 사람이었다. 하지만 이제는 두 사람이 잠시 떨어져 지내야 할지 모른다고 생각하니 장미가 오히려 더 아쉬워하는 것처럼 보인다. 그새 장미도 대한에게 정이 듬뿍 든 모양이다. 대한의 집 거실에는 대한이 즐겨듣던 '드렁큰 타이거'의 '난 널 원해'가 흘러나온다. 대한이 눈을 감고 잠을 청해본다.

다음 날 아침. 대한이 친구들과 함께 전기 실습실로 향한다. 오늘은 전기공사와 승강기 보수공사 자격증 취득을 위한 실습시험이 있는 날이다. 한동안 무단결석을 한 탓에 오늘 있는 수업 내용조차도 알 수 없는 대한과 일석이 다른 친구들의 과제실습을 우두커니 바라본다. 대한이 갑자기 부반장을 부른다.

대한 - 야! 부반장! 이리 와 봐!

부반장 - 어! 대한아! 무슨 일이야?

대한 - 지금 자격증시험 보는 거냐?

부반장 - 응! 너하고 일석이 형은 학교에 잘 나오지 않아서 자격증 원서제출을 하지 못했어! 공고 졸업하면 자격증 한 개는 거저 취득할 수 있게 해주는 좋은 기회였는데… 아쉽게도 두 사람만 못 받게 됐어.

일석 - 그럼 대한이하고 나만 자격증을 못 받는 거냐?

부반장 - 네! 그렇죠! 신청서를 제출 안 하셔서….

일석 - 에라이~ 씨벌 거… 그냥 준다는 자격증도 못 받는다고 하니까 괜히 열 받네! 대한아! 나가서 담배나 한 대 피고 오자!

대한 - 가시죠! 형님! 담임선생님한테 저를 학교에 데리고 나오는 조건으로 어떤 거래를 하셨는지 밖에서 얘기도 나눌 겸… 헤헤!

일석 - 넌 불편하게 자꾸 왜 그 얘길 꺼내고 그러냐? 너는 은근히 집요한 구석이 있어. 아무튼… 일단 나가자!

대한 - 예~ 근데… 형님하고 저하고는 출석 일수가 많이 부족했을 텐데… 어떻게 된 거예요? 약간 의심스러운데요? 형님?

일석 - 넌 형을 못 믿냐? 형은 너를 졸업시키기 위해서 어쩔 수 없이 선택을 했을 뿐이여. 임마!

대한 - 그렇겠죠! 형님! 그런 선택을 하신 덕분에 전 집에서 쥐 죽은 듯이 지내고 있고요. 답답해 죽겠어요!

일석 - 조금만 참아! 대한아! 그래도 우리가 고등학교 졸업장을 받을 수 있다는 것에 감사해라! 알겠냐?

대한 - 그래요! 형님! 근데요… 뻔히 제가 장미랑 모텔에 같이 있는 걸 아셨을 텐데… 미리 귀띔이라도 해 줬으면 그런 민망한 상황은 없었을 거 아니에요!

일석 - 그건 형이 미안하다! 그래도 임마! 넌 형 덕분에 졸업장 받는 거니까 고마워해야 돼! 임마!

대한 - 하하하! 분명히 무언가 석연치 않은 냄새가 나는데… 형님 체면도 있으니 여기까지만 할게요!

대한과 일석(영동파)은 수업시간 내내 밖에서 노닥거리다 실습시간이 끝나 갈 무렵에서야 실습실로 돌아간다.

그날 수업을 마치고 대한이 일석과 함께 장미를 만나러 오거리 커피숍으로 향한다. 커피숍 창가에는 장미가 대한을 기다리며 홀로 앉아있다. 장미가 멀리서 걸어오고 있는 대한을 발견하고 반갑게 손을 흔들어 보인다. 잠시 후 대한과 일석이 장미의 테이블에 함께 둘러앉는다.

일석 - 아이구~ 제수씨! 우리 대한이가 많이 보고 싶었나 봐?

장미 - 그럼… 많이 보고 싶었지! 호호호!

대한 - 오래 기다렸어?

장미 - 아니! 나도 방금 왔어! 일석아! 어젠 내가 얼마나 놀랬는지 알아?

일석 - 제수씨! 미안해! 나도 어쩔 수 없었어!

장미 - 옷도 안 입고 있었는데 갑자기 대한이 어머니가 들이닥치시니까 일어나서 인사도 못 하고 얼마나 창피하던지… 어제 일만 생각하면 짜증 나! 미치겠어 정말!

일석 - 뭘 그 정도 가지고 그래? 제수씨! 괜찮어!

대한 - 이제 그만해! 장미야! 안 그래도 학교에서 한참 동안 그 얘기 했다! 하하하!

일석 - 야! 제수씨 눈치 보여서 얼른 일어나야겠다! 내일 보자. 대한아! 형은 간다.

장미 - 괜찮아! 일석아! 내가 그냥 장난한 건데….

일석 - 그러잖아도 나도 다른 약속이 있어서 가 봐야 돼! 제수씨!

일석(영동파)은 다른 약속이 있다며 먼저 일어나 나간다. 아마도 어제의 일로 불편하기도 하고 자리를 피해주고 싶기도 했을지 모른다.

대한과 장미가 어제 일에 대해서 이런저런 이야기를 나누고 있다. 장미의 이야기는 주로 언니들이 빨리 취직이라도 하라고 자신을 다그친다는 이야기다. 그러던 중 갑자기 장미의 입에서 대한에게도 귀에 익은 이름이 흘러나온다.

대한 - 혹시 방금 전 얘기했던 정미 언니가 간호사야?

장미 - 응! 맞아! 넌 우리 언니를 어떻게 알아? 혹시 병원에서 알게 된 거야?

대한 - 그래. 맞아! 그때 백 간호사 누나가 막냇동생을 나한테 소개시켜 준다고 그랬었는데… 거 참! 신기하네!

장미 - 그러네… 근데… 그때는 왜 싫다고 그랬어? 안 그랬으면 우리가 조금 더 일찍 만났을 텐데.

대한 - 그때는 그냥 그랬어. 내 인연은 내가 선택하고 싶었거든. 그래서 거절을 했지. 지금 생각해 보니 아쉽긴 하다. 헤헤헤!

장미 - 네가 중3 때면 난 고1이고… 맞아! 그때 우리 언니가 병원에서 간호사로 근무하고 있을 때야. 와아~ 진짜 신기한 인연이다. 우리는 운명인가? 집에 가면 우리 언니한테 물어봐야지.

대한 - 만약에 그때 소개받았으면 우린 어땠을까?

장미 - 음… 아마 지금처럼 서로 사랑하고 있지 않았을까? 그때나 지금이나 똑같을 거 같은데?

대한 - 결국에는 장미를 이렇게 만나게 될 거였구나! 운명처럼….

생각할수록 신기한 일이다. 대한이 중3 시절. 동생 민국과 함께 대형 교통사고로 입원했던 병원에는 몇 명의 간호사들이 있었다. 그중에서도 얼굴이 예쁘장한 백 간호사가 유독 대한을 친근하게 돌봐주었다. 백 간호사는 자신의 막냇동생이 대한과 같은 나이 또래라며 소개팅을 해주겠다고 조르기도 했지만 대한은 자신의 인연은 자신이 찾겠다며 매번 거절했었다. 그랬는데 그 백 간호사의 막냇동생이 지금 자신과 마주하고 있는 장미라니… 이런 드라마틱한 인연이 있을 수 있는 건가? 대한이 장미의 얼굴을 다시 한 번 뚫어 져라 바라본다. 마음속에는 장미가 자신의 천생배필일지도 모른 다는 생각이 든다. 장미도 같은 생각으로 대한의 얼굴을 바라본 다. 두 사람의 눈에 숙명 같은 사랑의 그림자가 아른거린다.

도끼(성효)의 짝사랑

(義理 前過)

아침 7시. 진산 한양파 성효(도끼)가 아침 이른 시간부터 잠들어 있는 대한을 흔들어 깨운다. 아직도 잠에 취한 대한이 비몽사몽 대충 고양이 세수를 하고 시동을 걸고 기다리고 있는 성효의 차에 오른다. 7시 30분이 조금 지나자 성효가 급하게 액셀러레이터를 밟아 과속을 하며 어느 시골 마을로 들어선다. 마을 어귀로 진입하자 성효가 갑자기 차량의 속도를 줄인다. 성효가 버스정류장 방향으로 걸어가고 있는 한 여학생의 옆으로 차를 가까이 붙이더니 여학생의 걸어가는 속도에 맞춰 서행하며 그녀를 따라가기 시작한다. 대한이 무슨 일인가 싶어 성효가 따라가고 있는 여학생을 흘 끗 쳐다본다. 대한의 1년 후배 이세리다. '아하! 이거였구나!' 대한은 성효가 아침 일찍 자신을 깨운 것이나, 과속으로 차를 몬 것이 바로 세리 때문이었다는 생각을 하며 운전대를 잡고 있는 성효를 바라본다. 성효의 얼굴에는 생기가 가득하다. 성효가 운전석 창문을 내리고 세리를 부른다.

성효(도끼) - 세세… 세리야! 어어… 언능타! 하… 학교까지 태… 태워줄게!

성효의 차량이 바로 옆에 따라붙은 걸 알면서도 앞만 보며 걷고 있던 세리가 성효가 창문을 열고 자신의 이름을 부르자 그제야 고개를 돌려 성효를 쳐다본다. 세리가 성효의 옆자리에 대한이 앉아 있는걸 보고 흠칫 놀란 표정으로 대한에게 먼저 인사한다.

세리 - 어머! 대한 오빠! 안녕하세요!

대한 - 어~ 그래! 세리였구나! 하하하!

세리 - 성효 오빠! 난 그냥 버스 타고 갈게! 마을 사람들도 쳐다보고 있는데 이러면 어떡해?

성효(도끼) - 사사… 사람들이 보면 어… 어뗘! 빠빠… 빨리 타기나 하라니께?

세리 - 아냐! 오빠! 난 됐어! 그냥 가!

성효가 싫다고 하는 세리를 굳이 차에 타라며 조른다. 아침 등교 시간이라 지나는 사람들도 많은데다가 성효가 창문을 열고 계속 따라오며 거듭거듭 차에 타라고 조르자 망설이던 세리가 할 수 없다는 듯이 성효의 차 뒷좌석에 오른다. 이 모습을 지켜보던 대한이 안타까움에 한숨을 내쉰다.

대한 - 형님! 말이라도 해주시지… 자는 사람을 꼭두새벽부터 깨워서 차에 태우고 정신없이 달려온 게 제 후배 세리를 모시러 온 거였어요?

세리 - 오빠는 왜 대한이 오빠까지 힘들게 여기까지 데리고 온 거야! 미안하게… 앞으로는 이러지 마! 내가 불편하단 말이야~

성효(도끼) - 어어… 어떠? 괘괘… 괜찮아! 혀혀… 형이 가자는디 가야지! 안 그랴? 세세… 세리야! 하하하!

세리 - 내가 안 괜찮아. 오빠! 나 때문에 다른 사람 피해 주는 거 난 싫어!

성효(도끼) - 그그… 그려! 알았어! 세세… 세리야!

세리는 선배인 대한의 눈치를 보며 성효에게 짜증을 낸다. 성효는 오래전부터 세리를 짝사랑하고 있었다. 성효가 벌써 수개월 전부터 매일 같이 세리를 학교까지 차로 등교시켜주며 헌신적으로 구애를 하고 있었지만 성효에게 이성적인 감정을 느끼지 못했던 세리는 성효의 구애를 철저하게 거절하고 있었다. 하지만 편한 오빠와 동생 관계를 고집하는 세리의 계속되는 거절에도 불구하고 성효의 끈질긴 구애는 그칠 줄을 모른다.

며칠 뒤 저녁 시간. 세리가 저녁 식사 후 친구들과 어울려 노래방에서 시간을 보내고 있다. 친구들과 정신없이 놀던 세리가 어느덧 막차 시간이 가까워지는 것을 보고 먼저 노래방을 나선다. 막차 시간이 얼마 남지 않았다는 생각에 세리가 종종걸음으로 버스 정류장으로 향한다. 이때 갑자기 낯선 사내(진구)가 세리의 뒤를 따라온다. 더럭 겁이 난 세리가 핸드폰을 꺼내 친구들에게 전화를 걸어보지만 아무도 전화를 받지 않는다. 세리의 등골이 서늘해지며 진땀이 흐르기 시작한다. 세리의 가슴이 두려움으로 요동을 친다. 인적이 드문 컴컴한 골목길을 벗어나 사람들의 왕래가 제법 많은 시내로 들어서자 세리가 '휴우~' 하고 한숨을 내쉰다. 순간 세리의 뒤를 따라오던 낯선 사내가 세리의 옆으로 바짝 따라붙으며 대뜸 세리의 손목을 잡는다.

세리 - 엄마야! 왜 이러세여! 저리 가여!

세리가 깜짝 놀라 소리를 지르며 낯선 사내를 쳐다본다. 세리의 얼굴에는 두려움이 가득하다. 낯선 사내(진구)가 입가에 음흉한 미소를 지으며 세리에게 말을 건다.

진구 - 저기요… 아가씨! 나하고 잠시 얘기 좀 해요.

세리 - 네? 누구신데요! 저는 그쪽하고 할 얘기 없어요! 그냥 가세요!

진구 - 어라? 까칠하네. 그러지 말고 나하고 술이나 한잔하자! 어?

세리 - 내가 왜 그쪽하고 술을 마셔요? 그리고 전 학생이거든여? 저리 비켜요! 버스 막차시간이 다 돼서 지금 가야 돼요!

세리의 냉랭한 태도에 진구의 인상이 일그러지더니 말이 거칠어진다.

진구 - 거 존나 딱딱하게 구네. 야! 씨발! 내가 택시비 주면 되잖아? 어? 그러지 말고 나하고 같이 기분 좋게 딱 한잔만 같이하자고!

진구가 싫다고 하는 세리의 손목을 강제로 잡아끌고 가려 하자 겁을 먹은 세리가 급하게 성효에게 전화를 건다. 전화에서 흘러나오는 세리의 목소리가 다급하다. 세리의 겁에 질린 것 같은 목소리를 들은 성효의 얼굴이 하얗게 질린다. 무슨 일이라도 생기지 않을까 걱정스런 마음에 성효가 급히 한양파 후배 우석(배꼽)을 불러 차에 태우고 전속력으로 세리가 있는 버스정류장으로 내달린다. 세리가 막무가내로 술 한잔하자며 자신의 손목을 잡아끌고 있는 진구에게 완강하게 저항하고 있다. 세리가 완강히 저항하며 자신의 뜻대로 따라오지 않자 화가 난 진구가 세리에게 쌍욕을 퍼붓기 시작한다.

진구 - 야! 이 쌍년아! 네까짓 게 뭔데 그렇게 비싸게 굴어? 따라와! 이년아!

세리 - 이 손 놔요! 지금 집에 가야 된다구요!

세리가 필사적으로 저항한다. 진구가 화가 머리끝까지 치밀어 오르는지 주먹을 불끈 들어 때리기라도 할 기세다. 이때 비상등을 켜고 경적을 울리며 성효와 우석이 탄 차가 세리와 진구가 있는 방향으로 거칠게 달려온다. '끼이익!' 성효의 차량이 급정차하나 싶더니 성효와 우석이 야구 방망이를 들고 차에서 내려 세리에게로 뛰어간다. 세리가 성효를 알아보고 울음을 터뜨리며 급히 성효의 뒤로 몸을 숨긴다. 성효가 울고 있는 세리를 토닥거리며 진정시키는 사이 우석이 불문곡직 진구를 향해 가지고 있던 야구방망이를 마구 휘두른다. '퍼억, 퍽' 하는 둔탁한 소리와 함께 우석의 야구방망이가 부러져버린다. 우석이 부러진 야구방망이를 집어던지고 진구를 향해 사정없이 주먹을 날린다. 맥없이 땅바닥에 고꾸라진 진구의 입과 코에서 검붉은 피가 철철 흐르기 시작한다. 우석이 진구의 멱살을 휘어잡는다. 그러자 진구가 무릎을 꿇고 싹싹 빌며 용서를 구한다.

진구 - 죄송합니다! 살려주세요! 잘못했습니다! 한 번만 봐주세여!

우석 - 이 개새끼야! 어디 할 짓이 없어서 약한 여자를 강제로 끌고 가려고 그러냐? 이 양아치 새끼야!

진구 - 잘못했습니다! 정말 잘못했습니다! 살려만 주세요!

성효(도끼) - 너! 이 개개⋯ 개새끼! 또 거거⋯ 걸리면 뒤⋯ 뒤지는 줄 알아!

울고 있는 세리에게 마음이 쓰인 성효가 진구를 죽일 듯 쏘아보면서도 한 차례 경고하고는 그냥 풀어준다. 진구에게 끌려갈 뻔했던 세리는 아직도 놀라운 가슴이 진정되지 않는지 울음을 멈추지 않고 엉엉 소리 내며 울고 있다. 이를 바라보는 성효는 마치 가슴이 무너져 내리는 기분이다. 어깨를 들썩이며 울고 있는 세리를 측은한 눈으로 바라보던 성효가 세리를 슬며시 가슴에 안는다. 머쓱해진 우석이 성효에게 인사를 하고는 먼저 자리를 뜬다. 서럽게 울고 있던 세리는 성효가 한참을 토닥거리며 달래주자 겨우 눈물을 멈춘다. 그러자 성효는 세리를 자신의 차에 태운다. 차에 탄 세리가 아직도 놀란 가슴이 진정되지 않는지 여전히 어깨를 들썩이며 흐느끼고 있다. 성효는 운전을 하면서도 이런 세리가 애처로워 울고 있는 세리를 연신 곁눈질로 흘끗거린다.

성효와 헤어진 우석(배꼽)이 무작정 시내방향으로 걸어 들어간다. 이때 대한은 장미와 커피숍을 나와 스칼렛 호프집으로 향하고 있었다. 두 사람의 눈에 멀리서 혼자 덜렁덜렁 시내 방향으로 걸어

오고 있는 우석의 모습이 보인다. 대한이 우석을 부르며 손을 흔든다. 잠시 후 세 사람이 스칼렛 호프집에 마주 앉아있다. 시원하게 맥주 한 잔을 들이켠 대한이 우석을 바라보며 묻는다.

대한 - 근데? 성효 형님은 아까 왜 부른 거냐? 무슨 일인데 그래?

우석 - 어~ 그거… 너도 알지? 후배 세리라고….

대한 - 알지! 근데 걔가 왜? 세리한테 무슨 일이라도 있었어?

우석 - 어떤 술 취한 새끼가 세리를 무작정 쫓아가서 같이 술 마시자고 강제로 끌고 가려고 했는디… 세리가 겁이 나서 성효 형님한테 울면서 전화를 했더라고… 그래서 그 새끼를 잡아서 존나게 패주고 왔지.

장미 - 진짜야? 어떤 놈이 세리한테 그런 짓을 한 거야? 많이 무서웠겠다!

우석 - 성효 형님 차를 타고 존나 달려서 버스정류장 근처에 도착하니까 그 새끼가 세리를 강제로 끌고 가고 있더라고… 순간 존나 열 받아서 가지고 트렁크에 있던 야구 방망이로 몇 대 후려갈겼지. 그랬더니 방망이가 똑 부러져 버리더라고.

대한 - 야! 너는… 무슨 그런 꼬맹이 한 놈 혼내는데 야구 방망이까지 쓰냐? 너 그러다 진짜 큰일 난다!

장미 - 맞아! 우석아! 조심해! 그놈이 신고라도 하면 어떡하려고 그래?

우석 - 그니께… 안 그래도 얼마 전에 사고 친 거 때문에 기소 떠 있는디… 괜히 이것 때문에 추가되면 어쩌지? 그러면 큰일 나는디 말이여….

대한 - 뒷수습 잘 해라! 우석아! 아니… 성효 형님은 세리가 전혀 관심도 없다고 그러던데… 왜 그렇게 걔한테 과잉 충성을 하시는 거냐?

우석 - 아유~ 나도 몰러! 씨발 거… 짜증 나 죽겠어!

대한과 우석(배꼽), 장미가 오늘 있었던 세리의 일에 대해 이야기하고 있을 때 세리를 집에 데려다 준 성효가 호프집으로 들어온다. 성효가 슬그머니 대한 일행의 자리로 다가와 털썩 의자에 앉는다.

성효(도끼) - 제제… 제수씨! 오오… 오랜만이에요!

장미 - 어머나! 깜짝이야! 아… 네! 안녕하세요?

대한 - 형님! 깜짝 놀랐습니다!

대한 일행은 자신들이 세리와 성효에 대해 이야기를 하고 있던 것을 혹시라도 성효가 들었을까 싶어 성효의 얼굴을 조심스럽게 살핀다. 하지만 성효는 아무것도 듣지 못한 것 같은 표정이다. 성효가 대한 일행에게 술이나 한잔하자며 자신의 삼촌이 운영하는 노래방으로 가자고 한다.

성효(도끼) - 가가… 같이 나가자! 처처… 철용 삼촌 노… 노래방에 가서 수수… 술이나 한잔 하자! 여여… 여기보다는 노래방이 퍼… 편하잖어.

우석 - 형님! 전 여기가 편하고 좋습니다! 음치라서 노래방 가는 게 젤 싫어여!

성효(도끼) - 이 시시… 씨팔놈아! 내내… 내가 너한테 물어봤냐? 제제… 제수씨한테 물어본 겨. 가가… 가시죠. 제수씨!

장미 - 저는 괜찮은데… 대한이 넌…?

대한 - 그럼 다 같이 가시죠? 형님!

대한과 일행이 성효가 관리하고 있는 노래방으로 자리를 옮긴다. 성효가 노래방으로 가기 전에 미리 전화를 걸어 캔 맥주와 치킨 안주를 준비해 놓으라고 얘기한다. 성효 일행이 노래방에 들어서자마자 그들을 대형룸으로 안내한다. 룸에는 맥주와 안주가 벌써 테이블 위에 준비되어 있었다. 성효가 잔을 들어 제일 먼저 장미에게 술을 따른다.

　성효(도끼) - 제제… 제수씨! 준비한 건 없지만 많이 드… 드세요!

　장미 - 네! 성효 씨! 고마워요~ 잘 먹을게요!

　우석 - 술자리에서 기도하는 건 예의가 아니니께… 일단 목 좀 축이시죠. 형님!

　대한 - 그래. 우석아! 마시자! 헤헤!

　우석(배꼽)이 캔 맥주를 들어 단숨에 맥주 한 캔을 비우고 치킨 다리 하나를 들어 입에 넣으며 걱정스러운 표정으로 성효에게 좀 전의 일에 대해 묻는다.

　우석 - 근디… 형님! 아까 그놈 그거… 우리가 조금 심하게 때리긴 했는데 문제가 되지 않을까요? 그 새끼 부모가 보면 분명히 신고할 수도 있는디….

　성효(도끼) - 그그… 그 새끼는 마마… 맞아도 싼 놈이니까 괜찮어! 혀… 형이 책임질 테니까 거거… 걱정 마!

　대한 - 근데… 저는 왠지 찝찝합니다! 형님! 우석이가 지금 딴 사건 때문에 이미 기소가 되어 있는 상태라서 오늘 사건까지 문제가 되면 가중처벌 받을 수 있거든요!

성효(도끼) - 야! 그그… 그럴 일 없으니까 시시… 신경 쓰지 말고 수수… 술이나 마셔!

우석은 자신이 야구방망이까지 휘두른 것에 내심 신경이 쓰이는 눈치다. 대한도 의형제인 우석이 이번 일로 인해 이미 기소되어 있는 건과 함께 가중처벌이라도 받게 되면 어쩌나 하는 생각에 마음이 편치 않다. 하지만 성효는 자신이 책임진다고만 하며 너무 쉽게만 생각하고 있는 것 같다. 대한은 어쩐지 마음이 개운치 않았지만 선배가 마련한 술자리의 분위기가 깨질 염려하여 이 문제에 대해 더 이상은 말하지 않기로 한다. 성효는 자신이 세리를 구했다는 생각 때문인지는 몰라도 어린아이처럼 재롱을 떨며 경쾌한 노래들만 선곡하고 한껏 흥을 돋운다.

다음 날 저녁 무렵. 대한과 우석(배꼽), 성효(도끼)가 오거리에 있는 경품오락실 앞에서 담배를 피우고 있다. 이때 이들 앞을 지나던 낯선 은색 프린스 차량 한 대가 이들 앞에 멈춰 선다. 운전석에서 누군가 내린다. 가만히 보니 동네에 있는 다방에서 티코맨을 하는 성효의 친구 영직이다. 영직이 성효를 보며 반갑게 아는 체를 한다.

영직 - 성효야! 오랜만이다! 잘 지냈냐? 근데… 여기서 뭐 하고 있어?

성효(도끼) - 어… 여여… 영직이구나! 그그… 근데 이 차는 누누… 누구 거냐?

영직 - 아~ 이거? 돈이 없어서 비싼 차는 못 사고… 대포차 한 대 샀어. 왜?

성효(도끼) - 차… 차가 깔끔하고 좋네! 차 키키… 키 좀 줘 봐!

영직 - 안 돼! 이거 대포차라서 보험도 안 되고… 그래서 위험해! 성효야!

성효(도끼) - 무… 무슨 말인지는 아아… 알겠으니까 일단 줘줘… 줘 봐!

성효가 친구 영직의 차 키를 받더니 옆에 있던 대한과 우석(배꼽)을 차에 태우고는 차를 출발시켜 시내를 돌아다니기 시작한다. 한참이나 시간이 지나도 차를 돌려주지 않자 영직이 성효에게 쉴 새 없이 전화를 한다. 성효가 귀찮다는 듯 전화기에서 배터리를 빼놓는다. 옆에서 지켜보던 대한이 성효를 바라본다.

대한 - 아니 형님! 친구분 전화는 왜 안 받습니까?

성효(도끼) - 뭐뭐… 뭐 하러 받어? 그그… 그럴 필요 없어. 우… 우리 이거 타고 대대… 대전이나 가자!

우석 - 차를 돌려주셔야죠! 형님! 무슨 대전까지 가신다는 겁니까? 예?

성효(도끼) - 냅둬! 혀혀… 형이 책임질 테니까… 니니… 니들도 전화기 저저… 전원 빨리 꺼!

성효는 친구 영직의 차를 빌려 돌려주지 않고 대한과 우석을 태워 멀리 대전 시내로 향한다.

성효가 영직의 차를 몰고 대전으로 간 후로 차를 돌려주지 않고 며칠 동안이나 이곳저곳을 돌아다니고 있다. 그러던 어느 날 성효가 영직의 차를 몰고 진산 시내를 운행하다 신호대기로 교차로에 정차한다. 이때 신호 맞은편에 영직이 다방 커피 배달 차량을 운전하다 신호대기로 교차로에 멈춰 마주 선다. 맞은편에서 신호대기

중인 은색 프린스 차량이 자신의 차량임을 한눈에 알아본다. 영직이 요란하게 경적을 울리며 성효가 몰고 있는 은색 프린스 차량을 뒤쫓기 시작한다. 성효는 갑자기 나타난 영직이 쫓아오는 것을 보고 신호를 무시하고 앞으로 쏜살같이 내달린다. 성효는 신호등이나 제한속도도 모두 무시하고 위험하게 난폭운전을 하며 가까스로 영직을 따돌린다. 한참 도망을 치던 성효가 영직의 다방 커피 배달 차량이 더 이상 눈에서 보이지 않자 안도의 한숨을 내쉰다.

성효(도끼) - 하아~ 시시… 씨부랄 새끼! 까… 깜짝 놀랐네! 히히히!

대한 - 형님! 며칠 동안 이 차를 몰고 원 없이 돌아다녔으니까 이제 그만 돌려주시죠?

우석 - 그니께… 영직이 형이 불쌍합니다! 형님!

그때 어디서 나타났는지 영직의 다방 배달 차량이 성효가 운전 중인 은색 프린스 차량의 앞을 갑자기 막아선다. 성효가 깜짝 놀라며 차량을 급히 후진시키면서 운전대를 급하게 잡아 돌린다. 바퀴와 아스팔트 바닥이 마찰하며 '끼이익~' 하는 요란한 마찰음이 들리고 차량이 180도 급회전을 한다. 성효가 액셀러레이터를 '꾸욱' 밟자 은색 프린스 차량이 앞으로 쏜살같이 튕겨져 나간다. 영직도 경적을 요란하게 울리고 전조등을 깜빡거리며 성효가 탄 차량의 뒤를 맹렬히 뒤쫓기 시작한다. 성효는 마치 자동차 운전 게임을 하듯 운전대를 이리저리 급하게 꺾으며 영화에 나오는 것처럼, 자동차 타이어를 헛돌게 하여 방향을 바꾸기도 하고 차선을 이리저리 급차선 변경을 하면서 영직을 따돌리기 위해 전속력으로 내달린다. 성효의 차에 동승하고 있던 대한과 우석은 몸이 이리저리 쏠려 죽을 맛이다. 안전벨트를 하고 머리 위의 안전 손잡이를 꽉 움켜쥐어 보지만 급히 방향 전환을 할 때마다 몸이 이리 쏠렸다 저리 쏠렸다 하며 요동을 친다.

우석 - 어어어… 형님! 차에서 타는 냄새가 납니다! 차가 뒤집힐 거 같아요! 천천히 좀 가세요! 형님!

성효(도끼) - 꽈꽈… 꽉 잡아! 저저… 저 새끼! 끄끄… 끈질기네!

대한 - 이러다가 사고 날 거 같아요! 형님! 저희들은 내려주시면 안 됩니까?

우석 - 아~ 멀미하겠네! 진짜!

성효(도끼) - 됐어! 이 시시… 씨부랄 놈들아! 으으… 의리 없는 새끼들! 사사… 살아도 같이 살고 주주… 죽어도 같이 죽는 겨. 아~ 근디… 저 시… 씹새끼가 끝까지 따라붙네.

성효와 영직의 꼬리를 무는 위험천만한 추격전이 멈출 줄을 모른다. 벌써 진산시내를 몇 바퀴째 돌고 또 돌았는지도 모른다. 성효의 핸드폰 전화벨이 울린다.

성효(도끼) - 여… 여보세요!

영직 - 성효야! 나여! 영직이! 제발 차 좀 세워 봐! 어? 내가 부탁할게! 응?

성효(도끼) - 아아… 알았어! 조금만 기… 기다려 봐! 내가 이따가 전화할게! 어?

영직 - 잠깐만 차 좀 빌리자고 해놓고 오늘까지 도대체 며칠째냐? 근데? 왜 도망치는 건데? 야! 말 좀 해 봐!

성효(도끼) - 니… 니가 자꾸 따라오니까 나…나 도 모르게 스스… 습관적으로 도도… 도망치게 되잖아! 새끼야!

도망치던 성효의 차량이 철도 건널목 방향으로 돌진한다. 그런데 갑자기 철도 건널목 차단기가 내려오는 것이 보인다. 이대로 가면 철도 건널목 차단기와 충돌할지도 모른다. 하지만 성효는 속도를 줄이지 않고 오히려 가속 페달을 거침없이 밟는다. 동승했던 대한과 우석이 '어어!' 하고 소리를 지르는 순간 성효가 탄 차량이 철도 건널목 차단기가 내려오기 전에 아슬아슬하게 건널목을 통과한다. 아찔한 순간을 모면한 대한과 우석이 가슴을 쓸어내린다. 이들 차량을 뒤쫓던 영직이 철도 건널목 직전에서 급브레이크를 밟는다. '끼이익~' 자동차 바퀴가 미끄러지는 소리와 함께 급정차한 영직의 차량 앞으로 차단기가 내려가며 기차가 '휘잉~' 바람 소리를 내며 지나간다. 영직이 전화기에 대고 성효에게 고래고래 악을 쓴다.

영직 - 야! 이런 미친놈아! 사고 날 뻔했잖아! 그 차는 대포차라서 보험도 안 된다니까… 너 진짜 너무한다! 넌 내 친구도 아녀! 이 나쁜 새끼야!

성효(도끼) - 저… 전화할게! 영직아! 미… 미안햐!

영직과 통화를 하던 성효가 통화 중에 또다시 전화기 배터리를 빼 버린다. 방금 전에 있었던 철도 건널목에서의 아찔했던 순간을 떠올리며 대한과 우석이 성효에게 짜증을 낸다.

대한 - 아~ 형님! 까딱했으면 대형사고 날 뻔했잖아요! 형님 차도 아닌데 그만 돌려주시지… 왜 쓸데없이 도망을 치고 그러세요!

우석 - 그니께… 아… 미치겠네! 다리에 힘을 얼마나 줬던지 하체에 힘이 안 들어간다. 대한아!

성효(도끼) - 그… 그럼 오… 오늘까지만 타다가 내… 내일쯤 돌려주자!

철도 건널목에서 위험천만한 상황을 모면하기는 했지만 영직을 따돌렸다고 생각한 성효가 긴장이라도 풀 생각으로 대한과 우석을 데리고 목욕탕으로 향한다. 목욕탕 주차장에 차를 세워두고 목욕탕으로 들어간 성효 일행이 한참을 사우나에 누워 땀 흘리며 휴식을 취하다 2시간도 훨씬 지나서야 목욕을 마치고 밖으로 나온다. 차량을 세워 둔 주차장 모퉁이를 돌아서는데 갑자기 성효의 목소리가 커진다.

성효(도끼) - 야! 시시…씨발 거! 크크… 큰일 났네! 차… 차가 없잖어! 대… 대포차라는 거 알고 누… 누가 훔쳐 간 거 아니야? 조조… 좆됐다!

대한 - 어? 진짜네? 차가 어디 갔지? 하아~ 이거 돌아버리겠네!

우석 - 도난신고부터 해야 하는 거 아녀?

대한 - 대포차라서 도난신고가 되려나 모르겠다. 일단은 영직이 형한테 얘기해서 해결하는 것이 순서인 거 같은데….

성효(도끼) - 야! 아… 아녀! 아직 기기… 기다려 봐! 태태… 택시 운전하는 영상 형님 좀 호… 호출해 봐! 일단 도… 동네부터 하… 한 바퀴 돌아보자! 그… 그래도 없으면 그때 영직이한테 얘… 얘기하자!

잠시 후 선배인 택시기사 영상이 이들의 호출을 받고 사우나 앞에 도착한다. 성효 일행은 영상의 택시를 타고 은색 프린스 차량을 찾기 위해 시내 곳곳을 한참 동안이나 샅샅이 훑어보았지만 없어진 차량의 종적이 묘연하기만 하다. 성효가 무언가 한참을 골똘히 생각하더니 아마도 차주인 영직이 차량을 가지고 갔을 것이라며 영직에게 전화를 한다.

성효(도끼) - 영… 영직아! 네가 차 끌고 가가… 갔나?

영직 - 그래! 내가 가지고 왔어! 근데 왜!

성효(도끼) - 내가 사사… 사우나 끝내고 가가… 가져다주려고 그랬는데… 야~ 근데… 너 그그… 그거 어떻게 끌고 갔어?

영직 - 뭘 어떻게 끌고 가냐? 키가 없으니까 키 박스 갈아버렸지! 내가 이놈의 차 때문에 며칠 동안 잠도 한숨 못 자고 얼마나 걱정했는지 알어? 이제 너하고는 더 이상 말도 하고 싶지 않으니까 끊자!

성효(도끼) - 야! 영… 영직아! 그… 그게 아니고… 어라? 이 시시… 씨팔놈이 거… 건방지게 전화를 먼저 끊었네. 아 씨팔!

잔뜩 화가 난 영직이 짜증을 내며 전화를 일방적으로 끊어버리자 성효가 전화기를 노려보며 멋쩍게 얼굴을 찡그린다. 대한과 우석은 성효가 영직과 전화통화로 하는 이야기를 들으며 안도의 한숨을 내쉰다. 대한과 우석에게 겸연쩍었는지 성효가 머리를 긁적거린다.

성효(도끼) - 여여… 영직이 이 새끼! 완전 삐삐… 삐졌네! 히히히!

대한 - 이번 일은 형님이 정말 너무하셨어요! 그럴 일도 없겠지만 저 같았으면 가만 안 뒀을 거예요. 형님!

성효(도끼) - 그그… 근데… 이 새끼 말이야! 우우… 우리가 사… 사우나에 있는 걸 어어… 어떻게 알았지?

우석 - 그게 뭐가 중요한디요! 차라리 잘 된 거지. 형님 때문에 몇 번이나 죽을 뻔한 거 생각하면 아직도 다리에 힘이 풀리는구만! 형님!

그때 성효에게 진산경찰서 강력계 형사라며 전화 한 통이 걸려온다. 진구의 폭행 건으로 조사를 받으러 다음 날 오후에 경찰서로 출두 하라는 것이다. 갑자기 성효와 우석의 얼굴이 어두워진다.

진산경찰서 강력계 형사의 전화를 받은 성효가 고심 끝에 노래방 사장인 철용 삼촌을 찾아가 폭행 사건의 내용을 설명하고 조언을 구한다. 어이가 없다는 듯 철용 삼촌이 성효를 쳐다보며 한심하다는 듯 허탈하게 웃는다.

철용 삼촌 - 으이그~ 이런 등신 같은 놈아! 도대체 뭔 생각으로 빠따까지 들었냐? 어? 건달이라는 새끼들 두 놈이 고작 비실비실한 한 놈 혼내자고 비겁하게 빠따까지 들고… 쪽팔린 줄 알아 이 양아치 같은 새끼야!

성효(도끼) - 아~ 진짜! 사사… 삼촌까지 왜 무… 무시하고 그러세여! 마마… 말이 너무 시시… 심하잖아요! 삼촌!

철용 삼촌 - 야 임마! 꼴에 자존심은 있나? 일단 경찰서 조사받는 것을 조금 미루고 합의부터 보자! 그게 순서인 거 같구나!

우석 - 삼촌! 근디요… 제가 지금 기소중지 상태라서요. 어뜩하쥬?

철용 삼촌 - 뭐? 다른 사건도 있어? 이놈들 완전히 대책 없는 놈들이네! 일단 삼촌이 합의부터 해볼 테니까! 그리고 나서 얘기하자! 앞으로 니들은 더 이상 사고 치지 말고 당분간 쥐 죽은 듯이 있어!

성효의 삼촌이 급히 경찰서로 향한다. 성효의 삼촌은 피해자와의 합의를 핑계 삼아 진구 폭행 사건에 대한 조사일정을 미룬다.

성효(도끼)의 삼촌이 경찰서로 간 사이 성효와 우석, 대한이 다방에서 진구 폭행 사건에 대해 상의를 하고 있다.

성효(도끼) - 대대… 대한아! 우석이가 기… 기소중지 상태라니까 니니… 니가 좀 도와줘야겠다!

우석 - 어쩌냐? 대한아! 지금 내 상황이 이래서….

대한 - 알았어! 걱정하지 마! 우석아! 내가 때린 걸로 조사받으면 되잖아! 그나저나 합의가 되면 진구 그놈하고도 말을 맞춰야 할 텐데….

우석 - 그랴~ 고마워! 대한아! 이 은혜는 잊지 않을게!

대한 - 야! 당연할 걸 가지고 뭘 그렇게 오버하냐? 됐어! 신경 쓰지 마!

그로부터 며칠 뒤, 진구에 대한 폭행 사건이 어떻게 되고 있는지 알아보기 위해 대한과 우석이 커피숍에서 성효를 만난다.

우석 - 성효 형님! 진구 그놈하고 합의는 어찌되고 있습니까?

성효(도끼) - 사사… 삼촌이 어떻게 해… 해서라도 꼭 하하… 합의를 해 주신다고 했으니까 거거… 걱정 마!

대한 - 그런데 형님! 세리한테는 이 사건에 대해서 얘기 하셨습니까? 아무래도 사건이 일어난 최초 동기가 세리하고 관련이 있는 문제니까 세리가 참고인 조사할 때 진술을 잘 해야 정상참작이 될 건데요.

성효(도끼) - 어~ 겨거… 경찰서에서 참고인으로 부부… 부를 거라고 얘얘…

얘기는 해놨어.

우석 - 그러네… 세리가 참고인 조사를 잘 받아야겠구먼~

세 사람이 모여 폭행 사건 얘기를 하고 있을 때 마침 학교 수업을 마친 세리가 커피숍으로 들어온다. 세 사람이 함께 있는 것을 본 세리가 미안한 표정을 지으며 소파에 앉는다.

세리 - 미안해! 오빠! 괜히 나 때문에 경찰서 조사까지 받게 해서… 근데 그 새끼 진구인가… 걔는 뭐라고 하는데? 오히려 내가 피해자잖아! 강제추행에 협박까지… 오빠! 차라리 내가 고소해 버릴까?

대한 - 아니야. 세리야! 내가 볼 때는 그냥 이쯤에서 합의를 보고 조용히 끝내는 것이 좋을 거 같아. 우석이 문제 때문에 조금 걸리는 것도 있고 그래서…

세리 - 응~ 알겠어! 오빠가 시키는 대로 할게!

우석 - 그려! 괜히 일을 더 크게 키우지 말고… 합의서만 받으면 나하고 대한이랑 바꿔치기해서 조사만 받으면 돼!

갑자기 대한이 조사를 받는다는 얘기가 나오자 세리가 묻는다.

세리 - 응? 그게 무슨 말이야? 사건 현장에 있었던 우석이 오빠는 빼고 그 대신 대한이 오빠가 있었던 거로 조사받는다는 거야?

대한 - 응! 그래! 우석이가 사정이 있어서 말이야!

성효(도끼) - 야! 혀혀… 형은 자… 잠시 삼촌 시시…심부름 좀 하고 오오… 올 테니까 여기서 기다리고 있어!

세리 - 그러면 오빠! 나도 저쪽에 있는 내 친구들한테 가볼게!

성효가 삼촌이 시킨 심부름으로 서류가방 하나를 전해주고 커피숍으로 돌아가려고 택시를 기다리고 있다. 그런데 이때 성효의 앞에 낯익은 은색 차량 한 대가 멈춰 선다. 성효가 차량을 살펴보더니 친구 영직의 소유의 프린스 대포 차량이라는 것을 한눈에 알아본다. 차량의 운전자는 영직의 친구 찬영이었다. 약국에 들러 처방받은 약봉지를 들고 걸어 나오는 찬영의 앞을 성효가 잔뜩 인상을 쓰며 찬영을 노려본다.

성효(도끼) - 얌마! 너! 이거 누누… 누구 차여?

찬영 - 영직이 차여~ 근데 왜 그래 성효야 무섭게 응?

성효(도끼) - 얌마! 차차… 차 키 좀 줘 봐! 빨리!

찬영 - 그건 안 돼! 성효야! 나 좀 봐줘~ 응?

찬영이 무언가 알고 있다는 듯 성효가 차 키를 달라고 하자 어쩔 줄 몰라 쩔쩔맨다. 성효가 이런 찬영을 윽박지른다.

성효(도끼) - 너 이 시… 시부랄 새끼야! 뒤… 뒤지고 싶나? 어?

찬영 - 영직이가 절대로 너한테 걸리지 말라고 했는데… 아… 미치겠네! 진짜!

성효(도끼) - 여… 영직이가 그… 그런 말까지 해해… 했단 말이여? 근데… 너! 이 시시… 씨팔놈아! 넌 며며… 면허증도 없잖아? 엉?

성효가 갑자기 운전면허증 얘길 꺼내자 찬영이 놀라 움찔한다. 성효가 찬영이 운전면허가 없다는 것을 확신하며 소리를 지르며 몰아붙인다. 이제는 별수 없다는 듯 찬영이 마지못해 자동차 열쇠를 성효에게 건넨다. 차량 열쇠를 받아 든 성효가 곧바로 운전석에 앉더니 시동을 건다. 그러자 찬영이 허겁지겁 조수석에 올라탄다. 성효에게 차량을 빼앗기지 않으려는 생각이다. 성효가 찬영을 힐끗 보더니 차량을 몰아 오거리 근처 24시 편의점 앞에 정차한다. 성효가 주머니에서 오천 원짜리 지폐 한 장을 꺼내 찬영에게 건네주며 담배 심부름을 시킨다.

성효(도끼) - 차… 찬영아! 가서 마마… 마세(마일드세븐) 한 갑하고 나나… 나머지는 너 사사… 사고 싶은 거 사 와!

찬영 - 난 담배 안 피우는디?

성효(도끼) - 야! 이 시시… 씨부랄 새끼야! 그… 그럼 으으… 음료수라도 사 오면 될 거 아녀! 이 새끼야!

찬영 - 아… 알았어! 성효야! 왜 또 성질을 내고 그래~ 금방 갔다 올 테니까 어디 가지 말고 기다려야 돼! 응? 알겠지?

성효(도끼) - 그… 그니까 빨리 갔다 오라고 새끼야! 짜… 짜증 나게 어지간히 말 많네!

성효가 버럭 소리를 지르자 조수석에 있던 찬영이 오천 원짜리 지폐를 건네받아 24시 편의점으로 들어간다. 그러자 성효가 배시시 웃으며 가속 페달을 밟고 쏜살같이 현장에서 사라진다.

24시 편의점에서 나온 찬영은 차량이 사라진 것을 보고 어쩔 줄을 몰라 발만 동동 구른다. 찬영이 곧바로 차 주인 영직에게 전화를 건다.

찬영 - 저기… 영직아! 저기 말이여… 어쩌냐? 성효가 네 차를 끌고 또 도망

쳤어. 어떡해? 아~ 미치겠네! 증말~

영직 - 이런 병신 같은 새끼야! 그 차를 또 말더듬이가 가져갔다는 거여? 어? 넌 도대체 뭐 했냐? 아! 씨발 미쳐버리겠네!

찬영 - 미안해! 영직아! 성효가 나한테 면허증도 없이 운전하면 어떻게 하냐면서… 사람들 보는 데서 큰 소리로 말하는 통에… 어쩔 수 없이 대신 운전해 주겠다고 해서 차 키를 건네줄 수밖에 없었어 미안해! 영직아~

영직 - 넌 그걸 핑계라고 대는 거냐? 지난번에도 성효 새끼한테 차 뺏기고 개고생 한 거 알면서 또 뺏기면 나한테 어떻게 하라는 거냐! 아~ 돌아버리겠네! 씨발!

찬영 - 난 그래도 친군데 설마 성효가 또 그럴 줄은 생각도 못 했지.

영직 - 아~ 송성효! 이 씨발놈! 진짜 사람 존나 열 받게 하네! 일단 너는 택시 타고 가게로 와! 빨리!

찬영 - 그래! 알았어!

찬영으로부터 영직의 차량을 강제로 빼앗은 성효는 대한과 우석이 있는 커피숍을 향해 달린다. 성효가 대한에게 전화를 걸어 커피숍에서 나와 1층 도로가에 내려와 서 있으라고 말한다. 대한이 무슨 영문인지 몰라 우석을 데리고 1층 도로가에서 성효를 기다린다. 잠시 후 그들 앞에 낯익은 은색 프린스 차량이 멈춘다. 성효가 창문을 열자 어떻게 된 영문인지 알겠다는 듯 대한과 우석이 깔깔거리며 차량에 올라탄다.

대한 - 이거 지난번 그… 형님 친구 차 아니에요?

우석 - 그치? 어쩐지⋯ 영직 형 차가 맞는 거 같은디⋯ 형님! 설마 또 강제로 뺏어 온 건 아니죠?

대한 - 에이~ 설마 아니겠지! 그래도 친군데⋯.

이때 갑자기 성효가 백미러를 보며 짜증을 낸다.

성효(도끼) - 저저⋯ 저 새끼들 또 따라붙었네. 씨발! 아! 니들 꽈⋯ 꽉 잡어!

우석 - 하아~ 또 멀미하게 생겼네! 미치겠다! 진짜!

대한 - 아~ 돌겠네 진짜! 난 내리고 싶다! 증말!

영직이 탄 차량이 뒤에서 요란하게 경적을 울리며 성효가 탄 차량을 바짝 뒤따라 붙는다. 대한과 우석이 안전벨트를 매며 포기한 듯 말한다.

대한 - 진짜 형님은 악동이시네요~ 징그럽다! 정말!

성효(도끼) - 저저⋯ 저 새끼들은 매⋯ 맨날 당하면서도 매번 또 당해. 조조⋯ 존나 웃기지 않냐? 히히히!

우석 - 저 형들 기를 쓰고 따라 오는 거 봐라! 왜케 불쌍하냐? 완전 코미디 보는 거 같어~ 아이고!

대한 - 완전 바보들 아니냐? '덤 앤 더머'도 아니고 어떻게 똑같은 걸 두 번씩이나 당하냐? 진짜 보기 딱하다! 딱해!

우석 - 그니까 말이여. 진짜 존나 웃겨 미치겠다! 푸하하!

성효가 영직을 따돌리고 차를 몰아 또다시 대전으로 향한다. 한참을 대전 시내를 돌아다니던 그들은 피곤했는지 대전 선화동

한 모텔에 숙소를 잡고 일찍부터 잠자리에 든다. 그들이 대전으로 간 것을 모르는 영직은 진산 시내를 이 잡듯이 뒤지고 근처 숙박업소를 모두 탐문했지만 대전으로 가버린 그들을 찾을 수는 없었다.

다음 날 오후 1시가 되도록 늘어지게 잠을 자고 있는 성효 일행의 방으로 퇴실을 요구하는 인터폰이 울린다. 성효 일행은 대충 나갈 채비를 하고 모텔 주차장으로 향한다. 차량에 올라 담배 한 대를 피워물며 갑자기 대한이 우석에게 한양파 1년 후배 선재의 이야기를 꺼낸다.

대한 - 우석아! 근데 1년 밑에 선재 이 새끼를 어떻게 해야 하나?

우석 - 그러니께 말이여. 이 새끼! 도대체 왜 도망친 거여?

성효(도끼) - 그그… 그런 개새끼가 있었어? 지… 지금 잡으러 가자! 마마… 말 나온 김에… 응?

대한 - 그럴까요? 형님! 그러면 선재 잡으러 한양고로 가시죠!

우석 - 배고픈데 가는 길에 짬뽕이나 한 그릇 하고 잡으러 가시죠? 형님!

성효(도끼) - 그… 그랴! 일단은 빨리 나가자!

성효 일행은 건달 생활을 하다 아무런 연락도 없이 잠적해 버린 선재를 잡으러 그가 다니는 한양고등학교로 향한다. 성효 일행이 학교 수업이 끝날 시간에 맞춰 학교 정문 앞에 차를 세워놓고 선재가 나타나기를 기다린다. 오후 4시가 조금 지나자 수업을 마친 학생들이 우르르 정문 밖으로 쏟아져 나온다. 대한과 우석이 학교 정문을 나서는 학생들을 주시하고 있다. 그때 110kg이 넘는 거구의 학생이 나오는 것이 눈에 띈다. 대한과 우석은 한눈에도 그 덩치 큰 학생이 선재라는 것을 멀리서도 알 수 있었다. 차에서 대한과 우석이 내리며 선재의 앞을 막아선다.

우석 - 야! 임마 이선재! 너 이 새끼 뒤질라고… 형들을 여기까지 쫓아오게 만들어?

대한 - 너 이 새끼! 많이 컸다! 겁대가리 없이 형들 전화도 씹고… 네가 이제 완전히 미친 거지? 어?

선재 - 그게 아니라 형님! 죄송합니다!

성효(도끼) - 이이… 이 새끼가… 자자… 잠수를 타? 죽을라고?

선재 - 한 번만 용서해 주십시오! 형님! 죽을죄를 지었습니다!

우석 - 얌마! 시끄럽고… 차에 타기나 해!

선재가 고개를 푹 숙이고 말없이 차에 오른다. 그들은 선재를 데리고 시내 모처의 모텔 옥상으로 간다. 건달들 세계에서는 조직에 들어가는 것도, 나가는 것도, 아무런 명분 없이는 자유롭게 결정할 수 없다. 대한과 우석은 선재에게 아무런 설명도 없이 갑자기 잠수를 타게 된 경위를 묻고 선재가 무엇을 잘못하였는지를 일러준 후에 야구방망이 찜질을 한다. 잠시 후 그들은 다리를 절뚝거리는 선재를 데리고 미리 잡아 놓은 모텔 방으로 향한다.

모텔 방에 대한과 우석, 성효가 빙 둘러앉아 있고 그 앞에는 선재가 고개를 숙이고 앉아있다. 방 안에는 어색한 침묵이 흐른다.

조금 있자니 성효가 주문한 야식이 배달된다. 음식을 풀어놓고 성효가 소주를 종이컵에 가득 채워 선재에게 건넨다.

성효(도끼) - 하… 한 잔 해라! 선재야!

선재 - 예! 형님! 앞으로 열심히 하겠습니다.

대한 - 남자 새끼가 할 말은 하고 당당하게 살아야지. 숨기는 왜 숨냐? 다신 그러지 마라!

선재 - 예! 형님! 다시는 실망시키지 않겠습니다! 전화를 한두 번 피하다 보니까 결국 형님들 얼굴을 뵐 수가 없었습니다. 죄송합니다! 형님!

우석 - 그렇다고 형들 전화를 씹냐? 너 때문에 형들이 얼마나 곤란했는지 알어? 이 새끼야?

선재 - 입이 열 개라도 할 말 없습니다! 형님!

우석 - 그러믄 전화라도 받든가 했어야지! 새끼야! 잉?

성효(도끼) - 그그… 그만해! 우석아! 수수… 술이나 마시자! 어?

성효는 고개를 푹 숙인 채 쩔쩔매고 있는 선재가 측은했는지 더이상 대한과 우석이 선재를 추궁하지 못하게 술을 권한다. 한참을 술잔을 기울이던 성효가 조금 취기가 오르는지 난데없이 선재에게 문신 이야기를 꺼낸다.

성효(도끼) - 서… 선재야! 넌 몸에 무무… 문신 하나도 없냐?

선재 - 예! 형님! 저희 집이 기독교 집안이라서 문신은 하지 않았습니다.

성효(도끼) - 얌마! 그그… 그럼 혀… 형은 뭐가 되냐? 세… 세례명까지 받은 기… 기독교 신자인디… 참나!

우석 - 선재야! 형님 몸을 봐라! 온몸이 문신이잖아! 형님은 독실한 기독교

신앙심으로 문신을 하신 거여. 알겠냐? 하하하!

성효(도끼) - 서… 선재야! 혀… 형이 무무… 문신 하나 떠줄까?

선재 - 예! 형님! 손에 조그맣게 하나 해보고 싶습니다!

대한 - 이 새끼가 미쳤나? 형님이 무슨 문신쟁이도 아니고… 건방지게 문신을 해달라고 하나?

우석 - 하여튼 저 새끼는 더 맞아야 돼! 개념도 없고! 예의가 없어! 아이고~ 머리야!

성효(도끼) - 괘… 괜찮어. 혀… 형이 문신해준다고 무무… 물어본 건디… 니들은 왜 서서… 선재한테 자꾸 뭐라고 그러냐?

갑자기 성효가 다방에 전화를 걸어 커피 4잔을 주문하면서 먹과 바늘, 실을 사오라고 심부름을 시킨다. 잠시 후 엉덩이가 다 드러날 정도로 짧은 치마를 입은 다방 아가씨가 주문한 커피를 들고 온다. 마침 담배 심부름을 다녀오던 선재가 문 앞에서 다방 아가씨를 만나 대신 방문을 열어준다. '딱딱' 소리를 내어 껌을 씹던 다방 아가씨가 커피를 들고 방안으로 들어선다. 바닥에 앉아있던 성효가 아가씨의 엉덩이를 슬슬 어루만진다.

송 양(다방 아가씨) - 어머! 오빠! 왜 그러세요?

성효가 엉덩이를 만진 것이 짜증 나는지 다방 아가씨가 입술을 삐죽거리지만 성효는 아랑곳하지 않고 계속 추근거린다.

성효(도끼) - 어~ 오… 오빠 옆으로 아… 앉으라고… 까칠하게 왜 그라? 아아… 아가씨는 뭔 양이여?

송 양 - 송 양이에요! 커피 어떻게 타드려요? 프림, 설탕 다 타요?

송 양의 말투가 까칠하다고 느낀 우석이 이맛살을 찌푸리며 성효를 거들고 나선다.

우석 - 얌마! 말 좀 이쁘게 해라! 싸가지없이 말투가 그게 뭐냐? 그냥 설탕만 두 스푼씩 타드려!

송 양 - 네~ 오빠 죄송해여!

대한 - 우석아! 살살해라! 송 양이 놀란 거 같잖아.

성효(도끼) - 소… 송 양아! 오빠가 누누… 누군지 알어?

송 양 - 글쎄요! 제가 어떻게 알아요? 오늘 첨 보는데.

성효(도끼) - 오… 오빠가 이 동네 다다… 다방 조합장여! 드드… 들어 봤냐?

송 양 - 아니요! 첨 듣는데요?

성효(도끼) - 이… 이 동네서 편하게 지내려면 오오… 오빠한테 잘 보여야 돼! 무… 무슨 말인지 알겠냐?

송 양 - 커피 다 드셨으면 먼저 일어날게요! 배달이 많이 밀려서요.

우석 - 푸하하하! 형님! 송 양한테 씹히셨네요!

성효(도끼) - 어… 그래! 다… 담에 또 보자! 송 양아! 오… 오빠가 자주 부를게!

송 양 - 아… 네… 저는 괜찮은데요.

대한 - 형님은 여자들 하고 말하실 때는 말을 별로 안 더듬는 거 같은데요?

우석 - 어? 그러고 보니까 대한이 네 말처럼 형님이 여자들하고 말할 때는 덜 더듬는 거 같은데? 그치? 하하하!

대한 - 그치? 내가 유심히 지켜봤는데 그러시더라고… 하하하!

성효(도끼) - 이이… 이런 시… 씨부랄 놈들이 서… 선재도 있는디… 조… 조용히 해!

성효가 선재의 눈치를 살핀다. 그 모습이 우스웠는지 대한과 우석이 낄낄거린다. 어쩐 일인지 성효는 여성이나 편한 상대와 대화할 때는 평소와는 다르게 말을 덜 더듬는다.

다방 아가씨가 나가자 성효는 선재의 손에 문신을 새겨주기 위해 종이컵을 반으로 잘라 먹물을 붓고는 바늘에 실을 감는다. 성효가 선재의 한쪽 손에 바늘로 문신을 새기기 시작한다. 선재가 바늘이 살을 찌르는 것이 따가운지 몸을 움찔거린다. 한참을 끙끙거리던 성효가 선재의 손을 흐뭇하게 바라본다. 선재의 손에는 참을 인(忍)자가 크게 새겨져 있다. 자신의 손에 새겨진 문신을 보며 선재가 걱정스러운 표정으로 조심스럽게 입을 연다.

선재 - 문신이 너무 크게 새겨진 것 같습니다. 형님!

성효(도끼) - 이… 이 새끼가… 지… 지금 몇 시간 동안 개개… 개고생해서 해줬더니… 고… 고맙다는 말은 안 하고… 아이고~ 허리야!

선재 - 아… 아닙니다! 형님! 그런 뜻이 아닙니다!

대한 - 그 정도면 시원하게 잘 됐구만! 왜? 뭐가 어때서?

우석 - 그려~ 큼지막하게 잘 떠졌구먼! 형님한테 수고하셨다고 인사는 드려야지. 새끼야!

선재 - 성효 형님! 감사합니다! 오늘 수고 많으셨습니다! 형님!

성효가 선재에게 문신을 새겨준 것은 어쩌면 선재에게는 건달로서의 삶에 본격적으로 발을 디디겠다는 의지의 표현이 될 수도 있는 것이다. 선재는 지금까지는 자신이 건달로서의 삶을 살 수 있을 것인지에 대한 확신이 없었을지도 모를 일이다. 문신을 마친 성효 일행은 조금은 경직되어 있는 선재의 마음을 풀어주려는지 선재에게 연신 술을 권한다. 그렇게 하루가 지난다.

다음 날 아침. 선재가 허겁지겁 등교 준비를 한다. 성효 일행은 어제의 숙취로 아직도 곯아떨어져 잠을 자고 있다. 선재가 선배들이 깨지 않게 소리를 죽여 가며 모텔 방을 나선다. 선재가 떠나고 얼마 후 그들은 철용 삼촌으로부터 한 통의 전화를 받고 잠에서 깬다. 철용 삼촌은 합의 문제로 할 이야기가 있으니 대한과 우석을 데리고 다방으로 오라며 전화를 끊는다.

그들이 철용 삼촌과 다방에서 만나 폭력사건 피해자 진구와의 합의에 대해 이야기를 나누고 있다. 철용 삼촌이 서류봉투에서 합의서로 보이는 서류 뭉치를 꺼낸다.

철용 삼촌 - 성효하고 대한이 니들 합의서를 따로따로 준비했어. 오늘 안으로 제출할 거여. 나중에 경찰서에서 조사받을 때는 진구를 때린 사람이 우석이가 아니고 대한이 너라고 하고 조사받으면 된다. 무슨 말인지 알아들었지?

성효(도끼) - 여여… 역시 삼촌이 이이… 일처리는 확실하게 하신다니까!

고… 고생하셨어요! 삼촌!

철용 삼촌 - 내가 네 꼬봉이냐? 새끼야! 말버릇 하고는… 근데 폭력사건이 성효 네가 짝사랑한다는 그년 때문인 거냐? 이런 정신 나간 새끼야! 망치려면 한 년 인생만 망쳐놓지. 왜 이년 저년 발정 난 개새끼마냥 쫓아다니다 사고만 치냐? 답답한 놈아!

성효(도끼) - 아~ 진짜! 사사… 삼촌은 옆에 도도… 동생들도 있는데 쪼… 쪽팔리게 왜 그러세요? 예?

철용 삼촌 - 어쭈! 이 새끼 봐라! 너 그러다 삼촌 한 대 치겠다! 동생들한테 쪽팔린 걸 아는 놈이 그러고 다니냐? 참! 너 그리고, 웬만해서는 삼촌이 말 안 하려고 했는데, 다방 아가씨들 시간 끊어서 놀고 가게 공금으로 조지는데 너 같으면 열이 받겠냐? 안 받겠냐? 으이그~ 이 새끼야! 넌 내 조카만 아니었으면 네 선배들 시켜서 빠따 존나게 때리고 정신 좀 차리게 했을거야! 삼촌이 정말 많이 참고 있다는 것만 알아라! 알았냐! 어?

대한 - 성효 형님이 잘못했네요! 삼촌! 그래도 조카니까 이쁘게 봐주세요! 하하하!

철용 삼촌 - 그래야지! 하지만 내가 저 새끼만 보면 혈압이 올라간다! 아~ 저 진상 쌔끼!

우석 - 그런데 삼촌! 이번에 대한이가 저 대신에 총대 메면 결과는 어떻게 되는 거예요?

철용 삼촌 - 일단 합의가 됐으니까 벌금이 한 50~100만 원 정도 나올 거야. 너무 걱정하지 말고 있어. 그나저나 성효 저 한심한 놈 때문에 대한이한테 명분도 없이 벌금 전과만 하나 생기게 됐다. 대한아! 어쩌냐?

대한 - 선배랑 친구 일인데 제가 당연히 도와야죠! 괜찮아요!

진구와의 무사히 합의가 끝나고 성효와 대한은 진구에 대한 폭행 사건으로 경찰에 불려가 조사를 받았다. 대한은 의형제인 우석의 일로 대신 벌금형을 받기는 했지만 부모님께는 걱정을 끼치기 싫어 말씀드리지 않았다. 하지만 그로부터 한 달여의 시간이 흐르자 법원에서 약식 판결문과 함께 벌금 납부 고지서가 대한의 집으로 배송된다. 법원에서 배송된 등기 우편물을 열어본 대한의 어머니는 법원에서 배송된 등기의 수령인이 대한인 것을 보고 가슴이 덜컹 내려앉는다. 대한의 어머니가 놀라 곧바로 대한에게 전화한다.

대한의 어머니 - 대한아! 너 밖에서 또 무슨 사고라도 친 거냐?

대한 - 예? 사고요? 사고는 무슨 사고요? 왜 그러시는데요?

대한의 어머니 - 야! 이놈아! 방금 전에 법원에서 니 앞으로 등기가 왔는데 판결문인지 뭔지 벌금을 80만 원씩이나 내라고 적혀있더라. 대체 이게 뭐냐? 어머니가 받았으니 망정이지 아버지가 봤으면 어쩔 뻔했냐? 어째 며칠 전부터 꿈자리가 뒤숭숭하더니만… 내가 너 때문에 신경이 쓰여서 요즘은 잠도 못 자고 있어 이놈아! 대체 어쩌려고 그러냐? 응?

대한 - 죄송해요! 사정이 있었어요. 피해자하고 합의도 다 하고 그랬으니까 걱정 마세요! 제가 알아서 해결할게요!

대한은 선배 성효와 의형제 우석의 일로 자신이 대신 벌금형을 받았다는 것을 어머니에게 자질구레하게 설명하지는 않았다. 대한의 어머니는 '이놈이 또 무슨 짓을 했나?' 하고 걱정을 하면서도 이 문제에 대해 대한의 아버지가 알게 되면 시끄러운 소리가 날 것을 염려하여 대한의 아버지가 모르게 서둘러 법원에 벌금을 납부하고 만다.

이 사건이 있은 후에도 성효는 세리에 대한 짝사랑의 마음을 쉽게 접지는 못하였다. 대한은 기소중지 상태에 있는 우석이 가중 처벌되는 상황을 막아보려 자신이 대신 죄를 뒤집어쓰고 벌금형을 받았지만 벌금을 낸 이후에도 이 문제에 대해서 성효나 우석에게는 일언반구도 하지 않았다. 다만 짝사랑으로 속앓이를 하는 선배 성효에 대한 측은한 마음으로 성효가 짝사랑을 접거나 아니면 성효의 짝사랑하는 마음을 세리가 받아주기를 은근히 바라고 있을 뿐이었다.

대한의 인생에 전과 기록이라는 오명을 남긴 성효(도끼)의 짝사랑. 세리의 추행에 얽힌 폭행 사건은 이렇게 약식재판에 의한 벌금형으로 마무리되었다. 대한은 이 전과 기록이 앞으로 자신의 인생에 어떠한 영향을 미치게 될지는 꿈에도 알지 못했다.

대한의 고등학교 졸업
(斗酒不辭 의형제)

　우여곡절 많았던 대한의 고등학교 3년이 모두 끝나고 드디어 졸업식 날이 되었다. 하지만 평소에도 등교하지 않는 날이 많았던 대한은 오늘이 졸업식 날이라는 것도 모르고 모텔 방에서 성효(도끼)와 함께 늘어지게 잠을 자고 있다. 대한은 요즘 들어 부쩍 선배 성효와 함께 시간을 보내는 횟수가 많아졌다. 어제도 성효, 우석(배꼽)과 함께 새벽녘까지 진탕 술을 마신 대한은 새벽 늦게야 잠이 들어 훤하게 날이 밝도록 잠을 자고 있었다. 세상 모르고 잠들어 있는 대한에게 복학생 일석이 전화를 한다.

　일석(영동파) - 너 지금 어디냐? 오늘 졸업식인데 어디서 뭐 하고 있는 거냐?

　전화를 받은 대한이 금시초문이라는 듯 대한의 눈이 휘둥그레진다.

대한 - 예? 오늘이 졸업식이라고요?

일석(영동파) - 그랴~ 임마! 너 지금 어디여? 형이 데리러 갈 테니까. 어?

대한 - 장미모텔에 있어요. 형님!

일석(영동파) - 알았어! 빨리 씻고 준비해! 형이 한 10분 정도 있다 출발할 테니까 1층으로 내려와 있어.

대한이 전화기를 내려놓고 후닥닥 일어나 졸업식에 갈 채비를 한다.

1층 로비 입구에서 대한이 거울을 보며 옷매무새를 매만지고 있다. 일석의 흰색 프린스 차량이 잠시 후 모텔 앞에 정차하며 경적을 울린다. 기다리고 있던 대한이 일석에게 인사하고 차에 오른다.

대한 - 형님! 시간이 벌써 11시가 다 되어가고 있는데 혹시 졸업식이 이미 끝나지는 않았을까요?

일석(영동파) - 그럴 수도 있지. 그래도 우리 졸업장은 받아와야 할 거 아니냐? 우리가 어떻게 졸업을 한 건데… 안 그래?

대한 - 헤헤헤! 형님은 은근히 졸업장에 집착을 하십니다. 제가 없었으면 형님은 졸업도 못 했을 건데… 푸하하!

일석(영동파) - 하아~ 넌 또 그런 식으로 말하냐? 어쨌든 임마! 형 때문에 고등학교 졸업장은 받게 됐잖아! 이 사실이 꿈만 같다! 동상! 수고했다! 하하하!

대한과 일석이 학교 정문을 통과해서 곧바로 졸업식이 열리는 대강당 쪽으로 향한다. 졸업식장 주변에는 졸업생들의 가족들이 꽃다발을 들고 저마다 기념사진을 찍느라 북새통이다. 일석과 대한이 차에서 내리며 담배를 꺼내 물고 불을 붙인다.

대한 - 형님! 이제 드디어 자유인입니다. 크하하하!

일석(영동파) - 하하하! 그렇지! 이제부터는 자유인이지. 대한아! 일단 강당으로 들어가서 졸업장부터 받아오자.

대한 - 형님! 참~ 이상하시네여! 자꾸 졸업장에만 집착을 하세여! 어차피 졸업식 행사가 전부 끝나면 말 안 해도 나누어 줄 텐데여!

일석(영동파) - 그거야 그렇겠지 뭐~ 대한아! 지금 졸업식 끝났나 보다! 졸업식 노래 부르네~

이때 강당 밖으로 졸업식 노랫소리가 울려 퍼진다.

"♪~빛나는 졸업장을 타신 언니께♬ 꽃다발을 한 아름 선사합니다!♪~"

졸업식 노래가 끝나고 졸업식을 마친 학생들이 졸업식장 밖으로 몰려나오기 시작한다. 멀리서 대한의 친구들의 모습도 보인다.

대한 - 여기서 기다리고 있으면 우리 과 애들이 이리로 올 겁니다. 형님!

일석(영동파) - 음… 그려? 아~ 근디… 형네 부모님하고 매형들이 졸업장 꼭 받아오라고 하도 신신당부를 해서 형도 어쩔 수 없이 챙기려고 하는 거니까 오해하지 말어! 대한아~ 알았냐?

이때 대한의 친구들이 대한과 일석을 향해 걸어온다.

오현 - 대한아! 어? 일석이 형님도 같이 계셨네요! 졸업장은 교실에서 나눠

준답니다.

일석(영동파) - 어~ 그러냐? 그럼 교실로 가야지. 다들 언능 차에 타!

성엽 - 네 형님! 근데 대한이 너는 오늘이 졸업식인 거 몰랐냐? 선생님이 교복 꼭 입고 오라고 했는데… 교복은 왜 안 입었냐?

대한 - 얌마! 오늘이 졸업식이면 너라도 나한테 알려줬어야지! 일석이 형님이 데리러 안 왔으면 졸업장도 못 받을 뻔했잖아! 나쁜 새끼야~ 헤헤!

성엽 - 그랬냐? 난 오현이가 너한테 말했을 줄 알았지!

오현 - 뭐라고? 나는 성엽이 네가 대한이한테 얘기해줬을 거라고 생각했는데… 그래서 네가 당연히 알고 있을 거라고 생각했어.

대한 - 허어~ 니들 참! 나한테 너무 무관심한 거 아니냐?

오현 - 와아~ 그런데 형님! 차가 좋네요! 벌써 부터 차도 끌고 다니시고… 부러워요!

일석(영동파) - 그래? 오현이 너도 부러우면 한대 사! 그러면 되지.

대한 일행이 복학생 일석의 차를 타고 전기과 교실로 향한다.

대한 일행이 교실로 들어서자 먼저 도착해 학생들을 기다리고 있던 담임 홍 선생에게 인사를 하고 자리에 앉는다.

홍 선생 - 다들 들어왔지? 오늘이 마지막 종례구나! 반장!

담임 홍 선생이 대한을 바라본다. 대한이 일어나 구령을 붙인다.

대한 - 전체 차렷! 경례!

학생 일동 - 안녕하세요!

홍 선생 - 졸업장은 번호순으로 나누어 줄 테니까 1번부터 순서대로 나와서 받아가거라.

홍 선생이 학생들의 교번을 순서대로 부르며 학생들 한 명 한 명에게 직접 졸업장을 나누어준다. 졸업장을 받는 학생들의 표정이 마치 굴레에서 해방이라도 된 듯 환해진다. 졸업장을 모두 나누어준 홍 선생이 학생들을 둘러보며 마지막으로 짧은 종례사를 한다.

홍 선생 - 지옥 같았던 3년 동안 모두들 정말 고생 많았다! 앞으로 너희들의 희망찬 미래를 기대한다! 모두 건강해라! 이것으로 마지막 종례를 마치겠다! 이상!

학생들의 얼굴이 홀가분하면서도 아쉽다는 표정이다. 대한이 고교생활의 마지막 인사 구령을 붙인다.

대한 - 차렷! 경례!

학생 일동 - 감사합니다!

학생들이 서로 서로에게 마지막으로 인사를 나누며 기념사진을 찍느라 교실 안이 소란해지기 시작한다. 담임 홍 선생이 대한과 일석을 손짓을 하며 따로 부른다.

홍 선생 - 저기… 대한이하고 일석이는 잠깐 과사무실에 들렀다 가거라!

대한, 일석(영동파) - 네!

대한과 일석이 졸업장을 들고 전기과 사무실로 향한다. 사무실에는 정년 퇴임을 앞둔 전기과 과장 안 선생과 지도교사들이 한자리에 모두 모여 있었다. 안 선생이 대한과 일석에게 박카스 뚜껑을 따서 건네며 빙그레 웃어 보인다.

안 선생 - 니들 참! 어렵고 힘들게 졸업장 받았다. 그렇지? 앞으로 사회에 나가서 혹시라도 전기과 후배들 보면 니들이 잘 챙겨주고 그래야 한다. 알 겠지?

대한, 일석(영동파) - 예! 선생님! 그동안 감사했습니다!

김 선생 - 선생님들이 니들을 따로 부른 건 마지막으로 니들 얼굴을 직접 보면서 악수라도 하고 보내고 싶어서 부른 거야. 졸업하느라고 고생들 많았다!

홍 선생 - 니들 정말 어렵게 졸업장 받은 거니까 사회에 나가서 멋진 리더 가 되길 바란다! 알겠지? 그럼 이만하고… 선생님들한테 인사드리고 가 봐!

대한과 일석이 선생님들의 속을 썩이기는 했지만 그래도 알게 모르게 학교를 위해 기여한 것들이 많다는 것을 지도교사들도 인 정해주는 것 같았다. 미운 자식 떡 하나 더 주는 심정과 같은 마 음에서인지, 전기과 지도교사들은 대한과 일석에게 인간적인 정이 흠뻑 들어있었던 것이다.

전기과 지도교사들과 마지막 인사를 나누고 대한과 일석이 차 에 오른다. 대한이 갑자기 장난기가 발동하는지 일석에게 하얀 이 를 드러내고 웃으며 말한다.

대한 - 형님! 그래도 오늘이 졸업식인데… 계란이랑 밀가루 좀 사와서 딴 학 교 애들 반죽 좀 해줘야 졸업식 분위기가 나지 않을까요? 헤헤!

일석(영동파) - 오~ 그라! 그게 졸업식 재미지. 일단 옷부터 츄리닝으로 갈아

입고 계란이랑 밀가루 좀 사러 가자!

　대한과 일석이 세탁소에 들러 옷을 운동복으로 갈아입고 시장에서 계란과 밀가루를 잔뜩 구입해 일석의 차량 뒤 트렁크에 싣는다. 그들은 학생들의 왕래가 가장 많은 오거리 오락실 골목 앞에 차를 세운다. 오거리 오락실 주변에는 이미 밀가루를 하얗게 뒤집어썼거나 교복이 찢겨져서 엉망인 된 졸업생들로 붐비고 있었다. 대한과 일석이 서로의 얼굴을 마주 보며 음흉한 미소를 짓는다. 차에서 내린 그들이 트렁크에서 계란을 꺼내 지나는 졸업생들을 향해 마구 집어던진다. 갑자기 오거리 오락실 일대가 아수라장으로 변한다. 계란을 맞고 소리를 지르는 아이, 계란을 피하기 위해 도망치는 아이들의 비명 소리로 거리가 온통 난리 통이다. 이번에는 밀가루다. 대한과 일석이 밀가루 포대를 꺼내 계란 세례를 받은 학생들의 머리 위로 하얀 밀가루를 정신없이 뿌려댄다. 계란을 얻어맞아 교복이 찐득찐득하게 젖어 있는데 거기다 밀가루를 뒤집어쓰니 학생들의 몰골이 가관이다.

　대한과 일석의 계란과 밀가루 세례로 엉망이 된 여학생들이 그들을 알아보고 투정을 부리기 시작한다. 어디에 있었는지, 대한의 초등학교 동창 선미가 대한에게 쫓아와 짜증을 낸다. 선미의 얼굴이 거의 울상이다.

　선미 - 야! 박대한 너! 이리 와! 아~ 짜증 나! 미치겠네 정말! 너 때문에 내 교복 다 버렸잖아. 이거 어떡할 거야? 아~앙!

여학생1 - 야! 박대한! 그만 좀 해라! 이 나쁜 놈아! 제발!

여학생2 - 꺄아악! 일석 오빠! 왜 그래! 그만⋯ 그만 좀 해!

대한 - 하하하! 친구야! 졸업 축하한다! 하하하!

일석(영동파) - 축하한다! 얘들아! 그러잖아도 이제 밀가루가 없어서 그만하려고 했어. 하하하!

한바탕 진산 시내를 아수라장으로 만들어버린 대한과 일석이 얼른 차를 타고 세탁소로 돌아가 옷을 갈아입고는 다시 시내로 드라이브를 나간다. 그들에게 계란과 밀가루 세례를 맞아 교복이 엉망이 된 대한의 동창 선미가 잔뜩 화가 난 목소리로 대한에게 전화한다.

선미 - 야! 너! 이 씨팔! 내 교복 어떻게 할 거야? 내가 너 땜에 정말 미치겠다! 진짜! 너 빨리 이리로 와! 빨랑!

대한 - 알았어! 알았고⋯ 선미야! 일단은 진정해! 우리가 이럴 때 아니면 언제 또 이런 기분을 낼 수 있겠냐? 응? 이게 다 졸업식 재미 아니냐? 어쨌든 졸업 축하해! 선미야! 푸하하!

선미 - 너 지금 나 약 올리는 거냐? 난 복학생이잖아! 이 미친 새끼야! 나만 내년에 졸업한다고! 아⋯ 짜증 나!

대한의 초등학교 동창 선미는 중간에 학교를 1년 휴학했던 관계로 올해로 2학년을 마치고 3학년이 된다. 그러니까 선미는 올해가 아니라 내년에나 졸업식을 하게 되는 거다. 대한이 착각했던 것이다.

대한 - 아! 맞다! 너 이제 3학년 올라가는 거지? 아~ 내가 착각했네! 미안!

미안한 마음에 대한과 일석이 선미가 있는 오거리 방향으로 차를 돌린다. 저 멀리 선미가 보인다. 그들이 낄낄거리며 차에서 내린다.

대한 - 어따~ 우리 선미! 인상 쓰니까… 인상 참 험악하다! 얼굴에 근육 좀 풀고… 응? 네가 면적이 넓어서 그런지 다른 애들이 맞을 계란이랑 밀가루를 너 혼자 다 뒤집어썼구만! 푸하하! 선미야! 그러지 말고 웃어 봐! 스마일~

선미 친구1 - 그래. 선미야! 인상 좀 펴라! 오늘 네 친구들 졸업인데 네가 같이 기분 좀 내줘야지. 안 그래?

일석(영동파) - 그래. 선미야! 오빠가 미안하다! 우린 니들이 다 졸업생이라고만 생각했지~ 헤헤! 선미 너만 복학생이라서 기분이 안 좋은 거냐? 뭘 그래… 오빠도 복학생인데… 하긴 난 네 기분이 이해가 된다. 그래도 옆에 있는 네 친구들은 오늘이 졸업식이니까 쟤들 생각해서라도 그만 인상 좀 풀어라. 선미야! 응?

선미 친구2 - 그래. 선미야! 이제 화 좀 풀어~

대한 - 이야~ 그래도 계란이랑 밀가루가 얼굴에 묻어서 그런지 우리 선미 존나 섹시해 보이는데? 푸하하!

선미 - 아~ 씨발! 너 진짜 장난 좀 치지 마! 열 받으니까! 내가 대한이 너 땜에 천불이 난다! 천불이!

대한 - 에이~ 그놈의 씨발은 좀 빼고… 예쁘게 좀 말해라. 이 오빠가 나중에 술 살 테니까… 언제든지 말만 해! 선미야! 알겠지? 화 풀어!

선미 - 지랄! 네가 왜 나한테 자꾸 오빠라고 하는 거? 짜증 나게!

대한 - 그래… 그래! 선미야! 알았고… 오늘은 여기까지… 그럼 빠이빠이~

대한과 일석이 선미를 달래고 선미 일행과 헤어져 커피숍으로 간다. 대한과 일석이 커피숍 창가에 앉아 지나가는 친구들과 선후배들을 내려다보며 담배를 피우고 있다. 이때 대한에게 한양파 선배 성효(도끼)가 전화를 한다.

성효(도끼) - 대한아! 혀… 형인데… 오늘 너 조… 졸업이라면서?

대한 - 예~ 형님! 아까는 형님이 주무시고 계셔서 혼자 급하게 나왔습니다. 이쪽으로 오시죠~ 형님! 오거리 커피숍에 일석이 형님하고 둘이 있습니다.

대한이 성효와의 통화를 끝내자 일석이 묻는다.

일석(영동파) - 야! 도끼(성효)가 이리로 온대냐?

대한 - 예~ 형님! 제가 오늘 졸업식인 걸 이제 아셨나 봅니다.

일석(영동파) - 그러면 형은 도끼(성효)가 오면 잠깐 얼굴만 보고 먼저 일어나야겠다! 대한이 넌 오늘 어디 안 가냐?

대한 - 글쎄요… 형님! 전 딱히 약속은 없는데… 술이나 한잔 마셔야죠. 헤헤!

이때 대한의 한양파 직계 선배인 성효가 커피숍으로 들어선다. 성효와 일석이 서로 어색하게 악수를 나누고 일석이 바로 자리에서 일어나 밖으로 나간다.

성효(도끼) - 우… 우석(배꼽)이도 오라고 했다!

대한 - 근데 형님은 저나 우석이랑 같이 있을 때는 말을 거의 안 더듬는데 다른 선배들하고만 있으면 더 심하게 더듬는 거 같아요. 빨리 고치든지 하셔야겠어요. 형님!

성효(도끼) - 평소엔 안 그런디… 긴장되거나 선배들하고 있으면 이… 입에서 말이 안 떨어지더라고~

이때 커피숍으로 우석(배꼽)이 들어온다. 대한이 손을 흔들며 우석을 부른다.

우석 - 대한아! 졸업 축하햐! 근디? 너 졸업을 하긴 한 거냐? 딴 애들은 대한이 너 졸업 못 했다고 하던디? 뭐가 맞는 겨?

대한 - 나하고 일석이 형님하고 진짜 어렵게 졸업했어! 헤헤!

우석 - 진짜여? 졸업을 하긴 한 겨? 근디? 넌 학교도 그렇게 많이 빠졌는디 어떻게 졸업을 한 겨? 참 재주도 좋네!

대한 - 임마! 뭘 그렇게 깊이 알려고 하냐? 열심히 학교에 다녔으니까 졸업시켜준 거지. 안 그래?

우석 - 하~ 아닌디? 네가 나랑 같이 있으면서 학교 안 간 것만 따져도 제적되어야 맞는디… 거 참 이상하네!

성효(도끼) - 얌마! 시… 시끄럽고… 조… 조용히 좀 해! 전화 온다!

성효의 휴대폰이 울린다. 성효가 평소답지 않게 잔뜩 목에 힘을 주고 목소리를 중저음으로 깔아 전화를 받는다.

성효(도끼) - 어~ 그래~ 오… 오빠야! 음… 늦게라도 시간 되면 봐! 응~ 그래. 오빠도 많이 보고 싶네! 이… 이따 통화하자! 그래~

대한 - 형님! 방금 여자랑 통화하신 거 맞죠? 거 참 희한하네! 형님 진짜 궁금해서 물어보는 건데여~ 형님은 여자하고 통화할 때나 노래방에서 랩 하실 때만 말을 안 더듬네요. 이게 나만 그렇게 느끼나? 우석이 넌 어떠냐?

우석 - 난 초등학교 때부터 봐서 알지! 성효 형님은 여자들하고 말할 때는 부드럽게 말도 안 더듬고 말도 잘하시고 이빨도 잘 까신다니께⋯ 푸하하!

성효(도끼) - 이 새끼가 선배한테 이빨을 잘 깐다고? 마⋯ 말버릇하고는⋯ 근데⋯ 대한아! 너 뭐 먹고 싶나?

대한 - 글쎄요? 닭갈비가 살짝 땡기긴 하는데⋯ 이 근처 어디에 닭갈비집이 있지 않나? 그리로 가시죠? 형님!

우석 - 닭갈비 좋지! 근디 닭갈비 하면 강원도 춘천 닭갈비가 원조여~

성효(도끼) - 뭐? 강원도 춘천? 그⋯ 그럼 가야지! 야! 이⋯ 일어나! 가⋯ 가자! 춘천으로 다다⋯ 닭갈비 먹으러⋯ 어?

대한 - 아니? 무슨 닭갈비를 춘천까지 먹으러 갑니까? 형님!

우석 - 형님! 거긴 너무 멀어요~

성효(도끼) - 지금 추추⋯ 출발하면 저⋯ 저녁 6시 전에는 도⋯ 도착할 수 있어. 그래도 오늘이 대⋯ 대한이 졸업식인데 다닥⋯ 닭갈비 원조라는 추⋯ 춘천닭갈비는 먹어줘야지~ 그래도 형이 되서 요⋯ 요 정도 고생은 가⋯ 감수해야지. 빨리 나⋯ 나가자! 응?

대한 - 아유~ 형님이랑 같이 말하다가는 제가 숨넘어갈 거 같아요. 형님!

성효(도끼) - 왜 또 그⋯ 그러는디? 새끼들아!

우석 - 그렇긴 해. 그치? 대한아! 푸하하하!

성효는 닭갈비가 먹고 싶다는 대한의 말에 대한이 고등학교를 졸업한 기념으로 원조 닭갈비를 사주겠다며 갑작스럽게 강원도 춘천으로 가자고 한다. 성효가 말로만 듣던 원조 춘천 닭갈비 맛을 보여주기 위해 대한과 우석을 차에 태우고 춘천으로 향한다.

    진산을 떠난 지 약 4시간이 지나자 성효가 운전하는 차량이 목적지인 춘천 닭갈비 골목에 들어선다. 닭갈비 골목에는 식당 아주머니들이 서로 자기네 식당이 원조라며 호객행위를 하고 있다. 그들이 타고 있는 차량의 번호가 충남이어서 그런지 유독 대한 일행에 식당 아주머니들의 호객행위가 극성이다. 그들은 닭갈비 골목에 있는 닭갈비식당 중에서 제일 맛있어 보이는 식당을 하나 골라 들어간다.

대한 - 여기가 말로만 듣던 춘천 닭갈비 골목이구나! 우와~ 정말 닭갈비식당만 있네. 그치? 우석아!

우석 - 그러네… 옆 테이블 좀 봐! 닭갈비가 진짜 맛있어 보이는구먼! 저기… 아줌마! 여기 소주부터 주세유~

성효(도끼) - 여여… 여기가 좀 머머… 멀기는 멀다! 출발한 지 네… 네 시간 정도 걸렸지? 야! 우석아! 닭갈비도 같이 시켜!

닭갈비집 아주머니가 야채와 닭갈비를 불판에 푸짐하게 올려놓는다. 불판 위에서 닭갈비 익는 소리가 맛깔스럽게 들린다. 평소에도 요리를 곧잘 하는 우석이 아주머니의 주걱을 받아들고 닭갈비 양념장을 적당히 섞어가며 닭갈비를 익힌다. 운전 때문에 술을 마시지 못하는 성효(도끼)가 대한과 우석에게만 술을 따라 주며 어쩐 일인지 자꾸만 휴대폰을 만지작거린다. 대한이 성효의 행동이 뭔가 이상하다는 생각을 한다. 성효가 휴대폰을 만지작거리는 것을 보면 누군가로부터 전화가 오기를 기다리고 있는 것처럼 보인다. 때마침 성효의 휴대폰이 울린다. 성효를 흘끗 쳐다보더니 얼굴이 환해지며 목소리를 잔뜩 내려 깔고 전화를 받는다.

성효(도끼) - 아~ 여…여보세요?

부천녀 - 오빠! 지금 어딘데? 오늘 나 보러 올 거야?

성효(도끼) - 그럼… 다… 당연히 우… 우리 귀염둥이 보러 가야지. 걱정 마! 조… 조금만 기다려!

부천녀 - 어딘데 주변 소리가 그렇게 시끄러워? 오빠!

성효(도끼) - 오… 오늘 1년 밑에 동생 대대… 대한이라고 있는데… 졸업식 했거든. 다닥… 닭갈비가 먹고 싶다고 그래서… 강원도 춘천에 닭갈비 좀 먹이러 왔어.

부천녀 - 뭐야? 진산에서 춘천까지 닭갈비를 먹으러 갔다고? 와~ 오빠! 진짜 대박이다! 어떤 동생인데 그래?

성효(도끼) - 응~ 오빠 오… 오른팔이여! 이 정도는 해줘야지. 이따가 추추… 출발할 때 전화할게! 이따 봐~

성효가 전화통화를 끝낸다. 옆에서 통화 내용을 엿듣고 있던 대한과 우석이 성효를 쳐다보며 배시시 웃는다.

우석 - 누굽니까? 형님! 근데… 방금 전에도 그랬지만, 형님은 여자랑 통화하거나 말하실 때는 정말로 말을 더듬지 않으셔요~

대한 - 내 말이 맞지? 우석아! 그러고 보니 성효 형님! 오늘은 나 때문에 닭갈비 투어를 오신 게 아니고 왠지 딴 목적이 있으신 거 같은데요? 술도 안 드시고… 맞죠? 푸하하!

성효(도끼) - 그그… 그게 지금 뭐가 중요하냐? 네 졸업식이니까 여기서 맛있게 먹고… 또 겸사겸사 부… 부천 가서 좀 쉬기도 하고 그러는 거지. 임마!

우석 - 어쩐지… 난 형님이 갑자기 왜 춘천까지 가자고 하나? 그랬어요. 하하하!

대한 - 그러니까… 결국 나 때문이 아니고 여자를 만나려고 여기까지 오신 거 맞잖아여~ 형님! 하하하!

우석 - 근디… 형님! 여기서 부천까지는 존나 멀건디요?

성효(도끼) - 아… 아마 서너 시간 정도 걸리지 않겠냐?

대한 - 그럼 부천에 도착하면 저녁 11시나 12시쯤 되겠네여? 오늘은 하루 종일 운전만 하시겠어요. 형님!

우석 - 어차피 우리는 술도 취했고 면허증도 없잖어. 또 형님이 운전하시는 거 좋아 하시니까 우리는 그냥 술이나 이빠이 마시고 부천 가서 푹 자자~ 대한아!

성효(도끼) - 미…미친 새끼들! 지랄하고 있네! 운전면허증은 나… 나도 없어. 미친 새끼야!

대한, 우석 - 예? 뭐라고요?

사실 성효도 운전면허증이 없었다. 무면허 전과 2범인 성효는 평상시에도 무면허로 차를 운전하고 다녔지만 아무도 이런 사실을 모르고 있었다. 대한과 우석도 성효가 당연히 운전면허증을 가지고 있을 것이라고 믿고 강원도 춘천까지 동행했던 것이다. 성효가 운전면허증이 없다는 사실을 뒤늦게 알게 된 대한과 우석이 황당하다는 듯 성효를 바라본다.

대한 - 아~ 미치겠다! 아니… 형님은 면허도 없이 무슨 배짱으로 차를 끌고 여기까지 운전하고 올 생각을 한 거예요?

우석 - 그러믄 지난번에 영직 형 따돌릴 때도 무면허였다는 거잖어! 와~ 소름 돋는다. 만약에 그때 사고라도 났으면 진짜 우린 좆 될 뻔했네.

성효(도끼) - 시… 씨부랄 놈들! 얌마! 그… 그래도 형은 무사고 운전자여. 이 새끼들아!

우석 - 하긴… 그래도 형님이 운전을 잘하긴하~ 헤헤!

대한 - 에라이~ 난 모르겠다! 우석아! 우리 목숨은 이제 형님 두 손에 달렸다고 생각하고 술이나 마시자! 설마 뭔 일 생기겠냐?

우석 - 그라~ 여기까지 왔는디 어쩔 수 없지. 뭐….

처음에는 성효가 운전면허가 없다는 사실에 대한과 우석이 당황하는 듯했지만 포기했는지 두 사람이 서로 술을 주거니 받거니 하며 어느새 소주를 다섯 병도 더 마시고 있었다. 대한과 우석의 볼이 붉어지기 시작하는 것을 보니 조금은 취기가 오르는 모양새다. 성효가 시계를 흘끔 쳐다본다. 저녁 7시 30분이 지나고 있었다. 대한이 시간을 확인하는 성효를 보며 우석에게 급히 막잔 건배를 권한다. 닭갈비 값을 계산한 성효가 대한과 우석을 차에 태우고 부랴부랴 부천을 향해 출발한다.

세 시간가량 고속도로를 달리던 차량이 요금소를 빠져나와 부천 북부에 위치한 모텔 주차장으로 들어선다. 성효는 술에 취해 잠들어 있는 대한과 우석을 흔들어 깨운다. 대한과 우석이 잠이 덜 깬 표정으로 차에서 내려 성효의 뒤를 따라 모텔로 들어간다. 성효가 객실 요금을 치르고 대한과 우석을 데리고 모텔 방으로 들어간다. 대한과 우석은 대충 씻는 둥 마는 둥 얼른 샤워를 마치고 속옷만 입은 채로 침대 옆 맨바닥에 이불을 깔고 눕는다. 긴 여정에 피곤 했는지 대한과 우석이 얼마 지나지 않아 곧 잠이 든다.

얼마나 지났을까? 깊이 잠들어 있던 대한과 우석이 잠결에 무언 가 이상한 소리가 나는 것을 듣고 잠에서 깬다. 문이 열리고 바스 락거리는 소리와 함께 낯선 여자의 목소리가 들려온다. 순간 대한 과 우석의 눈이 마주친다. 성효가 대한과 우석이 잠들어 있는 사 이에 여자친구인 부천녀를 몰래 방으로 불러들인 것이다. 부천녀 가 문을 열고 방으로 들어오는 것을 알면서도 대한과 우석은 서로 에게 눈짓을 하며 자는 척하자는 신호를 한다. 대한이 잠든 척 실 눈을 뜨고 슬쩍 올려다보니 부천녀는 짧은 청치마에 어두운 색깔 의 목티를 입고 있었다. 성효가 모텔 방으로 들어오는 부천녀를 허 겁지겁 부둥켜안고 살금살금 침대로 데리고 가 침대에 눕힌다. 부 천녀가 성효의 품에 안기며 작은 목소리로 성효의 귀에 대고 소곤 소곤 투정을 부린다.

부천녀 - 아잉~ 오빠! 이게 뭐야~ 이런 경우는 첨이야! 근데… 오빠 동생들 자고 있는 거 맞아? 나 불안해! 으응?

성효(도끼) - 뭐… 뭐가 어때서! 스… 스릴 있지 않냐?

부천녀 - 스릴은 무슨 스릴? 오빠는 자꾸 이상한 소리만 하고… 치! 짱난다 증말!

성효(도끼) - 얘들 아… 아까 춘천에서 술 많이 마셔서 못 일어날 거야. 걱정 말고 오빠 한번 믿어 봐! 응?

부천녀 - 아~ 모르겠어… 난 몰라! 아무튼 이런 경우는 내 생전 처음이야. 오빠!

성효(도끼) - 괘… 괜찮다니께! 이… 이런 게 스… 스릴이고 추억인 거여. 조용히! 쉬잇~

부천녀는 침대 밑에 이불을 깔고 잠들어 있는 대한과 우석을 눈으로 가리키며 어떻게 한방에서 동생들과 같이 잘 수가 있냐면서 못마땅한 듯 계속 투정을 부린다. 하지만 성효는 대한과 우석이 술을 많이 마셔서 깊이 잠들었기 때문에 괜찮다며 그녀를 안심시킨다. 방안에는 실내등이 모두 꺼져있고 TV만 켜져 있는 상황에서 부천녀가 욕실로 들어가 샤워를 마치고 흰 수건으로 몸을 감싼 채 발뒤꿈치를 들고 살금살금 침대에 있는 성효의 옆으로 살포시 눕는다. 다급했는지 성효가 부천녀에게 와락 달려들어 그녀의 입술에 키스하기 시작한다. 대한과 우석을 의식했는지 처음에는 약간 망설이는 것 같던 부천녀도 조금씩 긴장이 풀어지는지 성효를 끌어안으며 입술을 받아들인다. 어둠 속에서 보기에도 부천녀의 벗은 몸은 제법 풍만해 보인다. 성효가 부천녀의 젖가슴을 어루만지며 두꺼운 입술로 그녀의 귓불을 애무한다. 성효가 부천녀의 목덜미를 혀끝으로 스치듯 자극하고 풍만한 젖가슴을 애무하며 그녀의 몸을 쓰다듬기 시작한다.

잠에서 깬 대한과 우석이 잠든 척 실눈을 뜨고 두 사람의 뜨거운 정사 현장을 생생하게 감상하고 있다. 성효의 애무가 제법 오랜 시간 동안 지속되자 흥분한 부천녀가 거친 숨을 몰아쉬며 성효의 귀에 신음하듯 속삭인다.

부천녀 - 아하~ 오빠! 나 미치겠어! 올라와! 오빠! 응?

성효(도끼) - 그그… 그래 아… 알았어!

부천녀의 배 위로 올라탄 성효가 승마 경주를 하듯 서서히 달리기 시작한다. 부천녀도 성효와 함께 속도를 맞추어 허리를 흔들기 시작한다. 한껏 달아오른 부천녀가 흥분을 주체하지 못하고 성효의 뜨겁게 달아오른 몸을 애무하기 시작한다. 그 순간 흥분을 조절하지 못한 성효가 채 2~3분도 달리지 못하고 갑자기 시들어버린다. 부천녀가 갑작스럽게 식어버린 성효에게 실망한 듯이 찡얼거린다.

부천녀 - 갑자기 왜 그래? 오빠! 왜 멈춘 거야? 응?

성효(도끼) - 아… 오오… 오늘 커커… 컨디션이 안 좋네!

부천녀 - 컨디션? 그게 무슨 말이야? 오빠! 벌써 싼 거야? 아잉~ 오빠! 설마 말로만 듣던 토끼야? 오빠! 토끼지? 응? 말해 봐!

성효(도끼) - 그그… 그런 거 아… 아녀! 피피… 피곤해서 그런 거라니까. 지지… 진짜여!

부천녀의 짜증에 당황한 성효가 갑자기 심하게 말을 더듬기 시작한다. 부천녀가 잔뜩 짜증이 난 목소리로 투정을 부린다.

　　부천녀 - 이게 뭐야? 오빠! 우리 첫 잠자린데… 실망스럽게 이게 뭐냐구~

　　성효(도끼) - 미미… 미안해! 오… 오빠가 오오… 오늘 자자… 장거리 운전을 했더니 피피… 피곤해서 그런가 봐~

　　부천녀 - 도대체 오빠는 몸 관리를 어떻게 하는데 시작하자마자 침을 흘리냐? 응? 오빠 정말 토끼 아니야?

　　성효(도끼) - 얘얘… 얘가 모모… 못하는 소리가 없어! 오… 오빠가 오늘은 좀 피곤해서 그런 거여. 다음에는 네가 사사… 살려 달라고 할 때까지 주주… 죽여 줄 테니까 거거… 걱정 마!

　　부천녀 - 치! 정말이야? 알았어! 오빠! 근데… 휴지가 어디 있지? 휴지가 안 보인다. 오빠!

　이때 갑자기 누워있던 대한이 슬며시 일어나 앉으며 부천녀에게 휴지를 내민다.

　　대한 - 휴지 여기 있습니다. 형수님!

　자는 줄 알고 있던 대한이 벌떡 일어나 휴지를 내밀자 깜짝 놀란 부천녀의 얼굴이 울상이 된다.

　　부천녀 - 엄마야! 아~ 쪽팔려! 미치겠다! 정말! 아~앙~ 어떡해? 오빠!

　　성효(도끼) - 야! 이 시시… 씨부랄 놈들아! 누누… 눈 감어! 빠빠… 빨리! 누누… 눈 안 감냐? 어?

　　우석 - 예! 형님! 푸하하하! 아이고 웃겨 미치겠네! 아… 배 아파! 캬캬캬!

　대한이 부천녀에게 휴지를 건네주며 침대 위 성효의 얼굴을 슬쩍 올려다본다. 성효의 빨개진 얼굴을 본 대한이 도저히 참지 못

하겠는지 우석을 잡고 낄낄거리기 시작하자 우석도 웃음을 참지 못하고 배를 잡고 데굴데굴 구른다. 대한과 우석에게 벌거벗은 채 적나라한 모습을 들킨 부천녀는 창피함에 이불을 뒤집어쓰고는 얼굴도 내밀지 못한다. 성효의 까무잡잡한 얼굴도 민망함에 붉게 물든다.

성효(도끼) - 으이그~ 이 나나… 나쁜 놈들아! 자자… 자는 척을 하려면 끝까지 해주던지… 미미… 민망하게 이게 뭐냐? 나쁜 새끼들아!

부천녀 - 오빠야! 이제 동생들 얼굴을 어떻게 봐~ 이게 무슨 개망신이야~ 아! 정말 미치겠다 미치겠어! 아앙~

대한 - 형수님! 뭐 이 정도 가지고 뭘 그래요? 괜찮아요! 제 졸업 선물로는 평생 잊지 못할 최고로 멋진 성교육이었어요. 하하하!

성효(도끼) - 야! 그만 좀 놀려라. 이 새새…새끼들아! 아이구~ 시부랄놈들! 이거 가지고 또 펴펴…평생 놀리게 생겼네.

우석 - 나는 형수님이 '오빠 토끼야?' 하고 말하는데 웃음 참느라 존나 힘들었다. 대한아! 푸하하하! 아이구 배야!

성효(도끼) - 야! 임마! 시시… 시끄러! 빨리 자빠져 자! 새끼들아!

대한 - 감사합니다! 형님! 오늘 일은 아마 평생 잊지 못할 것 같습니다. 캬캬캬!

부천녀 - 아~ 미치겠다! 이제 어떡할 거야? 오빠!

성효(도끼) - 아이고~ 머리야! 뭘 어떡해! 어쩔 수 없지 뭐!

성효와 부천녀의 일로 대한과 우석은 한참 동안 웃음을 멈추지 못하고 이불 속에서 연신 낄낄거린다. 부천녀는 계속 투정을 부리고 성효는 이런 부천녀를 달래느라 정신이 없다. 이런 성효와 부천녀를 놀리는 재미가 쏠쏠한지 대한과 우석이 이들에게 계속 짓궂은 농을 하며 낄낄거린다. 이들은 새벽 5시가 다 지나서야 겨우 깊은 잠을 이룰 수가 있었다.

오후 1시. 대한과 우석, 성효가 모텔 근처 해장국 집에서 소머리 국밥으로 해장을 하고 있다. 부천녀는 민망했는지 대한과 우석이 잠에서 깨기 전에 먼저 일어나 집으로 돌아가고 난 뒤다. 간단히 아침 겸 점심 식사를 마친 그들이 차를 타고 진산으로 향한다. 성효가 대한과 우석의 눈치를 살피더니 멋쩍은 듯 '씨익' 하며 웃는다.

잠시 후 진산에 도착한 그들은 시내 단골 커피숍으로 향한다. 커피숍 창가에 앉아 어제의 일로 웃음꽃을 피우고 있던 대한이 친구 창중이 지나가는 것을 보고 손을 흔들어 그를 부른다. 창중이 커피숍으로 들어서며 반갑게 인사를 한다.

창중 - 대한아! 어? 우석이도 있었네! 성효 형님! 안녕하세요? 오랜만입니다!

성효(도끼) - 그… 그래. 창중아! 오랜만이네. 차부터 시켜라!

창중 - 저기 알바야! 여기 주스 한 잔!

대한 - 너는 어디 가는 길인데 혼자 나왔나?

창중 - 그냥 심심해서 오락실에서 게임이나 한판 하려고 했지! 아니면 PC

방에 가던지.

우석 - 그러믄 창중아! 여기서 이빨 좀 까다가 이따 같이 술이나 한잔하자! 응?

창중 - 술? 그라~ 나야 좋지!

그들이 커피숍에 앉아 노닥거리고 있을 때 멀리서 고3이 된 세리와 세리의 친구들이 커피숍 앞을 지나가는 것이 보인다. 세리를 홀로 짝사랑하고 있는 성효가 황급히 그녀에게 전화를 건다.

성효(도끼) - 세… 세리야! 오오… 오빠여! 여… 여기 커피숍!

성효의 전화를 받은 세리가 고개를 들어 2층의 커피숍을 올려다본다.

세리 - 어~ 오빠! 커피숍에 사람들이 많네! 근데… 거기서 뭐 해?

성효(도끼) - 네가 지나갈 줄 알고서 여기서 기기… 기다리고 있었지. 헤헤헤!

세리 - 에이~ 뭔 소리야? 오빠! 재밌게 놀다 가. 오빠!

성효(도끼) - 넌 어어… 어디 가는디? 어?

세리 - 거기는 다른 오빠들도 많아서 친구들이랑 그냥 딴 커피숍으로 가려고….

성효(도끼) - 여… 여기로 오면 어때서 그라? 괜찮으니까 여기로 올라와! 세리야! 오오… 오빠가 계산할 테니까.

세리 - 아냐! 오빠! 괜찮으니까 난 신경 쓰지 마! 내 친구들이 오빠들을 불편하게 생각해서 그래. 그냥 딴 데로 갈게!

성효의 통화를 옆에서 지켜보던 대한이 자리에서 일어나 창밖을 내려다본다. 그러자 세리와 세리의 친구들이 대한을 알아보고 인사를 한다. 대한이 그들을 보며 커피숍으로 올라오라는 손짓을 하자 망설이던 세리와 세리의 친구들이 커피숍으로 올라온다. 세리와 세리의 친구인 영인, 선주가 대한 일행의 옆 테이블에 자리를 잡고 앉는다. 대한이 세리에게 대뜸 묻는다.

대한 - 세리야! 넌 도대체 성효 형님하고 무슨 관계냐? 형님 말로는 형님 혼자서 널 짝사랑하는 거라고 하던데… 넌 형님한테 전혀 관심이 없냐?

세리 - 아이고~ 오빠! 큰일 날 소리야. 우린 그냥 오빠 동생 사이야.

성효(도끼) - 아아… 아니… 니들은 가만히 좀 있어! 혀혀… 형 개인사에 대한이 네가 왜 시시… 신경을 쓰고 그러는 거?

우석 - 야! 그러믄 세리야! 형님 혼자 짝사랑하고 있는 겨? 참나! 환장하겠다! 진짜!

성효(도끼) - 이런 시시… 씨부랄 놈들이… 시시… 시끄러워! 저기… 세리야! 얘들 말은 신경 쓰지말고 차차… 차부터 시켜! 응? 오빠가 계산할 테니까.

세리 - 괜찮아! 오빠! 나도 돈 있어.

우석이 세리의 태도에 짜증이 나는지 세리를 보며 한마디 한다.

우석 - 아따~ 세리야! 그냥 시켜! 형님 성의를 그렇게 무시하지 말고… 언능!

세리 - 아… 알았어! 오빠!

이때 창중이 세리의 친구 선주를 아래위로 훑어보다 뜬금없이 칭찬한다.

창중 - 워메~ 선주는 어쩜… 보면 볼수록 이렇게 이뻐지냐?

선주 - 어머! 오빠! 진짜로요?

대한 - 야! 임마! 창중아! 선주는 우리 1년 밑에 동생 제수씨야. 새끼야! 괜히 쓸데없는 작업 멘트 날리지 말고 정신 차려. 새끼야!

창중 - 하하하! 그러냐? 제수씨였어?

우석 - 그라~ 이 새끼야! 동네가 좁으니께… 서로 조심해야 혀! 괜히 오해 받을 짓은 하지 말자고… 잉?

창중 - 그라~ 알았어! 니들 말이 맞아. 조심해야지!

어느새 날이 어둑어둑해진다.

그들이 커피숍에서 나와 간단하게 술이나 한잔하려고 최근에 오픈한 편의점으로 향한다. 대한 일행이 편의점에서 술과 안주, 담배를 사서 편의점 앞에 있는 파라솔 의자에 빙 둘러앉는다.

대한 - 이런 촌 동네에도 24시 편의점이 생기니까 좋긴 좋구만!

우석 - 그니께… 야! 한잔씩들 마시자!

창중 - 그래도 대기업 편의점이 우리 동네에 들어오니까 좋잖아? 앞으로는 대형 프랜차이즈 식당이나 마트 같은 것도 들어오겠지?

우석 - 그게 우리하고 뭔 상관이여? 그냥 술이나 마셔… 임마!

대한 - 왜? 상관이 없어? 상관있지. 대기업이 막강한 자금력을 동원해서 이런 동네 슈퍼까지 만들어서 밀어붙이면 영세 상인들은 결국 문을 닫을 수밖에 없지. 그러면 서민들이 일할 수 있는 일자리도 없어지게 되는 거야. 그러니까 크게 보면 우리 동네 자금이 대기업들 배를 불리는 데 들어가게 되는 거지.

창중 - 그렇긴 하네! 또 다른 대형 프랜차이즈도 우리 동네에 자리 잡기 시작하면 괜히 타지에서 온 놈들만 돈을 번다는 거지~

우석 - 아~ 그러냐? 니들은 별걸 다 안다.

대한 - 그러니까 우석아! 넌 우리 동네를 잘 지켜! 난 대한민국을 지킬 테니까… 알았냐? 하하하!

창중 - 그라~ 나도 우석이랑 같이 우리 동네 잘 지키고 있을게.

대한과 우석, 창중이 편의점 앞 파라솔에서 이런저런 이야기를 하며 벌써 여러 시간째 술을 마시고 있다. 어느새 바닥에 놓인 맥주 박스 두 개에는 이들이 마시고 난 빈 소주병과 맥주병이 가득하다. 사실 대한과 친구들은 안주도 없이 술을 마시는 중이었다. 종이컵 하나에는 소주를 반 잔 정도 채우고 또 다른 종이컵에는 맥주를 가득 채워 한 사람이 2개의 컵으로 술을 마시고 있는 셈이다. 소주만 반을 채운 잔으로 건배를 하고 안주 대신 맥주가 가득 들어있는 잔을 마시는 식이다. 때마침 편의점 앞을 지나가던 대한의 한양파 선배 지노가 안주도 없이 술을 마시고 있는 대한과 친구들을 보더니 안쓰러웠는지 한마디 한다.

지노 - 니들은 안주도 없이 술을 마시냐? 잠깐 따라 들어와 봐!

지노가 그들을 편의점으로 데리고 들어가더니 안주와 음료, 술을 잔뜩 사서 계산하고 편의점 밖 파라솔 의자에 함께 둘러앉는다. 지노가 대한과 친구들에게 술을 따라준다.

지노 - 술 먹고 실수하지 않도록 조심하고! 알았나?

대한, 우석(배꼽), 창중 - 예! 형님! 감사합니다!

한양파 선배 지노는 대한과 친구들에게 술 몇 잔을 더 따라 주고 곧 자리를 피해 준다.

대한 일행의 술자리는 늦은 시간까지 계속되었다. 술이 가장 약한 창중이 먼저 만취가 되어 집으로 돌아가고 이제는 대한과 우석 두 사람만 남아 술을 마시고 있다. 새벽이 되자 어디선가 소식을 듣고 성효가 이들의 술자리에 합류한다. 성효의 주량을 아는 대한이 성효의 종이컵에는 소주를 반 잔만 채워주고 건배를 한다. 술이 약한 성효는 대한과 우석의 눈치를 살피더니 눈을 질끈 감고 컵에 담긴 소주 반 잔을 벌컥벌컥 들이킨다. 금세 취기로 성효의 얼굴이 벌겋게 달아오르더니 그대로 파라솔 테이블에 고꾸라져 입을 벌린 채로 잠이 든다. 이런 성효를 대한이 물끄러미 바라본다.

대한 - 우석아! 앞으로 성효 형님은 술 드리면 안 되겠다.

우석 - 그니께… 소주 반 잔에 바로 잠들어 버리네. 푸하하!

그때 편의점 앞에 검정색 외제차 한대가 멈춘다. 호기심에 대한과 우석이 운전석에서 내리는 사람을 쳐다본다. 대한의 한양파 선배 철진이다. 대한과 우석이 얼른 일어나 철진에게 인사를 하고 잠든 성효를 깨우려고 하자 철진이 깨우지 말라는 듯 눈을 찡긋거린다. 철진이 편의점으로 들어가더니 잠시 후 술과 안주를 잔뜩 사서 대한과 우석에게 건네주고는 바쁜 일이 있다며 다시 차를 타고 떠난다. 대한과 우석은 지금까지도 이미 많은 양의 술을 마신 상태였지만 선배들이 지나며 사주고 간 술과 안주가 아직도 잔뜩 있다. 대한과 우석이 남은 술을 모두 마실 기세다. 다른 사람들 같았으면 벌써 만취가 되어 탈이 되었을 테지만 두 사람은 여전히 멀쩡히 앉아 술을 즐기고 있다.

대한이 담배를 꺼내 입에 물고 불을 붙이려는데 50cc 오토바이를 타고 편의점 앞을 지나던 야한 옷차림의 한 아가씨가 편의점에 오토바이를 세우더니 들어가 담배 한 갑을 사 들고 나온다. 대한이 술김에도 편의점에서 나오는 아가씨를 보며 '어쩐지 낯이 익다.' 하고 생각하며 아가씨의 얼굴을 빤히 쳐다보는 순간 아가씨가 대한과 우석을 보더니 반갑게 인사를 하며 자리에 앉는다.

송 양 - 어? 안녕하세요? 오랜만이네요. 여기서 뭐 하시고 계세요? 호호호!

대한 - 어라? 너는 지난번에 커피 배달 왔던 송 양 아니냐?

우석 - 송 양? 어~ 맞네! 근데 이 시간에 여긴 어쩐 일이여?

송 양 - 커피 배달 가던 길이었어여~ 어? 여기 자고 있는 이 아저씨가 조합장 아저씨 맞죠? 지나가다 조합장 아저씨인 것 같아서 왔어요! 그런데 조합장 아저씨는 왜 저러고 있어요? 입안에 모기 들어갈 거 같은데… 호호호!

대한 - 하하하! 우리 형님이 술을 잘 못 하셔서 잠시 마취되셔서 그래.

우석 - 송 양아! 앉은 김에 술이나 한잔해라.

송 양 - 네! 오빠! 그럼 딱 한 잔만 하고 갈게요.

대한 - 그래라. 너 편한 대로 해!

우석이 저 멀리서 지나가는 친구 화중을 알아보고 소리쳐 부른다.

우석 - 야! 화중아! 어디 가는 겨?

화중이 대한과 우석을 알아보고 편의점 앞으로 다가온다. 화중이 의자 옆에 잔뜩 쌓여 있는 빈 술병들을 세어보며 놀랐는지 입을 쩍 벌리며 묻는다.

화중 - 와아~ 여기 이 박스에 들어있는 이 빈 병들을 니들이 다 마신 거냐?

대한 - 당연하지. 그럼 다른 사람이 술은 마시고 빈 병만 여기에 놓고 갔겠냐? 새끼야!

우석 - 화중아! 일단 앉아 봐! 술이나 한잔하게….

송 양 - 오빠! 저는 배달 때문에 가게에 들어가야 해서… 먼저 일어날게요.

대한 - 그래. 송 양아! 운전 조심하고… 다음에 또 보자!

송 양 - 네! 오빠! 안녕히 계세여~

송 양이 맥주 한 잔을 마시고는 다방에 일이 있다면서 먼저 일어선다.

대한 - 어? 저기 앞에 지나가는 게 구디기(용식) 같은데?

멀리서 술에 취한 용식(구디기)이가 비틀거리며 편의점 앞으로 걸어온다. 대한과 우석이 함께 술을 마시고 있는 것을 본 용식이가 우석에게 또 깐족거리기 시작한다.

용식(구디기) - 이 새끼! 이거… 또 술 존나게 처먹었네! 하하하!

우석 - 이 개새끼는 오자마자 또 시비네. 술 취했으면 조용히 집구석이나 들어갈 것이지 여긴 왜 와서 또 시비여? 이 구디기 새끼야!

대한 - 니들은 또 싸우냐? 아주 이젠 지겹다! 지겨워!

우석 - 저 씨발놈이 또 시비를 걸잖어~

용식(구디기) - 시끄러워! 씨발 새끼야! 개소리 말고 술이나 처먹어!

용식과 우석이 또 한바탕 욕지거리를 하며 티격태격한다. 대한이 술이 많이 취한 용식을 먼저 택시에 태워 집으로 들여보낸다.

모두 떠나고 편의점 파라솔에는 대한과 우석 두 사람이 남아 여전히 술을 마시고 있다. 어느새 어둠이 허옇게 벗겨지고 아침이 밝아오기 시작한다. 소주 반 잔에 취한 성효는 여전히 입을 벌리고 의자에 기댄 채 잠들어 있었고 대한과 우석은 권커니 잣거니 여전히 남은 술을 마시고 있다. 한양파 선배 지노가 유흥업소를 끝내고 편의점 앞을 지나다 대한과 우석이 밤새도록 술을 마시고 있는 것을 보고는 눈이 휘둥그레진다.

지노 - 와~ 이 새끼들 봐라! 니들 어제부터 지금까지 계속 술 마시고 있던 거냐?

대한 - 예! 형님! 술도 이제 거의 다 마셨으니까 이제 슬슬 일어나려고 합니다. 헤헤!

지노 - 성효 저 새끼는 완전히 맛이 갔네. 근데… 니들 이게 도대체 몇 박스냐? 하나 둘… 와아~ 다섯 박스나 비운 거냐?

우석 - 예! 형님!

지노 - 이 새끼들… 완전히 말술이네! 근데 도끼(성효) 저놈은 대체 언제부터 저러고 있는 거냐? 저 새끼 깨워 봐!

지노의 말에 우석이 성효를 흔들어 깨운다. 잠에서 깬 성효가 선배 지노를 알아보고 벌떡 일어나며 인사한다.

지노 - 이 새끼가… 형이 왔는데 잠이나 자빠져 자고 있고… 얌마! 도끼! 왜 너만 상태가 그려? 응?

성효(도끼) - 혀혀혀혀… 형님! 그그그….

지노 - 야! 넌 그냥 아무 말도 하지 마! 무슨 말인지 알았으니까. 대한이 하고 우석이 니들은 이제 그만 마시고 들어가 쉬어라! 형은 먼저 간다.

지노가 자리를 먼저 떠나자 의자 옆에 놓인 술 박스를 본 성효가 대한과 우석을 번갈아 바라본다. 성효가 사람도 아니라는 표정으로 너스레를 떤다.

성효(도끼) - 니… 니들 정말? 이걸 다 마마… 마셨다는 거냐? 니… 니들이 사람이냐? 고… 고래냐? 아무튼 대… 대단하다! 와~

대한과 우석은 덩치만 큰 것이 아니라 그야말로 두주불사로 웬만한 사람들은 상상할 수도 없을 만큼 많은 양의 술을 마신다. 하지만 어떤 경우에도 술에 취하여 정신을 잃거나 주사를 부리는 법이 없다. 술을 잘 마시는 것까지도 피를 나눈 형제처럼 닮은 대한과 우석은 그래서인지 다른 어느 누구보다도 더욱 친밀한 관계를 유지하고 있었다. 오늘 이들이 마신 다섯 박스의 술은 평범한 사람 같으면 몇 달은 마셔도 다 마시지 못할 양이지만 대한과 우석은 불과 하룻밤 새에 모두 마셔버린 것이다. 이 둘에게는 마치 배 안에 술독이라도 따로 있는 것처럼 보인다. 대한과 우석이 놀란 표정의 성효 앞에서 서로 마주 보며 빙그레 웃는다.

〈3편 계속〉